그레이의 50가지 그림자

Fifty Shades of Grey

2

FIFTY SHADES OF GREY

The author published an earlier serialised version of this story online with different characters as "Master of the Universe" under the pseudonym Snowqueen's Icedragon.

그레이의 50가지 그림자

Fifty Shades of Grey

2

E L 제임스 지음 | 박은서 옮김

시공사

16

천천히 외부 세계가 내 감각 안으로 침입해왔다. 오, 세상에, 어찌나 무시무시한 침입인지. 나는 떠다녔다. 손발은 완전히 기운이 소진되어 부드러웠고 나른했다. 나는 머리를 그의 가슴에 대고 위에 누워 있었다. 그에게서는 천상의 냄새가 났다. 갓 세탁한 리넨과 비싼 바디워시. 무엇보다도 지구상에서 가장 좋고 가장 매혹적인 향기…… 크리스천. 움직이고 싶지 않았다. 이 환상의 영약을 영원히 들이마시고 싶었다. 나는 티셔츠라는 장벽이 없으면 얼마나 좋을까 생각하며 그에게 코를 들이밀었다. 분별력이 내 몸의 나머지 부분에 돌아오자 나는 한 손을 뻗어 그의 가슴 위에 놓았다. 처음으로 그를 만지는 것이었다. 그는 굳건하고…… 강했다. 그의 손이 갑자기 휙 올라와 내 손을 잡았다. 하지만 그는 손길을 부드럽게 늦추며 내 손을 자기 입으로 가져가 손 관절에 부드럽게 키스했다. 그는 몸을 굴려 뒤집어서 나를 내려다보았다.

"하지 마."

그는 웅얼거리며 내게 가볍게 키스했다.

"어째서 만지면 싫어하는 거예요?"

부드러운 회색 눈을 올려다보며 속삭였다.

"그거야 나는 50가지 다른 빛깔로 엉망진창 망가진 인간이니까, 아나스타샤."

그의 정직한 말에 나는 완전히 경계심을 잃었다. 그를 보고 눈을 깜박였다.

"내 인생 초반은 정말로 험난했어. 자세한 이야기로 네게 부담을 주고 싶진 않지만. 그냥 하지 마."

그는 자기 코를 내 코에 대고 비볐다. 그러더니 내게서 빠져나와 윗몸을 일으켰다.

"모든 기초는 다 익힌 것 같군. 어땠어?"

그는 자신에게 아주 만족한 것 같았지만 아주 객관적인 어조로 말했다. 마치 체크리스트에서 완수한 또 하나의 항목을 지워버린 사람 같았다. 나는 아직도 '험난했던 인생 초반'이라는 고백의 충격에서 완전히 벗어나지 못했다. 무척이나 실망스러웠다. 더 알아내고 싶은 마음이 간절했다. 하지만 그는 내게 이야기해주지 않을 것이었다. 나는 그가 하는 것처럼 머리를 한쪽으로 기울이고 그를 향해 웃어 보이려고 엄청난 노력을 했다.

"당신이 내게 통제권을 넘겼다는 말을 내가 믿었을 거라 잠깐이라도 생각했다면, 그건 당신이 내 성적을 염두에 두지 않았다는 거네요."

나는 그를 보고 수줍게 미소 지었다.

"하지만 그런 환상을 주어서 고마워요."

"스틸 양, 너는 그저 얼굴만 예쁜 게 아니야. 이제까지 여섯 번의 오르가즘을 겪었고 그 모두를 다 내가 준 거지."

그는 다시 장난기 어린 말투로 뽐냈다.

나는 그가 내려다보자 동시에 얼굴을 붉히며 눈을 깜박였다. 세고 있었어! 그의 이마에 주름이 잡혔다.

"나한테 할 말 있어?"
그의 목소리가 갑자기 엄해졌다.
나는 얼굴을 찡그렸다. 이런.
"오늘 아침에 꿈을 꿨어요."
"그래?"
그가 나를 쏘아보았다.
어쩌지. 나 곤란해진 걸까?
"자다가 느꼈어요."
나는 팔로 눈을 가렸다. 그는 아무 말도 하지 않았다. 팔 아래로 그를 흘끔 쳐다보니 재미있어하는 표정이었다.
"자다가?"
"그래서 깨어났어요."
"그랬겠지. 무슨 꿈을 꿨는데?"
젠장.
"당신요."
"내가 무엇을 하고 있었는데?"
나는 팔을 다시 눈 위로 올렸다. 내가 그를 볼 수 없으면 그도 나를 볼 수 없다는 어린아이 같은 생각을 잠깐이나마 즐겼다.
"아나스타샤, 내가 무엇을 하고 있었는데? 다시는 물어보지 않을 거야."
"승마 채찍을 들고 있었어요."
그가 내 팔을 치웠다.
"정말?"
"네."
내 얼굴이 진홍색으로 물들었다.
"그럼 네겐 아직도 희망이 있군." 그가 중얼거렸다. "승마 채찍이 몇 개 있는데."

"딸은 매듭 모양의 갈색 채찍도요?"

그가 웃었다.

"아니, 하지만 꼭 하나 구해놓도록 하지."

몸을 숙인 그는 내게 짧은 키스를 해주더니 일어나 팬티를 집었다. 아, 안 돼……. 가는구나. 재빨리 시간을 확인했다. 고작 9시 40분이었다. 나도 침대에서 빠져나가 내 운동복 바지와 캐미솔 톱을 집은 후 도로 침대에 앉아 다리를 꼬고 그를 쳐다보았다. 그가 가지 않기를 바랐다. 내가 뭘 할 수 있지?

"주기는 어떻게 돼?"

그가 내 생각을 방해했다.

뭐라고?

"나 이런 것 쓰기 싫거든."

그가 투덜거렸다. 그는 콘돔을 들어 바닥에 내려놓고 청바지를 입었다.

"음?"

내가 대답하지 않자 그가 재촉했다. 마치 날씨에 대한 의견을 기다리는 표정으로 나를 보고 있었다. 세상에…… 이건 개인적 문제잖아.

"다음 주예요."

나는 손을 내려다보았다.

"피임 조치를 해야 할 필요가 있겠군."

그는 몹시도 위압적이었다. 나는 멍하니 그를 바라보았다. 그는 침대에 다시 앉아 신발과 양말을 신었다.

"주치의는 있나?"

나는 고개를 저었다. 우리는 다시 인수합병 논의로 돌아갔다.

또 한 번 백팔십도로 기분이 바뀌었다.

그는 얼굴을 찡그렸다.

“내 주치의를 네 아파트로 보내서 진찰받게 할 수 있어. 일요일 아침 나를 만나러 오기 전에. 아니면 그 의사가 내 집에서 진찰하게 할 수도 있고. 어느 쪽이 좋아?”

그러면 압박은 주지 않겠다는 거지. 그가 지불하는 또 다른 것……. 하지만 이건 실제로 그의 이득을 위한 것이었다.

“당신 집요.”

그를 일요일에 만나러 가겠다는 약속을 굳히는 말이었다.

“좋아. 시간을 알려주도록 하지.”

“가는 거예요?”

가지 마요……. 나와 같이 있어요. 제발.

“그래.”

왜?

“어떻게 돌아가려고요?”

나는 속삭였다.

“테일러가 데리러 올 거야.”

“내가 태워다 줄게요. 예쁜 새 차가 생겼으니까.”

그가 따뜻한 표정으로 나를 쳐다보았다.

“그래, 그 편이 더 낫군. 하지만 술을 너무 많이 마셨잖아.”

“나를 일부러 취하게 한 거예요?”

“그래.”

“왜요?”

“넌 생각이 너무 많으니까. 그리고 네 의붓아버지처럼 말이 없으니까. 와인 한 방울을 떨어뜨리면 말을 하기 시작하고, 난 네가 좀 더 솔직하게 터놓길 바랐으니까. 그렇지 않으면 너는 조개처럼 입을 꾹 다물었을 테고, 나는 네가 무슨 생각을 하는지 몰랐겠지. 취중진담이라잖아, 아나스타샤."

"당신은 나한테 항상 솔직하고요?"

"난 그러려고 하지."

그는 나를 조심스레 내려다보았다.

"우리가 서로에게 솔직해야 제대로 되는 관계야."

"난 당신이 여기 남아서 이걸 썼으면 좋겠어요."

난 두 번째 콘돔을 들어 보였다.

그는 미소 지었다. 눈은 웃음기로 반짝였다.

"아나스타샤. 나는 오늘 여기서 선을 여러 번 넘었어. 가야 해. 일요일에 만나자. 그때 개정 계약서를 준비해놓을게. 그러면 정말로 플레이를 시작할 수 있을 거야."

"플레이요?" 어머나. 내 심장이 입속까지 튀어올랐다.

"너하고 해보고 싶은 게 하나 있어. 하지만 서명할 때까지는 하지 않을 거야. 네가 준비되어 있다는 걸 알 때까지는."

"아, 서명을 안 하면 이런 관계를 계속 연장할 수 있나요?"

그는 감정하듯 나를 바라보더니 입술을 씩 비틀며 미소를 지었다.

"뭐, 그럴 순 있겠지만 난 긴장 속에서 부서지고 말겠지."

"부서져요? 어떻게요?"

내 안의 여신이 깨어나서 주시했다.

그는 천천히 고개를 끄덕이더니 씩 웃으며 약을 올렸다.

"아주 추악해질 거야."

그의 웃음에는 전염성이 있었다.

"추악해져요? 어떻게요?"

"아, 알잖아. 폭파, 자동차 추격, 납치, 방화."

“나를 납치할 거예요?”
“아, 그래.”
그가 씩 웃었다.
“내 의사와는 상관없이?”
이런, 이건 섹시하잖아.
“아, 그래.” 그가 고개를 끄덕였다. 그런 후에는 그런 다음 TPE 24/7을 이야기해봐야지.”
“무슨 말인지 모르겠어요.”
나는 작은 목소리로 말했다. 내 심장이 쿵쿵 뛰었다……. 진심일까?
“총체적 권력 교환(Total Power Exchange)-하루 24시간 일주일이란 뜻.”
그의 눈이 빛났고 내가 앉아 있는 곳에서도 그의 흥분이 손에 잡힐 듯 생생히 느껴졌다.
세상에.
“그러니 너는 아무 선택권이 없지.”
그는 냉소적으로 말했다.
“분명히 그렇겠네요.”
내 눈은 위로 치뜨면서도 목소리에서 배어나온 냉소를 억누를 수가 없었다.
“오, 아나스타샤 스틸. 날 보고 눈을 흘긴 거야?”
걸렸군.
“아닌데요.”
나는 찍찍대는 소리로 대답했다.
“그런 것 같은데. 날 보고 다시 눈을 흘기면 어떻게 하겠다고 했더라.”

망할. 그는 침대 가장자리에 앉았다.

"이리 와."

그가 부드럽게 말했다.

나는 얼굴이 창백해졌다. 어쩜…… 진지하잖아. 나는 꼼짝도 못하고 가만히 앉아 그를 쳐다보았다.

"아직 서명 안 했어요."

나는 속삭였다.

"내가 하려는 길 말했잖아. 나는 약속을 지키는 남자라고. 네 엉덩이를 때려주겠어. 그다음에는 아주 빠르고 아주 거칠게 너와 섹스를 할 거야. 결국 그 콘돔이 필요하게 생겼군."

그의 목소리는 무척이나 부드러운 협박조로, 죽이게 섹시했다. 내 몸 안은 강렬하고 갈망하며 유동적인 욕망으로 뒤틀리다시피 했다. 그가 불타는 눈으로 기다리며 나를 쳐다보았다. 머뭇머뭇 다리를 폈다. 뛰어가야 하는 거야? 이게 그런 거구나. 여기 우리 관계의 균형이 걸렸다. 바로, 지금. 그에게 이런 걸 허용해야 할까, 아니면 싫다고 해야 할까. 그러면 끝일까? 내가 싫다고 하면 여기서 끝날 거라는 것을 알았다. 해! 내 안의 여신이 간청했다. 내 잠재의식은 나처럼 마비되었다.

"내가 기다리고 있어." 그가 말했다. "난 인내심이 있는 사람이 아니라고."

아, 제발 아무쪼록 좀 봐줘요. 나는 헐떡였고 두려웠고 자극받았다. 피가 내 몸 속을 쿵쿵 흘렀고 다리가 젤리처럼 흐물흐물했다. 천천히 그에게로 기어가 그 옆으로 갔다.

"착한 아가씨로군. 이제 일어서."

아, 젠장…… 그냥 이거 끝내면 안 돼? 일어설 수 있을지 알 수가 없었다. 나는 두 발로 섰다. 그가 한 손을 내밀자 나는 그의 손에 콘돔을 올려놓았다. 갑자기 그가 나를 잡더니 자기 무릎 위로 내 몸을 기울였다. 한 번의 매끄러운 동작으로 그는 내 윗몸이 침대에 엎드리도록 각도를 잡았다. 그는 오른 다리를 내 두 다리 위에 올려놓고 왼 팔뚝을 목덜미에 올려놓아 나를 꼼짝 못하게 고정했다. 아, 빌어먹을.

"두 손을 머리 양쪽에 대."

그가 명령했다.

나는 즉시 복종했다.

"내가 왜 이러는 줄 알아, 아나스타샤?"

그가 물었다.

"내가 당신에게 눈을 흘겼기 때문에."

제대로 말도 나오지 않았다.

"그게 예의 바른 행위라고 생각해?"

"아니요."

"다시 할 거야?"

"아니요."

"그런 짓 할 때마다 엉덩이를 때릴 거야. 알겠어?"

아주 천천히 그는 내 운동복 바지를 내렸다. 아, 대체 얼마나 엄격한 걸까? 엄격하고 무섭고 섹시하고. 그는 필요 이상으로 공들이고 있었다. 내 심장이 입안까지 튀어올랐다. 숨도 제대로 쉴 수 없었다. 이거 아플까?

그는 벌거벗은 내 엉덩이에 손을 대었다. 부드럽게 어루만지면서 손바닥을 평평하게 펴서 쓰다듬고 쓰다듬었다. 손의 감촉이 사라지는가 싶더니 갑자기 나를 내려쳤다. 세게. 아야! 고통으로 눈이 튀어나오는 것 같았다. 벌떡 일어서고 싶었지만 그의 손이 내 어깨뼈 사이로 움직여 나를 내리눌렀다. 그는 자기가 친 자리를 다시 어루만졌다. 그의 숨소리가 바뀌었다. 더 크고, 더 거칠게. 그는 다시 때리고 또 때렸다. 빠르게 연속으로. 젠장, 아프잖아. 아무런 소리도 내지 못했고 고통 때문에 얼굴이 일그러졌다. 나는 일격을 피하려고 몸을 비틀었다. 몸 안에서 아드레날린이 솟구쳐 흐르며 박차가 가해졌다.

"가만히 있어."

그가 으르렁거렸다.

"그렇지 않으면 좀 더 오래 때려줄 테니."

그는 나를 문질렀지만 곧이어 손이 날아왔다. 리드미컬하게. 애무, 어루만지기, 세게 치기. 이 고통에 대처하기 위해 정신을 집중해야 했다. 지독한 감각을 흡수하기 위해 마음을 텅 비웠다. 그는 같은 자리를 두 번 연속으로 때리진 않았다. 고통을 퍼뜨렸다.

"악!"

열 번째로 손이 내려왔을 때 나는 비명을 질렀다. 마음속으로 횟수를 세고 있었다는 것도 깨닫지 못했다.

"단지 몸이 좀 풀렸을 뿐이야."

그는 나를 다시 때리고 부드럽게 쓰다듬었다. 따끔거리는 거센 매와 부드러운 애무가 겹쳐서 정신이 멍해졌다. 그가 나를 다시 때렸다. 이번에는 견디기 힘들었다. 아픔이 전해져 얼굴이 너무 심하게 일그러졌다. 그가 나를 상냥하게 어루만진 후 다시 매가 날아왔다. 나는 다시 비명을 질렀다.

"네 목소리 들을 사람 아무도 없어, 나뿐이야."

그러면서 그는 때리고 또 때렸다. 깊은 곳 어딘가에서 그에게 그만두라고 빌고 싶었다. 하지만 난 그렇게 하지 않았다. 그에게 만족을 주고 싶지 않았다. 그는 가차 없는 리듬을 계속 탔다.

나는 여섯 번 더 비명을 질렀다. 모두 다해 열여덟 대였다. 내 몸이 노래를 불렀다. 그의 가차 없는 공격으로 인한 노래를.

"됐어."

그는 거칠게 숨을 내쉬었다.

"잘했어, 아나스타샤. 이제 난 너랑 섹스를 할 거야."

그는 내 엉덩이를 부드럽게 애무했다. 그가 나를 어루만지고 어루만질수록 타는 듯했다. 갑자기 그가 두 손가락을 내 안으로 집어넣어 나는 화들짝 놀라고 말았다. 숨을 헉 들이켰다. 이 새로운 공격이 멍한 머릿속을 뚫고 들어왔다.

"이걸 느껴봐. 네 몸이 이걸 얼마나 좋아하는지 알아봐, 아나스타샤. 그저 나를 위해 빨아들여봐."

그의 목소리에는 경이감이 서려 있었다. 그는 재빨리 연속으로 손가락을 넣었다 뺐다.

나는 신음했다. 아니, 그럴 리 없어. 그때 그의 손가락이 사라졌다. ……나는 갈망하는 채로 남겨졌다.

"다음번엔 너한테 횟수를 세게 해야겠군. 자, 그 콘돔은 어디 있지?"

그는 옆으로 손을 뻗어 콘돔을 집은 후 나를 부드럽게 들어올려 내 얼굴 쪽이 침대에 향하게 내려놓았다. 그가 지퍼를 내리고 포일을 뜯는 소리가 들렸다. 그는 내 운동복 바지를 완전히 벗긴 후 무릎을 꿇는 자세를 취하도록 이끌더니 아주 쓰라린 엉덩이를 부드럽게 애무했다.

"이제 널 가질 거야. 너도 느낄 수 있어."

그가 나직이 중얼거렸다.

뭐? 내게 무슨 선택권이라도 있는 양.

다음 순간 그는 내 안으로 들어와 재빨리 나를 채웠다. 나는 한층 더 크게 신음을 질렀다. 그는 몸을 움직이며 쿵쿵 내 안으로 들어왔다. 내 쓰린 엉덩이에는 빠르고 강렬한 박자였다. 느낌은 황홀하고 노골적이며 비천하고 넋이 나가는 것 이상이었다. 내 감각들은 약탈당했고 조각조각 끊겨 오로지 그가 내게 하고 있는 짓에만 집중했다. 어떻게 그는 이 익숙하게 당기는 감각을 내 배 속 깊이 느끼게 할 수 있는 걸까. 꽉 죄는 느낌. 더 빠르게. 안 돼……. 마음을 배신한 몸은 강렬하고 몸이 부서질 것 같은 오르가즘 속에서 폭발했다.

"오, 아나!"

그는 욕망을 방출하며 큰 소리로 소리를 질렀다. 그는 나를 제자리에 붙들고 자기를 내 안에 방출했다. 그는 무너졌고 내 옆에서 숨을 크게 헐떡이면서 나를 자기 위로 끌어당겨 꽉 끌어안으며 얼굴을 내 머리카락 속에 묻었다.

"오, 자기."

그가 숨을 뱉었다.

"내 세계에 온 걸 환영해."

우리는 거기 누워 함께 헐떡이며 호흡이 느려지기를 기다렸다. 그가 부드럽게 내 머리를 쓰다듬었다. 나는 다시 그의 가슴 위에 있었다. 하지만 이번에는 손을 들어 그를 만질 힘도 남아 있지 않았다. 세상에…… 살아남았구나. 그렇게 나쁘진 않았다. 나는 생각보다 좀 더 금욕적이었다. 내 안의 여신이 엎드려 있었다. ……뭐, 적어도 조용했다. 크리스천이 다시 내 머리카락에 코를 부비며 깊이 들이마셨다.

"잘했어."

그가 목소리에 조용한 기쁨을 담아 속삭였다. 그의 말이 마치 히스먼 호텔의 부드럽고 보송보송한 수건처럼 나를 감았다. 그가 행복하다니 나도 참 기뻤다.

그는 내 캐미솔 끈을 잡아당겼다.

“이거 입고 자는 거야?” 그가 상냥하게 물었다.

“네.” 나는 졸린 소리로 대답했다.

“실크와 새틴을 입고 자야지, 아름다운 아가씨. 너를 데리고 쇼핑을 가야겠다.”

“난 운동복이 좋아요.”

나는 언짢은 기색을 내비치지 않으려 노력했다.

그가 다시 내 이마에 키스했다.

“보자고.”

그가 말했다.

우리는 좀 더 누워 있었다. 몇 분, 몇 시간, 알 수 없었다. 나는 졸았던 모양이었다.

“가야겠다.”

그가 말하더니 몸을 숙이고 내 이마에 부드럽게 키스했다.

“괜찮아?”

그의 목소리는 부드러웠다.

그의 질문에 대해 생각했다. 엉덩이는 쓰리다 못해 달아오른 것 같았다. 그런데도 놀랍게도 피곤한 것과 별개로 찬란한 기분이었다. 이 깨달음은 굴욕적이면서도 예상하지 못한 것이었다. 이해할 수 없었다.

“나는 괜찮아요.”

나는 속삭였다. 그 이상 말하고 싶지 않았다.

그가 일어섰다.

“욕실이 어디지?”

“복도로 내려가서 왼쪽이에요.”

그는 다른 콘돔을 들고 침실 밖으로 나갔다. 나는 뻣뻣하게 일어서서 운동복 바지를 다시 입었다. 아직도 쿡쿡 쑤시는 엉덩이에 바지가 약간 쓸렸다. 내 반응 때문에 혼란스러웠다. 그가 한 말이 기억났다. 언제인지는 기억할 수 없었다. 한 번 된통 얻어맞고 나면 훨씬 더 기분이 좋으리라는 것. 어떻게 그럴 수 있지? 정말로 이해할 수 없었다. 하지만 이상하게도 그랬다. 그 경험을 즐겼다고는 말할 수 없었다. 사실, 나는 고통을 피할 수만 있다면 아직도 먼 길을 돌아서라도 갈 터였다. 하지만 지금은…… 안전하고, 이상하며 여운에 잠긴 만족감을 느끼고 있었다. 머리를 두 손에 묻었다. 그저 이해할 수가 없었다.

크리스천이 방 안으로 다시 들어왔다. 그의 눈을 볼 수가 없었다. 그저 내 손만 바라보았다.

"베이비오일이 있더군. 네 엉덩이에 발라줄게."

뭐라고?

"아니, 괜찮아요."

"아나스타샤."

그가 경고했다. 나는 다시 눈을 흘기고 싶었지만 재빨리 자제했다. 나는 침대를 보고 일어섰다. 그는 내 옆에 앉아 부드럽게 바지를 다시 끌어내렸다. 매춘부의 속바지처럼 올렸다 내렸다, 헤프기도 하네. 내 잠재의식이 신랄하게 한 마디 했다. 머릿속으로 잠재의식에게 꺼지라고 명령했다. 크리스천은 아주 조심스럽고 세심하게 손에 베이비오일을 짰다. 화장을 지우는 용도에서 매 맞은 엉덩이를 진정시키는 연고가 되다니. 이게 이처럼 다용도일 줄 누가 생각했겠니.

"손으로 널 만지는 게 좋아."

그는 중얼거렸다. 나도 동의할 수밖에 없었다. 나도요.

"자."

다 마치자 그는 내 바지를 다시 끌어올렸다.

나는 시계를 힐끔 보았다. 10시 30분이었다.

"이제 갈게."

"배웅할게요."

아직도 그를 볼 수가 없었다.

내 손을 잡고 그는 나를 앞문까지 이끌었다. 다행스럽게도, 케이트는 아직 집에 오지 않았다. 아마도 가족과 함께 식사를 하는 모양이었다. 내가 벌 받는 소리를 케이트가 듣지 않아서 참으로 다행이었다.

"테일러에게 전화 안 해도 돼요?"

나는 시선을 피하면서 물었다.

"테일러는 여기 9시부터 와 있었어. 날 봐."

그가 나직이 속삭였다.

나는 간신히 힘을 내 그와 시선을 마주쳤다. 하지만 눈을 들었을 때 그는 나를 경이롭게 내려다보았다.

"울지 않았군."

그는 중얼거리더니 갑자기 나를 잡고 열렬히 키스했다.

"일요일에."

그는 내 입에 대고 속삭였다. 약속 같기도, 협박 같기도 했다.

그가 길을 내려가 커다란 검은 아우디에 올라타는 것을 보았다. 그는 돌아보지 않았다. 문을 닫고 아파트 거실에 무력하게 섰다. 이제 앞으로 두 밤만 더 보내면 떠나게 될 곳. 거의 4년 동안 행복하게 살았던 곳……. 하지만 오늘, 처음으로 외롭고 불편한 기분을 느꼈다. 나 혼자 있으면서 불행했다. 나는 원래의 나로부터 너무 멀리 떠나 길을 잃었을까? 다소 얼얼한 내 외면에서 멀리 떨어지지 않은 자리에 눈물의 우물이 숨어 있다는 것을 알았다. 여기서 뭘 하고 있지? 역설적이게도 앉아서 실컷 울 수도 없었다. 일어서 있어야 했다. 너무 늦었다는 건 알지만 엄마에게 전화를 하기로 했다.

"딸, 어떻게 지내? 졸업식은 어땠어?"

엄마는 전화에 대고 열광적으로 물었다. 엄마의 목소리가 진정 연고였다.

"늦게 전화해서 미안."

나는 소곤거렸다.

엄마는 말을 멈췄다.

"아나? 무슨 일 있었어?"

엄마는 무척 진지했다.

"아무 일도 없어요, 엄마. 그저 엄마 목소리가 듣고 싶어서."

엄마는 잠시 아무 말 없었다.

"아나, 왜 그러니? 엄마에게 말해보렴."

엄마의 목소리가 부드럽고 위안이 되어서 엄마가 나를 신경 쓰고 있다는 것을 알았다. 불청객 같은 눈물이 흐르기 시작했다. 지난 며칠은 무척 자주 울었다.

"애, 아나."

엄마가 말했다. 나의 아픔이 엄마에게까지 옮아갔다.

"아, 엄마, 남자 때문에."

"그 사람이 네게 무슨 짓을 했는데?"

엄마의 놀라움이 전화선을 통해 전해질 정도였다.

"그런 게 아냐."

그렇다고 한들…… 아, 안 돼. 엄마를 걱정시킬 순 없었다. 그 순간 나를 위해 강해질 수 있는 사람을 원할 뿐이었다.

"아나, 왜 그래. 엄마 걱정된다."

나는 숨을 크게 들이쉬었다.

"어떤 남자한테 반했는데, 그 남자가 나랑 너무 달라서 우리가 같이 있을 수 있는지 모르겠어."

"오, 얘. 엄마가 같이 있으면 좋았을걸. 졸업식에 못 가서 너무 미안하다. 너도 마침내 누구한테 반했구나. 아, 딸, 남자들은 정말 골치 아픈 존재야. 그들은 다른 종족이거든. 얘, 그 사람 만난 지 얼마나 됐니?"

크리스천은 정말로 다른 종족이었다. ……다른 행성에서 온.

"아, 거의 3주 가까이 됐어."

"아나, 그럼 시간이 얼마 지나지도 않았네. 그렇게 짧은 시간 안에 어떻게 한 사람을 알 수 있겠니. 그냥 편하게 지내면서 약간 거리를 두고 그 사람이 네게 걸맞은 가치가 있는 사람인지 결정해봐."

우아…… 엄마가 이렇게 통찰력이 있을 때는 정말 겁이 날 정도였다. 하지만 이 문제에 관해선 너무 늦었다. 그 사람이 내게 걸맞은 가치가 있느냐고? 흥미로운 개념이었다. 나는 항상 내가 그에게 걸맞은 가치가 있는 사람인지 궁금했었는데.

"우리 딸, 목소리가 참 불행하게 들리네. 집에 오렴. 여기 엄마한테 와. 네가 보고 싶구나. 밥도 네가 보고 싶을 거야. 거리를 좀 두고 다른 관점을 가져볼 수도 있고. 너한텐 휴식이 필요해. 그동안 너무 열심히 일했잖니."

아, 세상에, 이건 참 구미가 당기는 초대였다. 조지아로 도망간다. 햇볕도 쬐고 칵테일도 마시고. 엄마의 유머와…… 나를 사랑해주는 품 안으로.

"월요일에 시애틀에서 면접을 두 개 보기로 했어."

"어머, 그거 참 잘됐구나."

문이 열리고 케이트가 들어와 나를 보고 씩 웃었다. 하지만 내가 울고 있었다는 것을 알자 얼굴빛이 싹 변했다.

"엄마, 이제 끊을게. 조지아에 가는 건 생각해볼게. 고마워요."

"애, 잘해. 한 남자를 너무 깊이 마음에 두지 마. 넌 아직 어리잖니. 즐기고 다니렴."

"그래요, 엄마. 사랑해요."

"오, 아나, 엄마도 우리 딸 사랑한다. 조심해."

나는 전화를 끊고 나를 뚫어져라 보고 있는 케이트와 마주했다.

"이 재수 없는 부자 새끼가 또 네 마음 상하게 한 거야?"

"아니…… 뭐 그런 셈이기도 하지만…… 그래."

"그 사람한테 꺼지라고 해, 아나. 너 그 사람 만난 이후로 감정 기복이 너무 심해. 네가 그러는 거 처음 봐."

캐서린 캐버너의 세계는 아주 명료했고 흑과 백이 분명했다. 내 세계처럼 붙잡을 수 없고 수수께끼 같으며 모호한 회색빛이 아니었다. '내 세계에 온 걸 환영해.'

"앉아, 이야기 좀 해보자. 와인을 마시자. 아, 벌써 샴페인 마셨구나."

케이트가 병을 훔쳐보았다.

"이것도 좋은 거네."

나는 불안하게 소파를 보며 힘없이 웃었다. 조심스럽게 다가갔다. 흠…… 앉을 수 있을까.

"너 괜찮니?"

"넘어져서 엉덩방아를 찧었거든."

케이트는 내 대답에 의문을 제기할 생각을 하지 않았다. 나는 원래 워싱턴 주에서 가장 잘 넘어지는 사람이라고 해도 과언은 아니니까. 그게 축복이라고 생각하게 될 줄은 꿈에도 몰랐다. 조심스레 앉아보았는데, 그럭저럭 괜찮아서 유쾌하게 놀라웠다. 나는 케이트에게서 관심을 돌렸지만 마음이 멍해지며 도로 히스먼 호텔로 끌려갔다. '만약 네가 내 거라면 어제 보여준 묘기 이후엔 일주일 동안은 앉아 있을 수도 없게 만들어줬을 테니.' 그가 그런 말을 했었다. 그때 내가 집중할 수 있었던 건, 그의 것이라는 부분이었다. 모든 경고 신호가 있었는데도 나는 전혀 감도 못 잡고 사랑에 홀딱 빠져서 알아차리지 못했다.

케이트가 레드와인 한 병과 씻은 찻잔을 들고 거실로 들어왔다.

"여기."

케이트가 와인을 따른 찻잔을 건넸다. 볼랭저만큼 맛이 있지는 않았다.

"아나, 그 자식이 한 여자에게 정착하지 못하는 문제가 있다면 차버려. 어제 야외 천막에서는 너한테 눈도 못 떼고 매처럼 쳐다보고 있던데. 너한테 완전히 반했지만 그걸 이상한 방식으로 티내더라."

반했다고? 크리스천이? 이상한 방식으로 티내? 말해 뭐 해.

"케이트, 복잡한 일이라. 오늘 저녁 어땠어?"

사정을 너무 많이 드러내지 않고서는 케이트와 터놓고 이야기할 수 없었지만 오늘 하루에 대한 질문 하나로 케이트를 떨쳐낼 수 있었다. 앉아서 평소처럼 케이트의 수다에 귀를 기울이고 있노라니 안심이 되었다. 오늘의 핫뉴스는 휴가 후에 이든도 우리와 함께 살지도 모른다는 것이었다. 그러면 재미있을 것이었다. 이든은 아주 재미있는 사람이었으니까. 하지만 난 얼굴을 찡그렸다. 크리스천이 찬성할 것 같지 않았다.

음…… 힘들겠네. 그 사람도 그냥 인정해야지. 나는 와인을 두어 잔 더 마시고 자러 들어가기로 했다. 긴 하루였다. 케이트가 나를 안아주었고 엘리엇에게 전화한다며 전화기를 들고 방으로 들어갔다.

양치질을 한 후 멋들어진 기계를 켰다. 크리스천에게서 이메일이 와 있었다.

보낸 사람: 크리스천 그레이
제목: 너
날짜: 2011년 5월 26일 23:14
받는 사람: 아나스타샤 스틸

스틸 양,

넌 정말 그저 황홀해. 내가 이제까지 만난 여자 중 가장 아름답고 지적이고 재치 있고 용감한 여성이야. 애드빌을 몇 알 먹어. 이건 요청이 아니야. 그리고 비틀은 다시 운전하지 마. 내가 모를 것 같아?

크리스천 그레이
CEO, 그레이 엔터프라이즈 홀딩스, Inc.

아, 내 차를 다시 운전하지 말라고! 난 답장을 썼다.

보낸 사람: 아나스타샤 스틸
제목: 아침
날짜: 2011년 5월 26일 23:20

받는 사람: 크리스천 그레이

그레이 씨,

아첨을 해봤자 그 어디에도 소용없어요. 하지만 당신은 어디나 있을 테니까 중요한 점은 아니겠죠.

비틀을 팔려면 폐차장까지는 운전해 가야 해요. 그러니까 당신이 그것 가지고 난리를 피우는 걸 우아하게 받아들일 수 없네요.

레드와인이 애드빌보다는 항상 더 낫더군요.

아나

추신: 매질은 **고정** 한계로 하겠어요.

'보내기'를 눌렀다.

보낸 사람: 크리스천 그레이
제목: 칭찬을 받아들일 줄 몰라 좌절을 주는 여자들
날짜: 2011년 5월 23일 23 : 26
받는 사람: 아나스타샤 스틸

스틸 양,

난 네게 아첨하는 게 아닌데. 잠자리에 들어야 해.

고정 한계에 네 부가 조항을 받아들이겠어.

너무 많이 마시지 마.

테일러가 네 차를 처분하고 좋은 가격을 받아줄 거야.

크리스천 그레이

CEO, 그레이 엔터프라이즈 홀딩스, Inc.

보낸 사람: 아나스타샤 스틸

제목: 테일러-그 일에 어울리는 사람이에요?

날짜: 2011년 5월 26일 23:40

받는 사람: 크리스천 그레이

선생님께,

든든한 오른팔에게는 내 차 같은 위험한 물건을 운전하는 위험을 무릅쓰게 하셔도 괜찮지만 당신이 가끔 만나 섹스하는 여자는 안 된다고 하시니 그래도 되나 의구심이 드네요. 테일러가 문제의 차를 최상의 거래로 넘길 수 있는 사람이라는 걸 내가 어떻게 확신하죠? 과거의 나, 그러니까 당신을 만나기 전의 나는 흥정에 능하기로 유명했거든요.

아나

보낸 사람: 크리스천 그레이

제목: 조심!

날짜: 2011년 5월 26일 23:44

받는 사람: 아나스타샤 스틸

스틸 양,

레드와인 마시고 술기운에 그러는 것이라 생각하겠어. 또 무척 긴 하루를 보냈을 테니.

다시 돌아가서 일주일 동안은 앉을 수도 없도록 만들어주고 싶은 유혹도 들지만 말야. 하루저녁이 아니라.

테일러는 전직 군인이었고 모터사이클부터 셔먼 탱크까지 운전 못 하는 게 없어. 네 차도 그에겐 별로 위험하다고 할 수 없지.

그리고 부탁인데 자기 자신을 '내가 가끔 만나서 섹스하는 여자'라고 지칭하는 건 그만둬. 솔직히 말해서 그러면 미친 듯 화가 나거든. 성이 났을 때의 나는 정말로 네 마음에 들지 않을 거야.

크리스천 그레이

CEO, 그레이 엔터프라이즈 홀딩스, Inc.

보낸 사람: 아나스타샤 스틸

제목: 당신이야말로 조심하세요

날짜: 2011년 5월 26일 23:57

받는 사람: 크리스천 그레이

그레이 씨,

어쨌든 당신이 내 마음에 드는지는 잘 모르겠어요. 특히 이 순간에는.

스틸 양

보낸 사람: 크리스천 그레이
제목: 너야말로 조심해
날짜: 2011년 5월 27일 00:03
받는 사람: 아나스타샤 스틸

어째서 내가 마음에 안 드는데?

크리스천 그레이
CEO, 그레이 엔터프라이즈 홀딩스, Inc.

보낸 사람: 아나스타샤 스틸
제목: 당신이나 조심해요
날짜: 2011년 5월 27일 00:09
받는 사람: 크리스천 그레이

당신은 내 옆에 있으려 하지 않으니까요.

자, 그에게 뭔가 생각할 거리를 줬겠지. 나는 실제 기분과는 다르게 자랑스러운 몸짓으로 노트북을 닫고 침대 속으로 기어 들어갔다. 나는 간접조명을 끄고 천장을 쳐다보았다. 긴 하루였다. 감정적 고통이 꼬리에 꼬리를 물고 찾아왔다. 레이 아빠와 같이 시간을 보내서 마음이 따뜻했다. 아빠는 건강해 보였고 이상하게도 크리스천을 마음에 들어 했다. 세상에, 케이트의 청산유수 같았던 연설. 크리스천이 굶주림에 대해서 하던 이야기를 들은 것. 대체 다 무슨 일이었을까? 맙소사, 그리고 차. 케이트에게 아직 새 차 이야기는 하지도 못했다. 크리스천은 무슨 생각일까?

그리고 오늘 저녁 그가 실제로 나를 때렸다. 나는 평생 한 번도 맞은 적이 없었다. 도대체 나는 무슨 일에 말려든 걸까? 아주 천천히, 케이트가 도착한 후로 멈췄던 눈물이 얼굴 옆으로 굴러떨어져 귀로 흘러들었다. 나는 감정적으로 닫힌 남자에게 반했다. 이제 앞으로는 상처받을 일만 남았다. 마음속 깊이 이 사실을 알았다. 자기도 스스로 인정하듯이 완전히 엉망진창 망가진 사람 때문에. 어째서 그렇게 망가진 걸까? 그처럼 영향을 받다니 끔찍한 경험이었을 것이다. 유아기에 그가 참을 수 없는 잔인한 행동으로 고통 받았다는 생각에 나는 더 크게 울고 싶었다. 어쩌면 그가 더 정상이었더라면 널 원하지 않았을지도 모르잖니? 내 잠재의식이 내 공상에 중상모략을 덧붙였다……. 내 마음 가운데의 더 한가운데는 이게 사실임을 알고 있었다. 베개에 얼굴을 묻었을 때 수문이 열렸다……. 그리고 몇 년 만에 처음으로 나는 걷잡을 수 없이 베개에 대고 흐느꼈다.

얼마나 한참을 울었는지 몰랐다. 그러다가 케이트가 소리를 지르는 바람에 내 영혼의 어두운 밤에서 떨어져 나왔다.

"대체 당신이 뭔데 여기서 이러고 있어요?"

"아니, 안 된다니까!"

"이 자식, 걔한테 어떻게 한 거야?"

"걔가 당신 만나고 나서부터는 매일 울어!"

"여기 들어오면 안 돼!"

크리스천이 내 침실로 뛰어 들어오더니 무례하게 머리 위 전등을 켰다. 눈이 부셔서 나는 눈을 가늘게 뜰 수밖에 없었다.

"세상에, 아나."

그가 중얼거렸다. 그는 스위치를 끄더니 잠시 후 내 옆에 앉았다.

"여기서 뭐 하는 거예요?"

나는 흐느끼면서 숨을 들이쉬었다. 젠장. 눈물이 그치지 않네.

그가 간접조명을 켜는 바람에 나는 다시 실눈을 떴다. 케이트가 와서 문간에 섰다.

"이 개자식 내쫓아버릴까?"

케이트는 수소폭탄 같은 적대감을 발산하며 물었다.

크리스천은 케이트를 보고 눈썹을 치켰다. 케이트가 쓴 과분한 호칭과 동물적 적개심에 놀란 듯했다. 나는 고개를 저었고, 케이트는 나를 보고 눈을 흘겼다. 아…… 나는 이제 이것도 그레이 씨가 옆에 있을 땐 해선 안 돼.

"내가 필요하면 소리 질러."

케이트가 좀 더 상냥하게 말했다.

"그레이, 당신은 내 쓰레기 목록에 있어. 내가 당신을 지켜볼 거야."

케이트는 그를 보고 식식댔다. 크리스천은 케이트를 향해 눈을 깜박였고 케이트는 몸을 돌려 문을 닫았지만 완전히 꽉 닫지는 않았다.

크리스천은 음울한 표정과 잿빛 얼굴로 나를 내려다보았다. 그는 핀스트라이프 재킷 안주머니에서 손수건을 꺼내 내게 건넸다. 그의 또 다른 재킷은 내가 아직도 가지고 있지 않나 싶었다.

"무슨 일이야?"

그가 조용히 물었다.

"여긴 웬일이에요?"

나는 그의 질문을 무시하고 물었다. 눈물은 기적적으로 멈췄지만 마른 욕지기가 치밀어 올라 몸이 괴로웠다.

“내 역할의 일부분은 네 필요를 돌보는 거야. 내가 여기 있었으면 한다고 해서 여기 온 거지. 그런데 와 보니 네가 이러고 있잖아.”

그는 정말로 당혹해하며 눈을 깜박였다.

“내가 책임이 있는 건 분명한데, 이유를 모르겠어. 내가 때려서 그래?”

나는 쓰린 엉덩이 때문에 움찔하며 몸을 일으켰다. 앉아서 그를 마주했다.

“애드빌 좀 먹었어?”

고개를 저었다. 그는 실눈을 뜨고 일어서서 방을 나갔다. 그가 케이트와 이야기하는 소리를 들었지만 무슨 말인지는 알 수 없었다. 그는 몇 분 후 알약과 찻잔에 담은 물을 가지고 돌아왔다.

“이거 받아.”

그는 부드럽게 명령하며 내 옆 침대 위에 앉았다.

나는 명령대로 했다.

“말해봐.” 그가 속삭였다. “나한테 괜찮다고 했잖아. 네가 이럴 줄 알았다면 널 놔두고 가지 않았을 거야.”

나는 손을 내려다보았다. 이미 하지 않은 말 중에 더 할 말이 뭐가 있을까? 나는 좀 더 원했다. 나는 그가 스스로 나와 있기를 원해서 내 옆에 있어주기를 바랐다. 내가 훌쩍대는 멍청이라서가 아니라. 나는 그가 나를 때리지 않길 바랐다. 그게 그렇게 비합리적인가?

“네가 괜찮다고 한 말을 그대로 받아들였는데 그렇지 않았군.”

나는 얼굴을 붉혔다.

"난 괜찮은 줄 알았어요."

"아나스타샤, 넌 내가 듣고 싶어 하는 말을 해서는 안 돼. 그건 솔직하지 않은 거야."

그가 나를 책망했다.

"그러면 네 말을 어떻게 신뢰할 수 있겠어?"

나는 그를 슬쩍 올려다보았다. 그는 황량한 눈빛으로 나를 보고 얼굴을 찡그렸다. 그는 두 손으로 머리를 훑었다.

"내가 너를 때렸을 때와 그 후에 어떤 기분이었지?"

"좋지 않았어요. 다시는 그러지 않았으면 좋겠어요."

"좋으라고 한 게 아니었어."

"어째서 당신은 그걸 좋아하는 거예요?"

나는 그를 올려다보았다.

내 질문에 그는 놀랐다.

"정말로 알고 싶어?"

"아, 나를 신뢰해봐요. 나는 정말 흥미가 있으니까."

내 목소리에서 배어나오는 냉소를 억누를 수가 없었다.

그는 다시 눈을 가늘게 떴다.

"조심해."

그가 경고했다.

나는 얼굴이 창백해졌다. "나를 다시 때릴 건가요?"

"아니, 오늘 밤은 아냐."

휴…… 내 잠재의식과 나는 둘 다 조용히 안도의 한숨을 내쉬었다.

"그럼요." 나는 재촉했다.

"나는 그 행위가 내게 주는 통제의 느낌을 좋아해, 아나스타샤. 난 네가 특정한 방식으로 행동했으면 좋겠고, 그렇지 않으면 널 벌 줄 거야. 그러면 넌 내가 원하는 방식대로 행동하는 법을 배우게 되겠지. 나는 너에게 벌을 주는 게 즐거워. 네가 동성애자냐고 물었을 때부터 네 엉덩이를 때려주고 싶었지."

그 기억에 얼굴을 붉혔다. 이런, 그 질문 이후에는 나도 내 엉덩이를 치고 싶었어요. 그렇지만 캐서린 캐버너가 이 모든 일에 책임이 있으니, 걔가 그 인터뷰에 가서 동성애자 질문을 했다면 지금 쓰린 엉덩이로 여기 앉아 있는 사람은 그 애가 되었겠지. 그 생각은 마음에 들지 않았다. 얼마나 혼란스러운 일인가?

"그럼 당신은 현재 내 모습을 좋아하지 않네요."

그는 다시 당황해서 나를 빤히 쳐다보았다.

"나는 네가 있는 그대로 사랑스럽다고 생각해."

"그런데 어째서 나를 바꾸려고 하는 거예요?"

"난 바꾸려는 게 아냐. 네가 좀 더 정중해졌으면 좋겠고 내가 네게 준 규칙을 따르며 나를 거역하지 않았으면 좋겠어. 단순해."

"하지만 날 벌주고 싶다면서요."

"그래, 그렇지."

"그게 바로 이해가 안 돼요."

그는 한숨을 내쉬더니 두 손으로 다시 머리를 훑었다.

"난 그렇게 만들어졌어, 아나스타샤. 난 너를 통제할 필요가 있어. 네가 일정한 방식으로 행동할 필요가 있고, 그렇지 않을 때는 너의 아름다운 도자기 피부가 내 손 아래서 분홍색으로 뜨뜻하게 달아오르는 걸 보고 싶어. 그걸 보면 흥분되니까."

맙소사. 이제 어딘가로 이야기가 진행되는군.

"그럼 내게 주고 싶은 건 고통이 아니라는 건가요?"

그는 침을 삼켰다.

“약간은. 네가 고통을 참을 수 있는지 봐야지. 하지만 그게 전체적 이유는 아니야. 내가 적절하다고 여기는 대로 움직이는 네가 내 것이라는 사실이 중요하지. 누군가에게 전적인 통제를 행사한다는 것. 그게 나를 흥분시켜. 크게. 아나스타샤, 봐. 나 자신을 잘 설명할 수는 없어……. 이전에는 이런 설명을 해야 할 필요가 없었으니까. 나는 이런 문제에 대해 심오하게 생각해본 적이 한 번도 없었어. 난 항상 비슷한 사고방식의 사람들과 해왔으니까.”

그는 사과하듯 어깨를 으쓱했다.

“그런데 아직도 내 질문에 대답을 안 했군. 그 이후에는 어떤 기분이었어?”

“혼란스러웠어요.”

“그 때문에 성적으로 흥분하기도 했잖아, 아나스타샤.”

그가 눈을 잠깐 감았다. 다시 떠서 나를 바라보았을 때 그 눈은 타오르고 있었다.

그의 표정이 나의 어두운 부분을 끌어냈다. 내 배 속 깊은 곳에 묻혔던 부분. 나의 리비도가 그에 의해 깨어나서 길들여졌다. 그렇지만 지금도 만족을 몰랐다.

“나를 그런 식으로 바라보지 마.”

그가 나직이 속삭였다.

나는 얼굴을 찡그렸다. 이런, 내가 뭘 어쨌게?

“난 지금 콘돔을 가지고 있지 않아, 아나스타샤. 알겠지만 넌 화가 나 있고. 네 룸메이트의 생각과는 반대로 난 남근숭배의 괴물은 아니야. 그래, 혼란스러웠다고?”

나는 강렬한 눈빛 아래서 꿈틀거렸다.

"글로는 나한테 솔직해지는 데 아무런 문제가 없던데. 이메일로는 항상 정확히 너의 느낌을 말하잖아. 어째서 대화로는 못하는 거야. 내가 그렇게 겁이 나나?"

나는 엄마가 만들어준 푸른색과 크림색의 퀼트 이불 위 가상의 한 점만 쳐다보았다.

"당신은 나를 매혹시켜요, 크리스천. 너무나 벅차요. 나는 태양에 가까이 날아가는 이카로스가 된 기분이에요."

나는 속삭였다.

그는 숨을 들이켰다.

"음, 넌 완전히 반대로 알고 있는 것 같군."

그가 속삭였다.

"뭐라고요?"

"오, 아나스타샤. 넌 나를 마녀처럼 홀렸어. 그건 너무 뻔하지 않아?"

아니, 내겐 그렇지 않았어. 마녀처럼 홀렸다……. 내 안의 여신이 입을 떡 벌리고 쳐다보았다. 심지어 그녀도 이 말을 믿지 못했다.

"넌 아직도 내 질문에 대답하지 않았어. 그럼 이메일을 써. 하지만 지금은 정말로 자고 싶군. 내가 여기 있어도 되나?"

"여기 있고 싶어요?"

내 목소리에 담긴 희망을 숨길 수가 없었다.

"내가 여기 있기를 바랐잖아."

"내 질문에 대답하지 않았잖아요."

"이메일로 쓸게."

그도 짐짓 뿌루퉁하게 대답했다.

일어선 채로 그는 바지 주머니에서 블랙베리와 열쇠고리, 지갑, 돈을 꺼냈다. 맙소사, 남자들은 주머니에 많이도 넣고 다니는구나. 그는 시계를 풀고 신발과 양말, 청바지를 벗은 후 재킷을 내 의자에 걸쳤다. 그는 침대 반대편으로 돌아와 안으로 들어왔다.

"누워."

그가 명령했다.

나는 움찔하고 그를 쳐다보면서 천천히 이불 속으로 들어갔다. 이런…… 자고 가는구나. 희열에 찬 충격에 얼이 빠진 기분이었다.

그는 한쪽 팔꿈치로 몸을 괴고 나를 내려다보았다.

"만약 울고 싶으면 내 앞에서 울어. 나도 알아야 하니까."

"내가 울길 바라요?"

"딱히 그렇진 않아. 그냥 네 기분이 어떤지 알고 싶을 뿐이야. 네가 내 손가락 사이로 빠져나가는 걸 원하지 않아. 저 불 꺼. 시간이 늦었다. 우리 둘 다 내일 일해야 하잖아."

그렇게 여기에……. 하지만 아직도 위압적인 건 여전하네. 그래도 불평할 순 없었다. 그가 내 침대에 있다. 이유를 완전히 이해할 수 없었다. ……어쩌면 그의 앞에서 좀 더 자주 울어야 할지도 몰랐다. 나는 침대 옆 불을 껐다.

"옆으로 누워서 내게 등을 돌려봐."

그가 어둠 속에서 웅얼거렸다.

그가 나를 보지 못한다는 걸 확실히 알고선 눈을 흘겼지만, 그래도 시키는 대로 했다. 조심스레 그는 몸을 움직여 두 팔로 나를 감싸고 가슴으로 끌어당겼다.

"자, 자기."

그가 속삭였다. 그가 코를 내 머리카락 속에 묻고 깊이 들이

마시는 게 느껴졌다.

맙소사. 크리스천 그레이가 나와 함께 있다. 그의 팔이 주는 안락과 위로 속에서 나는 평화로운 잠 속으로 빠져들었다.

17

촛불의 불꽃이 무척 뜨거웠다. 촛불은 지나치게 뜨거운 산들바람 속에서 깜박이며 춤을 추었다. 바람이 불었지만 열기는 전혀 가시지 않았다. 부드러운 거미줄 같은 날개가 어둠 속에서 앞뒤로 퍼덕이며 둥근 빛 속에서 먼지 비늘을 흩뿌렸다. 나는 저항하려고 했으나 자꾸 끌려갔다. 곧이어 주위가 환해지더니 나 또한 태양을 향해 날고 있었다. 빛에 눈에 부셨고 열기에 살이 타고 녹아갔다. 허공에 떠 있으려고 노력하면서 나 또한 지쳐갔다. 몸이 너무 뜨거웠다. 열기는…… 숨이 막혔고 압도적이었다. 그 열기에 잠에서 깼다.

눈을 떴더니 내 몸은 크리스천 그레이에 감싸여 있었다. 그는 나를 마치 승리 깃발처럼 감쌌다. 그는 머리를 내 가슴에 대고 깊이 잠들어 있었다. 팔을 내 몸 위에 올려 나를 꽉 끌어안았고 다리 하나로 내 양다리를 감쌌다. 그의 열 때문에 질식할 것 같았다. 그의 몸이 무거웠다. 그가 아직도 내 침대에서 깊이 잠들어 있다는 사실을 이해하기까지 잠깐 시간이 걸렸다. 게다가 밖은 밝았다. 아침이었다. 그는 나와 함께 하룻밤을 보낸 것이다.

내 오른팔은 쭉 뻗어 있었다. 시원한 지점을 찾아 뻗은 듯했다. 그가 아직도 내 침대에 있다는 사실을 머릿속으로 처리하려 할 때 지금은 그를 만질 수 있다는 생각이 떠올랐다. 그는 잠들어 있었다. 머뭇거리며 한 손을 들어 손가락 끝으로 그의 등을 쓸었다. 그의 목구멍 깊이에서 희미하고 낙담한 신음 소리가 들려오더니 몸을 꿈틀거렸다. 그는 잠에서 깨며 내 가슴에 코를 묻었다. 헝클어진 머리카락 아래서 졸음이 가득한 회색 눈이 깜박거리며 내 눈을 보았다.

"좋은 아침."

그가 중얼거리면서 찡그렸다.

"세상에, 잠을 자면서도 당신에게 끌려왔군."

그는 천천히 자세를 바꾸면서 내게서 팔다리를 내리고 자기가 있는 위치를 가늠했다. 나는 그의 일어선 부분이 내 엉덩이에 닿아 있는 것을 의식했다. 그는 내가 눈을 크게 뜨고 반응을 보이는 것을 눈치채고 천천히 섹시한 미소를 지었다.

"흠…… 가능성도 여럿 있지만, 일요일까지는 기다려야 할 것 같아."

그는 몸을 숙이고 자기 코를 내 귀에 묻었다.

나는 얼굴을 붉혔지만 그의 열기의 일곱 가지 다른 빛깔을 느꼈다.

"당신 매우 화끈하네요."

나는 중얼거렸다.

"당신도 그렇게 나쁘지 않아."

그도 중얼거리며 자기 몸을 의미심장하게 내게 밀어붙였다.

나는 좀 더 얼굴을 붉혔다. 내 말은 그런 뜻이 아니었는데. 그는 팔꿈치를 짚고 몸을 일으켜 재미있어하는 표정으로 나를 내려다보았다. 그는 몸을 숙이더니 놀랍게도 상냥하게 내 입술에 입을 맞추었다.

"잘 잤어?" 그가 물었다.

나는 올려다보며 고개를 끄덕였다. 푹 잘 잔 기분이었다. 지난 30분 동안은 너무 뜨거웠기 때문에 아닐지 모르지만.

"나도 그랬어." 그가 얼굴을 찡그렸다. "그래, 아주 푹 잤지."

그는 혼란스럽고 놀랍다는 듯 두 눈썹을 치켜떴다.

"몇 시나 됐지?"

나는 알람 시계를 보았다.

"7시 30분이에요."

"7시 30분이라…… 망할."

그는 침대에서 빠져나가 바지를 입었다.

이제 몸을 일으키며 내가 재미있어할 차례였다. 크리스천 그레이가 지각을 하고 당황해하고 있다. 이제까지 보지 못한 모습이었다. 나는 뒤늦게야 엉덩이가 더 이상 쓰리지 않다는 것을 깨달았다.

"당신이 내게 무척이나 나쁜 영향을 끼쳤어. 조찬 모임이 있는데. 가야겠군. 포틀랜드에 8시까지 도착해야 해. 지금 날 보고 웃는 거야?"

"그래요."

그가 싱긋 웃었다.

"나 지각이야. 평소에 지각하는 법이 없는데. 또 한 번 처음 있는 일이군, 스틸 양."

그는 재킷을 입고 허리를 굽히더니 양손을 내 머리 양쪽에 댔다.

"일요일에."

이 말에는 말로 표현되지 않은 약속이 가득 잉태되어 있었다. 내 몸 깊은 곳 모든 것이 풀려 나갔다 맛있는 기대로 조여들었다. 무척이나 황홀한 감정이었다.

세상에 맙소사, 내 마음이 내 몸을 따라갈 수만 있다면. 그는 몸을 앞으로 숙이고 빨리 키스했다. 침대 옆 탁자에서 자기 물건을 챙기고 신발을 신었다. 그는 맨발이었다.

"테일러가 와서 네 비틀을 처리해줄 거야. 진심이야. 그 차 운전하지 마. 일요일에 보자. 가끔 이메일 할게."

마치 소용돌이처럼 그는 사라져버렸다.

크리스천 그레이와 밤을 보냈는데도 나는 푹 휴식을 취한 느낌이었다. 섹스도 하지 않았다. 오직 껴안고 잤을 뿐. 그는 누구와도 같이 자는 법이 없다고 말했었다. 하지만 나와 세 번이나 같이 잤다. 나는 생긋 미소를 짓고 천천히 침대에서 나왔다. 지난밤보다 훨씬 더 낙관적인 기분이었다. 차를 한 잔 마실까 싶어 부엌으로 향했다.

아침식사 후, 클레이튼 상점에서의 마지막 업무를 하기 위해 재빨리 샤워하고 옷을 입었다. 한 시대의 종말이었다. 안녕, 클레이튼 아저씨, 아주머니. 안녕, 워싱턴 주립 대학, 밴쿠버, 아파트, 내 비틀. 멋들어진 기계를 힐끔 쳐다보았다. 7시 52분이었다. 아직 시간이 있었다.

보낸 사람: 아나스타샤 스틸

제목: 폭력 행위-여파

날짜: 2011년 5월 27일 08:05

받는 사람: 크리스천 그레이

그레이 씨,

당신이 나의—어떤 말로 돌려 말할 수 있을지 모르겠네요—엉덩이를 치고 벌을 주고 때리고 공격한 후에 내가 혼란스러웠다고 하니까 왜 그런지 알고 싶다고 했었죠. 뭐, 그 당혹스러운 과정 내내 나는 품위를 잃어버리고 타락했으며 추행당하는 기분이 들었어요. 무엇보다도 굴욕적이었던 건 당신 말이 맞았다는 거죠. 난 흥분했고 그건 예상하지 못했던 일이었죠. 당신도 잘 알겠지만 모든 성적인 것들이 내게는 새로워요. 내가 좀 더 경험이 있고 그래서 좀 더 준비가 되었으면 얼마나 좋았을까요. 나는 흥분했다는 데 충격을 받았어요.

정말로 걱정되었던 건 그 후에 느꼈던 감정이었죠. 그건 말로 표현하기가 더 어렵네요. 당신이 행복하다면 나도 행복해요. 생각만큼 고통스럽진 않다는 것을 알고 안심했어요. 그리고 당신 팔 안에 누웠을 때는…… 충족된 기분이었어요. 하지만 나는 그런 기분이 드는 게 아주 불편하고 심지어 죄스럽기까지 했어요. 이건 나와는 잘 맞지 않았고 결과적으로 나는 혼란스러웠죠. 이러면 질문에 대답이 되었나요?

인수합병의 세계가 무척 자극적이길 바라요……. 그리고 너무 늦지 않았기를.
같이 있어줘서 고마워요.

아나

보낸 사람: 크리스천 그레이
제목: 마음을 자유롭게

날짜: 2011년 5월 27일 08:24
받는 사람: 아나스타샤 스틸

흥미롭군. 제목은 약간 과장되긴 했지만, 스틸 양.

네가 지적한 부분에 대해 대답하자면:
• 나는 엉덩이 치기는 계속 가지고 갈 거고-말 그대로.
• 그래서 네가 품위를 잃어버리고 타락하고 추행당하고 공격당한 기분이었다는 거지. 당신도 참 테스 더비필드 같군. 내 기억이 맞다면 타락을 결정한 쪽은 너였을 텐데. 진정으로 그렇게 느끼는 거야, 아니면 그렇게 느껴야 한다고 생각하는 거야? 두 가지는 아주 달라. 정말로 그렇게 느낀다면 나를 위해 이런 감정을 포용하고 처리할 수 있겠어? 그게 바로 서브미시브가 할 일이지.
• 네가 경험이 없다는 게 나는 고마워. 그걸 가치 있게 여기고. 나는 이제야 그게 무슨 의미인지를 이해하게 됐어. 간단하게 말해서…… 너는 모든 면에서 내 것이라는 의미지.
• 그래, 넌 흥분했어. 반대로 그건 굉장히 흥분시키는 면이기도 하지. 거기 잘못된 건 아무것도 없어.
• 행복하다는 말로는 내가 느끼는 감정을 다 표현 못 해. 열락의 기쁨이 그나마 비슷하다고나 할까.
• 체벌로 엉덩이를 때리는 건 관능적인 목적으로 때리는 것보다 훨씬 아파. 따라서 그게 아마 최대치로 세게 때린 걸 거야. 물론 네가 심각한 위반 행위를 저지르지 않는다면 말이지. 그럴 경우에는 너를 벌주기 위해 기구를 사용하겠지. 내 손도 아주 쓰렸거든. 하지만 그 기분도 좋았어.
• 나도 충족된 느낌이었어. 네가 짐작할 수 있는 것 이상으로.

• 죄스러움이나 잘못된 행동을 했다는 기분을 느끼면서 에너지를 낭비하지 마. 우리는 결정권이 있는 성인이고 방 안에서 우리가 하는 일은 우리끼리의 일일 뿐이야. 마음을 자유롭게 풀어놓고 네 몸에 귀를 기울여봐.
• 인수합병의 세계는 너만큼 자극적이지 않아, 스틸 양.

크리스천 그레이
CEO, 그레이 엔터프라이즈 홀딩스, Inc.

맙소사, 모든 면에서 내 것이라니. 내 숨이 가빠졌다.

보낸 사람: 아나스타샤 스틸
제목: 결정권이 있는 성인!
날짜: 2011년 5월 27일 08:26
받는 사람: 크리스천 그레이

지금 회의 중이에요?
손이 쓰렸다니 기쁘네요.
내 몸의 소리를 듣는다면, 나는 지금 알래스카에 가 있어야 해요.

아나

추신: 이 감정들을 포용할 수 있는지 생각해보겠어요.

보낸 사람: 크리스천 그레이

제목: 경찰에 신고한 것도 아니면서

날짜: 2011년 5월 27일 08:35

받는 사람: 아나스타샤 스틸

스틸 양,

정말 관심 있어서 묻는진 모르지만 그래, 난 선물시장에 관한 회의 중이지.

기록 차 말하자면, 그때 너도 내가 무엇을 하려는지 알고서 내 옆에 서 있었잖아.

내게 멈추라고 부탁하지도 않았어. 안전신호를 쓰지도 않았고.

넌 성인이야. 선택권이 있다고.

아주 솔직히 말하면 내 손바닥이 아파서 찡할 기회를 고대하고 있지.

네가 귀를 기울일 부분은 아마 다른 곳일 거야. 제대로 찾아.

알래스카는 아주 춥고 도망갈 곳이 못 돼. 내가 너를 찾아낼 거야.

난 너의 휴대전화도 추적할 수 있는데. 기억 안 나?

일하러 가라.

크리스천 그레이

CEO, 그레이 엔터프라이즈 홀딩스, Inc.

화면을 보면서 얼굴을 찡그렸다. 물론 그의 말이 맞았다. 그건 내 선택이었다. 흠. 나를 찾아내겠다는 건 진심일까? 잠시 탈출하기로 해야 하나? 내 마음은 잠깐 엄마의 제안에 쏠렸다. '답장'을 눌렀다.

보낸 사람: 아나스타샤 스틸
제목: 스토커
날짜: 2011년 5월 27일 08:36
받는 사람: 크리스천 그레이

스토커 성향에 대해 치료받아본 적 있어요?

아나

보낸 사람: 크리스천 그레이
제목: 스토커? 내가?
날짜: 2011년 5월 27일 08:38
받는 사람: 아나스타샤 스틸

저명한 플린 박사에게 내 스토커 및 다른 성향을 상담하느라 큰 돈을 지불하고 있지.

일하러 가라니까.

크리스천 그레이
CEO, 그레이 엔터프라이즈 홀딩스, Inc.

보낸 사람: 아나스타샤 스틸
제목: 치료비 비싼 돌팔이
날짜: 2011년 5월 27일 08:40

받는 사람: 크리스천 그레이

송구스럽지만 다른 의사도 찾아보시라고 말씀드려도 될까요? 플린 박사님이 아주 유능하신지 잘 모르겠네요.

스틸 양

보낸 사람: 크리스천 그레이
제목: 다른 의사들
날짜: 2011년 5월 27일 08:43
받는 사람: 아나스타샤 스틸

송구스럽든 아니든 네가 상관할 바는 아니지만 플린 박사님이 다른 의사야.

새 차를 타고 속도 좀 내야겠네. 그러자면 불필요하게 위험한 상황에 처할 거고. 그것도 규칙에 어긋나는 것 같은데.

일하러 가라고 했지.

크리스천 그레이
CEO, 그레이 엔터프라이즈 홀딩스, Inc.

보낸 사람: 아나스타샤 스틸
제목: 강조 표시
날짜: 2011년 5월 27일 08:47
받는 사람: 크리스천 그레이

당신의 스토커 성향의 대상으로 그건 내가 상관할 일 같은데요, 사실.

아직 난 계약서에 서명 안 했어요. 그러니 규칙은 협칙이랄까. 그리고 내 업무는 9시 30분에 시작해요.

스틸 양

보낸 사람: 크리스천 그레이
제목: 기술 언어학
날짜: 2011년 5월 27일 08:49
받는 사람: 아나스타샤 스틸

'협칙'이라고? 그런 단어가 사전에 나오는진 모르겠는데.

크리스천 그레이
CEO, 그레이 엔터프라이즈 홀딩스, Inc.

보낸 사람: 아나스타샤 스틸
제목: 기술 언어학
날짜: 2011년 5월 27일 08:52
받는 사람: 크리스천 그레이

스토커와 통제광 앞에 나와요.
그리고 기술 언어학은 내 고정 한계로 하겠어요.

이제 나를 그만 좀 방해하면 안 돼요?
나는 새 차를 타고 일하러 가고 싶거든요.

아나

보낸 사람: 크리스천 그레이
제목: 도전적이지만 재미있는 아가씨
날짜: 2011년 5월 27일 08:56
받는 사람: 아나스타샤 스틸

손바닥이 근질거리는데.
안전하게 운전해, 스틸 양.

크리스천 그레이
CEO, 그레이 엔터프라이즈 홀딩스, Inc.

아우디는 잘 달렸다. 파워핸들까지 달렸다. 내 비틀 완다는 저항할 힘이 하나도 없었으므로, 내 일일 운동, 비틀 운전하기는 끝나고 말았다. 오, 하지만 크리스천의 규칙에 따르면 난 개인 운동 강사와 씨름하게 될 테지. 얼굴을 찡그렸다. 난 운동을 싫어했다.

운전을 하는 동안 우리가 주고받았던 이메일을 분석하려고 해보았다. 그는 가끔 거만하기 짝이 없는 개자식이었다. 하지만 그다음에 그레이스를 떠올리고 죄책감을 느꼈다. 물론 그레이스가 친엄마는 아니지만. 흠, 그건 알지 못하는 고통으로 이루어진 전 세계였다. 음, 하지만 이 거만한 개자식은 일 하나는 잘 했다. 그래, 나도 성인이지. 깨우쳐줘서 고마워요, 크리스천 그레이. 그리고 이게 내 선택이죠. 문제는 난 그저 크리스천을 원할 뿐이라는 것이었다. 그의 모든…… 사고방식이 아니라. 그리고 지금 당장 그는 747 비행기 화물칸에 다 실어도 될 만큼 복잡하고 많은 사고방식을 가지고 있었다. 내가 그저 누워서 이를 다 포용할 수 있을까? 서브미시브처럼? 노력해보겠다고 대답했다. 정말 엄청난 요구였다.

클레이튼의 주차장에 차를 댔다. 안으로 들어가면서 오늘이 마지막 근무일임을 믿을 수가 없었다. 운 좋게도 상점은 분주했고 시간은 빨리 흘러갔다. 점심시간에 클레이튼 아저씨가 나를 창고로 불렀다. 아저씨 옆에는 오토바이 택배 배달원이 서 있었다.

"스틸 양?"

택배 배달원이 물었다. 나는 의아한 눈길로 클레이튼 아저씨를 쳐다보았고 그도 나처럼 영문을 모른다는 듯 어깨를 으쓱했다. 내 심장이 쿵 내려앉았다. 크리스천이 이번에는 내게 또 뭘 보냈을까? 나는 작은 소포를 받고 서명한 후 즉시 열어보았다. 블랙베리 전화기였다. 심장이 더 한층 쿵 내려앉았다. 전화기를 켜보았다.

보낸 사람: 크리스천 그레이

제목: 블랙베리 **대여**

날짜: 2011년 5월 27일 11:15

받는 사람: 아나스타샤 스틸

난 언제든 너하고 연락할 수 있어야 하고, 게다가 너는 이메일로 소통할 때 가장 솔직하니까 블랙베리가 필요하겠다고 생각했지.

크리스천 그레이

CEO, 그레이 엔터프라이즈 홀딩스, Inc.

보낸 사람: 아나스타샤 스틸

제목: 걷잡을 수 없는 과소비

날짜: 2011년 5월 27일 13:22

받는 사람: 크리스천 그레이

당신, 플린 박사에게 당장 연락해봐야겠어요.

스토커 성향이 점점 날뛰네요.

나 직장이에요. 집에 가서 이메일 할게요.

최신 기계 하나 더 사줘서 고맙네요.

당신이 최종소비자라고 했던 말 틀린 표현이 아니었군요.

어째서 이러는 거예요?

아나

보낸 사람: 크리스천 그레이

제목: 참 어린 사람치고는 현명하기도 하지

날짜: 2011년 5월 27일 13:24

받는 사람: 아나스타샤 스틸

정곡을 정확히 찔렀어. 평소처럼, 스틸 양.

플린 박사는 휴가 중이야.

내가 이러는 건 그럴 능력이 있기 때문이지.

크리스천 그레이

CEO, 그레이 엔터프라이즈 홀딩스, Inc.

나는 그 물건을 뒷주머니에 넣었다. 벌써 그 물건이 싫었다. 크리스천에게 이메일을 쓰는 건 중독성이 있었지만 나는 일을 해야 했다. 블랙베리는 가끔 내 엉덩이 뒤에서 윙윙 소리를 냈다. ……하, 적절하기도 하지. 나는 비꼬듯 생각했지만 모든 의지력을 동원해서 무시해버렸다.

4시에 클레이튼 아저씨와 아주머니는 상점 안의 모든 직원을 불러 모았고 손발이 오그라들 만큼 부끄러운 연설을 하시면서 내게 300달러짜리 수표를 선물로 주셨다. 그 순간 지난 3주간의 사건들이 내 마음속에서 차올랐다. 시험, 졸업, 강렬하지만 엉망진창인 억만장자, 잃어버린 처녀성, 고정 한계와 유동 한계, 오락기 없는 오락실, 헬리콥터 승차, 내일 이사한다는 사실. 놀랍게도 감정을 간신히 자제할 수 있었다. 내 잠재의식이 경탄했다. 나는 클레이튼 부부를 꼭 껴안았다.

친절하고 너그러운 상사였던 두 분이 언제까지나 그리울 것 같았다.

내가 집에 오자 케이트가 차에서 내리고 있었다.

"그게 뭐야?"

케이트는 비난하듯 아우디를 가리켰다. 난 저항할 수 없었다.

"차야."

나는 얼버무렸다. 케이트가 눈을 가늘게 뜨자, 순간 케이트도 나를 자기 무릎에 엎드리게 해놓고 엉덩이를 치려는 게 아닐까 하는 생각이 들었다.

"졸업 선물이래."

태연하게 행동하려고 했다. 그래, 나 비싼 차 같은 건 예사로 선물 받는 여자야. 케이트 입이 떡 벌어졌다.

"너그럽기도 하시네. 초특급 개자식이. 그렇지?"

나는 고개를 끄덕였다.

"받지 않으려고 했는데, 솔직히 이거 가지고 싸울 가치가 없더라."

케이트는 입을 꾹 다물었다.

"네가 버겁다 하는 것도 이해가 간다. 그 사람 자고 간 것 같던데."

"그래."

나는 서글프게 미소 지었다.

"짐 마저 쌀까?"

고개를 끄덕이고 케이트를 따라 안으로 갔다. 크리스천에게 온 이메일을 확인했다.

보낸 사람: 크리스천 그레이

제목: 일요일

날짜: 2011년 5월 27일 13:40

받는 사람: 아나스타샤 스틸

일요일 오후 1시에 만날 수 있겠어?

의사가 너를 보러 1:30까지 에스칼라로 올 거야.

나 지금 시애틀로 떠난다.

이사 무사히 잘하고, 일요일 기다리지.

크리스천 그레이

CEO, 그레이 엔터프라이즈 홀딩스, Inc.

이런, 날씨 얘기하듯 하네. 일단 짐을 다 싼 후에 그에게 이메일을 보내기로 했다. 한순간 그는 아주 재미있는 사람이기도 했지만 다음 순간에는 아주 정중하고 답답하게 굴었다. 맞추기가 어려웠다. 솔직히 직원에게 보내는 이메일 같았다. 나는 도전적으로 눈을 흘기다가 짐을 싸는 케이트를 도우러 갔다.

케이트와 내가 부엌에 있을 때 문을 두드리는 소리가 들렸다. 테일러가 먼지 한 톨 없는 정장을 입고 현관에 서 있었다. 나는 그의 스포츠머리와 단정한 몸가짐, 냉정한 시선에서 전직 군인의 흔적을 보았다.

"스틸 양, 차 가지러 왔습니다."

"아 네, 들어오세요. 열쇠 가져올게요."

물론 업무 범위를 넘는 일일 터였다. 다시 한 번 테일러의 규정 업무가 뭔지 궁금했다. 나는 그에게 열쇠를 건넸고 우리는 불편한 침묵 속에―내 쪽에서는―하늘색 비틀로 걸어갔다. 차문을 열고 조수석 보관함에서 손전등을 꺼냈다. 그게 다였다. 완다에 개인적인 물건은 아무것도 두지 않았다. 안녕, 완다. 고마웠어. 조수석 문을 닫으며 지붕을 쓰다듬었다.

"그레이 씨 밑에서 일한 지 얼마나 되셨나요?"

나는 물었다.

"4년 됐습니다, 스틸 양."

갑자기 그에게 질문을 퍼붓고 싶은 강력한 충동을 느꼈다. 이 남자라면 분명 크리스천을, 그의 모든 비밀을 알고 있겠지. 하지만 그도 비공개 합의서에 서명을 했으리라. 나는 불안하게 그를 쳐다보았다. 나는 레이 아빠처럼 과묵한 표정을 짓고 있는 그에게 따뜻한 호의를 느꼈다.

"사장님은 좋은 분이십니다, 스틸 양."

그가 미소를 지으며 말했다.

그런 후에 내게 살짝 목례하고는 내 차에 올라타고 떠났다.

아파트, 비틀, 클레이튼 상점. 이제 모두 변했다. 고개를 저으며 다시 안으로 들어갔다. 그 중에서도 가장 큰 변화는 크리스천 그레이였다. 테일러는 그가 좋은 사람이라고 했다. 그 말을 믿을 수 있을까?

8시에 호세가 중국 음식을 포장해서 가지고 왔다. 이사 준비는 끝났다. 짐도 다 쌌고 갈 준비도 마쳤다. 호세가 맥주도 몇 병 가지고 와서 케이트와 나는 소파에 앉고 호세는 양반다리를 하고 우리 사이에 앉았다. 바보 같은 텔레비전 프로그램을 보고 맥주를 마셨다. 저녁 시간이 서서히 깊어가며 맥주 기운이 돌기 시작하자 우리는 다정하고 시끄럽게 옛 이야기를 나눴다. 즐거웠던 4년이었다.

호세와 나 사이의 분위기도 평소로 돌아왔고 키스 미수 사건도 잊혀졌다. 뭐, 깔끔히 쓸어서 내 안의 여신이 누워 있는 융단 아래로 넣어버렸다고 해야 하나. 여신은 포도를 먹으면서 손가락을 까닥이며 참을성 없게 일요일을 기다리는 중이었다. 그때 누가 문이 두드렸다. 심장이 목 안으로 훅 튀어올랐다. 혹시……?

문을 연 케이트는 엘리엇 때문에 거의 쓰러질 뻔했다. 엘리엇은 케이트를 할리우드 스타일로 안았다가 재빨리 유럽 예술영화 스타일로 포옹했다. 솔직히…… 아예 방에 들어가서 해라. 호세와 나는 서로 얼굴만 바라보았다. 두 사람의 뻔뻔함에 기가 질렸다.

"우리는 나가서 술이나 한잔할까?"

호세에게 묻자 호세도 열심히 고개를 끄덕였다. 우리 앞에 펼쳐지는 자제 없는 애정 행각에 불편함을 느끼던 차였다. 케이트가 홍조 띤 얼굴에 눈을 빛내며 나를 올려다보았다.

"호세와 한잔하고 올게."

나는 눈을 흘기며 말했다. 하! 나 혼자 있을 때는 눈을 흘겨도 그만이라고.

"그래."

케이트가 씩 웃었다.

"안녕, 엘리엇. 잘 있어요, 엘리엇."

그는 커다란 푸른 눈으로 내게 윙크했고 호세와 나는 문으로 나오면서 십 대 아이들처럼 킬킬댔다.

술집으로 걸어가면서 호세의 팔짱을 꼈다. 참, 호세에게는 복잡한 면이 없었다. 이전에는 높이 사지 못했던 면이었다.

"그래도 내 전시회 개막식에는 올 거지?"

"그럼, 호세, 언제라고 했지?"

"6월 9일."

"그게 무슨 요일이야?"

나는 갑자기 겁에 질렸다.

"목요일이야."

"그래, 그럼 갈 수 있겠다…… 시애틀에 우리 만나러 올 거지?"

"말리지나 마라."

호세가 씩 웃었다.

술집에서 돌아왔을 때는 늦은 시간이었다. 케이트와 엘리엇의 모습은 보이지 않았지만, 세상에, 소리는 똑똑히 들렸다. 맙소사. 내가 저렇게 시끄럽진 않겠지. 크리스천이 그렇지 않다는 건 알았다. 나는 그 생각에 얼굴을 붉히고 내 방으로 탈출했다. 다행히 그다지 어색하지 않은 포옹을 짧게 나누고 호세는 갔다. 언제 호세를 다시 볼 수 있을지 알 수 없었다. 아마 사진 전시회 때나 볼 수 있을까. 다시 한 번 마침내 호세가 개인전을 연다는 데 감동했다. 호세와 사내아이 같은 매력이 그립겠지. 하지만 호세에게 비틀 얘기를 꺼낼 용기는 내지 못했다. 호세가 알면 분통을 터뜨릴 거고, 분통을 터뜨리는 남자는 한 번에 한 명만 감당하기도 힘들기 때문이었다. 일단 방에 들어오자 나는 멋들어진 기계를 확인했다. 물론 크리스천이 보낸 이메일이 있었다.

보낸 사람: 크리스천 그레이

제목: 어디야?

날짜: 2011년 5월 27일 22:14

받는 사람: 아나스타샤 스틸

"나 직장이에요. 집에 가서 이메일 할게요."

아직 직장인 거야, 아니면 전화, 블랙베리, 맥북까지도 다 싸버린 거야?

전화해. 아니면 엘리엇에게 전화해버릴지도 모르니까.

크리스천 그레이

CEO, 그레이 엔터프라이즈 홀딩스, Inc.

어떡해…… 호세…… 큰일이군.

전화를 집었다. 부재중 전화가 다섯 통이고 음성 메시지가 한 개 있었다. 머뭇거리면서 메시지를 들었다. 크리스천이었다.

"내 기대를 감당하는 법을 배워야 할 것 같은데. 나는 참을성이 많은 남자가 아냐. 일 끝나고 연락할 거라고 했으면 적어도 그렇게 하는 정도의 예의는 있어야 하지 않나. 그렇지 않으면 사람이 걱정하잖아. 난 이런 감정에 익숙하지 않고 너그럽게 참을 수도 없어. 전화해."

두 배로 큰일 났네. 나한테 휴식 시간도 안 주는 거야? 나는 전화를 보며 인상을 썼다. 내 숨통을 막아 죽이려는군. 배 속 깊숙이 풀려가는 깊은 두려움과 함께 그의 번호를 찾아 '통화'를 눌렀다. 그가 전화 받기를 기다리는 동안 심장이 위로 펄쩍 뛰어올랐다. 아마도 내가 일곱 가지 다른 빛깔로 멍이 들도록 때려줄지도 몰라. 그 생각을 하니 기가 죽었다.

"안녕."

그가 부드럽게 인사했다. 화를 터뜨릴 거라 예상했던 나는 이 반응에 화들짝 놀라 균형을 잃었다. 하지만 무엇보다도 안심한 말투였다.

"안녕."

"걱정했잖아."

"알아요. 답장 안 해서 미안해요. 하지만 괜찮아요."

그는 잠시 침묵했다.

"즐거운 저녁 보냈나?"

그는 명쾌하게 정중한 태도를 보였다.

"네, 짐을 다 쌌고 케이트와 나는 호세가 가지고 온 중국 음식을 먹었어요."

호세의 이름을 말할 땐 눈을 질끈 감았다. 크리스천은 아무 말 하지 않았다.

"당신은요?"

귀가 멀 것 같은 갑작스러운 침묵의 틈을 메우기 위해 아무거나 물었다. 그 때문에 호세를 만난 것에 죄책감을 느끼지는 않을 작정이었다.

마침내 그는 한숨을 내쉬었다.

"기금 마련 만찬에 갔었어. 죽을 만큼 지루했어. 되는 대로 빨리 빠져나왔지."

무척 슬프고 낙담한 목소리였다. 내 심장이 조여들었다. 그가 거대한 거실에서 홀로 피아노 앞에 앉아서 보냈을 밤들을 떠올렸다. 참을 수 없을 정도로 달곰쌉쌀한 우울한 연주곡도.

"당신이 여기 있었으면 좋겠어요."

나는 속삭였다. 그를 안아주고 싶은 충동을 느꼈기 때문이었다. 위로하고 싶었다. 그는 그렇게 하도록 허락해주지 않겠지만. 가까이에라도 있고 싶었다.

"그래?"

그는 멍하게 중얼거렸다. 맙소사. 그답지 않았다. 밀려드는 불안에 내 머리 꼭대기가 따끔거렸다.

"그래요."

나는 나직이 내뱉었다. 영원처럼 느껴지는 시간 후에 그가 한숨지었다.
"일요일에 만날 거지?"
"네, 일요일."
전율이 내 몸을 훑었다.
"잘 자."
"안녕히 주무세요, 주인님."
내 호칭이 그를 뜻밖에 붙들었다. 날카롭게 들이켜는 숨소리로 알 수 있었다.
"내일 이사 잘해, 아나스타샤."
그의 목소리는 부드러웠다. 우리 둘 다 십 대처럼, 전화를 끊고 싶지 않아서 수화기에 매달려 있었다.
"먼저 끊어요."
내가 속삭였다. 마침내 그의 미소가 감지되었다.
"아니, 먼저 끊어." 이제 그의 미소가 웃음으로 퍼져갔다는 것을 알았다.
"끊고 싶지 않아요."
"나도 그래."
"나한테 많이 화났었어요?"
"그래."
"아직도?"
"아니."
"그럼 날 벌주지 않을 거죠?"
"안 할게. 난 순간을 소중히 하는 남자니까."
"그럴 줄 알았어요."
"이제 끊어도 돼, 스틸 양."
"정말로 내가 그러길 바라시나요, 그레이 님?"

"잠자리에 들어, 아나스타샤."
"네, 그레이 님."
우리는 둘 다 끊지 않았다.
"시키면 시키는 대로 순순히 할 수도 있다는 생각은 안 해봤어?"
그는 재미있어하는 것 같기도 하고 동시에 화난 것 같기도 했다.
"어쩌면요. 일요일 이후에 알아봐요."
전화기의 '종료' 버튼을 눌렀다.

엘리엇은 서서 자기 솜씨에 감탄했다. 그는 파이크 플레이스 마켓 아파트에서 우리 텔레비전을 위성 시스템에 다시 연결했다. 케이트와 나는 소파에서 드러누워 깔깔 웃으며 엘리엇이 전동드릴을 다루는 솜씨를 찬탄했다. 평면 스크린은 창고를 개조한 벽돌집에는 어색해 보였지만 곧 익숙해질 것이었다.
"봐, 자기, 쉬워."
그는 하얀 이를 드러내며 케이트를 보고 함박웃음을 지었고 케이트는 거의 말 그대로 소파 위에서 녹았다.
나는 두 사람을 보고 눈알을 굴렸다.
"좀 더 있다 가고 싶지만, 자기. 오늘 여동생이 파리에서 오거든. 오늘 밤은 강제 가족 만찬이다."
"그 후에 올 수 있어요?"
케이트가 망설이며 물었다. 무척이나 부드러웠고 전혀 케이트답지 않은 태도였다.
나는 서 있다가 상자에 담은 짐을 풀러가는 척하며 부엌으로 갔다. 두 사람이 찐득찐득하게 굴 것 같아서였다.

“탈출할 수 있나 알아보지.” 엘리엇이 약속했다.

“바래다줄게요.” 케이트가 미소를 지었다.

“나중에 봐요, 아나.” 엘리엇이 씩 웃었다.

“안녕히 가세요, 엘리엇. 크리스천에게 안부 전해줘요.”

“그냥 안부만?” 그가 암시하듯 눈썹을 확 치켰다.

“네.” 나는 얼굴을 붉혔다. 엘리엇이 내게 윙크했고 내가 얼굴을 새빨간색으로 붉히고 있을 때 케이트를 따라 아파트 밖으로 나갔다. 엘리엇은 귀염성 있는 사람이었고 크리스천과는 사뭇 달랐다. 엘리엇은 따뜻하고 개방적이었으며 케이트와 같이 있을 때는 육체적, 무척이나 육체적, 지나치게 육체적이었다. 두 사람의 손은 떨어져 있지를 않았다. 솔직히 당황스러웠다. 샘도 많이 났다.

케이트가 20분 후 피자를 가지고 돌아왔다. 우리는 새로운 거실에서 짐 상자 사이에 둘러싸여 앉았다. 케이트의 아버지는 너그럽게 인심을 써주셨다. 아파트는 크진 않았지만 두 사람 살기엔 충분했다. 침실 세 개, 파이크 플레이스 마켓이 내려다보이는 커다란 거실. 민무늬 나무 바닥에 빨간 벽돌로 지어진 집으로, 부엌 조리대는 실용적인 매끄러운 콘크리트라 아주 최신식이었다. 우리는 둘 다 도시 심장부에서 살고 싶었다.

8시, 현관 인터폰이 울렸다. 케이트가 벌떡 일어났고 내 심장도 입까지 튀어올랐다.

“스틸 양과 캐버너 양에게 배달 왔습니다.”

실망감이 제멋대로 예기치 않게 혈관 속을 흘렀다. 크리스천이 아니었다.

“2층, 2호예요.”

케이트가 배달원을 안으로 들여보냈다. 배달원은 케이트를 보자 입을 떡 벌렸다. 딱 달라붙는 청바지에 티셔츠, 높이 말아 올리고 몇 가닥만 뺀 머리카락. 케이트는 남자에게 그런 반응을 일으키는 애였다. 그는 헬리콥터 모양의 풍선이 달린 샴페인 한 병을 들고 있었다. 케이트는 그에게 눈부신 미소를 보이며 돌려보낸 후 카드를 읽었다.

숙녀들께,
새 집에서 행운이 가득하길.
크리스천 그레이

케이트는 못마땅해서 고개를 저었다.

"어째서 그냥 '크리스천'이라고 쓰면 안 된다니? 그리고 저 헬리콥터 풍선은 뭐래?"

"찰리 탱고야."

"뭐?"

"크리스천이 저 헬리콥터로 나를 시애틀까지 태우고 갔어."

나는 어깨를 으쓱했다.

케이트는 입을 떡 벌리고 나를 쳐다보았다. 이럴 때는 솔직히 기분 좋다는 걸 인정해야겠다. 캐서린 캐버너가 아무 말 못하고 쩔쩔매다니. 드문 경우였다. 이 짧고 사치스러운 순간을 만끽했다.

"그래, 헬리콥터를 가지고 있더라고. 직접 운전도 하고."

나는 자랑스럽게 말했다.

"물론, 그 재수 없는 부자 새끼라면 헬리콥터도 있겠지. 어째서 나한테 말 안 했어?"

케이트는 탓하듯 나를 쳐다보았지만 결국엔 웃으면서 못 믿겠다는 듯 고개를 저었다.

"요새 마음속에 이런저런 생각이 많아서."

케이트는 얼굴을 찡그렸다.

"내가 여행 가도 너 혼자 괜찮겠니?"

"물론이지."

나는 안심을 시켜주었다. 새로운 도시, 직업도 없고…… 정신 나간 남자 친구까지.

"그 사람에게 우리 주소 알려줬어?"

"아니. 하지만 스토킹은 그 사람 특기니까."

나는 사실을 전달하는 투로 대꾸했다.

케이트가 더 눈살을 찌푸렸다.

"어쨌든 놀랍진 않네. 그 사람 걱정스럽더라, 아나. 적어도 샴페인은 좋은 거네. 차갑게 식히기도 했고."

물론이지. 크리스천이니까 차갑게 식힌 샴페인을 보내겠지. 아니면 비서에게 시켰든가. 아니면 테일러가 했겠지. 우리는 샴페인을 따고 찻잔을 찾아왔다. 마지막으로 쌌던 세간이었다.

"볼랭저 라 그랑 아네 1999. 훌륭한 빈티지지."

나는 케이트를 향해 씩 웃었고 우리는 찻잔을 쨍 부딪쳤다.

흐린 일요일 아침, 놀랄 만큼 상쾌하게 자고 나서 일찍 잠에서 깨어 내 짐 상자들을 바라보며 누워 있었다. 너 짐 정리해야 해. 잠재의식이 괴물새 하피 같은 입술을 꾹 다물고 잔소리했다. 아니, 오늘은 날이 아니야. 내 안의 여신이 옆에서 발을 엇바꾸며 폴짝폴짝 뛰었다. 기대감이 열대 폭우의 먹구름처럼 내 머리 위에 무겁고도 불길하게 걸려 있었다. 배 속이 뒤틀렸다. 그가 내게 할 일을 생각하자 더 어둡고 육체적이면서도 매혹적인 고통도 같이 찾아왔다. ……물론 난 오늘 그 빌어먹을 계약서에 서명해야만 했다. 해야 하나? 그때 침대 옆 바닥에 놓인 멋들어진 기계에서 메일이 들어오는 핑 소리가 났다.

보낸 사람: 크리스천 그레이
제목: 숫자로 표현한 나의 생활
날짜: 2011년 5월 29일 08:04
받는 사람: 아나스타샤 스틸

차를 몰고 온다면 에스칼라 지하 주차장 출입 번호가 필요하겠지. 146963.

5번 격납고에 주차해. 그게 내 것 중 하나니까.

엘리베이터 비밀번호는 1880이야.

크리스천 그레이
CEO, 그레이 엔터프라이즈 홀딩스, Inc.

보낸 사람: 아나스타샤 스틸
제목: 훌륭한 빈티지
날짜: 2011년 5월 29일 08:08
받는 사람: 크리스천 그레이

알겠습니다, 그레이 님. 잘 알았어요.

샴페인과 찰리 탱고 풍선 고마워요. 풍선은 내 침대에 묶어놓았어요.

아나

보낸 사람: 크리스천 그레이

제목: 부러움

날짜: 2011년 5월 29일 08:11

받는 사람: 아나스타샤 스틸

천만의 말씀. 늦지 마.

찰리 탱고는 운도 좋군.

크리스천 그레이

CEO, 그레이 엔터프라이즈 홀딩스, Inc.

그의 위압적인 태도에 눈을 흘겼지만 마지막 줄에 웃고 말았다. 화장실로 가면서 어제 엘리엇이 내 말을 전했을까 생각하며 긴장감을 통제하려고 애썼다.

아우디는 하이힐을 신고도 운전할 수가 있네! 정확히 12시 55분에 에스칼라의 주차장으로 들어가 5번 격납고에 주차했다. 크리스천은 격납고를 몇 개나 가지고 있을까? 아우디 SUV와 R8이 거기 있었고 더 작은 아우디 SUV 두 대도 있었다. 흠…… 나는 평소 잘 쓰지 않는 마스카라를 조명이 들어오는 화장 거울에 비춰 보았다. 비틀에는 이런 거울이 없었다.

힘내라, 힘! 내 안의 여신이 꽃술을 들고 응원을 펼쳤다. 엘리베이터의 초고감도 거울에 내 자두색 원피스를 점검해보았다. 뭐, 케이트의 자두색 원피스지만. 마지막으로 이 옷을 입었을 때 그는 이 원피스를 벗기고 싶어 했다. 그 생각을 하니 온몸이 죄어왔다. 그저 날카로운 그 느낌에 숨을 죽일 수밖에 없었다. 속옷은 테일러가 사준 것으로 입었다. 그 스포츠머리 아저씨가 에이전트 프로보카터(선정적인 속옷을 파는 브랜드—옮긴이)인지 어딘지의 통로를 헤매고 다녔을 생각을 하니 얼굴이 절로 붉어졌다. 문이 열리자 아파트 1호의 현관과 마주보게 되었다.

엘리베이터에서 내리니 테일러가 여닫이문 앞에 서 있었다.

"안녕하십니까, 스틸 양." 그가 말했다.

"아, 그러지 마세요. 그냥 아나라고 부르세요."

"아나." 그가 미소를 띠었다. "그레이 씨가 기다리고 계십니다."

어련하시려고.

크리스천은 거실 소파에 앉아 일요일 신문을 읽고 있었다. 테일러가 거실로 안내하자 그는 슬쩍 시선을 들었다. 방 안은 정확히 기억 그대로였다. 여기 마지막으로 왔던 때가 일주일 전이었지만 그보다 훨씬 더 오랜 시간이 흐른 듯했다. 크리스천은 냉정하고 침착해 보였다. 실제로는 무척이나 근사했다. 헐렁한 하얀 리넨 셔츠에 청바지를 입었고 양말도 신발도 신지 않은 맨발이었다. 머리카락은 부스스하게 헝클어졌고 눈은 짓궂게 빛났다. 그는 자리에서 일어나 아름다운 조각상 같은 입술에 사람을 찬찬히 살피면서 재미있어하는 미소를 띠고 내 쪽으로 걸어왔다.

나는 방 입구에 꼼짝도 못하고 서 있었다. 그의 아름다움과 앞으로 다가올 일에 대한 달콤한 기대 때문에 몸이 마비된 듯했다. 우리 사이엔 익숙한 전류가 흘렀고 내 배 속에서는 천천히 불꽃이 튀어 나를 그쪽으로 끌어당겼다.

"흠…… 그 원피스."

그는 내려다보며 마음에 든다는 투로 웅얼거렸다.

"다시 온 것을 환영해, 스틸 양."

그는 속삭이며 턱을 잡더니 몸을 숙이고 상냥하고도 가볍게 내 입에 키스했다. 그의 입술이 내 입술에 닿자 그 감각이 온몸으로 퍼져나갔다. 숨이 가빠졌다.

"안녕."

나는 얼굴을 붉히면서 속삭였다.

"성삭에 왔군. 나는 시간을 잘 맞추는 것을 좋아하지. 이리 와."

그는 내 손을 잡고 소파로 이끌었다.

"보여줄 게 있어."

자리에 앉으면서 그가 말했다. 그는 〈시애틀 타임스〉를 건넸다. 8면에 우리 두 사람이 졸업식장에서 함께 있을 때 찍혔던 사진이 실려 있었다. 어머나. 내가 신문에 나다니. 사진 설명을 확인했다.

밴쿠버 소재 워싱턴 주립 대학 졸업식에서 크리스천 그레이와 친구.

나는 웃었다. "그럼 이제 난 당신의 '친구'가 되었네요."

"그렇게 보이는데. 신문에 난 거니까 그게 사실이겠지."

그가 싱글싱글 웃었다.

내 옆에 앉아 있던 그가 한 다리를 다른 다리 밑에 괴고 온몸을 내 쪽으로 돌렸다. 그는 기다란 집게손가락을 뻗어 내 머리카락을 귀 뒤로 넘겨주었다. 그의 손길에 내 몸이 살아나며 기다리고 갈망했다.

"그래, 아나스타샤. 지난번에 여기 온 후에는 내가 어떤 일을 하고 있는지 훨씬 더 잘 알게 되었겠지."

"그래요." 그래서 어쩌려는 걸까?

"그런데도 다시 왔고."

나는 수줍게 고개를 끄덕였고 그의 눈빛이 타올랐다. 그는 어떤 생각과 싸우는 사람처럼 고개를 저었다.

"밥은 먹었어?" 그가 뜬금없이 물었다.

이런.

"아니요."

"배고파?" 그는 언짢은 기색을 내비치지 않으려고 무척 애쓰고 있었다.

"음식이 고프진 않아요."

나는 속삭였다. 그 반응으로 그가 코를 벌름거렸다.

그는 앞으로 몸을 숙이면서 내 귀에 대고 속삭였다.

"오늘 아주 열렬한데, 스틸 양. 작은 비밀 하나 털어놓자면, 나도 그래. 하지만 그린 박사가 곧 여기 오기로 되어 있어."

그는 몸을 일으켰다.

"뭐라도 먹고 오지."

그는 온화하게 잔소리했다. 달아올랐던 피가 식었다. 맙소사, 의사라니. 잊어버리고 있었다.

"그린 박사는 어떤 사람이에요?"

우리 두 사람의 주의를 딴 데로 돌리려고 아무거나 물었다.

"박사는 시애틀에서 제일가는 산부인과의야. 더 이상 뭘 말해?"

그는 어깨를 으쓱했다.

"난 당신 주치의를 만나는 줄 알았는데. 자기가 사실은 여자였다는 말 하지 마요. 난 안 믿을 테니까."

그는 바보 같은 소리 말라는 표정을 지어 보였다.

"넌 전문가에게 진찰받는 게 더 적합할 거라 생각했어. 그렇지 않아?"

그가 온화하게 말했다.

나는 고개를 끄덕였다. 세상에. 그린 박사가 제일가는 산부인과의인데 일요일에 나를 진찰해달라고 예약을 하다니. 그것도 점심시간에! 왕진 비용이 얼마나 될지 상상도 할 수 없었다. 크리스천은 뭔가 불쾌한 걸 기억해낸 듯 갑자기 얼굴을 찡그렸다.

"아나스타샤. 어머니가 오늘 저녁식사에 초대하셨어. 엘리엇이 케이트도 초대했을 거야. 네가 어떻게 생각할지 모르겠군. 널 가족에게 소개하면 내가 좀 이상할 테지만."

이상해? 왜?

"내가 부끄러워요?"

나는 상처 입은 느낌을 목소리에서 억누르지 못했다.

"물론 아니지."

그가 눈을 흘겼다.

"그럼 뭐가 이상해요?"

"이전에는 한 번도 그런 적이 없었으니까."

"나한테는 눈 흘기지 말라면서 당신은 왜 그래요?"

그는 나를 보고 눈을 깜박였다.

"내가 그런지 몰랐는데."

"나도 내가 그러는지 몰라요. 보통은요."

나는 톡 쏘아붙였다.

크리스천은 할 말을 잃고 나를 빤히 쳐다보았다. 테일러가 문간에 나타났다.

"그린 박사님이 오셨습니다."

"스틸 양 방으로 안내해드려."

스틸 양의 방이라니!

"피임할 준비는 됐어?"

그가 일어서며 내게 손을 내밀었다.

"당신도 따라올 건 아니죠?"

충격을 받아 숨을 헉 들이켰다. 그는 껄껄 웃었다.

"구경할 수 있다면 비싼 관람료도 낼 용의가 있지. 하지만 좋은 의사라면 허락하지 않을걸."

그의 손을 잡자 그는 나를 자기 품 안으로 끌더니 깊게 키스했다. 나는 깜짝 놀라 그의 두 팔을 잡았다. 그는 한 손을 내 머리카락 속으로 넣어 머리를 잡더니 자기 쪽으로 끌어당겼다. 이마가 내 이마에 닿았다.

"네가 여기 와줘서 기뻐." 그가 속삭였다. "네 옷을 벗겨버리고 싶어서 죽겠군."

18

그린 박사는 키가 크고 금발이었으며 로열블루색 정장을 깔끔하게 차려 입고 있었다. 크리스천의 사무실에서 일하는 여자들 생각이 났다. 박사도 마치 비슷한 모델 같았다. 또 한 명의 금발 스텝포드 주부. 긴 머리는 우아하게 틀어 말아 올렸다. 사십 대 초반은 되어 보였다.

"그레이 씨."

박사는 크리스천이 내민 손을 잡고 악수했다.

"급하게 연락드렸는데도 와주셔서 감사합니다."

크리스천이 인사했다.

"불러주셔서 제가 고맙지요, 그레이 씨. 스틸 양."

박사는 미소 짓고 있었지만 눈빛은 냉정했고 나를 평가하는 듯했다.

우리는 악수를 나누었고 나는 박사가 바보를 너그럽게 참아주는 그런 여자가 아님을 알았다. 케이트처럼. 즉시 박사에게 호감을 느꼈다. 박사는 크리스천을 날카롭게 쳐다보았고, 잠깐 어색한 순간이 흐른 후 크리스천이 눈치를 챘다.

"나는 아래층에 가 있지요."

그는 말하며 내 방이 될 곳을 나갔다.

"그럼, 스틸 양. 그레이 씨가 스틸 양을 봐달라고 제게 적지 않은 보수를 지급하셨답니다. 뭘 도와드릴까요?'

철저한 검사와 긴 토론 끝에 그린 박사와 나는 알약으로 합의를 보았다. 박사가 선불 처방전을 써주었고 내일 약을 찾아가라고 지시했다. 헛소리 없이 요점만 딱딱 짚는 박사의 태도가 좋았다. 박사는 약을 같은 시간에 매일 먹어야 한다고 입에 침이 마르도록 강조했다. 내가 그레이 씨와 소위 어떤 관계인지 박사가 무척 궁금해하는 것이 눈에 보였다. 나는 자세히 설명하지 않았다. 어쨌든 박사가 고통의 빨간 방을 보았다면 그처럼 침착하고 차분한 태도를 유지할 수는 없을 듯했다. 닫힌 문을 지날 때 나는 얼굴을 붉혔고 우리는 미술관 같은 거실로 내려갔다.

크리스천은 소파에 앉아서 책을 읽고 있었다. 숨을 앗아갈 만큼 근사한 아리아가 울려 퍼져 그의 주위를 돌고 감싸며 방 안을 달콤하고 정열적인 노래로 채웠다. 그 순간 그는 아주 평온해 보였다. 우리가 들어가자 그는 몸을 돌려 우리를 힐끗 보더니 나에게 환히 미소 지었다.

"다 끝났나?"

크리스천은 순수하게 관심이 있는 듯 물었다. 그는 난롯가 밑 아이팟을 꽂아놓은 미끈한 하얀 상자를 향해 리모컨을 눌렀고 황홀한 가락은 소리가 줄어들어 배경 음악으로만 깔렸다. 그는 일어서서 우리 쪽으로 걸어왔다.

"네, 그레이 씨. 스틸 양을 잘 보살펴주세요. 아름답고 영민한 아가씨로군요."

크리스천은 움찔 놀랐다. 나도 마찬가지였다. 의사가 하는 말이라기에는 부적당했다. 대놓고 경고를 하는 것일까? 크리스천은 침착한 태도를 회복했다.

"물론 그럴 작정입니다."

그는 당황해하며 말했다.

그를 쳐다보며 나도 부끄러워 어깨를 으쓱했다.

"그럼 청구서를 보내드리지요."

박사는 시원시원하게 말하며 악수를 했다.

"좋은 하루 보내요. 행운을 빌어요, 아나."

박사는 눈가에 주름이 잡히도록 미소를 지으며 나와도 악수를 나누었다.

테일러가 휙 모습을 드러내더니 박사를 모시고 문을 나가 엘리베이터로 갔다. 테일러는 어떻게 그렇게 하는 거지? 어디 숨어 있었나?

"어땠어?"

크리스천이 물었다.

"괜찮았어요. 박사님 말로는 앞으로 4주 동안은 어떤 성행위도 절제해야 한다네요."

크리스천은 충격을 받았는지 입을 떡 벌렸다. 나는 더 이상 짐짓 태연한 표정을 유지하지 못하고 백치 웃음을 지어 보였다.

"속았죠!"

그는 눈살을 찌푸렸고 나는 즉시 웃음을 멈췄다. 기실 그는 험악한 표정을 띠고 있었다. 아, 어쩨. 내 잠재의식은 겁먹고 구석에 웅크렸고, 내 얼굴에서는 핏기가 쫙 빠졌다. 그가 나를 다시 무릎에 눕히는 상상을 했다.

"속았지!"

그가 말하며 싱글싱글 웃었다. 그는 내 허리를 감고 자기 쪽으로 나를 끌어올렸다.

"참 다루기 힘든 사람이군, 스틸 양."

그는 나직이 속삭이며 내 눈을 들여다보았다. 그는 손가락을 내 머리카락 속에 넣으며 내 얼굴을 움직이지 못하게 했다. 그는 거칠게 키스했고 나는 그의 근육질 팔에 매달렸다.

"여기서 당장 갖고 싶은 만큼이나 일단 널 먹여야겠고 나도 마찬가지야. 네가 나중에 내 위에 쓰러지면 안 되니까."

그가 내 입술에 대고 중얼거렸다.

"나한테 원하는 게 그뿐이에요? 내 몸?"

나도 맞대고 속삭였다.

"그것과 말대꾸 잘하는 똑똑한 입과."

그는 다시 열정적으로 키스하다가 갑자기 나를 놓더니 내 손을 잡고 부엌으로 이끌었다. 난 어지러워 비틀거렸다. 한순간은 농담을 하더니 다음 순간에는……. 얼굴이 달아올라 손으로 부채질을 했다. 그는 걸어 다니는 섹스의 신인데 나는 이제 평정심을 찾고 뭔가 먹어야 했다. 아리아가 아직도 흐르고 있었다.

"저 음악은 뭐예요?"

"빌라 로보스야. 브라질 풍의 바흐에 나오는 아리아지. 좋은 곡이지?"

"네."

나도 전적으로 동의했다.

일자형 식탁에는 두 사람 분의 자리가 차려져 있었다. 크리스천은 냉장고에서 샐러드 그릇을 꺼냈다.

"치킨 시저 샐러드 괜찮아?"

다행이다. 그렇게 거하지 않은 거네.

"네, 좋아요. 고마워요."

그가 부엌에서 우아하게 움직이는 모습을 보았다. 그는 어떤 면에서는 자기 몸을 아주 편안히 움직였지만 남이 만지는 건 싫어한다……. 그러니 어쩌면 깊은 곳에서는 그렇게 편하지 않을지도 몰랐다. 사람은 섬이 아니지. 나는 생각했다. 하지만 크리스천 그레이만은 예외일지도.

"무슨 생각해?"

그가 물어서 나는 공상에서 깨어났다. 얼굴이 붉어졌다.

"그저 당신이 움직이는 모습을 보고 있었어요."

그는 재미있다는 듯 한쪽 눈썹을 치켰다.

"그래서?"

그가 건조하게 묻자 나는 얼굴을 좀 더 붉혔다.

"아주 우아하네요."

"어이, 고마운데, 스틸 양."

그는 와인 한 병을 들고 내 앞에 앉았다.

"샤블리?"

"주세요."

"샐러드 맘껏 들어."

그가 부드러운 목소리로 말했다.

"말해봐. 어떤 방법을 쓰기로 했어?"

나는 잠시 그의 질문에 어리둥절했으나 곧 그린 박사와 했던 면담 이야기라는 것을 알았다.

"알약요."

그가 얼굴을 찡그렸다.

"그러면 잊지 말고 매일 같은 시간에 먹을 거지?"

이런, 물론이지……. 그는 어떻게 아는 거지? 나는 그 생각에 얼굴을 붉혔다. 열다섯 명 중 한둘에게 알았겠지.

"당신이 잊지 못하게 일깨워주겠죠."

나는 건조하게 대답했다.

그는 재미있다는 듯 오만하게 나를 힐끔 쳐다보았다.

"일정표에 알람을 입력해놓도록 하지."

그가 씩 웃더니 말했다.

"먹어."

치킨 시저 샐러드는 맛있었다. 놀랍게도 허기가 졌고 그를 만난 이후로 처음으로 그보다 먼저 식사를 끝냈다. 와인은 상큼했고 깨끗한 과일 맛이었다.

"언제나 열렬한 스틸 양?"

그는 내 빈 접시를 내려다보며 흐뭇하게 웃었다.

나는 속눈썹을 내리깔고 그를 쳐다보았다.

"그래요."

나는 속삭였다.

그의 숨결이 올랐다. 그가 나를 내려다보자 우리 둘 사이의 공기가 천천히 바뀌며 진화했다……. 전류가 흘렀다. 그의 표정은 음험했다가 타오르는 눈길로 바뀌었다. 그는 일어서서 우리 사이의 거리를 좁히더니 나를 의자에서 내려 자기 품 안으로 잡아당겼다.

"이거 하길 원해?"

그는 나를 내려다보며 소곤거렸다.

"아직 서명을 안 했어요."

"알아. 하지만 요샌 매일 같이 규칙을 깨고 있으니까."

"날 때릴 거예요?"

"그래, 하지만 아프진 않을 거야. 지금 네게 벌을 주고 싶진 않아. 하지만 어젯밤에 만났다면 이야기는 달랐겠지."

맙소사, 나를 아프게 하려 해……. 어떻게 대처할 수 있을까? 얼굴에 떠오른 공포를 숨길 수 없었다.

"다른 사람들이 다른 말로 설득하려 해도 믿지 마, 아나스타샤. 사람들이 내가 이렇게 해주길 원하는 건 우리 모두 고통을 주거나 받기를 좋아하기 때문이지. 넌 그렇지 않지. 그래서 난 어제 그에 대해 한참을 생각했어."

그는 나를 자기 몸으로 끌어당겼다. 그의 일어선 부분이 내 아랫배에 느껴졌다. 도망가야 했지만 그럴 수가 없었다. 나는 더 이상 이해할 수 없는 깊고 원초적인 면에서 그에게 끌리고 있었다.

"어떤 결론에 도달했어요?" 나는 속삭였다.

"아니, 지금 당장은 그저 너를 묶고 아무 생각 없이 너를 갖고 싶어. 준비됐어?

"네."

그 말을 할 때 내 몸의 모든 부분이 동시에 조였다. ……와.

"좋아, 가자."

그가 내 손을 잡았다. 더러운 접시를 식탁 위에 그대로 놔둔 채로 우리는 위층으로 올라갔다.

심장이 쿵쿵 뛰기 시작했다. 이거구나. 이제 하게 되는 거야. 내 안의 여신이 세계 정상급 발레리나처럼 피루엣을 빙글빙글 돌았다. 그는 오락실 문을 열고 내가 들어갈 수 있도록 뒤로 물러났다. 나는 다시 한 번 고통의 빨간 방 안으로 들어섰다.

그곳은 변함없었다. 가죽 냄새, 시트러스 향이 풍기는 광택제, 짙은 나무, 모두 무척이나 관능적이었다. 두려움으로 뜨겁게 달아오른 피가 몸속을 질주했다. 아드레날린이 욕망과 갈망에 섞였다. 어질어질하고 강력한 칵테일이었다. 크리스천의 태도가 완전히, 미묘하게 바뀌었다. 더 강하고 더 비열하게. 그가 나를 내려다보았다. 그의 눈은 뜨겁고 정염에 가득 찼으며 최면을 거는 듯했다.

"여기 들어오면 넌 완전히 내 거야."

그는 단어 하나하나를 천천히 정확히 재서 말했다.

"내가 적절하다고 생각하는 행동을 하는 거지. 알겠나?"

그의 시선은 너무도 강렬했다. 나는 고개를 끄덕였다. 입은 마르고 심장은 가슴에서 튀어나올 듯 뛰었다.

"신발 벗어."

그가 부드럽게 명령했다.

나는 침을 꿀꺽 삼키고 다시 서투르게 신발을 벗었다. 그는 허리를 굽혀 신발을 집더니 문 옆에 놓았다.

"좋아, 명령하면 지체하지 말고 하길. 이제 너에게서 그 원피스를 벗길 거야. 돌이켜보면 며칠 동안 하고 싶었던 일이지. 네가 자신의 몸에 편안해졌으면 좋겠어, 아나스타샤. 너의 몸은 아름다워. 난 그 몸을 보고 싶고. 눈의 즐거움이지. 사실, 너를 하루 종일 바라봐도 질리지 않을 것 같아. 그러니 알몸을 창피해하거나 부끄러워하지 마. 알겠나?"

"네."

"네, 다음에 뭐라고?" 그는 이글이글 타는 눈으로 내게 몸을 숙였다.

"네, 주인님."

"진심이야?" 그가 딱딱거렸다.

"네, 주인님."

"좋아. 두 팔을 머리 위로 들어."

나는 지시대로 했고 그가 몸을 숙여 치맛자락을 잡았다. 그는 천천히 내 원피스를 허벅지, 엉덩이, 배, 가슴, 어깨, 머리 위로 끌어올렸다. 그는 한 걸음 물러서 나를 바라보면서 내게서 눈을 떼지 않고 멍하니 옷을 갰다. 그는 접은 원피스를 문 옆 커다란 서랍장 위에 두었다. 손을 들어 그는 내 턱을 잡아당겼다. 그의 손길에 내 몸이 타는 듯했다.

"입술을 깨물고 있네." 그가 나지막이 말했다.

"그러면 내가 어떻게 되는지 알잖아." 그는 음험한 소리로 덧붙였다. "돌아봐."

지체 없이 돌았다. 그는 내 브라 후크를 풀고 양쪽 끈을 잡아 천천히 팔 아래로 끌어내렸다. 브라를 벗길 때 그의 엄지손가락 끝과 다른 손가락들이 내 피부를 스쳤다. 그의 손이 닿자 등뼈에 전율이 흐르고 내 몸의 모든 신경 말단이 깨어났다. 그가 내 뒤에 서 있었다. 얼마나 가까웠는지 그의 몸에서 발산되는 열기가 느껴졌고 나를, 내 온몸을 데웠다. 그가 내 머리카락을 잡아당기자 머리카락이 등 뒤로 흘러내렸고 그는 목 뒤에서 머리카락을 집으며 내 머리를 옆으로 돌렸다. 그는 코로 내 드러난 목을 쓸며 숨을 들이마셨고 다시 귀까지 올라갔다. 아랫배의 근육이 조였고 육체적 갈망이 찾아들었다. 세상에, 내게 손을 거의 대지 않았는데도 나는 그를 원했다.

"천상의 향기가 나는군, 아나스타샤."

그는 내 귀에 부드럽게 입을 맞추면서 속삭였다.

나는 신음했다.

"조용히 해." 그가 낮은 소리로 명령했다. "아무 소리 내지 마."

내 머리카락을 뒤로 잡아당기며, 놀랍게도 그는 크게 하나로 땋기 시작했다. 그의 손가락은 날렵하고도 능숙했다. 그는 보이지 않는 머리끈으로 머리를 다 묶은 다음 휙 잡아당겼고, 그 바람에 나는 다시 그의 몸으로 끌려가 기댔다.

"네 머리를 여기서 이렇게 땋으니 좋은데." 그가 속삭였다.

흠…… 왜?

그가 내 손을 놓았다.

"돌아봐." 그가 명령했다.

나는 명령대로 했다. 숨이 얕아졌고 공포와 갈망이 한데 섞였다. 사람을 취하게 하는 폭탄주였다.

"내가 여기 오라고 했을 땐 넌 이런 차림으로 있어야 해. 팬티만 입고. 알겠나?"

"네."

"네, 뭐라고?" 그가 이글이글하는 눈으로 나를 쏘아보았다.

"네, 주인님."

희미한 미소의 흔적이 입가에 어리며 입술 한쪽이 씩 올랐다.

"착하군." 타는 눈빛이 내 눈과 마주쳤다. "내가 여기 오라고 할 때는 저기 무릎 꿇고 있으라는 뜻이야." 그는 문 옆 한 자리를 가리켰다. "지금 당장 해봐."

나는 그의 말을 이해하려고 눈을 깜박이다 몸을 돌려 다소 서투르게 지시대로 했다.

"무릎을 꿇고 주저앉아도 돼."

나는 그의 말대로 주저앉았다.

"두 손과 팔뚝을 허벅지에 올려놔. 좋아. 이제 무릎을 벌려. 더 넓게, 더 넓게. 완벽하군. 바닥을 봐."

그가 내게로 걸어왔고 내 시야에는 그의 발과 정강이만 보였다. 맨발이었다. 그가 기억하라고 말한 걸 다 외우려면 적어야만 할 것 같았다. 그는 손을 내려 내 땋은 머리를 다시 움켜쥐었다. 그가 머리카락을 잡아당기자 나는 그를 올려다보게 되었다.

고통스럽기만 한 것이 아니었다.

"이 자세를 기억하겠나, 아나스타샤?"

"네, 주인님."

"좋아, 여기 있어. 움직이지 마." 그는 방을 나갔다.

무릎을 꿇은 채로 기다렸다. 어디로 간 걸까? 나에게 어떻게 하려는 걸까? 시간이 변했다. 그가 이 자세로 남겨두고 나간 지 얼마나 흘렀는지 알 수 없었다. ……몇 분일까, 5분? 10분? 내 숨결이 얕아졌다. 기대감이 나를 몸 안에서부터 파먹었다.

갑자기 그가 돌아왔다. 졸지에 나는 더 침착해지면서도 더 흥분했다. 이보다 더 흥분할 수 있을까? 그의 발이 보였다. 청바지를 갈아입고 온 것이었다. 더 낡고 해지고 부드러우며 물이 많이 빠진 청바지. 맙소사, 그 바지는 섹시했다. 그는 문을 닫고 뭔가 문 뒤에 걸었다.

"착하군, 아나스타샤. 그렇게 있으니 사랑스러워. 잘했어. 일어서."

나는 일어섰지만 고개는 계속 숙이고 있었다.

"나를 봐도 돼."

그를 올려다보았다. 그는 나를 강렬히 평가하는 눈으로 보고 있었지만 눈빛만은 부드러웠다. 셔츠는 벗은 차림이었다. ……아, 나는 그를 만지고 싶었다. 바지 맨 위 단추는 끄른 상태였다.

"널 이제 묶으려고 해, 아나스타샤. 오른손을 내밀어."

나는 손을 내밀었다. 그는 손바닥이 보이도록 뒤집더니, 갖고 있는지도 몰랐던 채찍을 오른손에 쥐고 내가 깨닫기도 전에 손바닥 가운데를 찰싹 때렸다. 너무 순식간에 일어난 일이라 미처 놀랄 겨를도 없었다. 심지어 더 놀라운 건 아프지도 않았다. 음, 그렇게 아프지는 않았다. 그저 짜릿하게 울리는 감각만 있었을 뿐.

"느낌이 어때?" 그가 물었다.

나는 당황해서 그를 보고 눈을 깜박였다.

"대답해."

"괜찮아요." 난 얼굴을 찡그렸다.

"얼굴 찡그리지 마."

나는 눈을 깜박이며 태연한 표정을 지으려 했다. 성공했다.

"아팠어?"

"아니요."

"이렇게 아프지 않을 거야. 알겠어?"

"네." 내 목소리엔 자신감이 없었다. 정말로 아프지 않을까?

"진담이야."

세상에, 내 숨결이 얕아졌다. 내가 무슨 생각하는지도 알아? 그는 내게 채찍을 보여주었다. 땋은 매듭 모양의 갈색 가죽 채찍이었다. 나는 눈을 홱 들어 그의 눈을 보았다. 불이 붙은 눈은 어렴풋한 흥미로 반짝이고 있었다.

"우리의 목적은 서로를 기쁘게 해주는 거야, 스틸 양." 그가 나직한 소리로 말했다. "따라 와."

그가 내 팔꿈치를 잡고 격자판 아래로 가지고 갔다. 그는 손을 들어 검은 가죽 수갑이 달린 족쇄를 내렸다.

"이 격자판은 족쇄가 가로로 움직일 수 있도록 디자인된 거야."

나는 힐끔 올려다보았다. 세상에나, 지하철 노선도 같았다.

"여기서 시작이야. 난 너를 세워놓고 섹스하겠어. 그런 후에는 저기 벽에서 끝나는 거지."

그는 승마 채찍으로 벽에 붙은 거대한 엑스자 모양의 나무틀을 가리켰다.

"머리 위로 손을 들어."

마치 몸에서 빠져나가는 기분으로 그의 말에 즉시 따랐다. 마치 내 주변에 펼쳐지는 사건들을 지나가는 구경꾼이 되어 바라보는 기분이었다. 그저 매혹적인 것 이상, 그저 선정적인 것 이상이었다. 특별하게도 이제까지 한 일 중에 가장 흥분되고 무서운 경험이었다. 나는, 스스로 인정하듯이 50가지 다른 빛깔로 망가져버린 아름다운 남자에게 나를 맡기고 있었다. 나는 짧게 찾아온 공포의 전율을 억눌렀다. 케이트와 엘리엇이 내가 여기 있는 걸 아니까.

그는 수갑을 채우면서 가까이 붙어 섰다. 그의 가슴을 쳐다보았다. 그가 근처에 있다는 것만으로 천국에 온 기분이었다. 바디워시와 크리스천의 냄새가 취기를 돋우도록 섞여 나를 현재로 끌어당겼다. 내 코와 혀로 가슴 털을 핥고 싶었다. 앞으로 숙이기만 하면…….

그는 뒤로 한 발짝 물러서 나를 쳐다보았다. 가려진 그의 표정은 음란하고 육욕적이었고 손이 묶인 나는 무력하게 그의 아름다운 얼굴만 바라볼 뿐이었다. 나를 향한 욕망과 갈망을 읽자 다리 사이가 축축해지는 기분이 들었다. 그는 천천히 내 주변을 돌았다.

"이렇게 묶여 있는 모습이 정말 근사해, 스틸 양. 말대꾸 잘하는 똑똑한 입도 이제 잠잠해졌군. 그것도 마음에 들고."

그는 다시 앞으로 돌아와서 내 팬티에 손가락을 걸더니 무척 여유로운 속도로 다리 아래로 팬티를 서서히 끌어내렸다. 그는 고통스러울 정도로 천천히 벗기더니 결국은 내 앞에 무릎을 꿇었다. 눈을 내게서 떼지 않으면서 그는 팬티를 손 안에서 구겨 코에 대고 천천히 들이마셨다. 맙소사. 방금 어떻게 한 거야?

그는 짓궂게 웃으며 바지주머니 속에 팬티를 집어넣었다.

그는 살쾡이처럼 아주 나른하게 바닥에서 일어나며 승마 채찍으로 내 배꼽을 가리키더니 천천히 그 주위를 돌며 나를 애태웠다. 가죽의 감촉에 나는 몸을 떨며 숨을 들이켰다. 그는 내 몸 가운데를 채찍으로 쓸며 다시 내 주위를 돌았다. 두 번째 돌 때 그는 갑자기 채찍을 휘둘러 내 엉덩이 아래, 여성을 내리쳤다. 나는 깜짝 놀라 비명을 질렀고 모든 신경 말단이 벌떡 일어섰다. 나는 묶인 손을 잡아당겼다. 충격이 내 몸을 타고 흘렀지만 무척이나 달콤하고 낯설며 쾌락적인 감각이었다.

"조용히 해."

그는 다시 내 주위를 돌며 속삭였다. 채찍은 내 몸 중간보다 약간 위를 맴돌았다. 이번에 같은 자리에 채찍이 떨어졌을 때는 벌써 기대하고 있었다. 달콤하고 짜릿한 아픔에 몸이 경련했다.

다시 내 주위를 돌며 채찍을 휘둘렀을 땐 젖꼭지에 떨어졌고 내 신경 말단들이 노래를 부르자 나는 고개를 뒤로 젖혔다. 그는 다른 쪽도 쳤다. 짧게 휙 지나가는 달콤한 징벌. 공격을 받은 젖꼭지가 딱딱해지고 늘어났다. 나는 가죽 수갑을 잡아당기며 더 큰 소리로 신음했다.

"기분이 좋아?"

그가 작은 소리로 물었다.

"네."

그는 다시 엉덩이를 내리쳤다. 이번에는 채찍이 짜릿했다.

"네, 뭐라고?"

"네, 주인님." 나는 끙끙대며 대답했다.

그는 멈췄다. ……하지만 그의 모습은 더 이상 보이지 않았다. 몸으로 퍼져가는 수많은 감각들을 흡수하려고 나는 눈을 감았다. 아주 천천히 그는 채찍을 내 배에서부터 남쪽으로 가볍게 찰싹찰싹 내리쳤다. 나는 그 목적지가 어딘지 알고 마음의 대비를 하려고 했다. 하지만 그가 클리토리스를 내려쳤을 때는 그만 크게 소리를 질렀다.

"아…… 제발!" 나는 신음했다.

"조용히 하라니까." 그는 명령하며 다시 엉덩이를 때렸다.

이런 기분일지는 몰랐다……. 나는 길을 잃었다. 감각의 바다에서 헤맸다. 갑자기 그는 채찍을 내 여성에 갖다대며 내 음모를 헤치고 질 입구로 내려갔다.

"네가 얼마나 젖었는지 봐, 아나스타샤. 눈을 뜨고 입을 벌려."

나는 완전히 유혹되어 시키는 대로 했다. 그는 채찍 끝을 마치 꿈처럼 내게 집어넣었다. 어머나.

"네 자신이 어떤 맛인지 봐. 빨아, 세게 빨아 봐."

나는 그의 눈을 똑바로 바라보며 내 입으로 채찍을 감쌌다. 풍부한 가죽 맛과 내 흥분의 짭짤한 맛이 느껴졌다. 눈이 타올랐다. 그는 아주 자연스럽고 능수능란했다.

그는 채찍 끝을 빼고 내 앞에 서서 나를 잡고 거칠게 키스했다. 그의 혀가 입안으로 밀고 들어왔다. 팔을 내게 두르며 그는 나를 자기 쪽으로 잡아당겼다. 그의 가슴 털이 내 몸에 닿아 쓸렸고 만지고 싶어서 몸이 근질거렸지만 손이 위로 묶여서 꼼짝할 수 없었다.

"오, 아나스타샤, 당신 정말 맛이 근사하군." 그가 숨을 내쉬었다. "느끼게 해줄까?"

"부탁해요." 나는 애원했다.

채찍이 내 엉덩이를 물었다. 앗!

"부탁해요라니, 그다음엔?"

"부탁드립니다, 주인님." 나는 끙끙 신음했다.

그는 의기양양하게 나를 보며 웃었다.

"이걸로?" 그는 내가 볼 수 있도록 채찍을 들었다.

"네, 주인님."

"진짜야?" 그는 엄격하게 나를 보았다.

"네, 부탁드립니다, 주인님."

"눈을 감아."

나는 눈을 감고 이 방을, 그를…… 채찍을 시야에서 몰아냈다. 그는 다시 가볍게 채찍으로 내 아랫배를 찰싹찰싹 내려쳤다. 아래로 내려가며 채찍은 내 클리토리스를 부드럽고 가볍게 핥았다. 한 번, 두 번, 세 번. 다시 또다시. 마침내 끝이 왔다. 나는 더 이상 참을 수 없이 절정을 느꼈다. 찬란하고 요란스럽게. 그런 후에는 힘없이 주저앉았다. 내 다리가 흐물흐물해졌을 때 그의 팔이 나를 감쌌다. 나는 그의 가슴에 머리를 기대며 포옹 속에서 녹았고 오르가즘이 쓸고 간 후폭풍에 흐느꼈고 끙끙댔다. 그는 나를 들어올렸고 우리는 갑자기 이동했다. 나는 머리 위로 손이 묶인 채로 옮겨졌고 등 뒤에 윤을 낸 나무 십자가의 차가운 감촉이 느껴졌다. 그는 청바지 단추를 풀었다. 그는 나를 십자가에 내려놓은 동안 콘돔을 꼈고 그다음에는 두 손으로 내 허벅지를 감싸 다시 들어올렸다.

"두 다리를 들어. 나를 감싸."

나는 기운이 다 빠졌지만 그가 시킨 대로 했고 그는 내 다리를 자기 엉덩이에 감은 후 내 밑에서 몸을 맞췄다. 그는 한 번에 내 안으로 자신을 찔러 넣었고 나는 다시 비명을 질렀다. 내 귀에 그가 숨을 죽이고 신음하는 소리가 들려왔다. 그가 내 안으로 들어오는 동안 내 팔은 그의 어깨에 얹혀 있었다. 이런,

이렇게나 깊게 들어오다니. 그는 다시, 또다시 찔러 넣었고 나는 감각이 몸 안에서 쌓이는 느낌을 받았다. 이런, 안 돼……. 다시는 안 돼……. 내 몸이 또 한 번 땅이 무너지는 순간을 견딜 수 있을 것 같지 않았다. 하지만 다른 선택의 여지가 없었다……. 필연적으로 이 느낌은 점점 익숙해졌다. 나는 나 자신을 놓고 다시 절정을 느꼈다. 달콤하고 고통스럽고 강렬했다. 나 자신을 깡그리 잊어버렸다. 크리스천도 뒤따라 느끼며 악문 잇새로 자신을 방출했다. 그는 나를 할 수 있는 한 더 세게 꽉 끌어안았다.

그는 내게서 재빨리 빠져나가더니 나를 십자가에 기대 세우고 자기 몸으로 내 몸을 받쳤다. 그가 수갑에서 내 손을 풀자 우리는 둘 다 바닥에 주저앉았다. 그는 나를 자기 무릎 안으로 끌어당겨 안았고 나는 그의 가슴에 머리를 기댔다. 힘이 있다면 그를 만졌겠지만 힘이 하나도 남아 있지 않았다. 뒤늦게 나는 그가 아직도 청바지를 입고 있다는 것을 알았다.

"잘했어." 그가 낮은 소리로 말했다. "아팠나?"

"아니요." 나는 속삭였다 눈을 뜰 수도 없었다. 어째서 이처럼 피곤한 걸까?

"아플 줄 알았어?" 그는 나를 꼭 끌어안으며 속삭였다. 손가락이 내 얼굴로 떨어진 머리카락 몇 올을 잡아당겼다.

"네."

"이제 알겠지만 네 두려움은 그저 머릿속에만 있는 거야, 아나스타샤." 그는 잠시 말을 멈췄다. "다시 할 수 있겠어?"

나는 피곤이 뿌옇게 낀 머릿속으로 잠시 생겼다. ……다시?

"네." 내 목소리가 무척이나 부드러웠다.

그는 나를 꼭 끌어안았다.

"좋았어. 나도 그럴 것 같군." 그는 몸을 앞으로 숙이고 정수리에 부드럽게 키스했다.

"게다가 난 너랑 아직 안 끝났어."

나랑 아직 안 끝났다니. 맙소사. 내가 더 이상 할 방법은 없는데. 나는 완전히 소진되었고 무섭게 찾아오는 졸음과 싸우고 있었다. 나는 눈을 감은 채 그의 가슴에 머리를 기댔고 그는 나의 팔과 다리를 감쌌다. 나는…… 안전한 느낌, 오, 무척이나 편안한 느낌이 들었다. 내가 자도록 해줄까? 혹시 꿈꾸도록? 내 입은 바보 같은 생각에 위로 비틀어졌다. 나는 얼굴을 크리스천의 가슴으로 향했다. 나는 그의 독특한 향기를 들이마시며 코를 비볐다. 하지만 금방 그의 몸이 굳어졌다. 아, 이런. 나는 눈을 뜨고 그를 올려다보았다. 그는 나를 내려다보고 있었다.

"하지 마."

그는 목소리를 깔고 경고했다.

나는 얼굴을 붉히며 갈망에 젖어 도로 그의 가슴을 보았다. 혀로 그 털 속을 핥고 키스하고 싶었다. 그때 처음으로 그의 가슴에 희미하고 작은, 둥근 흉터자국이 여기저기 나 있는 것을 보았다. 수두인가? 홍역? 나는 멍하니 생각했다.

"문 옆에 무릎 꿇어." 그는 일어나 앉으며 명령했다. 그는 두 손을 무릎에 올려놓으며 효과적으로 나를 확 놓았다. 그의 목소리는 더 이상 따뜻하지 않았고, 온도가 몇 도 떨어져 있었다.

나는 어색하게 비틀비틀 일어서 문 옆으로 간 후 지시받은 대로 무릎을 꿇었다. 몸이 떨렸고 너무너무 피곤했으며 지금까지와는 비교할 수 없을 정도로 혼란스러웠다. 내가 이 방 안에서 이러한 만족을 얻으리라고 그 누가 생각했을까? 이 쾌락이 이처럼 사람 기운을 빼리라고는 그 누가 생각했을까? 만족한 팔

다리가 기분 좋게 무거웠다. 내 안의 여신은 '방해하지 마시오' 라는 안내판을 방문 밖에 걸어놓았다.

크리스천이 내 시야 가장자리로 들어왔다. 내 눈은 감기기 시작했다.

"지루한가, 내가? 스틸 양?"

나는 퍼뜩 잠에서 깨었다. 크리스천이 팔짱을 끼고 내 앞에 서서 나를 내려다보고 있었다. 오, 젠장, 졸다가 걸리다니. 좋게 풀릴 것 같지 않았다. 내가 그를 올려다보자 그의 눈빛이 부드러워졌다.

"일어서." 그가 명령했다.

나는 피곤하게 겨우 일어섰다. 그는 나를 쳐다보았고 입이 위로 휘었다.

"완전히 진이 다 빠져버렸군?"

나는 얼굴을 붉히며 수줍게 고개를 끄덕였다.

"체력 부족이야, 스틸 양." 그는 실눈을 떴다. "나는 아직 너를 완전히 맘껏 들이마시지 못했어. 기도하듯 두 손을 내밀어."

나는 그를 보고 눈을 깜박였다. 기도라니! 나를 편하게 해달라고 당신에게 기도라도 하면 모를까. 나는 시키는 대로 했다. 그는 케이블 타이를 들어 내 손목에 감은 후 플라스틱을 조였다. 맙소사. 내 눈이 그의 눈에 휙 가서 꽂혔다.

"어디서 본 것 같지?"

그는 미소를 숨길 수가 없었다.

세상에나…… 저 플라스틱 케이블 타이. 클레이튼에서 팔았던 것! 이제 모두 명확해졌다. 내가 입을 벌리고 그를 보는 동안 몸속에서 아드레날린이 솟구쳤다. 좋다. 그게 내 시선을 잡았다……. 나는 이제 깨어났다.

"여기 가위가 있어." 그는 내가 볼 수 있도록 들어올렸다. "곧 끊어줄 수도 있지."

나는 얼마나 단단히 묶었는지 보려고 손목을 잡아당겨 보았다. 그러다보니 플라스틱 끈이 내 살을 파고들었다. 쓰렸지만 힘을 빼면 괜찮았다. 묶은 끈이 내 살을 파고들진 않았다.

"따라와." 그는 내 두 손을 잡고 기둥 네 개가 달린 침대로 이끌었다. 이제야 그 위에 진홍색 시트가 깔려 있고 각 모서리에 족쇄가 달려 있다는 것을 깨달았다.

그는 고개를 숙이고 내 귀에 속삭였다.

"난 좀 더 원해. 훨씬, 훨씬 더."

다시 내 심장박동이 콩닥콩닥 뛰었다. 오, 맙소사.

"하지만 이건 빨리 할 거야. 넌 피곤하니까. 기둥을 잡아." 그가 말했다.

나는 얼굴을 찡그렸다. 침대에 눕는 게 아니야? 장식 조각 기둥을 붙잡을 정도로는 손을 벌릴 수 있었다.

"더 낮게." 그게 명령했다. "좋아. 놓지 마. 놓았다간 네 엉덩이를 때려줄 테니. 알겠어?"

"네, 주인님."

"좋아."

그는 내 뒤에 서서 엉덩이를 붙들고 재빨리 뒤로 쳐들었다. 그래서 나는 기둥을 잡은 채로 몸을 앞으로 숙이게 되었다.

"놓지 마, 아나스타샤." 그가 경고했다. "뒤에서부터 세게 들어갈 테니까. 무게를 지탱하기 위해 기둥을 잡아. 알겠어?"

"네."

그는 손으로 엉덩이를 쳤다. 아야…… 맞은 자리가 따끔거렸다.

“네, 주인님.” 나는 재빨리 대답했다.

“다리를 벌려.” 그는 한 다리를 내 다리 사이에 놓고 엉덩이를 들면서 내 오른 다리를 옆으로 밀었다.

“이러니 더 낫군. 이런 후에는 너를 재워주지.”

재워준다고? 나는 숨을 헐떡였다. 이제는 잠이 싹 달아났는데. 그는 손을 들어 부드럽게 내 등을 쓸었다.

“네 피부는 정말 고와, 아나스타샤.” 그는 몸을 숙이며 내 척추를 따라 키스했다. 깃털처럼 가볍고 상냥한 키스였다. 동시에 그는 손을 앞으로 돌려 내 가슴을 감쌌다. 그러면서 손가락 사이로 내 젖꼭지를 쥐고 부드럽게 잡아당겼다.

온몸이 반응하며 다시 한 번 그를 위해 살아나는 느낌이 들자 나는 신음을 죽였다.

그는 부드럽게 내 허리를 물고 빨면서 내 젖꼭지를 잡아당겼다. 내 손은 섬세하게 조각된 기둥을 더 꽉 붙들었다. 그의 손이 떨어지더니 이제는 익숙해진 포일 찢는 소리와 그가 자기 바지를 발로 차서 벗어버리는 소리가 들렸다.

“네 엉덩이는 정말 매혹적이고 섹시해, 아나스타샤 스틸. 내가 그 엉덩이에 하고 싶은 건 이거지.”

그의 손이 내 엉덩이 양쪽을 부드럽게 따라 그렸고 손가락은 아래로 쓱 미끄러져 들어갔다. 그는 두 손가락을 내 안으로 넣었다.

“아주 촉촉하군. 날 실망시키는 법이 없단 말이야, 스틸 양.”

속삭이는 그의 목소리에 경이감이 느껴졌다.

“꽉 잡아…… 이건 빨리 끝날 테니까.”

그는 내 엉덩이를 잡고 자세를 맞췄고 나는 공격에 대비해 마음을 다잡았다. 하지만 그는 내게 손을 뻗어 땋은 머리끝을 잡아당기더니 자기 손목에 둘둘 감아 내 머리를 꼼짝 못하게 했다. 아주 천천히 그는 내 안으로 들어오며 동시에 머리카락을 잡아당겼다. ……아, 이 충만감……. 그는 내게서 천천히 빠져나갔고 다른 손으로는 엉덩이를 꽉 잡고 내 안으로 쿵쿵 들어왔다. 나는 그 바람에 앞으로 몸이 흔들렸다.

"꼭 붙잡아, 아나스타샤!" 그는 꽉 다문 잇새로 소리를 질렀다.

나는 기둥을 좀 더 꽉 붙잡고 그가 거침없는 공격을 계속할 때 그에게 맞춰 몸을 뒤로 밀고 또 밀었다. 그의 손가락이 내 엉덩이로 파고들었다. 팔이 저리고 다리에 힘이 빠졌으며 그가 머리를 잡아당기고 있어 정수리가 따끔했다. 그러면서도 내 몸 깊은 곳에서 차오르는 느낌을 받았다. 아, 안 돼……. 처음으로 내 오르가즘이 두려워졌다……. 느낀다면 무너지고 말 텐데. 크리스천은 좀 더 거칠게 내게 몸을 맞대고 움직였고 내 안으로 들어왔다. 그는 끙끙 신음하며 거칠게 숨을 몰아쉬었다. 내 몸이 반응하고 있었다. ……어떻게? 나는 몸이 빨라지는 걸 느꼈다. 하지만 갑자기 크리스천이 정말 깊숙이 들어오더니 곧 잠잠해졌다.

"자, 아나, 내게 줘."

그가 신음했다. 그의 입술이 내 이름을 발음하자 나는 결국 벼랑을 넘어 굴러떨어졌고 나는 몸만 남았다. 소용돌이치는 감각과 다디단 방출을 느꼈다. 그런 후에는 완벽히, 전적으로 정신이 사라졌다.

정신이 들었을 때는 그의 몸 위에 누워 있었다. 그는 바닥에 누웠고 나는 그의 몸 위에 등을 대고 누워서 천장을 보고 있었다. 일을 치른 후, 몸이 땀으로 흠뻑 젖었고 산산이 부서졌다. 오…… 저 카라비너. 나는 멍하니 생각했다. 저것에 대해선 잊어버렸네. 크리스천이 내 귀에 코를 비볐다.

"손을 들어." 그가 부드럽게 말했다.

내 팔은 납으로 만든 것 같았지만 어찌어찌 들어올렸다. 그는 가위를 꺼내 한 날을 플라스틱 아래로 집어넣었다.

"이로써 아나가 열렸음을 선언하노라."

그는 낮은 소리로 말하며 플라스틱을 잘랐다.

나는 키득키득 웃으며 풀린 손목을 문질렀다. 그의 웃음이 느껴졌다.

"이거 참 귀여운 소리인데." 그는 탐내듯 말했다. 그가 나를 끌어안고 일어나는 바람에 나는 다시 한 번 그의 무릎에 올라앉게 되었다.

"그건 내 잘못이야."

그는 내 어깨와 팔을 주무를 수 있도록 내 자세를 바꿔었다. 그는 내 팔다리에 다시 감각이 돌아오도록 부드럽게 마사지했다.

뭐가?

그 말이 무슨 뜻인지 이해하려 애쓰며 뒤에 있는 그를 돌아보았다.

"네가 좀 더 자주 웃지 않는 것."

"난 원래 잘 웃는 편이 아니에요." 나는 졸음에 겨워 중얼거렸다.

"아, 그렇지만 웃을 땐 눈이 참 즐거워지지, 스틸 양."

"아주 화사한 미사여구인데요, 그레이 씨." 나는 눈을 뜨려 애쓰며 중얼거렸다.

그의 눈이 부드러워지더니 미소를 지었다.

"속속들이 섹스를 당했으니 잠이 필요하겠지."

"그 말은 전혀 화사하지 않고요." 나는 장난스레 투덜거렸다.

그는 미소를 지으며 부드럽게 나에게서 떨어져 나가 찬란하게 눈부신 알몸으로 섰다. 나는 정말로 그의 모습을 감상할 수 있게 좀 더 깨어 있기를 잠시나마 바랐다. 그는 청바지를 주워서 다시 입었다. 속옷도 입지 않고.

"저런 문제로 테일러나 존스 부인을 놀라게 하고 싶지 않아." 그는 중얼거렸다.

흠…… 이 사람이 얼마나 변태자식인지 그들이 모를까. 그 생각에 난 마음을 빼앗겨버렸다.

그는 몸을 숙이고 내가 일어설 수 있도록 도와주고 회색 와플무늬 가운이 걸려 있는 문으로 데려갔다. 내가 마치 어린아이라도 된 양 그는 참을성 있게 내 옷을 입혀주었다. 나는 팔을 들 힘도 없었다. 몸을 다 덮고 점잖아졌을 때 그는 몸을 숙여 내게 부드럽게 키스했다. 그의 입술이 비틀리며 미소를 지었다.

"침대." 그가 말했다.

아…… 안 돼요…….

"자려고 하는 거야." 그는 내 얼굴 표정을 보더니 안심시키려 덧붙였다.

갑자기 그는 나를 안아 올려 그의 가슴에 안고 복도 아래 방으로 갔다. 아까 그린 박사가 나를 진찰했던 방이었다. 내 머리가 그의 가슴으로 떨어졌다. 진이 다 빠졌다. 이렇게 피곤한 적이 있었나. 이불을 걷어올리고 그는 나를 내려놓은 후 더욱 놀랍게도 내 옆으로 기어올라와 나를 꼭 껴안았다.

"이제 자, 예쁜 아가씨." 그는 속삭이며 내 머리에 키스했다.

까불면서 대답을 하기도 전에 잠이 들어버렸다.

19

부드러운 입술이 나의 관자놀이를 쓸며 지나간 자리마다 부드럽고 상냥한 키스를 남겼고, 나의 한 부분은 몸을 돌려 반응을 보이고 싶었으나 그래도 거의 대부분은 계속 잠들어 있고 싶었다. 나는 신음하며 베개에 얼굴을 묻었다.

"아나스타샤, 일어나." 크리스천의 목소리는 부드럽고 어르는 듯했다.

"싫어요." 난 신음했다.

"30분 안에 준비하고 부모님 댁에 식사하러 가야 해." 그는 내 반응을 재미있어했다.

나는 마지못해 눈을 떴다. 바깥엔 어둑어둑 땅거미가 내렸다. 크리스천은 몸을 숙이고 나를 열렬히 바라보았다.

"자, 잠꾸러기. 일어나." 그는 몸을 숙여 다시 키스했다.

"마실 걸 가져왔어. 아래층에 있지. 다시 잠들지 마. 그랬다간 곤란해질 테니." 그는 위협했지만 어조는 온화했다. 그는 내게 가볍게 키스하고 밖으로 나갔다. 시원하고 깜깜한 방에서 나는 잠에서 갓 깨 눈만 깜박거렸다.

몸이 개운하긴 했으나 갑작스레 긴장이 되었다. 맙소사, 그의 식구들을 만나게 되다니. 그가 나를 막 승마 채찍으로 애무하고 나에게서 산 케이블 타이로 묶었는데, 세상에나. 이제 곧 부모님을 만나야 하다니. 케이트도 처음으로 부모님을 만난다고 하니, 적어도 케이트에게서 도움을 받을 순 있겠지. 나는 어깨를 돌려보았다. 뻣뻣했다. 이제 개인 강사와 운동을 해야 한다는 생각은 기이하게 여겨지지 않았다. 기실 그와 계속 보조를 맞추고자 싶은 마음이 있다면 필수적일 것 같았다.

천천히 침대에서 빠져나오다 내 옷이 옷장 밖에 걸려 있고 브라는 의자 위에 놓여 있는 것을 보았다. 팬티는 어디 있지? 의자 밑을 확인해보았다. 없었다. 그때 기억이 났다. 그가 청바지 주머니에 감추었지. 그 기억을 떠올리니 얼굴이 붉어졌다. 그 전에 그가……. 심지어 그 생각을 떠올릴 수도 없었다. 그는 너무도 야만적이었다. 나는 얼굴을 찡그렸다. 어째서 내 팬티를 돌려주지 않았을까?

나는 속옷이 없다는 사실에 어쩔 줄 몰라 하며 욕실로 슬금슬금 들어갔다. 기분 좋지만 지나치게 짧은 샤워를 하고 몸을 말리는 동안 그가 고의로 그랬다는 것을 깨달았다. 그는 내가 당황해서 팬티를 달라고 하기를 바라고 그러면 주든지 거절을 하든지 할 것이었다. 내 안의 여신이 씩 웃었다. 손바닥도 마주쳐야 소리가 나는 거지. 그때 거기서 그에게 달라고 부탁하지도, 만족을 주지도 않기로 결심하고 부모님을 속옷 없이 만나기로 결심했다. 아나스타샤 스틸! 내 잠재의식이 꾸짖었지만 그녀 말을 듣지 않기로 결심했다. 나는 환희에 차서 나를 끌어안았다. 이러면 그가 화나서 돌아버리리라는 것을 알고 있었기 때문이었다.

다시 침실로 와서 브라를 하고 원피스를 입은 후 구두를 신었다. 땋은 머리를 풀고 급히 빗은 후 그제야 그가 놔두고 간 음료를 내려다보았다. 연분홍색이었다. 이게 뭘까? 크랜베리와 탄산수를 섞은 것이었다. 흠…… 맛있었고 갈증을 가라앉힐 수 있었다.

욕실로 뛰어 들어가서 내 모습을 거울에 비춰 보았다. 빛나는 눈, 살짝 붉어진 볼, 팬티 계획으로 약간 자기만족에 빠진 표정. 나는 아래층으로 내려갔다. 15분 걸렸네. 나쁘지 않아, 아나.

크리스천은 파노라마 같은 전경이 펼쳐진 창문 옆에 앉아 있었다. 내가 사랑하는 회색 플란넬 바지, 믿을 수 없을 만큼 섹시하게 엉덩이에 잘 맞는 그 바지를 입고 물론 하얀 리넨 셔츠를 걸치고 있었다. 다른 색깔 옷은 없는 거야? 프랭크 시나트라가 서라운드 사운드 스피커에서 감미로운 목소리로 노래하고 있었다.

내가 들어가자 크리스천이 등을 돌리며 미소 지었다. 그는 기대하는 눈으로 나를 쳐다보았다.

"안녕." 나는 부드럽게 말했다. 스핑크스 같은 미소로 그의 미소를 맞았다.

"안녕." 그가 말했다. "기분이 어때?" 그의 눈은 장난기로 환해졌다.

"좋아요, 당신은요?"

"내 기분은 몹시도 좋지, 스틸 양."

그는 내가 무언가 말하기를 무척이나 열심히 기대하고 있었다.

"프랭크 시내트라네요. 당신이 그 사람 팬인지는 전혀 짐작도 못했는데."

그는 찬찬히 살피는 표정으로 나를 보며 한쪽 눈썹을 치켰다.

"전방위적 취향이지, 스틸 양."

그는 마치 표범처럼 내 쪽으로 걸어와서 앞에 섰다. 그의 시선이 무척 강렬해서 숨이 막혔다.

프랭크 시내트라가 부드럽게 읊조렸다. ……오래된 노래, 레이 아빠가 가장 좋아하는 〈위치크래프트〉였다. 크리스천은 여유 있게 손가락 끝으로 내 뺨을 쓸었고 나는 저 아래 거기에까지 그 감촉을 느꼈다.

"같이 춤출까." 그가 허스키한 목소리로 속삭였다.

그는 리모컨을 주머니에서 꺼내어 볼륨을 키우고 한 손을 내밀었다. 그의 회색 눈에는 밝은 희망과 갈망, 장난기가 가득했다. 그는 몹시도 매력적이었고 나는 그 마법에 홀려버렸다. 나는 그의 손을 잡았다. 그는 나른하게 나를 보며 미소 짓더니 나를 자기 품 안으로 끌어넣고 팔로 내 허리를 감았다.

나는 그에게 붙들려 있지 않은 손을 어깨에 놓고 그를 올려다보며 웃었다. 전염성이 있는 장난기에 사로잡혀버렸다. 그는 한 번 몸을 옆으로 흔들었고 우리는 춤을 추기 시작했다. 세상에, 춤도 잘 추네. 우리는 바닥을 스치며 음악에 맞춰 빙글빙글 돌면서 창문에서 부엌으로 갔다가 다시 돌아왔다. 그는 너무도 수월히 나를 리드했다.

우리는 식탁을 돌아 피아노로 갔다가 유리벽 앞에서 앞뒤로 오갔다. 창밖의 시애틀이 반짝이며 우리 춤에 어두운 마술 같은 배경 벽화가 되었다. 근심 걱정 없는 웃음을 억누를 수 없었다. 음악이 멎자 그가 나를 내려다보며 웃었다.

"너보다 더 멋진 마녀는 없어." 그는 속삭이며 부드럽게 키스했다. "춤을 췄더니 얼굴에 혈색이 도는군, 스틸 양. 고마웠어. 이제 부모님을 만나러 갈까?"

"네, 그럴까요. 이제 그 분들을 무척이나 만나고 싶네요." 나는 숨도 쉬지 못하고 대답했다.

"필요한 건 다 갖췄나?"

"아, 네." 나는 다정하게 대답했다.

"분명해?"

그가 흥미를 띤 강렬한 눈빛으로 뚫어져라 살폈지만 나는 할 수 있는 한 태연하게 고개를 끄덕였다. 그가 함박웃음을 짓더니 고개를 절레절레 저었다.

"좋아, 그런 게임을 하고 싶다면 그렇게 하지, 스틸 양."

그는 내 손을 잡고 바의 의자에 걸어놓았던 재킷을 집은 후 나를 엘리베이터 앞으로 이끌었다. 오, 수많은 얼굴을 가진 크리스천 그레이. 이 변덕스런 남자를 이해할 날이 오긴 할까?

엘리베이터에서 그를 흘끔 올려다보았다. 그는 개인적인 농담을 즐기고 있었고, 아름다운 입가에는 희롱하는 미소가 희미하게 떠올라 있었다. 왠지 내게 불리할지도 모른다는 두려움이 들었다. 대체 무슨 생각으로 그랬을까? 그의 부모님을 만나러 가는데 속옷도 입지 않다니. 내 잠재의식이 하등 쓸모없게도 '내가 뭐라고 했니' 하는 표정을 지었다. 상대적으로 안전한 그의 아파트에서는 재미있고 그를 약 올리는 생각인 것 같았다. 이제 팬티도 입지 않고 밖에 나오다니! 그가 나를 내려다보자, 또 한 번 우리 사이에 전류가 흘렀다. 얼굴에선 유쾌한 기운이 사라지고 표정이 흐려지더니 눈이 어두워졌다. 아, 세상에…….

엘리베이터 문이 지하층에서 열렸다. 크리스천은 생각을 떨쳐버리려는 듯 고개를 흔들더니 가장 신사적인 태도로 나보고 먼저 내리라는 손짓을 했다. 누굴 속이려고? 그는 신사가 아니었다. 내 팬티를 가져가놓고.

테일러가 커다란 아우디를 갖다댔다. 크리스천이 나를 위해 뒷문을 열어주었고 나는 풍기 문란한 속옷 상태를 고려해서 할 수 있는 한 우아하게 올라탔다. 케이트의 원피스가 몸에 딱 달라붙고 무릎 위까지 내려와서 얼마나 다행인지 몰랐다.

속도를 내서 5번 주간 고속도로 위를 질주할 때 우리 둘 다 조용히 아무 말도 하지 않았다. 분명히 앞을 굳건히 지키는 테일러의 존재가 방해가 되었던 탓이리라. 거의 손에 잡힐 듯 생생히 느껴지는 크리스천의 기분은 아까와는 달리 변한 듯했다. 북쪽으로 갈수록 장난기가 서서히 빠져나가는 게 보였다. 그는 시무룩하게 생각에 잠겨 창밖만 내다보았고 그가 내 곁에서 멀어지는 것을 알 수 있었다. 무슨 생각을 하는 걸까? 차마 물어볼 수는 없었다. 테일러 앞에서 무슨 이야기를 하겠는가?

"춤은 어디서 배웠어요?"

주저하며 물었다. 그는 시선을 내게로 돌렸다. 간헐적으로 지나가는 가로등 불빛 아래서 그의 눈빛은 읽을 수가 없었다.

"정말로 알고 싶어?" 그가 부드럽게 대답했다.

심장이 쿵 내려앉았다. 이제는 알고 싶지 않았다. 짐작할 수 있었으니까.

"네." 나는 마지못해 대답했다.

"로빈슨 부인이 춤을 좋아하지."

아, 최악의 의심이 이렇게 확인되는구나. 부인은 그를 잘 가르쳤고 그 생각에 나는 우울해졌다. 내가 그를 가르칠 수 있는 건 없으니까. 내겐 어떤 특별한 기술도 없으니.

"좋은 선생님이셨나봐요."

"그랬지."

정수리가 따끔거렸다. 부인이 그를 굴복시켰을까? 그가 그처럼 마음을 닫기 전에? 아니면 부인이 그런 모습을 끌어낸 걸까? 그에게는 유쾌하고 장난기 있는 면모가 있었다. 내 팬티를 어딘가 감춰놓고 거실에서 나를 예상치도 못하게 빙글빙글 돌리던 팔을 기억하며 나도 모르게 웃음을 지었다.

하지만 동시에 고통의 빨간 방도 있다. 반사적으로 팔목을 문질렀다. 얇은 플라스틱 끈에 묶여보면 어떤 여자든 그렇게 되리라. 부인이 그에게 그 모든 것을 가르쳤거나 그를 타락시켰다. 관점에 따라 달리 말할 수 있겠지. 어쩌면 로빈슨 부인이 없었어도 그는 그렇게 되었을지도 모른다. 그 순간 내가 부인을 싫어한다는 것을 깨달았다. 혹여 만난다면 내가 책임지지 못할 행동을 할지도 모르니 부인을 만나는 일은 없길 바랐다. 누구에게건 이렇게 강렬한 감정을 느낀 게 언제인지 기억이 나지도 않았다. 심지어 일면식도 없는 사람에게. 창밖을 멍하니 바라보며 나는 불합리한 분노와 질투를 달랬다.

마음은 오후의 일로 다시 떠돌아갔다. 내가 이해한 그의 기호를 바탕으로 보면, 그는 나를 살살 다뤄준 듯했다. 그걸 또 하게 될까? 갈등하는 척할 수조차 없다. 물론 하겠지. 그가 다시 하자고 하면. 그가 나를 상처 입히지 않고 그것이 그와 함께 있을 유일한 방법이라면.

바로 그것이 최종 결론이었다. 나는 그와 함께 있고 싶었다. 내 안의 여신이 안도의 한숨을 내쉬었다. 나는 그 여신이 생각하기 위해 별로 두뇌를 쓰진 않지만 신체의 다른 핵심 기관을 사용한다는 결론을 내렸다. 지금 이 순간 약간 노출이 된 바로 그 부분.

"하지 마." 그가 나직이 말했다.

나는 얼굴을 찡그리며 그를 쳐다보았다.

"뭘 하지 마요?" 그를 만진 적도 없는데.

"너무 많이 생각하지 마, 아나스타샤." 그는 내 한 손을 잡아

자기 입술에 갖다댄 후 내 주먹에 부드럽게 키스했다. "오늘 오후 너무 멋졌어. 고마워."

이제 그는 내게로 다시 돌아왔다. 나는 눈을 깜박이며 그를 쳐다보고 수줍게 미소 지었다. 그는 너무도 종잡을 수 없었다. 난 줄곧 마음에 걸렸던 질문을 했다.

"어째서 케이블 타이를 썼던 거예요?"

그가 나를 향해 씩 웃었다.

"네가 느끼고 경험하기엔 빠르고 쉽고 색다르기 때문이지. 아주 야만적이라고 생각하지만 구속 도구로서는 좋아해." 그는 온화한 미소를 지어 보였다. "너를 고정해놓기에는 아주 효과적이지."

나는 얼굴을 붉히며 불안하게 테일러를 슬쩍 쳐다보았다. 그는 무표정하게 앞만 바라보고 있었다. 내가 뭐라고 말해야 한담? 크리스천이 짐짓 어깨를 으쓱했다.

"다 내 세계의 한 부분이야, 아나스타샤." 그는 내 손을 꽉 잡더니 놓아주고 다시 창밖만 바라보았다.

실제로 그의 세계는 따로 존재했고 나도 그 안에 들어가고 싶었다. 하지만 그러려면 그가 내건 조건대로 따라야 하는 걸까? 알 수가 없었다. 그는 아직 그 망할 계약서 이야기는 꺼내지도 않았다. 마음속으로 아무리 생각을 해봐도 기운이 솟지 않았다. 창문을 내다보았더니 풍경이 바뀌었다. 우리는 칠흑 같은 어둠에 둘러싸여 다리 하나를 건너고 있었다. 음산한 불빛이 생각에 잠긴 내 기분을 반영하듯이 점점 조여들고 숨통을 막았다.

힐끔 쳐다보니 그는 나를 보고 있었다.

"무슨 생각하는지 맞혀볼까?" 그가 물었다.

나는 한숨지으며 얼굴을 찡그렸다.

"그렇게 나쁜 생각이야, 허?"

"당신이 무슨 생각하는지 알았으면 좋겠다고 생각했어요."

그가 씩 웃었다. "동감이야."

테일러는 밤의 거리를 휙 돌아 벨레뷰로 향했다.

8시 직전, 아우디는 식민시 시대 양식의 저택 차로로 들어섰다. 숨이 막힐 정도로 훌륭한 저택으로, 문을 두른 장미까지도 멋졌다. 그림책에 나오는 집처럼 완벽했다.

"준비됐어?" 테일러가 인상적인 현관 밖에 차를 댈 때 크리스천이 물었다.

나는 고개를 끄덕였고 그는 안심을 시켜주려는 듯 또 한 번 내 손을 꼭 쥐었다.

"내게도 처음이야."

그는 속삭이더니 사악한 미소를 지었다.

"하지만 넌 지금 속옷을 제대로 입고 오지 않은 걸 후회하겠지." 그가 약을 올렸다.

얼굴을 붉혔다. 잃어버린 팬티 생각은 깜빡 잊고 있었다. 다행스럽게도 테일러는 벌써 차에 내려 내 문을 열어주고 있었기 때문에 우리의 대화를 듣지 못했다. 나는 싱긋 웃고 있는 크리스천을 향해 얼굴을 찌푸린 후 몸을 돌려 차에서 내렸다.

그레이스 트레벨리언-그레이 박사가 계단 꼭대기에서 우리를 기다리고 있었다. 연청색 실크 원피스를 입은 부인은 우아하고 세련되어 보였다. 그 뒤에는 그레이 씨로 보이는 남자가 서 있었다. 키가 큰 금발로 나름대로 크리스천만큼 잘생긴 분이었다.

"아나스타샤, 어머니는 만나 뵀지. 이쪽은 아버지, 캐릭."

"그레이 씨. 만나 뵙게 되어 반갑습니다."

나는 미소를 지으며 그레이 씨가 내민 손을 잡았다.

"나야말로 반가워요, 아나스타샤."

"부디, 아나라고 불러주세요."

그의 파란 눈은 부드러웠고 상냥했다.

"아나, 다시 만나서 반가워요." 그레이스는 나를 따뜻하게 포옹했다. "들어와요."

"누구 왔어요?" 집 안에서 새된 환호성이 들렸다. 나는 불안해서 크리스천을 쳐다보았다.

"저건 미아일 거야, 여동생." 그는 언짢은 말투기는 했으나 정말로 그런 것 같진 않았다.

그의 말 속에는 애정이 깔려 있었다. 동생 이름을 말할 때 목소리가 좀 더 부드러워지고 눈가엔 주름이 잡혔다. 크리스천은 동생을 예뻐하는 게 분명했다. 새로운 발견이었다. 그때 한 여자가 현관으로 쿵쿵 뛰어내려왔다. 진한 검정색 머리카락에 키가 크고 곡선미가 있는 내 또래의 여자였다.

"아나스타샤! 얘기 많이 들었어요." 미아는 나를 꼭 껴안았다.

맙소사, 미아의 스스럼없는 열정에 미소 짓지 않을 수 없었다.

"아나라고 부르세요."

미아가 나를 커다란 현관 안으로 끌고 들어갔다. 어두운 색의 나무 바닥 위엔 고풍스런 깔개가 깔려 있고 그 뒤에는 2층으로 이어지는 장대한 계단이 있었다.

"오빠는 한 번도 여자 친구를 집에 데려온 적이 없었어요." 미아는 흥분해서 검은 눈을 반짝반짝 빛냈다.

크리스천을 슬쩍 쳐다보니 눈을 흘기고 있기에 한쪽 눈썹을 치켜 보였다. 그는 눈을 가늘게 떴다.

"미아, 흥분 좀 가라앉히렴." 그레이스가 부드럽게 꾸짖었다. "안녕, 아들." 부인은 크리스천의 양쪽 뺨에 키스했다. 그는 따뜻하게 어머니를 보고 미소 지었고 아버지와는 악수를 나누었다.

우리 모두는 거실로 향했다. 미아는 내 손을 놓지 않았다. 거실은 널찍했고 고상하게 크림색과 갈색, 연청색으로 장식되어 있었다. 편안하고 수수하면서도 아주 세련된 거실이었다. 케이트와 엘리엇이 샴페인 잔을 들고 소파에 바짝 붙어 앉아 있었다. 케이트가 나를 껴안으려 벌떡 일어났기 때문에 미아는 마침내 내 손을 놓았다.

"안녕, 아나!" 케이트는 환히 웃었다. "크리스천." 그에게는 간단히 고개만 끄덕였다.

"케이트." 그도 마찬가지로 정중하게 대했다.

나는 두 사람의 대화를 보고 얼굴을 찡그렸다. 엘리엇은 나를 따뜻하게 껴안았다. 뭐지? 아나 껴안아주기 주간인가? 이처럼 정신이 어지러울 정도의 애정 표시에 나는 익숙하지 않았다. 크리스천은 내 옆에 서서 어깨에 팔을 둘렀다. 손을 엉덩이에 올리고 손가락을 펼쳐서 나를 더욱 가까이 끌어당겼다. 모두들 우리를 보고 있었다. 긴장되는 순간이었다.

"술 좀 마실까?" 그레이 씨는 평소 모습을 회복한 듯했다. "프로세코로 할까?"

"주세요." 크리스천과 나는 중창처럼 대답했다.

오…… 이상한 것 이상이었다. 미아가 두 손을 맞잡았다.

"두 사람 말도 똑같이 하네. 내가 가서 가져올게." 미아는 방에서 뛰어나갔다.

얼굴이 새빨개졌다. 엘리엇과 같이 있는 케이트를 보고 있으려니 갑자기 크리스천이 나를 초대한 유일한 이유는 케이트가 여기 있기 때문이라는 생각이 스쳤다. 엘리엇은 어쩌면 자유롭고 기분 좋게 케이트를 부모님에게 인사시키려 했을 것이다. 크리스천은 덫에 걸렸다. 내가 케이트를 통해서 알아내리라고 생각했겠지. 그 생각을 하고 얼굴을 찡그렸다. 크리스천은 어쩔 수 없이 초대를 할 수밖에 없었던 것이다. 이런 사실을 깨달으니 암울하고 우울했다. 내 잠재의식은 현명하게 고개를 끄덕이며 '너도 마침내 알았네, 멍청이'라는 표정을 지었다.

"저녁이 거의 다 준비가 되었단다." 그레이스는 이렇게 말하고 미아를 따라 거실을 나갔다.

크리스천은 나를 보며 얼굴을 찡그렸다.

"앉아." 그는 플러시 소파를 가리키며 명령했고 나는 시키는 대로 앉으며 조심스레 다리를 꼬았다. 그는 내 옆에 앉았지만 내 몸에 손대진 않았다.

"우린 막 휴가 얘기를 하고 있었지요, 아나." 그레이 씨가 친절하게 말했다. "엘리엇은 일주일 동안 케이트와 식구들을 따라 바베이도스로 가기로 했다는군."

나는 케이트를 힐긋 쳐다보았고 케이트는 반짝이는 눈을 동그랗게 뜨고 씩 웃었다. 케이트는 즐거워하고 있었다. 캐서린 캐버너, 품위 좀 챙겨!

"아나도 학위를 끝냈으니 이제 휴가를 즐길 건가요?" 그레이 씨가 물었다.

"전 며칠 동안 조지아에 다녀올 생각이에요." 나는 대답했다.

크리스천은 두어 번 눈을 깜박이며 입을 떡 벌리고 나를 쳐다보았다. 표정은 읽을 수가 없었다. 아…….

젠장, 이 얘기는 그에게 안 했지.

"조지아?" 그가 물었다.

"어머니가 거기 사세요. 어머니 못 뵌 지도 꽤 됐고."

"언제 갈 생각이었는데?" 그가 목소리를 깔았다.

"내일, 오후 늦게요."

미아가 다시 거실로 느긋하게 들어와서 연분홍 프로세코가 든 샴페인 잔을 건넸다.

"건강을 위해!" 그레이 씨가 잔을 들었다. 의사의 남편으로서 적질한 건배네, 그런 생각을 하고 나는 미소를 지었다.

"얼마나 오래?" 크리스천은 하마터면 속을 정도로 부드럽게 물었다.

맙소사…… 화났구나.

"아직 모르겠어요. 내일 면접 결과에 따라 달라요."

그가 입을 꾹 다물었고 케이트는 소위 간섭하는 표정을 얼굴에 지었다. 케이트는 지나치게 달콤하게 미소를 지었다.

"아나도 휴가를 즐길 자격이 있어요." 케이트는 크리스천을 향해 뾰족하게 말했다. 어째서 케이트는 그에게 그렇게 적대적일까? 왜 저래?

"면접이 있어요?" 그레이 씨가 물었다.

"네. 출판사 두 군데에 인턴 면접을 보기로 했어요."

"행운을 빌어요."

"저녁 준비 다 됐어요." 그레이스가 알렸다.

우리 모두 일어섰다. 케이트와 엘리엇은 그레이 씨와 미아를 따라 방 밖으로 나갔다. 나도 뒤따르려 했지만 크리스천이 내 팔꿈치를 잡아 갑작스레 붙들었다.

"여행 간다는 말을 나한테는 언제 할 작정이었나?" 그는 긴박하게 물었다. 어조는 부드러웠지만 화를 감추고 있는 게 보였다.

"여행 가는 게 아니에요. 엄마를 보러 가는 거지. 그냥 생각만 했어요."

"우리 협의는 어쩌고?"

"아직 아무런 협의도 하지 않았어요."

그는 실눈을 뜨고 자제하는 듯했다. 내 손을 놓고 팔꿈치를 잡은 후 방 밖으로 끌고 나갔다.

"대화 아직 안 끝났어." 식당으로 들어갈 때 그는 내 귀에 대고 위협적으로 속삭였다.

오, 맙소사. 그렇게 화낼 일은 아니잖아요. 내 팬티나 돌려주고 그러시지. 나는 그를 노려보았다.

그 집 식당을 보니 히스먼 호텔에 있던 개인 식사실이 생각났다. 크리스털 샹들리에가 검은 나무 탁자 위에 달려 있고 벽에는 조각 장식이 있는 거대한 거울이 걸려 있었다. 탁자 위에는 뻿뻿한 하얀 리넨 식탁보가 깔렸고 센터피스로는 연분홍 작약이 꽂힌 대접이 놓여 있었다. 근사했다.

우리는 자리를 잡았다. 그레이 씨가 상석에 앉았고 나는 그의 오른쪽에, 크리스천은 내 옆에 앉았다. 그레이 씨가 미리 따놓은 레드와인 병을 들어 케이트에게 권했다. 미아는 크리스천 옆에 자리를 잡았고 그의 손을 잡아 꼭 쥐었다. 크리스천은 동생을 보며 따뜻하게 웃었다.

"두 사람 어디에서 만났어, 아나?" 미아가 오빠에게 물었다.

"아나가 워싱턴 주립 대학 학교신문에 실을 인터뷰를 하러 와서."

"케이트가 학교 신문사에 있었거든요." 나는 대화의 방향이 내게서 멀어지길 바라며 대답했다.

미아는 엘리엇의 건너편에 앉은 케이트를 보며 환히 웃었다. 두 사람은 곧 학교신문에 대한 대화를 시작했다.

"와인 더 줄까요, 아나?" 그레이 씨가 물었다.

"주세요." 나는 그를 보면서 미소를 지었다. 그레이 씨가 일어서서 다른 잔들을 채웠다.

나는 크리스천을 힐끔 쳐다보았다. 그는 머리를 한쪽으로 기울이고 나를 쳐다보았다.

"뭐?" 그가 물었다.

"나한테 화내지 마요." 나는 속삭였다.

"화나지 않았어."

나는 그를 빤히 쳐다보았다. 그는 한숨지었다.

"그래, 화났어." 그는 잠깐 눈을 감았다.

"손바닥이 근질거릴 정도로 화났어요?" 나는 불안하게 물었다.

"두 사람 뭘 그렇게 소곤대?" 케이트가 끼어들었다.

나는 얼굴을 붉혔고 크리스천은 '참견하지 마, 이 여자야'라는 표정으로 케이트를 쏘아보았다. 케이트조차도 그의 눈길을 받자 찔끔했다.

"조지아 가는 이야기 하고 있었어." 나는 두 사람의 적대감을 늦추고자 하는 마음에 다정히 말했다.

케이트는 짓궂은 빛을 눈에 띠고 미소를 지었다.

"금요일에 호세랑 술 마시러 갔던 건 어땠어?"

망할, 케이트. 나는 눈을 휘둥그레 떴다. 재 뭐 하는 거지? 케이트도 나를 보고 눈을 휘둥그레 떴다. 난 케이트가 크리스천이 질투하게 만들려는 속셈인 것을 깨달았다. 정말 눈치도 없다니까. 이 얘기는 대충 넘겼다고 생각했는데.

"괜찮았어." 나는 웅얼웅얼 대답했다.
크리스천이 몸을 앞으로 숙였다.
"손바닥이 근질거릴 정도로 화났어." 그가 속삭였다.
"특히 지금은." 그의 어조는 조용했지만 무시무시했다.
아, 안 돼. 나는 움츠러들었다.
그레이스가 접시 두 개를 들고 다시 나타났고 그 뒤로는 금발을 양 갈래로 묶은 예쁜 처녀가 따라 들어왔다. 여자는 연청색 옷을 말쑥하게 차려 입고 접시가 놓인 쟁반을 들고 있었다. 처녀의 눈이 곧장 크리스천의 눈과 마주쳤다. 처녀는 얼굴을 붉히더니 마스카라를 바른 긴 속눈썹을 내리깔고 그를 쳐다보았다. 뭐?
집 안 어딘가에서 전화가 울리기 시작했다.
"잠깐만." 그레이 씨가 다시 일어나 나갔다.
"고맙구나, 그레첸." 그레이 씨가 나가자 그레이스는 얼굴을 찌푸리며 상냥하게 인사했다. "접시는 콘솔 위에 두렴." 그레첸은 고개를 끄덕이고 다시 한 번 슬쩍 크리스천을 훔쳐본 후 나갔다.
그레이 집안에는 가사를 돕는 고용인이 있다는 뜻이었다. 그리고 그 고용인이 내 미래의 도미넌트에게 눈독을 들이고 있었다. 이 저녁이 이보다 더 나쁠 수가 있을까? 나는 무릎에 놓인 두 손을 보고 얼굴을 찡그렸다.
그레이 씨가 돌아왔다.
"당신 전화인데. 병원이야." 그는 그레이스에게 말했다.
"먼저들 먹어요." 그레이스는 미소를 지으며 내게 접시를 건넨 후 나갔다.
맛있는 냄새가 났다. 구운 빨간 피망과 셜롯을 넣고 파슬리를 뿌린 초리조(스페인 소시지―옮긴이)와 관자 요리였다. 크리스천의 감춰진 협박, 이 쪼그만 양 갈래 머리 아가씨의 은밀한 시선, 속옷이 없다는 큰 재난 때문에 속이 울렁거리긴 했지만 배가 무척 고팠다. 오늘 오후의 격한 신체적 활동 때문에 식욕이 왕성해졌다는 것을 깨닫고 얼굴을 슬쩍 붉혔다.

잠시 후 그레이스가 이맛살을 찌푸리며 돌아왔다. 그레이 씨는 머리를 한쪽으로 기울였다. ……바로 크리스천처럼.

"괜찮아?"

"홍역 환자가 또 있어서." 그레이스가 한숨을 내쉬었다.

"저런, 안됐군."

"그래요, 아이인데. 이 달만 해도 네 번째에요. 애들에게 예방접종을 해야 한다는 것 정도도 모르는 부모가 많아." 부인은 머리를 슬프게 흔들었다가 미소를 지었다. "우리 애들은 그런 걸 겪지 않아서 다행이야. 수두 이상의 심한 병은 안 걸렸으니까. 불쌍한 엘리엇." 그레이스는 자리에 앉으면서 자상하게 아들을 보며 미소를 지었다. 엘리엇은 음식을 씹다 말고 얼굴을 찡그리며 불편하게 꿈지럭거렸다. "크리스천과 미아는 운이 좋았어. 약하게만 걸려서 자국도 별로 남지 않았고."

미아는 킥킥 웃었고, 크리스천은 눈을 흘겼다.

"그래, 마리너스 경기는 보셨어요, 아버지?" 엘리엇은 분명 대화를 진행시키고 싶은 마음이 간절한 듯했다.

오르되브르는 맛있었고 내가 먹는 데 열중하는 동안 엘리엇, 그레이 씨와 크리스천은 야구 경기 이야기를 했다. 크리스천은 가족들과 얘기할 때는 편안하고 침착해 보였다. 내 마음은 격하게 돌아갔다. 케이트, 대체 무슨 게임을 하는 거야? 그가 나를 벌주려 할까? 그 생각을 하니 몸이 움츠러들었다. 아직 계약서엔 서명하지 않았다. 어쩌면 앞으로도 하지 않을지 모른다. 어쩌면 그의 손길이 미치지 않는 조지아에 계속 있을지도 몰라.

"새 아파트 이사는 어떻게 됐나요?" 그레이스가 정중하게 물었다.

그레이스의 질문 덕에 뒤죽박죽인 생각으로부터 정신을 딴 데로 돌릴 수 있어서 고마웠다. 나는 이사 얘기를 했다.

전채 요리를 다 먹었을 쯤, 그레첸이 다시 나타났다. 새삼스럽지도 않게, 나는 크리스천에게 자유롭게 손을 올릴 수 있으면 얼마나 좋을까 생각했다. 그저 그 여자에게 이 남자가 내 것이라는 사실을 알리기 위해서. 그는 어쩌면 50가지 다른 빛깔로 엉망진창 망가져버린 사람인지도 모르지만, 내 것이었다. 그레첸은 식탁을 치우면서 내가 보기에는 지나치게 가깝게 크리스천의 몸을 스쳤다. 다행하게도 크리스천은 그 여자의 존재에 무관심했지만 내 안의 여신은 김을 펄펄 뿜으면서 못마땅해했다.

케이트와 미아는 파리에 대한 얘기를 열심히 늘어놓고 있었다.

"파리에 가봤어요, 아나?" 미아가 순진하게 질문하는 바람에 나는 질투심 어린 망상에서 깨어났다.

"아니요. 하지만 가고 싶네요."

이 식탁에서 미국을 떠나본 경험이 없는 사람은 나뿐이라는 것을 깨달았다.

"우리는 신혼여행으로 파리에 갔었지." 그레이스는 그레이 씨를 보고 미소를 지었고 남편도 아내를 보면서 씩 웃어주었다.

그런 모습을 보고 있노라니 당황스러울 정도였다. 두 사람은 분명히 서로를 깊이 사랑하는 듯 보였다. 짧은 순간 나는 부모님 두 분 다 계신 가정에서 자란다는 게 어떤 걸까 궁금했다.

"아름다운 도시예요." 미아도 동의했다. "파리 사람들이 좀 그렇긴 해도. 크리스천 오빠, 꼭 아나를 파리에 데려가야 해." 미아가 단정적으로 말했다.

"내 생각에 아나는 런던을 더 좋아할 거야." 크리스천이 부드럽게 말했다.

아…… 기억하고 있었군. 그는 자기 손을 내 무릎 위에 올려놓았다. 손가락이 허벅지 위까지 올라왔다. 그에 대한 반응으로 내 몸이 굳어졌다. 아니…… 여기선 안 돼요, 지금은 안 돼요. 나는 얼굴을 붉히며 그에게서 떨어지려고 몸을 움직였다. 그의 손이 내 허벅지를 꽉 움켜쥐며 움직이지 못하게 했다. 나는 자포자기하며 와인 잔을 들었다.

미스 유럽 양 갈래 머리가 애교 있는 눈길을 보내고 엉덩이를 흔들면서 주요리를 가지고 돌아왔다. 요리는 비프 웰링턴(소의 두터운 허리 고기를 갈아 넣은 뒤 푸아그라로 싸고 다시 파이 껍질을 덮어 구운 요리—옮긴이) 같았다. 다행하게도 그레첸은 접시를 놓고 나가버렸지만 크리스천에게 건넬 때는 좀 더 꾸물거렸다. 그레첸이 문을 닫고 나가는 모습을 내가 빤히 쳐다보자 크리스천은 의아하다는 시선을 내게 보냈다.

"그래, 파리 사람들이 뭐가 어때서?" 엘리엇이 여동생에게 물었다. "파리 사람들이 네 매력에 무릎 꿇지 않던?"

"웩, 안 그러더라. 게다가 무슈 플로베르 있잖아, 도깨비 같은 우리 보스. 그 사람 얼마나 위압적인 독재자인데."

나는 와인을 푹 뱉을 뻔했다.

"아나스타샤, 괜찮아?" 크리스천은 손을 내 허벅지에서 떼며 염려하듯 물었다.

그의 목소리에 유머가 돌아왔다. 아, 다행이다. 내가 고개를 끄덕이자 그는 내 등을 부드럽게 두드렸고 내가 괜찮다는 것을 알고 나서야 손을 뗐다.

구운 고구마, 당근, 파스닙, 완두콩을 함께 곁들인 쇠고기 요리는 맛있었다. 남은 식사 시간 내내 크리스천이 좋은 기분을 유지한 까닭에 음식이 한결 더 입에 맞았다. 내가 잘 먹었기 때문에 그의 기분이 좋아진 게 아닌가 하는 의심이 들었다. 그레이 가 사람들의 대화는 자유롭게 흘렀다. 따뜻하고 서로를 걱정하면서도 살짝 약 올리는 가정적 대화였다. 후식으로 나온 레몬 실러버브(우유나 크림에 포도주, 향료를 가미한 요리—옮긴이)를 먹으면서 미아는 파리에서의 고생담을 털어놓다가 어느 시점에서 유창한 프랑스어로 말하기 시작했다. 우리 모두가 쳐다보자 미아는 영문을 모르겠다는 듯 도로 우리를 쳐다보았다. 크리스천 역시 마찬가지로 유창한 프랑스어로 미아가 한 짓을 말하자, 그제야 미아는 깨닫고 웃음을 킥킥 터뜨렸다. 그녀의 웃음엔 전염성이 있어서 곧 우리 모두 배가 터져라 웃었다.

엘리엇은 최근 맡은 건축 계획에 대해서 이야기했다. 시애틀 북쪽에 친환경 공동체를 건설하는 프로젝트였다. 케이트를 힐끔 올려다보니 그 애는 엘리엇이 하는 말 하나하나를 귀담아 듣고 있는 중이었다. 눈에는 정염인지 사랑인지가 불타고 있었다. 어느 쪽인지는 확실히 구분할 수 없었다. 엘리엇은 케이트를 보고 씩 웃었고 두 사람 사이에는 말없는 약속이 스쳐간 듯했다. '이따가 봐, 자기.' 아주 뜨겁고, 섹시한 약속이었다. 두 사람을 바라보는 것만으로도 얼굴이 붉어졌다.

나는 한숨을 쉬면서 50가지 다른 빛깔을 가진 내 남자, 피프티 셰이드를 올려다보았다. 영원히 바라보아도 질리지 않을 것 같았다. 턱에는 수염이 돋아 있어서 내 손가락은 그걸 쓰다듬고 싶어 간질간질했다. 얼굴에 느끼고 싶고 가슴에…… 내 다리 사이에서도. 생각이 그쪽으로 흐르자 내 얼굴이 빨개졌다. 그는 나를 내려다보더니 한 손을 들어 내 턱을 잡아당겼다.

"입술 깨물지 마." 그가 허스키한 목소리로 속삭였다. "나도 그러고 싶으니까."

그레이스와 미아가 디저트 잔을 치워서 부엌으로 가져가는 동안 그레이 씨와 케이트, 엘리엇은 워싱턴 주에서 태양열 판을 사용할 때의 이점에 대해서 토론했다. 크리스천은 사람들의 대화에 관심을 보이는 척하면서도 다시 한 번 손을 내 무릎 위에 올려놓았다. 손가락이 서서히 다리 위로 올라왔다. 내 숨이 가빠지자 나는 그의 전진을 막으려고 두 다리를 오므렸다. 그가 씩 웃는 모습이 보였다.

"집 구경시켜줄까?" 그는 사람들 들으라는 듯 공공연히 물었다.

좋다고 할 수밖에 없다는 걸 알았지만 그를 믿을 순 없었다. 하지만 내가 무어라 대답하기도 전에 그가 일어나서 손을 내게 내밀었다. 그의 손을 잡았을 때 그의 음험하고 굶주린 시선에 대한 반응으로 아랫배의 근육이 조였다.

"실례하겠습니다." 나는 그레이 씨에게 말하면서 크리스천을 따라 식당을 나갔다.

그는 나를 이끌고 복도를 지나 미아와 그레이스가 식기세척기에 접시를 쌓고 있는 부엌으로 들어갔다. 양 갈래 머리 유럽 처녀의 모습은 보이지 않았다.

"아나스타샤에게 뒤 정원 구경시켜주려고요." 크리스천은 짐짓 순진하게 어머니에게 말했다. 그레이스는 미소를 지으며 어서 나가라고 손짓했고 미아는 식당으로 돌아갔다.

우리는 회색 포석이 깔린 테라스로 나갔다. 바위 속에 박힌 조명이 그 자리를 비추었다. 작은 관목을 심은 회색 석조 화분들과 시크한 금속 탁자와 의자가 한쪽 구석에 놓여 있었다. 크리스천은 그 의자들을 지나 몇 계단 더 올라갔다. 그 위로는 만으로 이어지는 광대한 잔디밭이 보였다. 세상에, 참으로 아름다운 광경이었다. 시애틀이 수평선에서 반짝이고 시원하고 환한 5월의 달이 배 두 척이 매어져 있는 방파제 쪽으로 반짝이는 은빛 오솔길을 새겨놓았다. 방파제 뒤에는 보트하우스가 하나 서 있었다. 무척이나 그림 같이 아름답고 무척이나 평온해 보이는 장면이었다. 나는 입을 떡 벌리고 그 자리에 섰다.

크리스천은 앞장서서 나를 끌어당겼고 내 구두가 부드러운 풀잎 속에 박혔다.

"제발, 멈춰요." 나는 비틀비틀 그의 뒤를 따라 걸었다.

그는 멈춰서 나를 쳐다보았다. 그의 표정은 가늠할 수 없었다.

"구두요. 신발을 벗어야겠어요."

"신경 쓰지 마." 그는 허리를 굽혀 나를 자기 어깨에 둘러멨다. 내가 깜짝 놀라 빽 소리를 지르자 그가 내 엉덩이가 울리도록 찰싹 때렸다.

"목소리 낮춰." 그가 으르렁거렸다.

아, 안 돼……. 이건 좋지 않아. 내 잠재의식이 무릎을 후들후들 떨었다. 그는 뭔가에 화가 나 있었다. 호세 때문일 수도, 조지아 때문일 수도, 팬티를 입지 않았기 때문일 수도, 내가 입술을 깨물었기 때문일 수도 있었다. 이런, 얼마나 쉽게 화를 내는 사람인지.

"어디로 가는 거예요?" 나는 작은 소리로 물었다.

"보트하우스." 그가 딱딱거렸다.

나는 얼굴이 그의 엉덩이에 오도록 거꾸로 매달려 있었고 그는 달빛 속에서 성큼성큼 잔디밭을 가로질렀다.

"어째서요?" 그의 어깨에서 매달려 흔들리느라 숨이 가빴다.

"너랑 단둘이 있고 싶어서."

"뭐 하게요?"

"네 엉덩이를 때린 후 너랑 섹스하려고."

"왜요?" 나는 작게 우는 소리를 냈다.

"왠지 알잖아." 그가 식식거렸다.

"순간을 소중히 생각하는 남자인 줄 알았는데." 나는 숨도 못 쉬고 간청했다.

"아나스타샤, 난 순간을 소중히 생각해. 내 말 믿으라고."

빌어먹을.

20

크리스천은 보트하우스의 나무문을 벌컥 열고 들어가 스위치 몇 개를 켰다. 형광등이 연이어 핑, 지직 소리를 내더니 거친 하얀 불빛이 커다란 나무 건물 속에 쏟아졌다. 거꾸로 된 내 시야 속에서 거대한 유람선이 부두의 어두운 수면 위에서 부드럽게 떠 있는 것이 보였다. 하지만 그 광경도 잠시, 그는 나를 업고 계단을 올라 그 위의 방으로 들어갔다.

그는 문간에 잠깐 멈추더니 또다시 스위치를 켰다. 이번에는 제광장치 위에 달려 있어 더 부드러운 할로겐 빛이었다. 천장이 비스듬한 다락방이었다. 항해라는 주제로 뉴잉글랜드 식으로 꾸며진 방이었다. 주 색조는 청색과 크림색이었고 간간이 빨강이 섞였다. 가구는 별로 없이 소파 두어 개만 보일 뿐이었다.

크리스천은 나를 나무 바닥 위에 내려놓았다. 주변을 관찰할 시간이 없었다. 그에게서 눈을 뗄 수가 없었다. 최면에 걸린 기분이었다. 희귀하고 위험한 야수를 보듯이 그를 바라보고, 그가 공격하기를 기다렸다. 그의 숨은 거칠었다. 나를 메고 잔디밭을 건너 계단까지 올랐으니까. 회색 눈은 분노와 갈망, 순전한 정욕으로 타올랐다.

어쩜. 나는 표정 하나만으로도 자연발화할 것만 같았다.

"나 때리지 마요." 나는 우는 소리를 내며 애원했다.

그가 눈을 크게 뜨며 이맛살을 찌푸렸다. 눈을 두 번 깜박였다.

"내 엉덩이를 때리지 않았으면 좋겠어요. 여기선 안 돼요. 지금은요. 제발요."

그의 입이 놀라 떡 벌어졌다. 잔뜩 용기를 내서 나는 머뭇머뭇 손을 들어 손가락으로 그의 뺨을 쓸고 구레나룻을 따라 턱에 돋은 수염까지 어루만졌다. 부드러움과 따가움이 교묘하게 섞였다. 그는 천천히 눈을 감으며 얼굴을 내 손길에 내맡겼다. 숨결이 한층 더 가빠졌다. 다른 손을 올려 손가락을 그의 머리카락 속에 묻었다. 그의 머리카락이 좋았다. 그의 부드러운 신음 소리가 거의 들릴락 말락 했다. 다시 눈을 떴을 때 그는 마치 내가 뭘 하는지 알 수 없다는 듯 경계심이 어린 표정을 지었다.

앞으로 한 발 나가면서 그와 나란히 선 후, 머리카락을 부드럽게 잡아당겨 그의 입을 내 입에 갖다댔다. 나는 혀를 그의 입술 사이로 밀어넣고 입속으로 들어가며 키스했다. 그는 신음했다. 그의 팔이 나를 끌어안고 잡아당겼다. 두 손을 내 머리카락 속으로 집어넣으며 그도 내 키스에 반응했다. 거칠게, 소유욕을 드러내며. 그의 혀와 내 혀가 함께 얽히고 돌며 서로를 탐했다. 그에게서는 무척 좋은 맛이 났다.

그가 갑자기 몸을 뗐다. 함께 헐떡이는 숨이 서로 섞였다. 내 손은 그의 팔로 떨어졌고 그는 나를 무섭게 내려다보았다.

"대체 나한테 뭘 하는 거야?" 그가 당황해서 속삭였다.

"키스한 거예요."

"싫다면서."

"뭐가요?" 뭐가 싫다는 거야?

"식탁에서 다리로 싫다는 표현을 했잖아."

아, 이게 다 그 때문이었어?

"하지만 당신 부모님 식탁에 앉아 있었잖아요." 나는 완전히 어쩔 줄 모르고 그를 올려다보았다.

"지금까지 아무도 내게 싫다고 한 적 없었어. 그런데 그게 어찌나…… 섹시한지."

그의 눈이 커지면서 경이와 정욕이 가득 찼다. 그 둘이 섞이니 머리가 어질어질했다. 나는 본능적으로 숨을 꿀꺽 삼켰다. 그의 손이 내 엉덩이로 내려갔다. 그는 나를 날카롭게 끌어당겼다. 그의 일어선 부분으로.

아, 세상에…….

"내가 싫다고 해서 화가 나기도 하고 흥분도 된 거예요?" 나는 놀라서 물었다.

"네가 조지아 이야기를 하지 않아서 화난 거야. 네가 술 취해 있을 때 너를 유혹하려 했고 네가 아팠을 때 완전히 낯선 사람에게 맡겨두고 가버린 남자랑 술을 마셔서 화났고. 대체 그게 무슨 친구야? 게다가 네가 내 손 앞에서 다리를 오므려서 화나고 흥분됐어." 그는 위험하게 눈을 반짝이며 천천히 내 치맛단을 들었다.

"난 널 원해. 지금 원해. 그런데 네 엉덩이를 치지 못하게 한다면—맞아도 싼데 말이야—이 순간 이 소파에서 너를 갖겠어. 재빨리. 너의 즐거움이 아니라 나의 즐거움을 위해서."

내 원피스는 이제 거의 벗은 엉덩이를 감추지 못했다. 그가 재빨리 움직이더니 손으로 내 여성을 감쌌고 손가락 하나를 안으로 천천히 밀어넣었다. 다른 팔로는 내 허리를 꽉 잡아 제자리에서 꼼짝 못하게 했다. 나는 신음을 억눌렀다.

"이건 내 거야." 그는 공격적으로 속삭였다. "모두 내 거라고. 알겠어?" 그는 나를 내려다보며 손가락을 넣었다 뺐다 하며 내 반응을 쟀다. 그의 눈이 타올랐다.

"네, 당신 거예요." 뜨겁고 무거운 욕망이 혈류를 타고 솟구치자 나는 숨을 내뱉었다. 모든 게…… 달라졌다. 내 신경 말단, 숨결. 심장은 가슴 밖으로 터져 나오려는 듯 쿵쿵 뛰었고 피가 귀에서 요동쳤다.

갑자기 그는 몇 가지 동작을 한꺼번에 취했다. 손가락을 빼서 내가 더 원하게 만들어놓고 자기 바지 지퍼를 내리며 나를 소파에 밀어 눕힌 후 내 위에 올라왔다.

"두 손을 머리에 대."

그는 꽉 다문 잇새로 명령을 하면서 무릎을 꿇고 내 다리를 더 넓게 벌린 후 안주머니에 손을 넣었다. 그는 음험한 표정으로 나를 내려다보며 포일 포장을 꺼낸 후 어깨를 흔들어 재킷을 바닥으로 떨어뜨렸다. 그는 그의 인상적인 물건에 콘돔을 씌웠다.

나는 두 손을 머리에 댔다. 그에게 손대지 말라는 뜻임을 잘 알았다. 나도 무척이나 흥분이 된 상태였다. 벌써 그를 맞기 위해서 내 엉덩이가 위로 움직이는 느낌이 들었다. 그가 내 안으로 들어오기를 바랐다. 이처럼 거칠고 세게…… 아, 밀려오는 기대감이 너무도 컸다.

"시간이 별로 없어. 빨리 끝낼 거야. 게다가 너를 위해서가 아니라 나를 위한 거라고. 알겠어? 느끼지 마. 그랬다간 네 엉덩이를 때려주겠어." 그는 이를 악물고 말했다.

맙소사…… 내가 어떻게 멈출 수 있겠어?

한 번 재빨리 찔러 넣자마자 그는 내 안에 완전히 들어왔다.

나는 큰 소리로 목구멍에서 신음을 지르며 그가 나를 소유한 충만감 속에서 쾌락에 젖었다. 그는 두 손으로 머리 위에 올린 내 두 손을 잡아, 양 팔꿈치로 내 팔을 누르고, 다리로는 나를 꼼짝 못하게 고정했다. 나는 갇혀버렸다. 그가 사방에서 내리눌러서 나는 거의 숨이 막힐 지경이었다. 하지만 또한 천상의 느낌이었다. 이것이 내 힘, 내가 그에게 할 수 있는 것이었다. 쾌락적이고 의기양양한 기분이었다. 그는 내 안에서 재빨리 격하게 움직였다. 내 귀에 와 닿는 그의 숨결이 거셌고 내 몸은 반응하며 그의 주변에서 녹아내렸다. 느껴선 안 돼. 안 돼. 하지만 나는 그가 찔러 들어올 때마다 완벽한 대위법으로 그를 맞았다. 갑작스럽게, 그리고 너무나 급하게 그는 내 안으로 밀고 들어와서는 자신의 욕망을 방출하더니 잠잠해졌다. 그의 잇새로 공기가 식식 새어나왔다. 그가 순간적으로 잠시 긴장을 풀었고 그의 기분 좋은 몸무게를 내 몸 위에 느낄 수 있었다. 아직 그를 놔줄 준비가 되지 않았다. 내 몸도 욕망을 채워주길 바랐다. 하지만 그는 너무 무거웠다. 그 순간에는 그를 밀어낼 수가 없었다. 갑자기 그가 물러났다. 나는 아팠고 좀 더 갈망했다. 그가 이글이글한 눈으로 나를 내려다보았다.

"자기 몸 만지지 마. 네가 좌절하길 바라. 오늘 내게 말을 안 하고 내 것임을 부인해서 내게 한 짓도 그런 거니까." 그의 눈은 분노로 새롭게 타올랐다.

나는 헐떡이며 고개를 끄덕였다. 그는 일어서서 콘돔을 빼더니 끝을 묶어 자기 바지 주머니에 넣었다. 나는 여전히 불규칙한 숨으로 그를 쳐다보았고 나도 모르게 좀 더 해소를 갈망하며 두 다리를 꽉 오므렸다. 크리스천은 바지 지퍼를 올리고 머리카락을 손으로 훑더니 바닥에 떨어진 재킷을 집었다. 그는 훨씬 더 부드러워진 표정으로 몸을 돌려 나를 내려다보았다.

"이제 집으로 돌아가는 게 좋겠군."

나는 약간 불안하게 현기증이 이는 머리로 일어나 앉았다.

"자, 이거 입어."

그는 안주머니에서 내 팬티를 꺼냈다. 받아들면서도 나는 미소를 짓지 않았지만 마음속으로는 알고 있었다. 벌로 섹스를 당했지만 팬티 문제에서는 작은 승리를 거두었다고. 내 안의 여신도 만족한 웃음을 지으면서 동의한다는 뜻으로 고개를 끄덕였다. 부탁할 필요도 없었네.

"크리스천!" 미아가 아래층에서 불렀다.

그는 등을 돌리며 나를 보고 두 눈썹을 치켰다.

"딱 맞춰 왔네. 제길, 잰 가끔 정말 성가시다니까."

나는 그를 보고 얼굴을 찌푸리며 팬티를 입고서는 방금 섹스를 당한 사람치고는 최대한 위엄을 그러모아 일어섰다. 재빨리 방금 한 머리카락을 어떻게든 진정시켜보려고 했다.

"여기 위야, 미아." 그가 아래층을 향해 소리쳤다.

"뭐, 스틸 양, 이제 훨씬 기분이 좋아지긴 했지만 아직도 네 엉덩이를 때려주고 싶은 건 변함없어." 그는 부드럽게 말했다.

"내가 벌을 받아야 한다고 생각진 않네요, 그레이 씨. 도발도 안 했는데 기습 공격을 당하고도 참아낸 후에는요."

"도발하지 않았다고? 내게 키스했잖아." 그는 상처받은 표정을 지으려 애썼다.

나는 입을 꾹 다물었다. "최선의 방어를 위한 공격이었어요."

"무엇에 대한 방어?"

"당신과 지금 근질거리는 당신 손바닥."

미아가 쿵쾅쿵쾅 계단을 올라올 때 그는 한쪽으로 머리를 기울여 미소를 지었다.

"하지만 참을 만했다며?" 그가 부드럽게 물었다.

나는 얼굴을 붉혔다. "별로 그렇지도 않았어요." 나는 속삭였지만 슬며시 떠오르는 웃음을 억누를 수 없었다.

"아, 여기들 있네." 미아가 우리를 보며 환한 웃음을 지었다.

"아나스타샤에게 여기저기 구경시켜주는 중이었어." 크리스천은 강렬한 회색 눈으로 나를 바라보며 손을 내밀었다.

나는 그의 손 위에 내 손을 놓았고 그는 부드럽게 쥐었다.

"케이트와 엘리엇이 간대. 두 사람 정말 어이없지 않아? 서로에게 손을 뗄 줄 모른다니까." 미아는 짐짓 역겹다는 듯한 표정을 짓더니 시선을 크리스천에게서 내게로 옮겼다.

"두 사람 여기서 뭘 하고 있었어?"

이런, 직구를 던지네. 나는 얼굴이 새빨개졌다.

"아나스타샤에게 내 조정 트로피를 구경시켜줬지." 크리스천은 완벽한 포커페이스로 한순간도 지체 않고 대답했다. "케이트와 엘리엇에게 작별 인사하러 가지."

조정 트로피? 그가 나를 앞으로 부드럽게 끌어당겼고 미아가 등을 돌리자 내 엉덩이를 찰싹 쳤다. 나는 놀라 숨을 헉 들이켰다.

"다시 할 거야, 아나스타샤. 그것도 곧." 그는 조용히 내 귀에 대고 위협하더니 뒤에서 나를 꼭 끌어안고 머리카락에 키스했다.

집으로 돌아가자 케이트와 엘리엇은 그레이스와 그레이 씨에게 작별 인사를 하는 중이었다. 케이트는 나를 꼭 껴안았다.

"크리스천에게 왜 그렇게 발톱을 세우는지 나중에 얘기 좀 하자.” 케이트가 나를 껴안았을 때 나는 그 귀에 대고 조용히 속삭였다.

“저런 사람은 좀 발톱으로 긁어줘야 해. 그래야 진짜 어떤 사람인지 알지. 조심해, 아나. 저 사람, 꽤 고압적이더라.” 케이트가 속삭였다. “나중에 만나.”

진짜 어떤 사람인지 벌써 알고 있는걸. 너만 모를 뿐이지! 나는 머릿속으로 케이트를 향해 소리쳤다. 좋은 뜻으로 그렇게 행동한다는 건 잘 알지만, 가끔 케이트는 선을 넘었고 지나치게 선을 넘어 이웃 나라까지 넘어갔다. 나는 케이트에게 얼굴을 찌푸렸고 케이트는 혀를 날름 내밀었다. 결국 나도 모르게 웃고 말았다. 장난기 가득한 케이트는 새로운 모습이었다. 아마도 엘리엇의 영향이리라. 우리는 문간에 서서 그들에게 손을 흔들었고 크리스천이 내게 몸을 돌렸다.

“우리도 가야겠군. 넌 내일 면접 봐야 한다며.”

작별 인사를 할 때 미아는 나를 꽉 안아주었다.

“크리스천이 누굴 사귀게 될지 정말 몰랐다니까요!” 미아는 신나서 재잘거렸다.

나는 얼굴을 붉혔고 크리스천은 다시 눈을 흘겼다. 나는 입술을 꾹 다물었다. 어째서 나보고는 하지 말라면서 자기는 저렇게 하는 걸까? 나도 그를 보고 눈을 흘기고 싶었지만 감히 그럴 엄두를 내지 못했다. 특히 보트하우스에서 그런 협박을 들은 후에는.

“몸 조심해요, 아나.” 그레이스가 친절하게 말했다.

크리스천은 다른 그레이 가족에게서 내가 받는 애정에 당황했거나 어색했는지 내 손을 잡고 자기 쪽으로 끌어당겼다.

“겁주지도 말고 지나치게 애정을 쏟아서 버릇을 망치지도 마세요." 그가 투덜거렸다.

"크리스천, 놀리지 마라." 그레이스가 자상하게 그를 꾸짖었다. 눈에는 크리스천에 대한 애정이 빛났다.

어쨌든 그가 놀린다고 생각하지는 않았다. 나는 은밀히 그들의 관계를 관찰했다. 그레이스가 어머니의 조건 없는 사랑으로 아들을 사랑하는 건 명백했다. 그는 몸을 숙이고 어머니에게 뻣뻣하게 키스했다.

"어머니." 그의 목소리엔 무언가 깔려 있었다. 아마도 존경일까?

"그레이 씨, 안녕히 계세요. 감사했습니다." 나는 손을 내밀었고 그레이 씨도 나를 포옹했다!

"자, 그냥 캐릭이라고 불러요. 곧 다시 봤으면 좋겠군요, 아나."

작별 인사를 나눈 후 크리스천은 나를 차로 이끌었다. 테일러가 안에서 기다리고 있었다. 줄곧 여기서 기다렸던 걸까? 테일러가 나를 위해 문을 열어주었고 나는 아우디 뒷자리로 올라탔다.

어깨에서 긴장이 빠져나가는 것을 느꼈다. 이런, 참 대단한 하루였다. 나는 신체적으로나 정신적으로 기진맥진했다. 테일러와 잠깐 대화를 나눈 후 크리스천은 내 옆으로 올라탔다. 그는 몸을 돌려 나를 마주보았다.

"뭐, 우리 가족도 널 좋아하는 것 같네." 그가 나직이 말했다.

가족도라고? 내가 초대된 연유에 대한 우울한 생각이 불청객처럼 달갑지 않게 머릿속에 툭 기어들어왔다. 테일러는 차의 시동을 걸었고 차도에 동그랗게 맺힌 빛을 떠나 어두운 길로 들어섰다. 크리스천을 쳐다보았더니 그가 나를 빤히 바라보고 있었다.

“왜 그래?” 그가 조용한 목소리로 물었다.

나는 잠시 허둥거렸다. 아니, 그에게 말해야지. 그는 항상 내가 솔직히 말하지 않는다고 불평했으니까.

“당신이 어쩔 수가 없어서 나를 식구들에게 인사시킨 줄 알았어요.” 내 목소리는 부드러웠고 머뭇거렸다. “엘리엇이 케이트를 초대하지 않았더라면 나를 오라고도 하지 않았겠죠.” 어둠 속에 잠긴 그의 얼굴은 보이지 않았지만 그는 살짝 입을 벌리고 고개를 갸우뚱 기울인 듯했다.

“아나스타샤, 난 네가 우리 부모님을 만나줘서 기뻐. 어째서 그렇게 자격지심이 심한 거야? 정말 그 때문에 언제나 놀란다니까. 너처럼 강하고 자신감 있는 젊은 여자가 자기에 대해서는 부정적인 생각뿐이라니. 내가 널 인사시키기 싫었다면 네가 여기 있을 이유도 없겠지. 그 집에 있으면서 내내 그렇게 생각했던 거야?”

아! 나를 데리고 오고 싶었구나. 새로이 깨달은 사실이었다. 크리스천이 진실을 숨겼다면 불편한 기색이 있었겠지만 내게 대답하는 그는 전혀 거리낌이 없었다. 내가 여기 있다는 사실이 정말로 즐거워 보였다. 따뜻한 빛이 혈관을 타고 천천히 퍼져나갔다. 그는 고개를 저으며 내 손을 잡았다. 나는 불안해서 초조하게 테일러를 힐끔 쳐다보았다.

“테일러 걱정은 하지 마. 날 보고 말해.”

나는 어깨를 으쓱했다.

“그래요, 그런 생각을 했어요. 또 하나 조지아 얘기를 했던 건 케이트가 바베이도스에 간다는 말을 꺼냈기 때문이에요. 난 아직 마음을 정하지 못했어요.”

"가서 어머니를 만나고 싶어?"

"네."

그는 마치 내면에 갈등이 있는 사람처럼 나를 이상하게 쳐다보았다.

"나도 같이 갈까?" 마침내 그가 물었다.

뭐라고!

"음…… 그건 좋은 생각 같지 않아요."

"어째서?"

"이 모든…… 강렬한 일들로부터 잠깐 휴식을 갖고 싶거든요. 곰곰이 생각해볼 수 있도록."

그가 나를 쳐다보았다.

"내가 너무 강렬한가?"

나는 웃음을 터뜨리고 말았다. "그나마 가볍게 말해 그런 거예요!"

지나가는 가로등 불빛 속에서 그의 입술이 위로 올라간 것을 보았다.

"날 지금 비웃는 건가, 스틸 양?"

"제가 감히 그럴 리가요, 그레이 씨." 나는 짐짓 진지하게 대답했다.

"감히 그럴 수도 있다고 생각하는데. 게다가 날 자주 비웃더라고. 자주."

"당신 엄청 웃긴걸요."

"웃기다고?"

"아, 그럼요."

"이상해서 웃기다는 거야, 아니면 하하하 웃기다는 거야."

"아…… 많은 경우는 한 가지지만 다른 경우도 좀 있어요."

"어느 쪽이 더 많아?"

"그건 짐작에 맡길게요."

"널 옆에 두고 짐작을 할 수 있을지 모르겠는데, 아나스타샤." 그가 냉소적으로 말하더니 조용히 말을 이었다. "조지아에서 무슨 생각할 건데?"

"우리에 대해서요." 나는 속삭였다.

그는 무감하게 나를 바라보았다.

"해보겠다고 했잖아." 그가 나직이 말했다.

"알아요."

"다시 생각해보겠다는 거야?"

"어쩌면요."

그는 마치 불편한 듯 자세를 바꾸었다.

"어째서?"

맙소사. 어째서 이렇게 강렬하고 의미심장한 대화가 되어버렸을까? 마치 준비 못 한 시험처럼 내게 달려들었다. 뭐라고 하지? 당신을 사랑하는데, 당신은 나를 오로지 장난감으로만 보기 때문에? 나는 당신을 만질 수 없기 때문에? 당신이 움찔하거나 가버리라고 하거나 더 나쁘게는 나를 때릴까봐 애정을 보일 수 없기 때문에? 뭐라고 한단 말인가?

잠시 창밖을 쳐다보았다. 차는 다시 다리를 넘고 있었다. 우리는 둘 다 어둠에 싸여서 우리 생각과 감정을 감추고 있었지만 밤이 아니라도 마찬가지였을 것이었다.

"어째서, 아나스타샤?" 크리스천이 내게 대답을 독촉했다.

나는 움쭉달싹 못하고 어깨만 으쓱했다. 그를 잃고 싶지 않았다. 그의 모든 요구, 통제하고자 하는 욕망, 무서운 집게와 매에도, 나는 지금처럼 생생하게 살아 있다는 기분을 느낀 적이 없었다. 그의 옆에 이처럼 앉아 있는 것에 전율이 일었다. 그는 전혀 예측할 수 없고 섹시했고 영민했으며 재미있는 사람이었다. 하지만 그의 기분은…… 오, 게다가 내게 상처를 입히길 원한다. 그는 내 단서에 대해서 생각해보겠다고 하긴 했지만 여전히 나는 두려웠다. 눈을 감았다. 뭐라고 할 수 있을까? 깊은 곳에서 나는 그저, 그저 더 많은 애정을 원했다. 더 장난기 있는 크리스천을, 더 많은 사랑을.

그가 나의 손을 꼭 쥐었다.

"내게 말해, 아나스타샤. 난 너를 잃고 싶지 않아. 지난 한 주는……."

우리는 다리 끝에 가까워졌고 길은 다시 한 번 가로등의 네온 불빛에 젖어 그의 얼굴은 간간이 빛 속에 들었다가 어둠 속에 들기를 반복했다. 딱 어울리는 은유였다. 한때 내가 낭만적 영웅, 용감하게 빛나는 백기사라 생각했던 사람은 그의 말대로 흑기사였는지도 모른다. 그는 영웅이 아니었다. 심각하고 깊은 감정적 결점이 있는 남자였다. 그가 나를 어둠 안으로 끌고 들어가고 있었다. 내가 그를 빛으로 이끌 수 있을까?

"난 아직도 좀 더 원해요." 내가 속삭였다.

"알아." 그가 대답했다. "노력해볼게."

나는 그를 보고 눈을 깜박였고 그는 내 손을 놓고 턱을 잡아 갇혀 있던 내 입술을 풀었다.

"너를 위해서라면, 아나스타샤. 노력할게." 그는 진지하게 말했다.

그게 내겐 신호가 되었다. 나는 안전띠를 풀고 손을 옆으로 뻗어 그의 무릎 위에 올라갔다. 나의 이런 행동에 그는 화들짝 놀랐다. 나는 그의 머리에 팔을 감고 키스했다. 길고 거칠게. 1나노

초만에 그가 반응을 보였다.

"나랑 같이 있자, 오늘 밤." 그가 숨소리처럼 속삭였다. "네가 가면 일주일은 못 만나잖아, 부탁이야."

"그래요." 나는 손을 들었다. "나도 노력할게요. 당신 계약서에 서명할게요." 이는 즉흥적으로 그 자리에서 내린 결정이었다.

그는 나를 내려다보았다.

"조지아 갔다 와서 서명해. 생각해봐. 열심히 생각해."

"그럴게요."

그런 후 우리는 1, 2킬로미터 정도 아무 말 없이 앉아서 갔다.

"너 안전띠 매야 해." 크리스천이 못마땅하다는 듯 내 머리에 대고 속삭였지만 나를 무릎에서 내려놓을 생각은 하지 않았다.

나는 눈을 감은 채 코는 그의 목에, 머리는 어깨에 대고 크리스천의 체취와 머스크 향의 바디워시가 섞인 향기를 한껏 들이마셨다. 마음이 그냥 떠돌도록 놔두었다. 그가 나를 사랑한다는 환상을 그저 마음껏 즐겼다. 아, 그 환상이 어찌나 진짜 같은지 거의 손에 잡힐 듯 생생했고 심술궂은 하피 같은 내 잠재의식의 한 부분은 완전히 평소 성격에서 벗어나 감히 희망을 품었다. 나는 그의 가슴을 건드리지 않은 채 그저 팔에만 안겨 있으려 조심했고 그는 나를 좀 더 꼭 끌어안았다.

너무 금방, 나는 불가능한 백일몽에서 깨어났다.

"집에 다 왔어." 잠재력으로 가득한 문장은 무척이나 사람 애를 태웠다.

집, 크리스천과 함께. 하지만 그의 아파트는 집이 아니라 미술관이었다.

테일러가 우리를 위해 문을 열어주었고 나는 테일러가 우리 대화를 엿들을 수 있는 거리에 있었다는 것을 인식하고 수줍게 감사했다. 하지만 그의 친절한 미소는 사람 마음을 안정시켰고 어떤 내색도 드러내지 않았다. 일단 차에서 내리자 크리스천은 비판적으로 훑었다. 아, 안 돼……. 이번엔 또 뭘 잘못했을까?

"어째서 재킷을 입지 않은 거야?

그는 얼굴을 찡그리며 재킷을 벗어 내게 걸쳐주었다.

안도감이 내 몸 속을 훑고 지났다.

"새 차 안에 있어요." 나는 하품하며 졸음에 겨워 대답했다.

그가 나를 보고 싱긋 웃었다.

"피곤한가, 스틸 양?'

"네, 그레이 씨." 나는 약 올리는 그의 탐색 아래서 수줍어졌다. 그럼에도 설명을 해야만 할 것 같았다.

"오늘, 이제까지는 가능하다고 생각해본 적도 없는 일들을 설득당해서 했으니까요."

"뭐, 네가 더 불운하다면 너를 좀 더 설득할지도 모르지." 그는 내 손을 잡고 건물 안으로 이끌면서 약속했다. 세상에나, 또!

엘리베이터 안에서 그를 올려다보았다. 그는 내가 함께 자주기를 바란다고 생각했지만 그는 누구와도 자지 않는다는 생각이 떠올랐다. 비록 몇 차례 나와 함께 자기는 했지만. 나는 얼굴을 찡그렸고 그의 시선이 느닷없이 어두워졌다. 그는 손을 들어 내 턱을 잡았고, 나는 물고 있던 입술을 놓았다.

"언젠간 너를 이 엘리베이터 안에서 갖겠어, 아나스타샤. 하지만 지금은 너무 피곤해하는 것 같으니 그저 침대로 참아야겠지."

몸을 숙이며 그는 치아로 내 아랫입술을 물고 부드럽게 잡아당겼다. 나는 그의 몸에 기대어 녹아드는 기분이었다. 숨결이 가빠지며 몸 안의 기관이 갈망으로 풀려나갔다. 나도 그에 맞춰 반응하며 입술로 그의 윗입술을 물고 살살 약을 올렸다. 그가 신음을 내뱉었다. 엘리베이터 문이 열렸을 때 그는 내 손을 잡고 현관으로 끌고 간 후 여닫이문을 지나 복도로 들어갔다.

“뭐 마실래?”

“아니요.”

“잘 됐군, 침대로 가자.”

나는 눈썹을 치켰다. “평범하고 구식인 바닐라로도 만족할 건가요?”

그는 머리를 한쪽으로 갸우뚱 기울였다. “바닐라는 평범하거나 구식이지 않은데. 아주 구미 돋는 맛이지.” 그가 낮은 소리로 중얼거렸다.

“언제부터요?”

“지난 토요일부터. 왜? 좀 더 이국적인 걸 원하나?”

내 안의 여신이 난간 너머로 머리를 빼꼼히 내밀었다.

“아, 아니에요. 오늘은 하루 몫의 이국적인 걸 실컷 했으니까.” 내 안의 여신이 비참하게도 실망감을 감추지 못하면서 내게 입을 삐쭉 내밀었다.

“확실해? 여기 다양한 맛을 다 갖추고 있는데. 적어도 서른한 가지는 있어.” 그는 나를 보고 외설적인 웃음을 지었다.

“나도 봤어요.” 나는 건조하게 대답했다.

그는 고개를 저었다. “자, 스틸 양. 내일 중요한 날이잖아. 빨리 침대에 들면 더 빨리 섹스할 수 있겠지. 그러면 더 빨리 잠들 수 있을 거고.”

“그레이 씨, 참 천부적인 낭만주의자네요.”

“스틸 양, 네 입은 참 말이 많지. 어떤 식으로든 그 입을 막아야겠는데.”

그는 나를 이끌고 복도를 내려가 침실로 들어간 후 문을 발로 차 닫았다.

"두 손을 머리에 들어." 그가 명령했다.

나는 그 명령에 순순히 응했다. 눈 깜짝할 새에 그는 치맛단을 잡고 부드럽고도 빠르게 머리 위로 끌어올려서 마술사처럼 내 옷을 재빨리 벗겼다.

"짠!" 그가 장난스럽게 말했다.

나는 키득키득 웃으며 예의 바르게 박수를 쳤다. 그는 씩 웃으며 우아하게 절을 했다. 이런 모습일 때의 크리스천에게 어떻게 저항할 수 있을까? 그는 내 드레스를 서랍장 옆에 홀로 놓인 의자 위에 놓았다.

"다음 마술은 뭔가요?" 나는 놀려대듯 물었다.

"오, 친애하는 스틸 양, 내 침대로 오시지." 그가 으르렁거렸다. "그러면 보여줄 테니."

"한 번 정도는 내가 좀 빼야 한다고 생각하지 않아요?" 나는 교태부리듯 말했다.

그의 눈이 놀라 커졌고 흥분이 빛이 보였다.

"뭐…… 문은 닫혔고 네가 날 피할 수 있을지 모르겠는데." 그는 냉소적으로 말했다. "이제 다 끝난 승부잖아."

"하지만 난 협상을 잘하는걸요."

"나도 그래."

그는 내려다보았다. 하지만 그 때 그의 표정은 변했고 혼란이 덮쳐왔다. 방 안의 대기가 느닷없이 팽팽해졌다.

"너 섹스하기 싫어?" 그가 물었다.

"네." 나는 나직이 대답했다.

"아." 그가 얼굴을 찡그렸다.

좋아, 간다……. 심호흡을 하고.

"난 당신이랑 사랑을 나누고 싶어요."

그는 가만히 멈추더니 나를 멍하니 바라보았다. 그의 표정이 어두워졌다. 오, 젠장. 상황이 좋아 보이지 않는데. 그에게 잠깐만 시간을 줘! 내 잠재의식이 딱딱거렸다.

"아니, 난……." 그가 손으로 머리를 훑었다. 두 손으로. 이런, 정말로 당황했군. "이전에 그랬다고 생각했는데?" 그는 마침내 말했다.

"나 당신을 만지고 싶어요."

그는 자기도 모르게 내게서 한 발짝 물러섰다. 잠시 그의 얼굴에 공포의 표정이 어렸지만 그는 곧 자제했다.

"부탁이에요." 나는 속삭였다.

그는 본디의 자신으로 되돌아왔다. "아, 안 돼, 스틸 양. 오늘 저녁 네게 충분히 양보를 했지. 이제 나는 안 된다고 하겠어."

"안 돼요?"

"안 돼."

아…… 이건 도대체 설득할 수 없네. ……안 되나?

"봐, 넌 피곤하고 나도 피곤해. 그냥 침대로 가자." 그는 나를 주의 깊게 바라보며 말했다.

"만지는 건 당신에게는 고정 한계예요?"

"그래, 별로 새로운 얘기도 아니잖아."

"왜 그런지 말해줘요."

"아, 아나스타샤, 제발. 지금은 그만두자." 그는 화난 듯 중얼거렸다.

"내겐 중요해요."

다시 한 번 그는 두 손으로 머리를 훑더니 숨을 죽이고 욕설을 내뱉었다. 그는 몸을 빙그르르 돌려 서랍장에서 티셔츠를 꺼내 내게 던졌다. 나는 어안이 벙벙해서 그 티셔츠를 받았다.

"그거 입고 침대로 들어가." 그가 언짢은 말투로 말했다.

나는 얼굴을 찡그렸지만 그의 기분을 달래기로 결심했다. 등을 돌리고 재빨리 브라를 벗은 후 할 수 있는 한 성급히 맨몸 위에 티셔츠를 입었다. 팬티는 그냥 입은 채로 두었다. 저녁 내내 별로 입지 않았으니까.

"욕실을 좀 써야겠어요." 내 목소리는 속삭임으로 잦아들었다.

그는 영문을 몰라 얼굴을 찡그렸다.

"이젠 내 허락을 받는 거야?"

"어…… 아니에요."

"아나스타샤, 욕실이 어딘지 알잖아. 오늘, 우리가 이제까지 협의한 시점에서는 욕실 쓰는 데 내 허락을 받을 필욘 없어."

그는 언짢은 기색을 숨기지 못했다. 그가 어깨를 움직여 셔츠를 벗었고 나는 재빨리 욕실로 들어갔다.

커다란 거울에 비친 내 모습을 바라보았다. 내 모습이 여전히 똑같아 보인다는 데 충격을 받았다. 여전히 똑같은 평범한 여자애가 입을 벌리고 나를 쳐다보고 있었다. 뭘 기대한 거야? 뿔이 나거나 뾰족한 꼬리라도 돋았으리라 생각한 거니? 대체 지금 뭐 하는 거야? 만지는 건 그의 고정 한계라잖아. 너무 서둘렀어, 멍청이. 뛰기 전에 걷기부터 해야 할 거 아냐. 내 잠재의식이 불같이 화를 냈다. 분노하니 머리카락이 메두사처럼 뻗쳐서 날렸고 에두바드르 뭉크의 〈절규〉에 그려진 인물처럼 두 손으로 양 뺨을 눌렀다. 나는 무시해버렸지만, 잠재의식은 상자 안으로 들어가려고 하지 않았다. 너, 그 사람 부아를 돋우고 있어. 그 사람이 한 말을 생각해봐. 그 사람이 양보한 것 모두. 나는 생각을 돌이키며 얼굴을 찡그렸다. 그에게 애정을 보여줄 필요가 있었다. 그러면 어쩜 그도 보답해오리라.

나는 낙담해서 고개를 저으며 크리스천의 칫솔을 집었다. 내 잠재의식이 맞았다, 물론. 나는 너무 몰아세웠다. 그는 아직 준비가 안 되었고 나도 준비가 되지 않았다. 우리의 이상한 합의 조건이 양쪽 끝에서 진동하는 섬세한 시소 위에서 균형을 잡고 있었다. 시소는 우리 사이에서 삐걱삐걱 흔들렸다. 우리 둘 다 점점 조금씩 가운데로 다가갈 필요가 있었다. 그저 그러다 어느 쪽도 떨어지지 않길 바랄 뿐이었다. 이건 모두 너무 갑작스러웠다. 어쩌면 거리가 좀 필요할지도 몰랐다. 조지아에 간다는 계획이 한층 더 매력적으로 느껴졌다. 양치질을 하고 있을 때 그가 노크했다.

"들어와요." 나는 입에 한가득 문 치약 거품 사이로 대답했다.

크리스천이 문 앞에 서 있었다. 파자마를 걸친 엉덩이를 보니 내 몸에 있는 모든 작은 세포들이 일어나 관심을 보였다. 가슴엔 아무것도 걸치고 있지 않았다. 나는 마치 갈증에 시달렸던 사람처럼 그의 모습이 시원하고 맑은 산의 샘물이라도 되는 양 들이마셨다. 그는 무심하게 나를 바라보더니 씩 웃으며 내 옆에 와서 섰다. 우리의 시선이 거울 속에서 얽혔다. 회색과 푸른색. 나는 그의 칫솔을 다 쓴 후 헹궈서 그에게 건넸다. 그동안 한시도 시선을 떼지 않았다. 아무 말 없이 그는 칫솔을 내게 받아서 자기 입에 넣었다. 나도 그를 보고 생긋 웃었고 그의 눈에는 갑자기 장난기가 춤추었다.

"마음대로 내 칫솔을 빌려 써도 돼." 부드러운 놀림조였다.

"참, 고맙습니다." 나는 다정하게 미소를 지으며 욕실을 나와 도로 침실로 향했다.

몇 분 후 그도 침대로 왔다.

"오늘 밤 진행되리라고 내가 기대했던 방식과 다른 건 알지." 그가 살짝 기분이 나쁜 듯 말했다.

"나를 만질 수 없다고 내가 말했다면 어땠을지 생각해봐요."

그는 침대 위로 올라와 책상다리를 하고 앉았다.

"아나스타샤, 말했잖아. 내겐 같아 보여도 다른 50가지 빛깔이 있다고. 내 인생 초반은 힘들었어. 그런 쓰레기 같은 소리를 머릿속에 넣고 싶진 않을 거야. 굳이 왜 그러려고 해?"

"당신을 더 잘 알고 싶으니까요."

"이미 알 만큼 알아."

"어떻게 그런 말을 할 수 있어요?" 나는 무릎을 꿇고 앉으며 그를 마주보았다.

그는 좌절한 듯 나를 보고 눈을 흘겼다.

"눈을 또 흘기네요. 지난번에 내가 그랬을 때는 나를 무릎에 올려놓고 때렸으면서."

"아, 또다시 그러고 싶긴 해."

갑자기 어떤 생각이 문득 떠올랐다.

"내게 얘기해주면 그래도 돼요."

"뭐?"

"내 말 들었잖아요."

"나랑 거래하자는 거야?" 그의 목소리는 놀라서 믿을 수 없다는 기색이었다.

나는 고개를 끄덕였다. 그래…… 바로 이게 방법이야.

"협상하는 거예요."

"그런 식으로는 안 돼, 아나스타샤."

"좋아요, 내게 말해요. 그러면 내가 당신을 보고 눈을 흘길게요."

그는 웃었고 나는 드물게나마 보이는 크리스천의 태평한 모습을 볼 수 있었다. 한동안은 보지 못했던 모습이었다. 그는 정신을 차렸다.

"항상 정보를 캐내려고 열심이란 말이지."

그는 나를 살피듯 쳐다보았다. 잠시 후 그는 우아하게 침대에서 내려갔다.

"어디 가지 마."

그는 이렇게 말하고 방을 나갔다.

전율이 온몸을 흘러서 나는 내 몸을 껴안았다. 그는 뭐 하려는 거지? 어떤 사악한 계획을 갖고 있을까? 젠장. 매나 어떤 이상한 변태적인 기구를 가져오면? 젠장, 그러면 어떻게 하지? 그가 돌아왔을 때 그는 작은 걸 손에 쥐고 있었다. 뭔지 보이지 않아서 나는 불타는 호기심에 휩싸였다.

"내일 첫 면접이 언제야?" 그가 부드럽게 물었다.

"2시예요."

짓궂은 미소가 천천히 그의 얼굴에 퍼져갔다.

"좋았어."

내 눈 앞에서 그가 서서히 변해갔다. 더 매섭고 더 완고하며…… 섹시해졌다. 이게 바로 도미넌트인 크리스천이었다.

"침대에서 내려와. 여기 서봐."

그가 침대 옆을 가리켰고 나는 재빨리 침대에서 내려왔다. 그는 약속으로 번득이는 눈으로 강렬히 나를 내려다보았다.

"나를 믿어?"

나는 고개를 끄덕였다. 그가 뻗은 손바닥 위에는 굵은 검은 실로 연결된 반짝이는 은구슬이 놓여 있었다.

"이거 새 거야." 그가 강조했다.

나는 질문을 담은 눈으로 그를 쳐다보았다.

"이걸 네 몸 안에 넣을 거야. 그런 후에 너의 엉덩이를 때려주지. 처벌의 의미가 아니라 너와 나의 쾌락을 위해서."

그는 말을 멈추고 휘둥그레 눈을 뜬 내 반응을 가늠했다.

내 몸 안에! 나는 숨을 헉 들이켰다. 아랫배의 모든 근육이 조였다. 내 안의 여신이 일곱 너울의 춤을 추고 있었다.

"그다음에 섹스를 할 거야. 그런 후에도 네가 아직 깨어 있으면 내 성장기에 대한 정보를 좀 주지. 이 정도면 되겠어?"

내 허락을 구하다니! 숨도 못 쉬고 나는 고개를 끄덕였다. 말도 할 수가 없었다.

"착하군. 입을 벌려."

입을?

"더 크게."

아주 부드럽게 그는 구슬을 내 입안에 넣었다.

"윤활유가 좀 필요하거든. 빨아." 그는 부드러운 목소리로 명령했다.

구슬은 차갑고 매끄러웠으며 놀랄 만큼 무거웠고 금속 맛이 났다. 혀로 낯선 물체를 탐험하는 동안 마른입이 침으로 가득 찼다. 크리스천의 시선이 내게서 떠나지 않았다. 세상에, 맙소사. 나는 흥분을 느꼈다. 나는 몸을 꿈틀거렸다.

"가만히 있어, 아나스타샤." 그가 경고했다.

"그만." 그가 구슬을 입속에서 꺼냈다. 침대로 가면서 그는 이불을 한쪽으로 치우더니 가장자리에 앉았다.

"이리로 와."

나는 그 앞에 가서 섰다.

"자, 이제 돌아봐. 몸을 앞으로 숙여 발목을 잡아."

나는 그를 보고 눈을 깜박였지만 그의 표정은 한층 더 어두워졌다.

"망설이지 마." 그는 부드럽게 꾸짖었다. 그의 목소리에는 은밀한 저의가 깔려 있었다. 그는 구슬을 자기 입에 넣었다.

세상에, 이건 칫솔보다 더 섹시하잖아. 나는 그의 명령을 즉시 따랐다. 이런, 발목에 손이 닿을까? 하지만 의외로 손쉽게 닿았다. 티셔츠가 등 위로 올라가 엉덩이가 드러났다. 팬티를 계속 입고 있었던 게 다행이라 생각했지만 그조차 오래 갈 것 같지는 않았다.

그는 한 손을 경건하게 내 엉덩이 위에 올려놓고 전체 손바닥으로 부드럽게 어루만졌다. 눈을 뜨고 있었지만 다리 사이로 그의 다리밖에 볼 수 없었다. 눈을 꼭 감아버렸을 때 그가 조심스럽게 내 팬티를 옆으로 밀고 천천히 손가락 하나로 내 여성을 위아래로 훑었다. 야성적인 기대감과 성적 흥분이 어지럽게 섞인 속에서 내 몸은 버티고 서서 준비를 했다. 그는 한 손가락을 내 안으로 슥 밀어넣고 기분 좋게 천천히 빙글빙글 돌렸다. 아, 좋은 기분. 나는 신음했다.

숨소리가 멈추더니 동작을 반복하며 숨을 들이켜는 소리가 들렸다. 그는 손가락을 빼더니 아주 천천히 한 번에 한 개씩 그 물건, 구슬을 집어넣었다. 아, 이럴 수가. 구슬은 우리 두 사람의 입안에서 데워져 체온처럼 따뜻했다. 기이한 느낌이었다. 일단 구슬이 내 안에 들어가자 정말로 느껴지지 않았다. 하지만 그래도 그 안에 있다는 건 알 수 있었다.

그는 내 팬티를 바로 하더니 몸을 앞으로 숙였고 내 엉덩이에 부드럽게 입술을 댔다.

"일어서." 그의 명령에 나는 비틀거리는 다리로 일어섰다.

앗! 이제는 느낄 수가 있었다……그런 느낌을. 내가 평형을 유지하려고 하는 동안 그가 지탱하기 위해 내 엉덩이를 잡았다.

"괜찮아?" 그가 엄격한 목소리로 물었다.

"네."

"돌아봐." 나는 돌아서 그를 마주 보았다.

구슬이 아래로 당겨졌고 나도 모르게 구슬을 조였다. 이 감각에 화들짝 놀랐지만 기분이 나쁘지는 않았다.

"어떤 느낌이야?" 그가 물었다.

"이상해요."

"이상하게 좋아, 이상하게 나빠?"

"이상하게 좋아요." 나는 얼굴을 붉히며 고백했다.

"좋아." 희미한 웃음기가 그의 눈가에 숨어 있었다.

"물 한 잔 마셔야겠어. 가서 물 한 잔 가져와."

오.

"돌아오면 내 무릎 위에 눕힐 테니, 각오하고 있어. 아나스타샤."

물? 물을 원한다고? 지금? 왜?

침실을 나오자 내게 걸어 다니라고 한 이유를 충분히 알게 되었다. 걸을 때마다 구슬이 내 몸 안에서 아래로 처지면서 안에서 나를 마사지해주었다. 이상한 느낌이었지만 전적으로 불쾌하지는 않았다. 기실 찬장에서 잔을 꺼내려고 몸을 뻗었을 때 내 숨소리가 가빠졌고 나는 숨을 들이켰다. 어머나…… 구슬이 빠지지 않도록 해야 할 것 같았다. 이로 인해 나는 더욱 욕구를 느꼈다. 섹스에 대한 욕구를.

내가 돌아오자 그는 나를 조심스럽게 바라보았다.

"고마워."

그는 잔을 받아들며 말했다.

천천히 그는 물을 한 모금 들이켜더니 잔을 침대 옆 탁자에 놓았다. 거기에는 포일 포장이 준비되어 기다리고 있었다. 나처럼. 나는 그가 기대감을 더욱 높이 쌓기 위해서 이런다는 것을 알았다. 내 심장이 한 박자 빨라졌다. 그는 반짝이는 회색 눈을 들어 내 눈과 마주쳤다.

"이리 와. 내 옆에 서. 지난번처럼."

나는 그의 옆으로 가만가만 다가갔다. 피가 몸속을 윙윙 질주했다. 이번에는…… 내가 흥분했다. 자극을 받았다.

"내게 부탁해봐." 그가 부드럽게 말했다.

나는 얼굴을 찡그렸다. 뭘 부탁하란 말인가?

"내게 부탁하라니까." 그의 목소리가 한층 더 딱딱해졌다.

뭘? 물이 어떠냐고 물어봐? 무엇을 원하는 걸까?

"부탁하라니까, 아나스타샤. 다시 말 안 해."

그의 말에는 협박이 깔려 있었고 나는 이제야 깨달았다. 그는 내가 때려달라고 부탁하기를 바랐다.

맙소사. 그는 기대하는 표정으로 나를 보았지만 눈빛은 한층 더 차가웠다. 제길.

"제 엉덩이를 때려주세요, 제발…… 주인님." 나는 속삭였다.

그가 잠시 눈을 감고 내 말을 음미했다. 손을 위로 뻗어 내 왼손을 잡더니 나를 자기 무릎 위로 잡아당겼다. 나는 즉시 쓰러졌고 내가 그의 무릎 위로 떨어졌을 때 그가 나를 잡아 붙들었다. 그의 손이 부드럽게 엉덩이를 어루만질 때 심장이 입까지 튀어오를 것 같았다. 나는 다시 그의 무릎에 직각으로 누웠다. 내 윗몸이 그 옆 침대에 닿았다. 이번에는 한 다리를 내 다리 위에 올리지 않았고 부드럽게 내 머리를 얼굴에서 넘겨서 귀 뒤에 꽂아주었다. 일단 모든 준비를 마치자 그는 나를 고정하기 위해 내 목덜미에 떨어진 머리채를 붙들었다. 그가 부드럽게 머리를 잡아당기자 내 머리가 뒤로 젖혀졌다.

"네 엉덩이를 때리는 동안 네 얼굴을 보고 싶어, 아나스타샤." 그는 계속 부드럽게 내 엉덩이를 문지르며 중얼거렸다.

그가 손을 내 양쪽 둔부 사이로 움직이더니 내 여성에 대고 밀었다. 그 충만한 느낌은……. 나는 신음했다. 오, 무척이나 황홀한 감각이었다.

"이건 쾌락을 위한 거야, 아나스타샤. 너와 내 쾌락." 그가 속삭였다.

그는 한 손을 들어 내 허벅지와 엉덩이, 여성이 이어지는 부분을 찰싹 내리쳤다. 공이 내 안에서 앞으로 쏠렸고 나는 감각의 수렁에 빠져 길을 잃었다. 찌릿한 느낌이 엉덩이에 퍼져갔다. 내 안에 든 구슬과 그가 나를 내리누르고 있다는 사실에 충만한 느낌이 들었다. 나는 이 모든 낯선 느낌을 흡수하기 위해 온갖 힘을 다하며 얼굴을 찡그렸다. 머릿속 어딘가에서 그가 지난번처럼 세게 내려치지는 않았다는 생각이 들었다. 그는 내 엉덩이를 다시 어루만졌고 손바닥으로 속옷 위를 따라 피부를 훑었다.

어째서 팬티를 벗기지 않는 걸까? 손바닥이 사라진다 싶더니 다시 아래로 내려왔다. 감각이 퍼져가자 내 입에서 신음이 터져 나왔다. 그는 일정한 패턴대로 움직였다. 왼쪽에서 오른쪽, 다시 아래. 아래쪽이 제일 좋았다. 내 안의 모든 게 앞으로 쏠렸다. 한 대 때릴 때마다 그는 나를 어루만지고 주물렀다. 안과 밖에서 마사지하는 느낌이었다. 무척이나 자극적이고 에로틱한 감정이었고 어떤 이유에서인가, 아마도 이 행위가 나를 위해서이기 때문이겠지만 고통은 아무렇지도 않아졌다. 그렇게 아프지 않았다. 물론 아프기는 했으나 참을 수 없을 정도는 아니었다. 어쨌든 그럭저럭 버틸 만했고, 그래, 심지어 쾌감까지 느껴졌다. 나는 신음했다. 그래, 할 수 있어.

그는 멈추더니 천천히 내 팬티를 다리 사이로 벗겨 내렸다. 나는 그의 다리 위에서 꿈틀거렸다. 날아오는 매를 피하고 싶어서가 아니라 좀 더 바랐기 때문이었다. ……욕망의 해방을. 무언가를. 민감해진 피부에 그의 손길이 닿을 때마다 관능적으로 따끔거렸다. 감당할 수 없을 만큼 거대한 느낌이었다. 그는 다시 시작했다. 다시 왼쪽에서 오른쪽, 아래로 내려가면서 몇 번 부드럽게 내려갔다. 아, 그 아래. 나는 신음했다.

"착하군, 아나스타샤." 신음 때문에 그의 숨소리도 고르지 않았다.

그는 내 엉덩이를 두 번 더 내려치고 구슬에 이어진 작은 실들을 잡아 내 몸에서 갑자기 꺼냈다. 나는 거의 절정에 이를 뻔했다. 이 세상의 것 같지 않은 감각이었다. 그는 재빠르게 내 몸을 뒤집었다. 눈보다는 귀로 그가 포일 포장을 뜯는 것을 알았다. 그런 후에 그는 내 옆에 누웠다. 그는 내 두 손을 잡아 머리 위로 올리고 내 위에 올라와 내 안으로 천천히 밀고 들어왔다. 은색 구슬이 있던 자리를 자신으로 채웠다. 나는 크게 비명을 질렀다.

"아." 그는 앞뒤로 느릿느릿한 관능적인 템포에 따라 움직이며 나를 음미하고 느꼈다.

이제까지 그 어떤 때보다도 그는 가장 다정하게 움직였고 나는 즉시 벼랑을 넘어 달콤하고 격렬하고 사람 진을 빼는 오르가슴 속으로 빙글빙글 빠져들었다. 그를 안고 꽉 죄어들었을 때, 내 오르가슴이 그의 분출에 불을 붙였다. 그는 내 안으로 미끄러져 들었다 필사적인 경이심으로 내 이름을 외치며 잠잠해졌다.

"아나!"

그는 내 위에서 말없이 숨만 헐떡였고 손은 여전히 내 손과 얽혀 내 머리 위로 올리고 있었다. 마침내 그는 몸을 일으키며 나를 내려다보았다.

"나는 즐겼어." 그는 속삭이며 내게 다정하게 키스했다.

하지만 그는 다정한 키스를 하기 위해 좀 더 오래 머물지 않고 그저 몸을 일으키더니 나를 이불로 덮어주고 욕실로 들어갔다. 돌아왔을 때는 하얀 로션 병 하나를 들고 있었다. 그는 침대 위 내 옆에 앉았다.

"몸을 뒤집어."

그가 명령했고 나는 마지못해 엎드렸다.

솔직히 이 모든 난장판을 겪은 후라 나는 몹시도 졸렸다.

"네 엉덩이가 아주 예쁘게 물들었는데." 그는 찬탄하며 차가운 로션을 내 분홍색 엉덩이에 문질렀다.

"솔직히 털어놓아요, 그레이." 나는 하품했다.

"스틸 양, 넌 김새게 하는 데 천재로군."

"거래했잖아요."

"기분이 어때?"

"속은 기분?"

그는 한숨을 짓더니 내 옆으로 미끄러져 들어와 나를 자기 품 안으로 끌어당겼다. 따끔거릴 내 엉덩이를 건드리지 않으려 조심하며 우리는 다시 등 뒤로 포갠 자세로 누웠다. 그는 아주 부드럽게 내 귀에 키스했다.

"세상에 나를 데려온 여자는 약쟁이 매춘부였어. 아나스타샤, 이제 자."

맙소사…….

"옛날 일처럼 말하는데요……?"

"죽었어."

"얼마나 오래전에요?"

그는 한숨지었다.

"내가 네 살 때 죽었어. 정말로 기억도 안 나. 아버지가 자세한 얘기를 조금 해줬지. 기억나는 건 몇 가지뿐. 자, 이제 자."

"잘 자요, 크리스천."

"잘 자, 아나."

어지럽고 기진맥진한 잠 속으로 빠져들었을 때 나는 회색 눈을 가진 네 살 소년이 어둡고 무섭고 불쌍한 집에 사는 꿈을 꾸었다.

21

사방이 온통 환했다. 밝고, 따뜻하고 찌르는 빛. 귀중한 몇 분 동안 빛을 물리치려고 애썼다. 몇 분만이라도 더 오래 숨고 싶었다. 하지만 빛이 너무 강한 탓에 나는 마침내 굴복하고 깨어날 수밖에 없었다. 찬란한 시애틀의 태양이 나를 맞았다. 햇빛이 전면 유리창으로 쏟아져 들어와 지나치게 환한 빛이 방 안에 흘러넘쳤다. 어째서 지난밤 블라인드를 치지 않았을까. 나는 크리스천 그레이의 거대한 침대에 누워 있었으나 거기 크리스천 그레이는 빠져 있었다.

잠시 등을 대고 누워 장엄한 시애틀의 마천루가 내다보이는 창밖을 쳐다보았다. 구름 속의 삶은 분명 현실 같지 않았다. 환상, 천공의 성, 땅에서 떠올라 삶의 현실로부터 안전한 생활은 분명히 무시와 굶주림, 창녀 어머니와는 너무나 거리가 멀었다. 나는 그가 어린아이였을 때 겪었을 일을 생각하고 몸을 부르르 떨었다. 그가 어째서 여기 사는지 알 것 같았다. 아름답고 귀한 예술작품에 둘러싸여 고립된 채로. 그가 인생을 시작한 지점으로부터 아주 멀리 떨어져서. 그야말로 일종의 목적 표명이었다. 하지만 그렇다고는 해도 어째서 내가 만질 수 없는지는 설명이 되지 않기 때문에 나는 얼굴을 찡그렸다.

역설적이게도 그의 고아한 탑 위에서는 나도 같은 기분이었다. 현실에 한 발 떨어져 유리되었다. 이 환상의 아파트에서 내 환상의 남자 친구와 환상 같은 섹스를 하지만 우울한 현실은 그는 특별한 협의를 원한다는 것이었다. 하지만 노력하겠다고도 했다. 그게 실제로 무슨 뜻일까? 우리가 아직도 시소 양쪽 끝에서 있는지 아니면 조금씩 가까워지고 있는지 알아내려면 꼭 짚고 넘어가야 할 부분이었다.

뻣뻣해진 기분으로 침대에서 내려왔다. 더 좋은 표현을 찾는다면 다 소진된 기분. 그래, 그러면 결국 섹스는 그걸로 다했네. 내 잠재의식이 못마땅해서 입술을 꾹 다물었다. 나는 잠재의식을 향해 눈을 흘겼다. 눈 굴리기만 보면 손바닥이 근질거리는 통제광이 이 방 안에 없다는 데 감사하며 개인 운동 강사를 붙여달라고 얘기하기로 결심했다. 물론, 서명을 한다면. 내 안의 여신이 절망해서 나를 쳐다보았다. 물론 서명해야지. 나는 둘 다 무시해버리고 욕실에서 빨리 정리를 하고 크리스천을 찾으러 나갔다.

그는 화랑에 없었지만 우아한 중년 여성이 거실을 청소하고 있었다. 그 모습에 나는 우뚝 섰다. 짧은 금발 머리에 맑고 파란 눈을 한 여자로, 소박한 흰 셔츠와 군청색 펜슬 스커트를 입었다. 여자는 나를 보자 활짝 웃었다.

"안녕하세요, 스틸 양. 아침 드시고 싶으세요?"

여성의 어조는 따뜻했지만 사무적이었고 나는 어안이 벙벙했다. 도대체 크리스천의 부엌에 있는 이 매력적인 금발 여성은 누굴까? 나는 고작 크리스천의 티셔츠만 입었을 뿐이었다. 옷을 제대로 갖춰 입지 않았다는 사실에 남의 눈이 의식되고 당황스러웠다.

"저를 아시는데 저는 누구신지 몰라서 죄송하네요." 내 조용한 목소리는 걱정을 숨길 수가 없었다.

"아, 정말 죄송합니다. 전 존스 부인이에요. 그레이 씨의 가정부죠."

아.

"처음 뵙겠습니다." 나는 간신히 체면을 차렸다.

"아침 좀 드시겠어요, 아가씨?"

아가씨라니?

"차 한 잔이면 될 것 같아요, 고마워요. 그레이 씨는 어디 있는지 아세요?"

"서재에 계세요."

"고마워요."

나는 총총 그의 서재로 들어갔다. 어째서 크리스천은 매력적인 금발 여자들만 고용하는 걸까? 그러자 역겨운 생각 하나가 부르지도 않았는데 알아서 마음속에 떠올랐다. 이전 서브들도 다 그랬을까? 나는 이 흉악한 생각을 더 이상 하지 않기로 했다. 나는 문 너머로 수줍게 머리를 내밀었다. 검은 바지에 흰 셔츠를 입은 그가 창문을 보면서 통화 중이었다. 막 샤워를 했는지 아직도 머리가 촉촉했다. 내 부정적인 생각에 신경을 쓸 겨를이 없었다.

"회사의 손익이 향상되는 게 아니라면 관심 없어, 로스. 우리는 죽을 만큼 무거운 부담을 지고 있는 것도 아니잖아. ……더 이상의 멍청한 변명은 필요 없어. ……마르코에게 나한테 전화하라고 전해. 죽이 되든 밥이 되든 결정할 때야. ……그래, 바니에게는 프로토타입이 보기에는 좋지만 그 인터페이스는 잘 모르겠다고 전하고. ……아니, 그저 뭔가 빠졌어. ……오늘 오후에 만나서 의논하고 싶다고. ……사실 그 친구하고 그 친구와 모두 모여서 머리를 모아봐야지. 좋아, 그럼 다시 안드레아 바꿔…….” 그는 기다리며 잠깐 창문을 내다보았다. 자기 우주의 주인이 하늘에 떠 있는 성에서 작은 국민들을 내려다보는 듯했다. “안드레아…….”

그는 고개를 들다가 내가 문간에 서 있는 걸 보았다. 그의 아름다운 얼굴에 섹시한 미소가 천천히 퍼져갔고 나는 몸 안이 녹는 것 같아 말문이 막혔다. 그는 확실히 이 지구상에서 참으로 아름다운 남자였다. 미천한 사람들에게는 너무 아름다운 사람, 내게 너무 아름다운 남자였다. 아니야. 내 안의 여신이 나를 보고 험악하게 얼굴을 찌푸렸다. 이쪽은 별로 아름답지 않은 모습이었다. 그는 내 거나 다름없어. 지금은. 그 생각을 하자 전율이 내 피를 쫙 타고 흘러 비합리적인 자기 의심을 몰아냈다.

그는 대화를 이어갔지만 눈이 내게서 떠나지 않았다.

“오늘 아침 내 일정 다 비워둬. 하지만 빌에게는 내게 전화하라고 해. 2시까지는 들어간다고. 오후에 마르코와 얘기를 좀 해야겠는데, 30분 정도 필요하겠군. 마르코 이후에 바니와 팀 미팅할 계획을 잡아놔. 아니면 내일로 잡든가. 또 이번 주 매일 클로드한테 갈 시간을 잡아주고. ……그 친구에게는 기다리라고 해. 아, 아니야. 다푸르는 홍보하고 싶지 않아. ……샘에게 알아서 처리하라고 해. ……아니, 어떤 행사? 그게 다음 토요일이었어? 잠깐.”

그가 물었다. “조지아에서 언제 돌아올 거야?”

“금요일요.”

그는 전화 통화를 이어나갔다.

“표가 한 장 더 필요한데. 데이트 상대를 데리고 갈 테니까.

……그래, 안드레아. 바로 그렇게 말했어. 데이트라고. 아나스타샤 스틸 양이 나랑 동행할 거야. ……그게 다야."

그는 전화를 끊었다. "안녕, 스틸 양."

"그레이 씨." 나는 수줍게 미소를 지었다.

그는 평소처럼 우아하게 책상을 돌아 내 앞에 섰다. 그는 손가락 등으로 부드럽게 내 뺨을 쓸었다

"널 깨우고 싶지 않았어. 아주 평화롭게 자던걸. 잘 잤어?"

"아주 푹 쉬었어요, 고마워요. 샤워하기 전에 아침 인사하러 들렀어요."

그를 올려다보며 모습을 한껏 음미했다. 그가 몸을 숙여 내게 가볍게 키스했고 나는 자신을 억누를 수 없었다. 그의 목에 두 팔을 두르고 손가락으로는 아직도 촉촉한 머리카락을 감았다. 내 몸을 그에게 딱 밀어붙이면서 나도 그의 키스에 답했다. 나는 그를 원했다. 내 공격에 놀라 움찔했지만 잠시 후 그도 반응했고 목구멍에서 낮은 신음이 흘러나왔다. 그의 손이 내 머리카락 속으로 미끄러지다 등으로 내려가 벌거벗은 엉덩이를 감쌌고 혀로는 내 입을 탐험했다. 그는 눈을 내리깔고 뒤로 물러섰다.

"뭐, 잠을 자고 났더니 아주 기분이 좋은가본데." 그가 말했다. "가서 샤워를 하기 바라. 아니면 지금 당장 너를 내 책상에 눕힐까?"

"책상 쪽이 좋겠어요." 나는 속삭였다. 욕망이 아드레날린처럼 내 몸 속을 휩쓸고 들어가 그 길 위에 있는 모든 것을 깨웠다.

그는 1만 분의 1초 정도 되는 짧은 순간, 당황해서 나를 내려다보았다.

"정말 이런 데 취향이 있나 본데, 스틸 양? 만족을 모르게 되

었군." 그가 낮은 소리로 말했다.

"난 오직 당신에 대한 취향이 있을 뿐이에요." 나는 속삭였다.

그의 눈이 커지고 어두워졌고 손은 내 벗은 엉덩이를 주물렀다.

"맞아, 오직 나뿐이지." 그는 신음하며 갑자기 유연한 동작으로 책상 위의 모든 설계도와 서류를 쓸어 바닥으로 떨어뜨렸다. 그러더니 나를 두 팔로 안아 직사각형 책상의 짧은 면에 가로로 눕혔다. 내 머리는 거의 책상 밖으로 떨어지기 직전이었다.

"원하는 건 가져야지."

그는 중얼거리더니 바지 주머니에서 포일 포장을 꺼내면서 바지 지퍼를 내렸다. 오, 보이스카우트 씨. 그는 일어선 부분에 콘돔을 씌우더니 나를 내려다보았다.

"준비가 되었길 바라." 외설스러운 미소가 얼굴을 스치고 지났다. 순간 그는 내 손목을 옆구리에 꼭 붙여 움직이지 못하게 한 후 나를 채우며 깊이 찌르고 들어왔다.

나는 신음을 내뱉었다. ……아, 그래.

"젠장, 아나. 벌써 준비가 다 되었군." 그는 감탄하며 속삭였다.

다리를 그의 허리에 감으며 나는 할 수 있는 유일한 방법으로 그를 안았고 그는 그대로 서서 나를 내려다보았다. 열정적이고 소유욕이 강한 회색 눈이 번득였다. 그는 움직이기 시작했다. 진짜로 움직였다. 이건 사랑을 나누는 게 아니었다. 그저 섹스일 뿐이었다. 하지만 나는 좋았다. 신음이 흘러나왔다. 온통 날것이며 온통 육체뿐인 동작이 나를 아주 음란하게 만들었다. 나는 그의 소유 속에서 쾌락을 누렸고 그의 정욕이 나의 정욕을 흔들어 깨웠다. 그는 수월히 움직이며 내 안에서 탐닉했고 나를 즐겼다. 숨이 가빠지면서 그의 입술이 살짝 벌어졌다. 그는 엉덩이를 옆으로 비틀었고 그 느낌은 날카로웠다.

나는 눈을 감으며 몸 안에서 쌓여가는 느낌을 즐겼다. 맛있게, 천천히, 계단을 올라가는 듯 쌓여가는 느낌. 나를 더 높이 높이, 천공의 성까지 밀어 올렸다. 아, 그래……. 그의 움직임이 조금씩 빨라졌다. 나는 큰 소리로 신음을 질러냈다. 내게는 오로지 감각만이 남았다. 온통 그에 대한 감각. 찔러 넣을 때마다, 밀어붙일 때마다 나를 채우는 느낌을 즐겼다. 그는 속도를 탔고 점점 더 빠르게…… 더 거칠게…… 찔러 들어왔다. 내 온몸이 그의 리듬에 맞춰 움직였다. 다리가 뻣뻣해지고 내 안의 장기가 떨리고 빨라지는 것을 느낄 수 있었다.

"자. 나를 위해 소리를 질러." 그가 악다문 잇새로 나를 살살 달랬다. 그의 목소리에 담긴 열렬한 욕구가, 긴장이 나를 벼랑 너머로 밀어붙였다.

나는 채 말로 나오지도 않는 열정적인 애원을 내지르며 태양에 손을 대고 불에 타 그의 주위에서 떨어져 내렸다. 다시 숨도 쉴 수 없는 환한 지구의 정상으로 떨어졌다. 그는 내 안으로 쿵쿵 밀고 들어왔고 정상에 이르자 느닷없이 멈추더니 내 양 손목을 잡고 내 몸 위로 우아하고도 말없이 가라앉았다.

우아…… 전혀 기대하지도 못했는데. 나는 천천히 지구로 돌아왔다.

"대체 나한테 뭘 한 거야?" 그가 내 목에 코를 묻고 숨을 내쉬었다. "넌 완전히 나를 매혹했어, 아나. 무언가 강렬한 마법을 부린 거겠지."

그가 내 손목을 놔주자 나는 흥분 상태에서 내려오며 손가락으로 그의 머리를 훑었다. 나는 다리를 그의 몸에 꼭 감았다.

"매혹된 쪽은 나인걸요." 내가 속삭였다.

그는 나를 쳐다보았다. 그의 표정은 침착함을 잃었고 심지어 경계하는 듯했다. 두 손을 내 얼굴 양쪽에 대고 그는 머리를 고정했다.

"넌. 내. 거.야."

그는 글자 하나하나 스타카토로 끊어 말했다. "알겠어?"

그가 어찌나 진지하면서도 열정적인지, 광신도 같았다. 그의 청원의 힘은 전혀 기대하지도 못했으며 모든 무장을 해제하는 것이었다. 나는 어째서 그가 이런 식으로 느끼는지 궁금했다.

"그래요, 당신 거예요." 나는 그의 열정의 길을 벗어나 속삭였다.

"조지아에 꼭 가야겠어?"

나는 천천히 고개를 끄덕였다. 그 짧은 순간 그의 표정이 변하더니 셔터가 내려와 닫히는 것을 보았다. 난데없이 그가 물러나는 바람에 나는 움찔했다.

"쓰려?" 그는 내 위로 몸을 숙이고 물었다.

"약간요." 나는 솔직히 고백했다.

"네가 쓰린 게 좋아." 그의 눈이 타올랐다. "내가 어디 있었는지 네가 기억할 테니까. 오직 나만."

그는 내 턱을 잡고 거칠게 키스하더니 일어서서 내가 일어설 수 있도록 한 손을 내밀었다. 나는 옆에 떨어져 있는 포일 포장을 힐끔 내려다보았다.

"항상 준비가 되어 있네요."

그는 바지 지퍼를 다시 올리면서 당혹스러운 얼굴로 나를 보았다. 나는 빈 포장을 들어 보였다.

"남자는 희망을 가질 수 있잖아, 아나스타샤. 심지어 꿈도 꿀

수 있지. 가끔은 그 꿈이 실현되기도 하고."

그의 목소리는 참으로 이상하게 들렸고 눈은 타는 듯했다. 나는 이해할 수 없었다. 성교 후의 느른한 느낌은 빠르게 이울고 있었다. 대체 왜 그러는 걸까?

"그럼, 당신 책상에서 하는 게 꿈이었어요?" 나는 유머로 우리 사이의 분위기를 밝게 만들려고 하며 건조하게 물었다.

그는 수수께끼 같은 미소를 지었지만 눈은 웃고 있지 않았다. 그 순간 나는 즉시 그가 책상에서 하는 게 처음이 아님을 깨달았다. 그 생각은 반갑지 않았다. 나는 몸을 꼼지락거렸고 느른한 만족감은 다 증발해버렸다.

"가서 샤워를 해야겠어요."

나는 일어서서 그를 스쳐 지나려 했다.

그는 얼굴을 찡그리더니 한 손으로 머리를 훑었다.

"전화 두어 통 더 해야 해. 네가 샤워하고 나오면 같이 아침 먹도록 하지. 존스 부인이 네가 어제 입었던 옷을 다 세탁했을 거야. 옷장에 걸려 있겠지."

뭐? 대체 뭘 했다고? 맙소사. 존스 부인은 우리가 하는 말도 들을 수 있나? 나는 얼굴을 붉혔다.

"고마워요."

"천만의 말씀." 그는 자동적으로 대답했지만 목소리는 날이 서 있었다.

나랑 섹스해줘서 고맙다고 한 게 아니잖아. 하지만 그건 아주…….

"왜?" 그가 묻자 그제야 나는 내가 찡그리고 있다는 걸 알았다.

"뭐가 문제예요?" 나는 부드럽게 물었다.

"무슨 뜻이야?"

"음…… 평소보다 훨씬 더 이상하게 굴고 있잖아요."

"내가 이상해?" 그는 미소를 죽이려 했다.

"가끔은요."

그는 찬찬히 생각에 잠긴 눈으로 나를 잠깐 쳐다보았다.

"언제나 그렇지만 너한테 놀랐어, 스틸 양."

"뭐가 놀라워요?"

"그건 기대하지 못했던 대접이라고 해두지."

"우린 서로를 기쁘게 해줄 목적이 있잖아요, 그레이 씨." 나는 그가 종종 그러듯이 머리를 한쪽으로 기울이고 그가 한 말을 그대로 돌려주었다.

"그래, 넌 정말 내게 즐거움을 주었지." 하지만 그의 표정은 편치 않았다. "샤워하러 간다며."

아, 나를 쫓아보내려는군.

"그래요…… 음, 조금 있다 봐요." 나는 완전히 어리둥절해서 그의 사무실을 빠져나왔다.

그는 혼란스러워 하는 것 같았다. 왜? 신체적 경험에 관한 한 아주 만족스러웠다고 말할 수밖에 없었다. 하지만 감정적으로는…… 음, 그의 반응에 흔들렸다. 이 경험이 감정적으로 풍부했다고 한다면 솜사탕에 영양가가 있다는 말이나 같겠지.

존스 부인은 아직도 부엌에 있었다.

"지금 차를 드시겠어요, 스틸 양?"

"샤워부터 할게요, 고맙습니다."

나는 우물거리면서 붉게 달아오른 얼굴로 재빨리 부엌에서 나왔다.

샤워를 하면서 크리스천이 어째서 그러는지 짐작하려 해보았다. 그는 내가 아는 사람 중에서도 가장 복잡한 사람이었고 계속 바뀌는 그의 기분을 이해할 수가 없었다. 내가 서재에 들어갈 때만 해도 그의 기분은 괜찮아 보였다. 우리는 섹스를 했다. ……그 후에 그의 기분은 좋지 않았다. 아니, 이해할 수 없어. 내 잠재의식을 찾아보았다. 그녀는 뒷짐을 지고 휘파람을 불면서 내 시선을 피했다. 잠재의식도 전혀 감을 잡지 못했고 내 안의 여신은 아직도 성교 후의 나른한 잔재에 젖어 있었다. 그래, 우리 모두 전혀 영문을 알지 못했다.

머리카락을 수건으로 말리고 크리스천에게 유일하게 있는 기구로 머리를 빗은 후 올려서 말았다. 케이트의 자두색 원피스는 빨아서 다림질까지 한 상태로 내 깨끗한 브라와 팬티와 함께 벽장에 걸려 있었다. 존스 부인은 솜씨가 훌륭했다. 케이트의 신발을 신으며 나는 원피스 주름을 펴고 심호흡을 한 뒤 큰 방으로 들어갔다.

크리스천의 모습은 여전히 아무 데서도 보이지 않았고 존스 부인은 식품 저장실의 내용물을 확인하고 있었다.

"지금 차 드시겠어요, 스틸 양?" 부인이 물었다.

"주세요." 나는 부인을 향해 미소를 지어 보였다. 옷을 입고 있으니 좀 더 자신감이 들었다.

"뭔가 먹을 걸 드릴까요?"

"아니, 괜찮아요."

"물론 뭔가 먹어야지." 크리스천이 쏘아보며 호통을 쳤다. "아나는 팬케이크와 베이컨, 달걀을 좋아해요, 존스 부인."

"네. 그레이 씨는 뭘 해드릴까요?"

"오믈렛을 줘요. 과일하고."

그는 내게 눈을 떼지 않았고 표정은 가늠할 수 없었다.

"앉아." 그가 의자 하나를 가리키며 명령했다.

나는 그의 말에 따랐고 그는 내 옆에 앉았다. 그동안 존스 부인은 부산하게 아침을 차렸다. 참, 누가 우리 대화를 듣는다고 생각하니 불안했다.

"비행기 표는 샀어?"

"아니요. 하지만 집에 가면 살 거예요. 인터넷으로."

그는 한쪽 팔꿈치를 괴고 턱을 문질렀다.

"돈은 있고?"

아, 정말.

"그럼요." 나는 어린아이에게 이야기하듯 짐짓 참을성 있게 말했다.

그는 트집 잡으려는 사람처럼 한쪽 눈썹을 치켰다. 젠장.

"네, 있어요. 고맙습니다." 나는 재빨리 수정했다.

"나 제트기도 있는데. 앞으로 사흘 동안은 달리 잡혀 있는 일정이 없어. 네 마음대로 써."

나는 입을 떡 벌렸다. 물론 제트기가 있겠지. 어련하시겠어. 눈을 흘기고 싶은 자연적인 반응에 저항해야만 했다. 웃고 싶었다. 하지만 그의 기분을 읽을 수 없었기 때문에 웃진 않았다.

"우리는 벌써 당신네 회사의 항공 장비를 남용하지 않았나요. 다시 그런 짓 하고 싶진 않아요."

"그건 내 회사고, 내 제트기야." 그는 상처 입은 목소리였다. 아, 장난감을 갖고 노는 남자애들이란.

"말은 고마워요. 하지만 일정이 있는 항공기를 이용하는 게 더 기분 좋겠어요."

그는 더 말을 하고 싶은 눈치였으나 하지 않기로 한 모양이었다.

"마음대로." 그는 한숨을 지었다. "면접 준비는 많이 했어?"
"아니요."
"잘 됐군. 어떤 출판사인지 아직도 말해주지 않을 거야?"
"그래요."
그의 입술이 말려 올라가며 마지못한 미소를 띠었다.
"난 재산가야, 스틸 양."
"나도 아주 잘 알고 있어요, 그레이 씨. 내 전화를 추적할 건가요?" 나는 순진하게 물었다.
"실제로 오늘 오후엔 무척 바빠. 그래서 다른 사람을 시켜야겠지." 그는 씩 웃었다.
농담하는 걸까?
"다른 사람에게 그걸 시킨다니 인원이 남아도나보네요."
"인사부장에게 당장 이메일을 보내서 인원수를 살펴보라고 하지." 그의 입술이 미소를 감추려고 실룩거렸다.
오, 다행이야. 그가 유머 감각을 회복했다.
존스 부인이 아침식사를 내놓았고 우리는 잠시 조용히 먹었다. 부인은 팬을 치우더니 눈치 있게 거실에서 나갔다. 나는 그를 올려다보았다.
"왜 그래, 아나스타샤?"
"알고 있겠지만 어째서 남이 손을 대는 걸 싫어하는지 그 이유를 말해주지 않았어요."
그는 창백해졌고 그런 반응에 괜히 물어본 내가 죄책감이 들었다.
"이제까지 어떤 사람에게 한 얘기보다도 더 많은 이야기를 했어."
그는 무감하게 나를 내려다보았고 목소리는 조용했다.

그가 누구에게도 비밀을 털어놓은 적이 없다는 것은 내가 보기에도 명확했다. 가까운 친구도 없었던 걸까? 어쩌면 로빈슨 부인에게는 말하지 않았을까? 나는 물어보고 싶었지만 할 수가 없었다. 그렇게 침입하듯이 비밀을 캐고 싶진 않았다. 나는 그런 깨달음에 고개를 저었다. 그는 그야말로 섬이었다.

"가 있는 동안 우리 협의에 대해 생각할 거지?" 그가 물었다.

"네."

"날 보고 싶어 할 거야?"

나는 그의 질문에 놀라 쳐다보았다.

"네." 나는 솔직하게 대답했다.

그래, 이렇게 짧은 기간 만에 그는 어떻게 이렇게 내게 큰 의미를 지니게 되었을까? 그는 내 피부 속까지 절실히 와 닿았다. ……말 그대로. 그가 미소를 지었고 눈이 환해졌다.

"나도 네가 보고 싶을 거야. 네 생각보다 더."

그가 나지막이 속삭였다.

그의 말에 심장이 따뜻해졌다. 그는 정말로 열심히 노력하고 있었다. 그는 상냥하게 내 뺨을 쓸더니 몸을 숙이고 부드럽게 키스했다.

늦은 오후, 나는 시애틀 독립 출판사(SIP)의 J. 하이드 씨를 기다리며 로비에서 불안하게 앉아 안절부절못하고 있었다. 오늘 두 번째 면접으로 아까보다도 훨씬 더 불안했다. 첫 번째 면접은 잘 진행되었지만 그곳은 미국 전역에 사무실이 있는 거대 복합 기업의 사무소고 그곳에 들어가면 수많은 편집 보조 중 한 명이 될 터였다. 그런 기업 기계 속에서는 쉽게 삼켜졌다 금방 뱉어질 것만 같았다. 내가 일하고 싶은 곳은 에스아이피 쪽이었다. 작고 관습에 얽매이지 않으며 지역 작가들을 후원하고 흥미로우면서도 까다로운 고객을 많이 보유하고 있는 곳이었다.

주변에는 별로 가구가 없었지만 검소해서라기보다는 디자인 철학인 듯했다. 가죽으로 만든 진녹색 소파 하나에 앉았다. 크리스천이 오락실에 둔 소파와 썩 다르지 않았다. 감상하는 기분으로 가죽 소파를 쓸며 크리스천이 그 소파에서 무엇을 했을지 멍하니 생각했다. 내 마음은 여러 가능성을 생각하며 떠돌았다. ……아니, 지금은 거기 가면 안 돼. 제멋대로 흐르는 부적절한 생각에 얼굴이 붉어졌다. 안내 데스크의 접수원은 젊은 아프리카계 미국 여성으로 커다란 은 귀고리를 하고 긴 생머리를 하고 있었다. 보헤미안 같은 외모라 친구가 되고 싶은 그런 유의 여성이었다. 그 생각을 하니 안정이 되었다. 가끔씩 여자는 컴퓨터 작업을 하다 말고 나를 올려다보았으며 안심을 시켜주듯 미소를 지었다. 나도 머뭇거리면서 같이 미소를 지었다.

비행기 표는 예약했고 엄마는 내가 간다니 뛸 듯이 기뻐하셨다. 짐도 다 싸두었고 케이트가 나를 공항까지 데려다 주겠다고 했다. 크리스천은 블랙베리와 맥을 가져가라고 명령했다. 참기 힘든 고압적 태도를 떠올리며 눈을 흘겼지만 이젠 그것이 그저 그의 모습인 것을 깨닫고 있었다. 그는 나를 포함해서 만사 통제하는 것을 좋아했다. 하지만 가끔은 예측할 수 없고 경계심을 풀게 할 만큼 사근사근하기도 했다. 그는 자상하고 싹싹했으며 다정하기도 했다. 그가 그럴 때면 무척이나 의외였고 기대하지 못했던 모습이었다. 그는 차고까지 바래다주겠다고 우겼다. 세상에, 며칠만 가 있는 건데도 마치 몇 주 떨어질 것처럼 굴었다. 그는 항상 내 허를 찔렀다.

"아나 스틸?"

검은 긴 머리를 라파엘 전파식으로 늘어뜨린 여자가 안내 데스크에 서서 생각에 잠긴 나를 깨웠다. 이 여자 접수원처럼 또한 보헤미안적이고 가볍게 떠다니는 듯한 옷차림이었다. 삼십 대 후반, 혹은 사십 대 정도 되어 보였다. 나보다 나이 많은 여자의 나이를 짐작하기는 어려웠다.

"네." 나는 엉거주춤 일어서며 대답했다.

여자는 내게 예의 바른 미소를 지으면서도 차가운 개암색 눈으로 나를 살폈다. 나는 케이트가 빌려준 검은색 점퍼스커트를 하얀 블라우스 위에 입고 내 검은색 펌프스를 신었다. 면접에 아주 어울리는 복장이라고 나는 생각했다. 머리카락은 꽉 묶어 틀어 올렸지만 한두 가닥이 제멋대로 빠져나왔다. 여자는 한 손을 내밀었다.

"안녕하세요, 아나. 내 이름은 엘리자베스 모건이에요. 여기 에스아이피에서 인사부장을 맡고 있어요."

"처음 뵙겠습니다." 나는 여자의 손을 잡았다. 여자는 인사부장이라 하기에는 아주 격식 없는 모습이었다.

"따라오세요."

우리는 안내 데스크 뒤의 여닫이문을 지나 밝은 인테리어에 칸막이 없이 탁 트인 커다란 사무실로 들어갔고 다시 작은 회의실로 향했다. 벽은 연녹색이었고 책 표지 그림들도 줄줄이 붙어 있었다. 단풍나무로 만든 회의 탁자 상석에는 빨간 머리를 포니테일로 묶은 젊은 남자가 앉아 있었다. 그의 귀 양쪽에서는 작은 은색 귀고리가 반짝였다. 남자는 넥타이도 없이 연청색 셔츠를 입고 치노 바지를 입은 차림이었다. 내가 가까이 가자 그는 일어서서 속을 알 수 없는 진청색 눈으로 나를 바라보았다.

"아나 스틸, 내가 잭 하이드입니다. 여기 에스아이피에서는 입수도서 편집자를 맡고 있죠. 만나서 반가워요."

우리는 악수를 나누었고 그의 음험한 표정은 친절하긴 해도 읽을 수가 없다고 나는 생각했다.

"여기까지 오는 데 멀어서 힘들었죠?" 그가 싹싹하게 물었다.

"아뇨. 최근에 파이크 스트리트 마켓 지역으로 이사했습니다."

"아, 그럼 별로 멀지 않네요. 자, 앉아요."

내가 자리에 앉자 엘리자베스도 그의 옆에 앉았다.

"그래, 우리 에스아이피의 인턴에 지원한 동기가 뭐죠, 아나?" 잭이 물었다.

잭은 내 이름을 부드럽게 발음하며 머리를 한쪽으로 기울였다. 마치 내가 아는 누구처럼. 신경이 쓰이는 동작이었다. 그가 불러일으킨 비합리적인 경계심을 무시하려고 애쓰며 나는 조심스레 준비한 답변을 댔다. 뺨에 퍼져나가는 장밋빛 홍조가 의식되었다. 나는 두 사람 모두를 바라보며 캐서린 캐버너 성공 면접 기술 강의를 기억하려 했다. 시선을 마주쳐, 아나! 맙소사, 개도 가끔은 아주 고압적으로 군다니까. 잭과 엘리자베스는 둘 다 내 말을 경청했다.

"성적이 아주 좋네요. 워싱턴 주립 대학에서는 어떤 특별활동에 탐닉했나요?"

탐닉이라니? 이상한 단어 선택이네. 나는 학교 중앙 도서관에서 사서 보조로 일했던 경험과 학교신문을 위해 외설적으로 돈이 많은 전제군주를 인터뷰했던 유일한 경험을 자세히 늘어놓았다. 내가 실제로 기사를 쓰지 않았다는 사실은 어물쩍 뛰어넘었다. 내가 속한 문학 학회 두 개를 언급했고 클레이튼에서 일했기 때문에 공구와 DIY에 대해 갖게 된 쓸데없는 지식들에 대해 늘어놓았다. 둘 다 내가 원하던 반응대로 웃음을 터뜨렸다. 나는 천천히 긴장을 풀며 즐기기 시작했다.

잭 하이드가 날카롭고 지적인 질문을 던졌지만 나는 당황하지 않았다. 침착한 태도를 유지했고 내 독서 기호와 좋아하는 책을 언급할 땐 꿋꿋이 버틸 수 있었다. 반면 잭은 1950년 이후에 쓰인 미국 문학만을 좋아하는 듯했다. 다른 작품은 좋아하지 않는다고 했다. 고전, 심지어 헨리 제임스나 업튼 싱클레어, F. 스콧 피츠제럴드도 관심 없어 보였다. 엘리자베스는 아무런 말을 하지 않고 간간이 고개만 끄덕이며 노트를 적었다. 잭은 가끔 딴죽을 걸긴 했지만 나름대로 매력적이었고 맨 처음 가졌던 경계심은 이야기를 할수록 사라졌다.

"그럼 5년 후에는 어디에 있을 것 같습니까?" 잭이 물었다.

크리스천 그레이와 함께. 그 생각이 나도 모르게 머리에 불쑥 떠올랐다. 말 안 듣는 마음 때문에 나는 얼굴을 찡그렸다.

"아마도 송고 정리를 하지 않을까요? 어쩌면 문학 담당 에이전트가 되어 있을지도 모르겠네요. 확실하진 않습니다. 여러 가능성이 다 열려 있습니다."

그는 싱긋 웃었다.

"아주 좋군요, 아나. 더 이상 질문은 없습니다. 혹시 질문이라도?"

그는 질문의 방향을 내게 돌렸다.

"합격하면 언제부터 일하게 됩니까?"

"가능하면 빨리요." 엘리자베스가 끼어들었다. "언제부터 일할 수 있죠?"

"다음 주부터 가능합니다."

"그거 좋은 소식이군요." 잭이 말했다.

"다들 할 말이 그것뿐이라면." 엘리자베스가 우리 둘을 쳐다보았다. "면접은 이걸로 마치죠." 그녀는 친절하게 미소 지었다.

"만나게 되어 반가웠어요, 아나." 그는 부드럽게 말하며 내 손을 잡았다. 그가 부드럽게 손을 꽉 쥐는 바람에 나는 작별 인사를 하면서도 눈을 깜박여 그를 올려다보았다.

차로 갈 때는 기분이 안정되지 않았지만 이유는 정확히 짚을 수 없었다. 면접은 잘 진행된 것 같았지만 알 수가 없었다. 보통 면접이란 상황이 아주 인위적이다. 모두들 사무적인 모습 뒤에 필사적으로 숨으려 하며 가장 좋은 행동만을 보인다. 내가 적절해 보였을까? 두고 봐야만 했다.

나는 아우디 A3에 올라타고 아파트로 다시 갔지만 천천히 시간을 들였다. 밤 비행기를 타고 아틀랜타에서 한 번 환승해야 했지만 비행기는 오늘 밤 10시 25분이 되어서야 출발할 예정이라 시간이 많았다.

집에 돌아갔을 때 케이트는 부엌에서 상자를 풀고 있었다.

"면접 어땠어?" 케이트는 흥분해서 물었다. 이렇게 헐렁한 셔츠에 낡은 청바지를 입고 진청색 두건을 머리에 두른 차림으로도 예쁠 수 있는 사람은 케이트밖에 없을 것이다.

"좋았어. 고마워, 케이트. 하지만 두 번째 면접에선 이 복장이 적합했는지 모르겠어."

"아?"

"보헤미안 시크가 더 어울렸을 것 같아."

케이트는 한쪽 눈썹을 치켰다.

"너와 보헤미안 시크라."

케이트는 머리를 한쪽으로 기울였다. 어째서 모든 사람들이 내가 좋아하는 50가지 빛깔의 남자를 떠올리게 하는 행동을 하는 걸까?

"사실 아나, 넌 그런 모습이 정말로 잘 어울릴 수 있는 몇 안 되는 사람 중 하나지."

나는 생긋 웃었다.

"두 번째 회사가 정말로 마음에 들었어. 거기선 잘 어울릴 것 같아. 하지만 나를 면접 본 남자가 약간 무섭더라……."

나는 말꼬리를 흐렸다. 젠장, 지금 내가 말하고 있는 상대는 동네방네 다 떠들고 다닐 캐서린 케버너야. 입 닥쳐, 아나!

"그래?"

캐서린 캐버너의 레이더는 이런 흥미로운 정보 쪼가리를 듣자 활동에 돌입했다. 아주 부적당하고 당황스러운 순간에 떠오르게 될 정보겠지. 나는 마음에 새겼다.

"그건 그렇고 너 이제 크리스천 쪼는 것 좀 그만할래? 어제 저녁식사 자리에서 호세 이야기는 왜 하니. 크리스천은 질투심이 많아. 그런 짓 해봤자 아무 좋을 게 없다고."

"얘, 크리스천이 엘리엇의 동생만 아니면 더 심한 말도 했을 거야. 그 사람 정말 통제광이더라. 네가 어떻게 참는지 모르겠어. 그 사람 질투심을 조금 자극하려고 한 거야. 한 여자에게 정착하지 못하는 문제를 좀 해결해줄까 했지."

케이트는 방어적으로 손을 들었다.

"하지만 내가 끼어들길 원하지 않으면 그만둘게."

내가 얼굴을 찡그리자 케이트는 성급히 덧붙였다.

"그래. 크리스천하고 같이 지내는 생활만으로도 충분히 복잡해. 나를 믿어."

이런, 그 사람처럼 말하고 있네.

"아나." 케이트는 말을 멈추고 나를 쳐다보았다. "너 괜찮은 거지? 도망가려고 엄마네 집에 가는 것 아냐?"

나는 얼굴을 붉혔다.

"아니야, 케이트. 내게 휴식이 필요하다고 말한 건 너잖아."

케이트는 우리 사이의 거리를 좁히더니 내 손을 잡았다. 무척이나 케이트답지 않은 행동이었다. 아, 안 돼……. 눈물이 터져 나올 것만 같았다.

"넌 그저…… 난 잘 모르겠어, 다르잖니. 네가 괜찮았으면 좋겠어. 네가 그 미스터 돈다발과 무슨 문제가 있든 간에 나랑 얘기해줬으면 좋겠고. 그 사람 쪼지 않을게. 솔직히 그 사람이랑 같이 있으면 쪼는 건 누워서 떡 먹기지만, 봐, 아나. 뭔가 잘못되면 나한테 말해. 널 나쁘게 생각하지 않을게. 이해하도록 할게."

나는 눈을 깜박여 눈물을 삼켰다. "아, 케이트." 나는 친구를 안았다. "나 그 사람에게 정말 빠졌나봐."

"아나, 그건 누가 봐도 알겠다. 게다가 그 사람도 너한테 빠졌어. 너한테 아주 미쳤더라. 눈을 떼지 못하던걸."

나는 자신 없게 웃었다. "정말 그렇게 생각하니?"

"그렇게 말 안 하디?"

"말로는 별로 하지 않더라고."

"넌 말했어?"

"말로는 별로." 나는 사과하듯 어깨를 으쓱했다.

"아나! 누군가는 먼저 발을 떼야지. 아니면 아무 데도 갈 수가 없다고."

뭐…… 그 사람에게 내 마음이 어떤지 말하라고?

"그저 그 사람이 겁먹고 도망갈까 두려워."

"그 사람도 똑같은 마음이 아닌지 어떻게 아니?"

"크리스천이 두려워해? 그 사람이 뭔가 무서워한다니 상상도 못하겠다."
하지만 그 말을 했을 때 어린 시절의 그를 상상했다. 어쩌면 그가 아는 건 오로지 공포뿐인지도 몰랐다. 그 생각을 하니 슬픔이 치밀어 올라 가슴이 꽉 죄었다.
케이트는 내 잠재의식과 마찬가지로 입을 꾹 다물고 눈을 가늘게 뜬 채로 나를 바라보았다. 반달 안경만 쓰면 똑같겠네.
"너희 두 사람은 차분하게 앉아서 이야기를 나눠야 해."
"우린 최근에 별로 이야기를 나누지 못했어."
나는 얼굴을 붉혔다. 다른 걸 했지. 비언어적 소통뿐이었고 그건 괜찮았다. 뭐, 괜찮은 것 이상이랄까.
케이트는 씩 웃었다. "그렇다면 섹스를 하든가! 그게 잘 되면 전투에서 반은 이긴 거야, 아나. 나 가서 중국 음식 좀 사와야겠다. 너 갈 준비됐니?"
"곧 할 거야. 두 시간 있다가 출발해도 돼."
"안 돼. 20분 후에 봐."
케이트는 재킷을 집더니 문도 닫지 않고 나갔다. 나는 케이트가 나간 뒤에 문을 닫고서 그 말을 생각하며 침실로 갔다.
크리스천이 나에 대한 감정을 두려워하는 걸까? 심지어 내게 감정이 있기나 할까? 내가 그의 것이라고 말할 때는 아주 진지해 보였다. 하지만 그건 분명히 '난 모든 걸 소유하고 제어해야 해'라는 통제광 도미넌트로서 크리스천의 일부였다. 내가 떠나 있는 동안에는 우리가 나눈 모든 대화를 다시 복기해보고 진실을 알 수 있을 만한 신호들을 골라내야만 할 것 같았다.
'나도 네가 보고 싶을 거야. ……네 생각 이상으로.'
'난 완전히 네게 매혹되었어…….'
나는 머리를 흔들었다. 지금은 생각하고 싶지 않았다. 블랙베리를 충전하느라 오후 내내 가지고 다니지 않았다. 조심스레 전화를 들어보았지만 아무런 메시지도 없다는 것을 알고 실망했다. 그 멋들어진 기계의 스위치를 켰다. 역시 아무런 메시지가 없었다. 같은 이메일 주소야, 아나. 내 잠재의식이 눈을 흘겼고, 처음으로 나는 내가 그랬을 때 크리스천이 왜 내 엉덩이를 때리고 싶어 했는지 그 심정을 이해할 것 같았다.

좋아, 내가 쓰지 뭐.

보낸 사람: 아나스타샤 스틸

제목: 면접

날짜: 2011년 5월 30일 18:49

받는 사람: 크리스천 그레이

친애하는 그레이 씨,

제 면접은 아주 잘 진행되었습니다.

관심이 있으실 것 같아서요.

오늘 하루 어떻게 지내셨나요?

아나

자리에 앉아 화면을 쳐다보았다. 크리스천은 보통 즉각 답장을 보냈다. 기다리고…… 기다렸다. 마침내 받은 편지함에 반가운 핑 소리가 들렸다.

보낸 사람: 크리스천 그레이

제목: 나의 하루

날짜: 2011년 5월 30일 19:03
받는 사람: 아나스타샤 스틸

친애하는 스틸 양,
당신이 하는 건 뭐든 관심이 있지. 넌 내가 아는 가장 흥미로운 여성이니까.
면접 잘했다니 다행이군.
아침은 기대 이상이었어.
오후는 상대적으로 지루했지.

크리스천 그레이
CEO, 그레이 엔터프라이즈 홀딩스, Inc.

보낸 사람: 아나스타샤 스틸
제목: 좋은 아침
날짜: 2011년 5월 30일 19:05
받는 사람: 크리스천 그레이

친애하는 그레이 씨,
오늘 아침은 제게도 하나의 모범이 되었습니다. 그 완전무결한 책상 섹스 후에 당신이 나를 그렇게 괴팍박대하긴 했지만요. 내가 눈치 못 챈 줄 알았죠.
아침식사는 고마웠습니다. 아니, 존스 부인에게 고마워해야 하나.
부인에 대한 질문을 몇 개 하고 싶습니다. 당신이 나를 다시 괴팍박대하지 않는다면요.

아나

내 손가락이 '보내기' 버튼 위를 맴돌았다. 나는 내일이면 대륙 건너편에 있을 것임을 다시 확인했다.

보낸 사람: 크리스천 그레이
제목: 출판일 하려는 사람 맞아?
날짜: 2011년 5월 30일 19:10
받는 사람: 아나스타샤 스틸

아나스타샤,
괴팍박대라는 말은 없고 출판업에 종사하려는 사람이라면 그런 말 쓰면 안 되지. 완전무결? 뭐랑 비교해서 그런지 말해줄래? 게다가 존스 부인에 대해서 뭘 물어보고 싶은데? 호기심 돋는데.

크리스천 그레이
CEO, 그레이 엔터프라이즈 홀딩스, Inc.

보낸 사람: 아나스타샤 스틸
제목: 당신과 존스 부인
날짜: 2011년 5월 30일 19:17
받는 사람: 크리스천 그레이

친애하는 그레이 씨,
언어는 진화하고 움직이죠. 유기적인 겁니다. 값비싼 예술작품이

걸리고 시애틀 전경이 내려다보이며 지붕 위에 헬리콥터 착륙장이 있는 상아탑에 갇혀 있는 게 아니에요.

완전무결하다는 건 우리가 했던 다른 때와 비교해서겠죠……. 당신 표현에 따르면, 아, 그래요, 우리가 섹스했을 때와 비교해서. 실제로 그 섹스는 무척 완전무결했어요. 그렇게 끝. 내 미친한 의견에 의하면 그렇습니다. 하지만 아시다시피 제 경험은 제한적이라서요.

존스 부인은 당신의 이전 서브였나요?

아나

내 손가락이 다시 한 번 '보내기' 버튼 위를 맴돌았지만 난 그냥 눌러버렸다.

보낸 사람: 크리스천 그레이
제목: 말. 입조심해!
날짜: 2011년 5월 30일 19:22
받는 사람: 아나스타샤 스틸

아나스타샤,

존스 부인은 아주 귀중한 고용인이야. 나는 사무적 관계 이상으로 부인과 어떤 관계도 가져본 적 없어. 이전에 성적 관계를 가졌던 사람은 직원으로 고용하지 않아. 네가 그런 생각을 했다니 충격이군. 이 규칙에 유일하게 예외를 두려고 했던 사람은 너뿐이지. 너는 훌륭한 협상 기술을 가진 똑똑한 젊은 여성이니까. 하지만 네가 그런 언어를 계속 쓴다면 너를 여기 데려오는 걸 다시 고려해봐야겠어. 네 경험이 제한적이라는 건 내게 기쁜 일이야. 너의 경험은 앞으로도 계속 제한적일 테지. 내게로만. 완전무결했다는 말은 칭찬으로 받아들이겠어. 하지만 네가 한 말이니까 그게 진심인 건지 비꼬는 감각을 억제하지 못하는 건지 알 수가 없지만. 여느 때처럼.

크리스천 그레이
CEO, 그레이 엔터프라이즈 홀딩스, Inc., 상아탑에서

보낸 사람: 아나스타샤 스틸
제목: 중국에 있는 모든 차를 준다고 해도
날짜: 2011년 5월 30일 19:27
받는 사람: 크리스천 그레이

친애하는 그레이 씨,
귀사에 입사하는 문제에 대해서는 이미 사양하는 마음을 표현했을 텐데요. 이 문제에 대한 제 견해는 변하지 않았고 앞으로도 변할 일이 없을 겁니다. 이제 가야겠네요. 케이트가 저녁거리를 갖고 왔거든요. 제 비꼬는 감각과 제가 저녁 인사를 고합니다.
일단 조지아에 가면 연락하겠어요.

아나

보낸 사람: 크리스천 그레이
제목: 트와이닝 잉글리시 브렉퍼스트 티라도?
날짜: 2011년 5월 30일 19:29

받는 사람: 아나스타샤 스틸

잘 자, 아나스타샤.
너와 네 비꼬는 감각이 안전히 여행하길 바라지.

크리스천 그레이
CEO, 그레이 엔터프라이즈 홀딩스, Inc.

케이트와 나는 시애틀 국제공항 출발 터미널 앞의 하차 구역에 섰다. 케이트는 몸을 옆으로 내밀어 나를 안아주었다.

"바베이도스 잘 갔다 와, 케이트. 좋은 휴가 보내."

"돌아와서 보자. 그 미스터 돈다발에게 휘둘리지 마."

"안 그럴게."

우리는 다시 포옹했고 나는 이제 홀로 남았다. 기내 반입용 짐을 들고 항공사 카운터로 가서 줄을 섰다. 여행가방을 따로 챙기지 않았다. 레이가 지난 생일에 준 가벼운 배낭이 전부였다.

"비행기 표 주시겠습니까?"

카운터 뒤에 앉은 젊은 남자가 지루한 표정을 띠고 나를 쳐다보지도 않으면서 한 손을 들었다.

그의 지루함에 감염되어 나도 내 비행기 표와 운전면허증을 건넸다. 가능하면 창가자리에 앉고 싶었다.

"됐습니다, 스틸 양. 일등석으로 승급되셨군요."

"뭐라고요?"

"승객님, 일등석 라운지로 가시면 비행기가 대기하고 있습니다……."

그는 퍼뜩 잠에서 깬 듯 보였고 내가 마치 산타클로스와 부활

절 토끼를 합쳐놓은 존재라도 되듯이 환히 웃었다.

"뭔가 잘못된 게 아닐까요."

"아니, 아닙니다."

그는 컴퓨터 화면을 다시 확인했다.

"아나스타샤 스틸, 승급."

항공사 직원은 억지웃음을 지었다.

억. 나는 눈살을 찌푸렸다. 그는 내게 탑승권을 건넸고 나는 숨을 죽인 채 욕설을 퍼부으며 일등석 라운지로 갔다. 망할 크리스천 그레이, 사사건건 간섭하는 통제광. 그저 나를 오래 가만히 놔둘 수가 없을 테지.

22

손톱 손질을 하고 마사지를 받고 샴페인 두 잔을 마셨다. 일등석 라운지에는 그 결점을 상쇄하는 좋은 점들이 많았다. 모에 샴페인을 들이켤 때마다 크리스천과 그의 간섭을 용서해주고픈 마음이 점점 늘어갔다. 맥북을 펴고 이게 지구상 어디에서든 작동한다는 이론을 시험해보고자 했다.

보낸 사람: 아나스타샤 스틸
제목: 과소비 행위
날짜: 2011년 5월 30일 21:53
받는 사람: 크리스천 그레이

친애하는 그레이 씨,

정말로 놀란 건 내가 탈 항공편을 어떻게 알아냈느냐는 거예요.

당신의 스토킹 기술은 정말 선을 그을 줄 모르네요. 플린 박사가 휴가에서 돌아오기를 바라겠어요.

난 손톱 손질과 등 마사지도 받았고 샴페인 두 잔도 마셨어요. 휴가 시작치고는 아주 좋네요.

고마워요.

아나

보낸 사람: 크리스천 그레이
제목: 천만의 말씀
날짜: 2011년 5월 30일 21:59
받는 사람: 아나스타샤 스틸

친애하는 스틸 양,
플린 박사는 돌아왔어. 이번 주에 약속을 잡았지.
누가 네 등을 마사지했지?

크리스천 그레이
적재적소에 친구를 둔 CEO, 그레이 엔터프라이즈 홀딩스, Inc.

아하! 복수의 시간이라 이거지. 탑승 시작을 알리는 방송이 나왔고 이제 비행기 안에서 이메일을 보낼 수 있었다. 그 편이 더 안전하겠지. 말썽꾸러기 같은 희열이 솟아나는 자신을 끌어안았다.

일등석은 공간이 무척 넓었다. 기내에 천천히 들어차는 승객들 틈에 껴서 샴페인 칵테일을 손에 들고, 사치스러운 가죽 창가 자리에 앉았다. 지금 어디 있는지 알려주려고 레이 아빠에게 전화를 걸었다. 자비롭게도 짧은 통화였다. 아빠에게는 너무 늦은 시간이었기 때문이었다. "사랑해요, 아빠." 나는 속삭였다.

"나도, 애니. 엄마에게 안부 전하렴. 잘 자라."

"안녕히 주무세요." 나는 전화를 끊었다.

레이 아빠는 잘 지내고 있었다. 나는 맥을 쳐다보았다. 똑같이 유치한 희열이 솟아오르는 것을 느끼면서 노트북을 열어 이메일을 썼다.

보낸 사람: 아나스타샤 스틸
제목: 강하고 유능한 직원들
날짜: 2011년 5월 30일 22:22
받는 사람: 크리스천 그레이

선생님께,

아주 유쾌한 젊은이가 등을 마사지해주었답니다. 네. 정말 즐거웠어요. 평범한 출발 라운지에서는 장-폴을 만나지 못했을 거예요. 다시 한 번 그런 대접에 감사드려요. 일단 이륙하면 이메일을 쓸 수 있을지 모르겠네요. 게다가 미용을 위해서 잠을 청해야겠어요. 최근에는 그렇게 잠을 잘 자지 못했으니까요.

즐거운 꿈꿀게요, 그레이 씨…… 당신 꿈요.

아나

오, 그 사람 이제 속이 뒤집히겠지. 난 하늘에 떠서 손닿지 않는 곳에 있을 테니까. 그래도 싸. 내가 평범한 공항 라운지에 있었더라면 장-폴이 내게 손댈 일도 없지 않았겠어. 그는 정말로 친절한 젊은이였다. 금발에 태닝한 피부. 솔직히 시애틀에서 누가 태닝을 하겠어? 너무 어울리지 않았다. 나는 그가 동성애자라고 생각했지만 그 사실은 나만 알고 있기로 했다. 난 이메일을 빤히 쳐다보았다. 케이트 말이 맞았다. 그의 성질을 돋우는 건 식은 죽 먹기였다. 내 잠재의식이 입을 흉하게 비틀면서 나를 째려보았다. 정말로 그 사람 성질 긁고 싶어? 그가 한 행동은 다정했잖아! 그는 너를 신경 쓰고 네가 멋지게 여행하길 바랐을 뿐이야. 그래, 물론 미리 물어보거나 말할 수도 있었지. 공항 카운터에서 나를 백치 꼴로 만들지 않고. 나는 아주 못된 소녀가 된 기분을 느끼면서 '보내기' 버튼을 눌렀다.

"스틸 양, 곧 이륙하니 노트북을 넣어주세요."

지나치게 화장을 한 승무원이 예의 바르게 말했다. 그 바람에 나는 펄쩍 뛰듯 놀랐다. 죄책감을 느끼던 양심이 발동했다.

"아, 죄송합니다."

이런. 이제 그가 답변했는지 알려면 기다려야만 했다. 승무원은 완벽한 이를 드러내며 내게 부드러운 담요와 베개를 건네주었다. 나는 담요를 무릎에 둘렀다. 가끔 응석을 부리는 기분도 좋았다.

일등석이 서서히 찼지만 내 옆자리만은 비어 있었다. 아, 안 돼……. 심란한 생각이 마음을 스쳐갔다. 어쩌면 이 자리는 크리스천의 자리인지도 몰라. 아, 정말…… 그런 짓까지는 안 할 거야. 그럴까? 분명히 같이 가고 싶지 않다고 말했는데. 나는 걱정스레 시계를 들여다보았다. 그때 조종실에서 안내 방송이 흘렀다.

"승무원, 문 자동으로 전환. 크로스체크."

그게 무슨 의미지? 이제 문을 닫는다는 건가? 떨리는 기대감으로 정수리가 따끔거렸다. 내 옆자리는 열여섯 개의 좌석 중 유일하게 비어 있었다. 게이트에서 떠날 때 비행기가 흔들렸고 나는 안도의 한숨을 내쉬었지만 희미한 실망감도 들었다. ……나흘 동안 크리스천을 볼 수가 없다니. 블랙베리를 몰래 들여다보았다.

보낸 사람: 크리스천 그레이
제목: 즐길 수 있을 때 즐겨
날짜: 2011년 5월 30일 22:25
받는 사람: 아나스타샤 스틸

친애하는 스틸 양,
네가 뭘 하려는지 알지. 내 말 믿어. 넌 성공했으니까. 다음번엔 결박하고 재갈 물려서 상자 안에 넣어 화물칸으로 보내주지. 그런 상태에 있는 너를 보살펴주는 건 그저 네 비행기 표를 승급시켜주는 것보다 훨씬 더 즐거울 것 같은데. 진심이야.

돌아오길 기다리지.

크리스천 그레이
손바닥이 근질거리는 CEO,
그레이 엔터프라이즈 홀딩스 Inc.

맙소사, 이게 바로 크리스천 유머의 문제야. 농담을 하는 건지 진심으로 화난 건지 알 수가 없었다. 이 경우에는 진심으로 화내고 있지 않나 생각이 들었다. 은밀하게, 승무원이 보지 않을 때, 담요 아래서 답장을 쳤다.

보낸 사람: 아나스타샤 스틸

제목: 농담?
날짜: 2011년 5월 30일 22:30
받는 사람: 크리스천 그레이

당신도 알겠지만—농담인지는 모르겠지만요—농담이 아니라면, 앞으로도 계속 조지아에 있죠. 상자는 내겐 고정 한계예요. 화나게 해서 미안해요. 용서한다고 말해요.

A

보낸 사람: 크리스천 그레이
제목: 농담
날짜: 2011년 5월 30일 22:31
받는 사람: 아나스타샤 스틸

어떻게 이메일을 보내고 있는 거야? 블랙베리 쓰느라 너를 포함, 같이 승선한 사람들 모두의 생명을 위험에 빠뜨리고 있는 거야? 그건 규칙 위반인데.

크리스천 그레이
두 손바닥이 근질거리는 CEO,
그레이 엔터프라이즈 홀딩스, Inc.

두 손바닥! 블랙베리를 치웠다. 비행기가 활주로를 질주하는 동안 의자에 기대 앉아 하도 읽어 너덜너덜해진 《테스》를 꺼냈다. 여행하는 동안 읽을 가벼운 책이었다. 일단 공중에 뜨자 좌석을 뒤로 더 젖혔고 곧 잠에 빠져들었다.

애틀랜타에 하강할 때 승무원이 나를 깨웠다. 현지 시각 오전 5시 45분이었다. 하지만…… 고작 네 시간 정도밖에 자지 못했다……. 몹시 피곤했지만 승무원이 건넨 오렌지 주스가 고마웠다. 초조하게 블랙베리를 쳐다보았다. 크리스천에게는 더 이상 이메일이 오지 않았다. 뭐, 시애틀은 지금 새벽 3시가 되었을 테니까. 어쩌면 내가 전화를 켜서 항공 시스템을 교란시키거나 비행을 방해하는 행위를 못하게 하려는 의도인지도 몰랐다.

애틀랜타에서는 한 시간 정도밖에 기다리지 않았다. 다시 한번 일등석 라운지에 갇혀 있는 호사를 누렸다. 나는 그 폭신하고 편안해 보이는 소파에 누워 자고 싶은 생각이 간절했지만, 그렇게 시간이 많지 않을 것이었다. 깨어 있기 위해서 나는 노트북으로 크리스천에게 의식의 흐름 기술법으로 편지를 썼다.

보낸 사람: 아나스타샤 스틸
제목: 날 겁주고 싶어요?
날짜: 2011년 5월 31일 06:52 EST
받는 사람: 크리스천 그레이

당신이 내게 돈 쓰는 걸 얼마나 싫어하는지 잘 알잖아요. 그래요, 당신 아주 부자죠. 하지만 그 때문에 난 아주 불편해요. 마치 섹스의 대가로 내게 돈을 주는 것처럼. 그렇지만 일등석으로 여행하니 좋았고 이코노미보다는 훨씬 더 품위 있게 올 수 있었어요. 그러니 고마워요. 진심이에요. 게다가 장-폴이 해준 마사지도 좋았어요. 동성애자임이 확실한 사람이었어요. 당신 화를 돋우려고 이전 이메일엔 그 점을 뺐어요. 당신에게 화가 났었거든요. 그 점은 미안해요.

하지만 평소처럼 당신 반응은 과했어요. 편지에 그런 말을 쓰다니요. 나를 결박하고 재갈을 물려서 상자에 넣어요? 진심이에요, 아니면 농담이에요? 얼마나 겁이 났는데요. 당신은 날 겁주죠. 난 완전히 당신의 마술에 사로잡혀버렸어요. 지난주까지만 해도 당신같이 사는 사람이 세상에 있는지도 몰랐는데요. 그런데도 그런 얘기를 써서 보내다니 정말 저 멀리 도망가고 싶었어요. 물론 그렇게 하진 않아요. 난 당신이 그리울 테니까요. 정말로 그리울 거예요. 난 우리 둘이 잘해나갔으면 좋겠어요. 물론 내가 당신에게 가진 감정의 깊이와 당신이 나를 이끈 어두운 오솔길에 겁이 나지만요. 당신이 내게 주는 에로틱하고 섹시한 것에 나는 정말 호기심을 느껴요. 하지만 당신이 나를 상처 입힐까 또한 두려워요. 신체적으로나 감정적으로나. 세 달 후에 당신은 내게 작별을 고할 수도 있겠죠. 그러면 나는 어디로 가나요? 하지만 그런 위험은 어느 관계에나 있을 거라고 생각해요. 하지만 이건 내가 처음으로 맺으리라고 생각했던 그런 관계와는 아주 달라요. 내겐 완전한 발상의 전환이죠.

내가 서브미시브적인 기질이 없다고 했던 당신 말은 다 맞았어요……. 이젠 동의할 수 있어요. 그런 말을 함으로써 당신과 함께 있고 싶고, 그게 내가 해야 하는 일이라면 노력해보고 있어요. 하지만 결국엔 난 다 망쳐버리고 멍만 든 채로 끝나버릴 것 같아요. 그런 생각이 즐겁지가 않네요.

당신이 더 노력해보겠다고 했을 때 정말 행복했어요. 그저 '얼마

만큼 더'가 내게 의미가 있을지 생각해볼 필요가 있을 뿐이에요. 그래서 거리를 두고 싶기도 한 거고요. 당신이 내 머리를 너무 어지럽혀서 함께 있을 땐 명확히 생각할 수가 없어요.

탑승 안내 방송이 나오네요. 가야 해요.

나중에 좀 더 쓸게요.

당신의 아나

'보내기' 버튼을 누르고 졸린 몸으로 출발 게이트로 가 다른 비행기에 올라탔다. 이 비행기에는 일등석이 오직 여섯 자리밖에 없었다. 일단 하늘 위로 오르자 부드러운 담요 아래 웅크리고 잠에 빠져 들었다.

승무원이 서배너 국제공항에 접근한다며 지나치게 빨리 나를 깨워 오렌지 주스를 주었다. 피곤에 전 몸으로 주스를 천천히 마시면서 약간의 흥분을 느꼈다. 이제 여섯 달 만에 엄마를 만난다. 다시 한 번 몰래 블랙베리를 들여다보았더니 크리스천에게 길게 주절대는 이메일을 보냈다는 기억이 어렴풋하게 떠올랐다. 하지만 답변은 없었다. 시애틀은 새벽 5시일 터였다. 그가 피아노에서 구슬픈 음악을 연주하지 않고 깊은 잠에 빠져 있기를 바랐다.

배낭을 메고 여행하는 것의 미덕은 짐을 찾기 위해 대기하지 않고 공항 밖으로 산뜻하게 빠져나갈 수 있다는 것이다. 일등석으로 여행하는 것의 미덕은 가장 먼저 비행기에서 내릴 수 있는 것이었다.

엄마가 밥 아저씨와 함께 기다리고 있었다. 두 사람을 보니 무척 반가웠다. 피곤해서 그런지, 긴 여행 때문인지 아니면 크리스천과 얽힌 상황 때문인지는 알 수 없었지만 엄마의 품에 안기자마자 곧 눈물을 터뜨리고 말았다.

"어머, 아나, 얘. 정말 피곤했나보구나."

엄마는 걱정스러운 눈빛으로 밥을 힐끔 쳐다보았다.

"아니야, 엄마. 그저…… 엄마를 보니까 정말 좋아서." 나는 엄마를 꼭 껴안았다.

엄마한테 안긴 느낌은 포근했고, 엄마는 나를 반겼다. 집에 온 기분이었다. 나는 마지못해 엄마를 놔주었고 밥 아저씨는 어색하게 한 팔로 나를 안아주었다. 아저씨는 약간 불안정하게 서 있었고 그제야 아저씨가 다리를 다쳤다는 게 기억났다.

"환영한다, 아나. 왜 우는 거냐?"

"아, 밥 아저씨. 그냥 다시 만나니까 기뻐서요."

나는 잘생긴 사각턱 얼굴과 나를 정답게 바라보며 반짝이는 푸른 눈을 올려다보았다. 이 남편은 마음에 들어요, 엄마. 잘 지켜요. 그가 내 배낭을 받았다.

"세상에, 아나. 여기 돌덩이라도 넣어가지고 다니니?"

그건 아마 내 맥북일 터였다. 두 사람 모두 내게 어깨동무를 했고 우리는 주차장으로 향했다.

서배너는 참을 수 없게 덥다는 사실을 잊고 있었다. 에어컨 바람이 빵빵 나오는 시원한 공항 터미널을 빠져나오니 마치 옷처럼 우리를 감싸는 조지아의 열기로 들어섰다. 우아! 열기로 모든 게 축축 늘어졌다. 난 후드 점퍼를 벗으려고 엄마와 밥 아저씨의 품 안에서 빠져나왔다. 반바지를 싸온 게 무척이나 기뻤다. 가끔은 내가 열일곱 살 때 엄마와 밥 아저씨와 함께 살던 라스베이거스의 건조한 더위가 그립기도 했지만, 아침 8시 30분에도 이렇게 후덥지근한 열기는 익숙해지는 데 한참 걸렸다. 에어컨 바람이 시원한, 밥 아저씨의 타호 SUV에 올라탔을 때는 손발이 흐물거렸고 머리카락이 열기 때문에 구불거리며 반항을 시작했다. SUV 뒷자리에서 재빨리 레이와 케이트, 크리스천에게 문자를 보냈다.

서배너에 무사히 도착. A :)

'전송' 버튼을 누르면서 호세에게도 잠깐 생각이 미쳤다. 뿌옇게 피어오르는 피곤 속에서 호세의 전시회가 다음 주임을 기억했다. 크리스천이 호세를 어떻게 생각하는지 아는데 크리스천을 초대해야 할까? 그 이메일을 받은 후에도 크리스천은 여전히 나를 만나길 원할까? 그 생각에 몸이 떨려서 마음속에서 밀어내버렸다. 그 문제는 나중에 해결하자. 지금 당장은 엄마와 즐겁게 보낼 생각만 해야지.

"얘, 너 많이 피곤하지. 집에 가면 잠부터 잘래?"

"아니, 엄마. 해변에 가고 싶어."

파란색 홀터넥 탱키니를 입고 대서양이 보이는 선베드에 누워 다이어트 코크를 홀짝이면서 어제만 해도 태평양을 면한 해협을 바라보았다는 생각을 했다. 엄마도 내 옆에서 여유롭게 누워 우스꽝스럽게 커다란 팔랑거리는 모자를 쓰고 재키 오나시스 풍의 선글라스를 쓰고 당신 몫의 다이어트 코크를 홀짝거렸다. 우리가 있는 곳은 티비 아일랜드 해변으로 집에서 고작 세

블록 떨어진 곳이었다. 엄마가 내 손을 잡았다. 피로가 서서히 스러졌고 햇볕을 한껏 쬐고 있으려니 편안하고 안전하고 따뜻했다. 정말 오랜만에 처음으로 긴장이 풀렸다.

"그래, 아나. 너를 그처럼 들었다 놨다 하는 그 남자 얘기 좀 해보렴."

들었다 놓는다고! 어떻게 아는 걸까? 뭐라고 해야 하지? 비공개 합의서에 서명한 이상, 크리스천에 대해서 자세히 얘기할 수 없었지만 그렇지 않더라도 엄마에게 말할 수 있을까? 그 생각을 하니 얼굴이 창백해졌다.

"응?" 엄마가 재촉하며 내 손을 꼭 잡았다.

"이름은 크리스천이고, 무척 잘생겼고, 부유해요……. 지나치게 돈이 많아. 아주 복잡하고 변덕스러운 사람이야."

그래, 간결하고도 정확한 요약이 무척 마음에 들었다. 나는 몸을 돌려 엄마를 마주보았고 엄마도 똑같이 했다. 엄마는 수정처럼 맑은 푸른 눈으로 나를 쳐다보았다.

"복잡하고 변덕스럽다는 두 가지 정보에 집중하고 싶은데, 아나."

아, 안 돼…….

"아, 엄마. 그 사람 기분이 어찌나 자주 바뀌는지 어지러울 지경이야. 성장 환경이 우울하고 아주 비밀스러워서 속을 종잡을 수 없어."

"그 사람 좋아는 하고?"

"좋아하는 것 이상."

"정말이니?" 엄마는 나를 딱 보고 입을 벌렸다.

"응, 엄마."

"남자들은 실제로는 그렇게 복잡하지 않아, 아나. 아주 단순하고 말 그대로 동물들이란다. 항상 말하고 속마음하고 똑같지. 우리는 그 사람들이 한 말을 분석하느라 몇 시간 동안 낑낑대지만 실제로는 아주 뻔해. 내가 너라면 그의 말을 있는 그대로 받아들이겠다. 그러면 도움이 될 거야."

나는 입을 떡 벌렸다. 좋은 충고처럼 들렸다. 말 그대로 크리스천을 받아들인다. 즉시 그가 한 말 몇 마디가 마음속에 튀어 들었다.

'너를 잃고 싶지 않아…….'

'넌 나를 홀렸어…….'

'너는 나를 완전히 매혹했어…….'

'나도 네가 그리울 거야……. 네 생각 이상으로…….'

엄마를 쳐다보았다. 엄마는 네 번째 결혼을 했다. 어쩌면 결국은 남자에 대해 뭔가 깨닫게 되었을지도 모른다.

"대부분 남자들이 기분이 변덕스럽단다, 얘. 남들보다 유난한 사람도 있어. 가령, 네 아빠를 봐라……."

아빠를 생각하니 엄마의 눈빛이 부드러워지며 슬퍼졌다. 나는 친아빠를 한 번도 본 적 없고 신화처럼 얘기로만 들었다. 아빠는 해군으로 근무하실 때 전투 훈련을 받다가 너무 급작스럽게 우리 곁을 떠나셨다. 마음 한편으로는 엄마가 항상 아빠 같은 사람을 찾고 있었다는 생각이 들었다. ……어쩌면 밥 아저씨에게서 마침내 찾았는지도 모른다. 레이 아빠에게서는 찾지 못했다는 점이 안타까웠다.

"난 이전에 네 아빠가 변덕스러운 사람이라고 생각했었어. 하지만 지금 돌이켜보니, 그저 아빠는 일에 너무 몰두했고 그건 우리를 먹여 살리느라 그랬던 것 같다." 엄마는 한숨을 지었다. "아빠는 너무 어렸고 우리 둘 다 그랬지. 어쩌면 그게 문제였는지 몰라."

흠…… 하긴 크리스천도 그렇게 나이가 많진 않으니까. 나는 엄마를 보고 정답게 미소 지었다. 엄마는 아빠를 생각할 때면 애틋해졌지만 난 아빠가 크리스천 같은 변덕은 없었으리라 확신했다.

"밥이 오늘 저녁 외식하자더라. 골프 클럽에서."

"어머나! 밥 아저씨 골프 쳐요?"

나는 믿을 수 없어서 코웃음 쳤다.

"말해 뭣 하니." 엄마는 눈을 흘기며 못살겠다는 듯 끙 신음했다.

집으로 돌아와 가벼운 점심을 먹은 후 짐을 풀기 시작했다. 낮잠을 즐길 작정이었다. 엄마는 양초인지 뭔지를 만들겠다고 사라졌고 밥 아저씨는 출근해서 나는 잠을 좀 청할 여유 시간이 있었다. 맥을 열고 스위치를 켰다. 조지아는 오후 2시니, 시애틀은 아침 11시였다. 크리스천이 무슨 답장을 보내지 않았을까 궁금했다. 조바심치며 나는 이메일을 열었다.

보낸 사람: 크리스천 그레이

제목: 마침내!

날짜: 2011년 5월 31일 07:30

받는 사람: 아나스타샤 스틸

아나스타샤,

우리 사이에 거리가 생기자마자 그렇게 개방적으로 솔직하게 소통을 하다니 좀 화가 나는데. 같이 있을 때 그러면 어때서?

그래, 난 돈이 많지. 그 사실에 익숙해져. 어째서 내가 내 돈을 네게 좀 쓰면 안 되지? 네 아버지한테도 내가 네 남자 친구라고 말했잖아. 난 네 남자 친구야, 세상에. 남자 친구들이 그러는 거 아니야? 너의 돔으로서 내가 네게 무슨 목적으로 돈을 얼마나 쓰든 군말 없이 받아들였으면 해. 그건 그렇고, 어머니에게도 그렇게 말해.

매춘부 같은 기분이 든다는 말에는 어떻게 대답해야 할지 모르겠군. 네가 그 말을 쓴 건 아니지만 숨은 뜻이 그렇던데. 그런 기분을 지우기 위해서 무슨 말을 해야 할지, 무엇을 해야 할지 모르겠어. 그저 모든 걸 최대로 즐기라고 하고 싶어. 나는 적절하다고 생각되는 용도에 돈을 쓰기 위해서 죽도록 일하지. 네 심장의 욕망을 살 수 있다면 사고 싶어, 아나스타샤. 그러길 바라. 이런 걸 부의 재분배라고 해도 좋아. 아니면 그저 네가 묘사한 식으로는 너를 생각하지도 않고 생각할 수도 없는 것만 알아줘. 네가 자기 자신을 그런 식으로 생각하다니 화가 나는군. 넌 밝고 재치 있고 아름다운 여성이지만 자긍심이 부족하단 문제가 있어. 너를 위해 플린 박사와 예약을 잡을까 하는 마음도 들어.

널 겁준 건 미안. 네 마음속에 공포를 일으켰다는 생각을 하니 혐오감이 드는군. 내가 정말로 너를 가둬두고 여행할 거라고 생각해? 너한테 내 전용기를 타라고까지 했잖아. 그래, 그건 농담이었어. 하지만 아주 허접한 농담이었던 모양이군. 그렇지만 너를 묶고 재갈을 물린다고 생각하니 흥분한 것도 사실이야(이건 농담 아니지. 사실이니까). 상자는 빼겠어. 나한테는 별로 소용이 없으니까. 재갈은 문제가 있다는 걸 알아. 그 얘기도 했으니까. 혹여나 만에 하나 내가 너에게 재갈을 물린다면 그땐 논의하도록 하지. 돔-서브 관계에서 실제로 모든 힘을 가지고 있는 건 서브라는 건 알아차리지 못한 것 같군. 그게 바로 너야. 다시 한 번 반복하지. 모든 힘을 가지고 있는 건 네 쪽이야. 내가 아니라. 보트하우스에서 네가 싫다고 말했잖아. 네가 싫다고 하면 난 네게 손대지 못해. 그게 우리 합의 사항이지. 네가 뭘 하고 하지 않고. 이런저런 걸 시도해봤는데 네가 싫다고 하면 합의를 수정할 수 있어. 네게 달려 있지, 내가 아니라. 만약 상자 안에 묶여서 재갈이 물리는 게 싫다면 그런 일은 없어.

난 내 삶의 방식을 너와 공유하고 싶어. 무언가를 이런 식으로 강렬히 바란 건 처음이야. 솔직히 난 너에게 감탄했어. 그처럼 순진한 사람이 그렇게 기꺼이 노력하려 하다니. 이게 얼마나 내게 의미가 있는지는 너도 아마 모를 거야. 또 내가 너의 마법에 사로잡혀 있다는 걸 보지 못하는 것 같군. 이 얘기를 수없이 했는데도. 널 잃고 싶지 않아. 내가 주변에 있으면 명확히 생각할 수 없다면서 네가 며칠 동안 내게서 멀어지기 위해 5천 킬로미터 떨어진 곳으로 날아갔다는 생각만 해도 불안해. 나도 마찬가지야, 아나스타샤. 우리가 함께 있을 때면 내 이성은 날아가버려. 그게 너에 대한 내 감정의 깊이야.

너의 공포를 이해해. 나도 네게서 멀어지려고 정말로 노력했으니까. 네가 경험이 없다는 걸 알았지만 네가 얼마나 순결한지 정확히 알았다면 너를 결코 쫓지 않았을 거야. 그래도 너는 이제까지 누구도 하지 못한 방식으로 나의 경계심을 완전히 벗겨버려. 가령 네 이메일이 그렇지. 난 너의 관점을 이해하려고 하며 메일을 수없이 읽고 또 읽었어. 세 달은 임의적인 시간이야. 여섯 달, 1년으로 할 수도 있지. 넌 얼마나 오랜 기간을 원해? 어떻게 해야 편하겠어? 말해줘.

이건 네게 엄청난 발상의 전환이라는 것도 이해해. 내가 너의 신뢰를 얻어야겠지만 동시에 내가 그러지 못했을 땐 너도 내게 솔직히 터놓고 말해야 해. 넌 무척이나 강하고 자신감이 있어 보이지만 네가 여기 쓴 편지를 읽고 너의 또 다른 면을 보았지. 우리는 서로를 안내해야 해, 아나스타샤. 내 실마리는 네게서만 얻을 수 있어. 넌 내게 솔직하게 행동해야 하고, 우리는 이 협의가 제대로 이루어지도록 함께 방도를 찾아야 해.

서브미시브가 되지 않는 것에 대해 걱정하고 있지. 음, 어쩌면 그건 사실일지 몰라. 그 말을 하니 말인데 네가 서브로서 정확한 태도를 보였다고 할 수 있었던 건 오락실에 있을 때뿐이었어. 내가 네게 적절한 제어를 행할 수 있는 곳, 네가 시키는 대로 할 수 있는 곳은 그곳뿐인 것 같아. '모범적'이라는 말이 마음에 떠오르는군. 그리고 결코 나는 네가 멍들도록 때리지 않아. 분홍빛으로 달아오르게 하는 게 내 목적이지. 오락실 바깥에선 네가 내게 도전하는 게 좋아. 그러니 그래. 네가 '좀 더' 원한다고 했을 때 무슨 뜻인지 말해줘. 항상 마음을 열려고 노력하고 네가 필요한 공간을 주고 조지아에 있을 때는 멀리 떨어져 있도록 해볼게. 너의 다음 메일을 기다리겠어.

그동안은 재미있게 지내다 와. 하지만 지나치게는 말고.

크리스천 그레이

CEO, 그레이 엔터프라이즈 홀딩스, Inc.

맙소사, 그는 학창시절에 쓰던 글짓기 숙제 같은 답장을 보냈다. 게다가 대체적으로 좋잖아. 그의 서신을 다시 읽을 때 심장이 입으로 튀어오를 것 같아서 맥을 껴안다시피 하고 침대 위에 뒹굴었다. 합의를 1년으로 하자고? 내가 힘이 있다고! 이런, 그 점을 생각해봐야겠네. 그를 말 그대로 받아들여. 엄마가 한 말이지. 그는 나를 잃고 싶지 않다고 했어. 그 말을 두 번이나 했지. 이걸 제대로 이루고 싶다고도 했어. 오, 크리스천. 나도 그래요! 내게서 멀리 떨어져 있도록 해보겠다고! 그 말은 떨어져 있지 못할 수도 있다는 거잖아. 갑자기 그러길 바랐다. 그를 보고 싶었다. 헤어진 지 24시간도 되지 않았는데, 그를 앞으로 나흘이나 못 본다고 생각하니 내가 얼마나 그를 보고 싶어 하는지 깨달았다. 내가 얼마나 그를 사랑하는지.

"아나, 얘."

사랑과 지나가버린 시간의 달콤한 기억들로 가득한 부드럽고 따뜻한 목소리였다.

상냥한 손이 내 얼굴을 쓰다듬었다. 엄마가 나를 깨웠다. 나는 노트북을 껴안고 잠들어 있었다.

"아나, 귀여운 우리 딸." 엄마가 부드럽게 노래하는 목소리로 계속 말을 걸자 나는 연분홍 황혼 속에서 눈을 깜박이며 잠에서 깨어났다.

"안녕, 엄마." 나는 몸을 뻗으며 미소를 지었다.

"30분 후 저녁 먹으러 나갈 거야. 지금도 가고 싶니?" 엄마가 자상하게 물었다.

"아, 엄마, 그럼요." 나는 애써 노력했으나 하품을 재우지 못했다.

"저거 참 대단한 현대 기술의 산물이네." 엄마가 내 노트북을 가리켰다.

이거 곤란한데.

"아, 이거……?" 나는 무심코 놀란 듯 태연한 태도를 가장했다.

엄마는 알아차렸을까? 내가 '남자 친구'가 생긴 이후로 엄마는 한층 더 눈치가 빨라졌다.

"크리스천이 빌려줬어요. 이거 하나면 우주선도 조종할 수 있을 것 같아. 하지만 주로 이메일 보내고 인터넷 서핑하는 데 써."

정말, 이건 아무것도 아니야. 의심스럽다는 눈으로 엄마는 나를 쳐다보더니 침대에 앉아 삐져나온 내 머리카락을 귀 뒤로 넘겨주었다.

"그 사람이 네게 이메일을 보냈니?"

두 배로 곤란해졌군.

"그럼." 태연한 태도는 점점 잦아들었고 난 얼굴을 붉히고 말았다.

"아마 네가 보고 싶은 게로구나, 허?"

"그런가봐."

"뭐라고 썼디?"

세 배로 곤란. 그 이메일에서 엄마에게 말해도 괜찮을 만한 부분을 머릿속에서 미친 듯 찾아 헤맸다. 엄마가 돔과 결박, 재갈 같은 이야기를 듣고 싶지 않을 건 뻔하거니와 어차피 하고 싶더라도 비공개 합의서 때문에 할 수 없으니까.

"재밌게 지내다 오래요. 하지만 너무 많이는 말고."

"합리적인 얘기네. 자, 이제 엄마는 나갈 테니 준비하렴." 엄마는 몸을 앞으로 숙여 내 이마에 입을 맞췄다. "네가 여기 와줘서 엄만 엄청 좋다, 아나. 우리 딸 얼굴 보니 참 좋네." 그렇게 사랑이 가득한 말을 남기고 엄마는 떠났다.

흠, 크리스천과 합리적이라. 서로 배타적인 두 단어라고 생각했는데, 하지만 그의 이메일을 읽은 후에는 가능할 것도 같았다. 머리를 흔들었다. 그의 말을 소화할 시간이 필요했다. 어쩌면 저녁식사 후에 그제야 답장을 보낼 수 있을지도. 나는 침대에서 나와 재빨리 티셔츠와 반바지를 벗고 샤워로 향했다.

졸업식 때 입었던 케이트의 회색 홀터넥 원피스를 빌려서 왔다. 내가 가진 드레시한 옷이라고는 이뿐이었다. 더워서 좋은 점 하나는 접은 자국이 금방 보이지 않는다는 것이라 그대로 골프클럽에 입고 가도 될 것 같았다. 옷을 입는 동안 나는 노트북을 열었다. 크리스천이 새로 보낸 소식은 없었다. 실망감이 가슴을 찔렀다. 무척 급하게 나는 그에게 보낼 이메일을 쳤다.

보낸 사람: 아나스타샤 스틸

제목: 장광설?

날짜: 2011년 5월 31일 19:08 EST

받는 사람: 크리스천 그레이

그레이 님, 참으로 글을 유창하게 쓰시네요. 저는 이제 밥 아저씨의 골프 클럽으로 외식을 하러 가야 하고, 짐작하실지 모르지만 그 생각을 하며 눈을 흘기고 있어요. 하지만 귀하와 귀하의 근질거리는 손바닥은 내게서 멀리 떨어져 있으니까 제 엉덩이는 안전하겠죠. 당신 이메일 좋았어요. 할 수 있는 한 빨리 답장할게요. 벌써부터 당신이 보고 싶네요.

오후 잘 보내요.

당신의 아나

보낸 사람: 크리스천 그레이
제목: 네 엉덩이
날짜: 2011년 5월 31일 16:10
받는 사람: 아나스타샤 스틸

친애하는 스틸 양,
이 이메일의 제목에 정신이 팔렸네. 물론 안전하다고 할 수 있겠지. 지금은.
저녁 잘 먹어. 나도 네가 보고 싶어. 특히 네 엉덩이와 말대꾸 잘하는 똑똑한 입과.
내 오후는 지루할 거야. 오직 너와 네가 눈을 흘기는 모습을 생각하는 게 그나마 위안이지. 나 또한 그런 역겨운 습관을 갖고 있다고 비판적으로 지적했던 사람은 너였던 것 같은데.

눈 흘기는 습관이 있는 크리스천 그레이
CEO, 그레이 엔터프라이즈 홀딩스, Inc.

보낸 사람: 아나스타샤 스틸
제목: 눈 흘기기
날짜: 2011년 5월 31일 19:24 EST
받는 사람: 크리스천 그레이

친애하는 그레이 씨.
이메일 좀 그만 보내요. 나 저녁 먹으러 나갈 준비해야 하니까요. 당신 때문에 정신이 사납네요. 심지어 대륙 반대편에 있는 이 시점에도. 그리고 맞아요. 당신이 눈을 흘기면 누가 엉덩이를 때리죠?

당신의 아나

'보내기'를 누르자마자 즉시 그 사악한 마녀 로빈슨 부인의 이미지가 머릿속에 떠올랐다. 하지만 그 모습을 그릴 수가 없었다. 크리스천이 어머니만큼 나이 많은 여자에게 맞고 있는 모습. 너무나 어울리지 않았다. 또 한 번 나는 그 여자가 그에게 무슨 해를 끼쳤을까 궁금했다. 내 입은 엄격하게 꾹 다물어졌다. 핀을 꽂을 수 있는 저주 인형이 필요했다. 어쩌면 이 낯선 이에게 느낀 분노를 그런 식으로 분출할 수 있을지도.

보낸 사람: 크리스천 그레이
제목: 네 엉덩이
날짜: 2011년 5월 31일 16:18
받는 사람: 아나스타샤 스틸

친애하는 스틸 양,
여전히 내 제목이 네 제목보다 더 마음에 드는데. 여러 다른 면에서. 내가 나 자신의 운명의 주인이고 아무도 나를 징벌할 수 없다는 건 행운이지. 어머니와 가끔은 플린 박사, 그리고 물론 너만 빼고.

크리스천 그레이
CEO, 그레이 엔터프라이즈 홀딩스, Inc.

보낸 사람: 아나스타샤 스틸
제목: 나를…… 벌줄 건가요?
날짜: 2011년 5월 31일 19:22 EST
받는 사람: 크리스천 그레이

친애하는 선생님께,
제가 언제 감히 그레이 씨를 벌할 엄두를 냈겠습니까? 아마 저를 다른 사람과 혼동하신 것 같아요……. 이거 아주 걱정되네요. 이제 정말로 준비하러 가봐야 해요.

당신의 아나

보낸 사람: 크리스천 그레이
제목: 네 엉덩이
날짜: 2011년 5월 31일 16:25
받는 사람: 아나스타샤 스틸

친애하는 스틸 양,
글로는 항상 그러지 않나. 원피스 지퍼를 올려줄까?

크리스천 그레이
CEO, 그레이 엔터프라이즈 홀딩스, Inc.

알 수 없는 이유로 그의 말이 모니터에서 뛰어나와 내 숨을 멎게 했다. ……오, 게임을 하자 이거지.

보낸 사람: 아나스타샤 스틸
제목: 미성년자 관람불가
날짜: 2011년 5월 31일 19:28 EST
받는 사람: 크리스천 그레이

올리는 것보다는 내려주는 편이 좋아요.

보낸 사람: 크리스천 그레이
제목: 소원을 빌 땐 조심해야……
날짜: 2011년 5월 31일 16:31
받는 사람: 아나스타샤 스틸

나도 그래.

크리스천 그레이
CEO, 그레이 엔터프라이즈 홀딩스, Inc.

보낸 사람: 아나스타샤 스틸
제목: 헐떡이며
날짜: 2011년 5월 31일 19:33 EST
받는 사람: 크리스천 그레이

천천히…….

보낸 사람: 크리스천 그레이
제목: 신음하며
날짜: 2011년 5월 31일 16:35
받는 사람: 아나스타샤 스틸

내가 거기 있었으면 좋겠군.

크리스천 그레이
CEO, 그레이 엔터프라이즈 홀딩스, Inc.

보낸 사람: 아나스타샤 스틸
제목: 신음하며
날짜: 2011년 5월 31일 19:37 EST
받는 사람: 크리스천 그레이

나도 그래요.

"아나!"

엄마가 부르는 소리에 펄쩍 뛰듯 놀랐다. 세상에. 어째서 이처럼 찔리는 걸까?

"내려가, 엄마."

보낸 사람: 아나스타샤 스틸
제목: 신음하며
날짜: 2011년 5월 31일 19:29 EST

받는 사람: 크리스천 그레이

가봐야 해요.

이따가 봐요, 자기.

나는 밥 아저씨와 엄마가 기다리고 있는 현관으로 뛰어갔다. 엄마가 얼굴을 찡그렸다.

"얘, 너 몸 괜찮니? 얼굴이 약간 빨갛다."

"괜찮아, 엄마."

"그나저나 아주 예쁘구나."

"아, 이건 케이트 옷. 마음에 들어요?"

엄마의 찡그린 표정이 더욱 깊어졌다.

"어째서 케이트 옷을 입는 건데?"

아, 실수했구나.

"음, 난 이 옷을 좋아하는데, 갠 좋아하지 않으니까?" 나는 재빨리 즉석에서 지어냈다.

엄마는 날카롭게 나를 살폈고 밥은 혼쭐난 개처럼 배고픈 얼굴로 못 기다리겠다는 티를 역력히 냈다.

"내일 엄마랑 쇼핑하러 가야겠다." 엄마가 말했다.

"아, 엄마, 그럴 필요 없어요. 나 옷 많아."

"엄마가 딸한테 옷 한 벌 못 사주겠니? 가자, 밥이 굶어죽겠단다."

"지당한 말씀." 밥 아저씨는 배를 문지르며 가짜로 괴로운 표정을 지어 보였다.

아저씨가 눈을 흘겼을 때 나는 키득키득 웃었고 우리는 문 밖으로 나갔다.

그날 밤 뜨뜻미지근한 물줄기 속에서 몸을 식히면서 엄마가 얼마나 변했는지를 생각해보았다. 저녁식사에서 엄마의 모습은 편안하고 자연스러웠다. 재미있고 적당히 농지거리도 나누면서 골프 클럽의 사람들과 잘 어울렸다. 밥 아저씨는 다정하고 신경을 써주었다. ……두 사람은 서로 무척이나 잘 어울렸다. 난 정말로 엄마가 잘 지내서 기뻤다. 엄마는 소 도둑 맞고 외양간 고치는 걱정을 했었지만 이젠 그럴 필요가 없을 것 같았고 남편 3호와 있었던 어두운 날들은 다 과거지사로 치부할 수 있을 듯했다. 밥 아저씨는 보호자였다. 게다가 엄마는 내게 좋은 충고를 해주었다. 이 모든 게 언제부터 시작되었을까? 크리스천을 만난 이후로. 왜 그렇게 된 걸까?

샤워를 마친 후 크리스천과 다시 연락하고픈 마음에 좀이 쑤셔서 몸을 재빨리 말렸다. 저녁 먹으러 간 직후인 몇 시간 전, 크리스천이 보낸 메일이 나를 기다리고 있었다.

보낸 사람: 크리스천 그레이
제목: 표절
날짜: 2011년 5월 31일 16:41
받는 사람: 아나스타샤 스틸

내 대사를 훔쳤군.
게다가 내 손만 민망하게 됐잖아.

저녁 잘 먹어.

크리스천 그레이

CEO, 그레이 엔터프라이즈 홀딩스, Inc.

보낸 사람: 아나스타샤 스틸
제목: 도둑이라고 소리칠 사람이 누구더라?
날짜: 2011년 5월 31일 22:18 EST
받는 사람: 크리스천 그레이

친애하는 그레이 씨, 그 대사는 원래 엘리엇이 한 말 같습니다만.

어떻게 민망하게 됐는데요?

당신의 아나

보낸 사람: 크리스천 그레이
제목: 미완결 업무
날짜: 2011년 5월 31일 19:22
받는 사람: 아나스타샤 스틸

스틸 양,
돌아왔군. 그렇게 급하게 가버리다니. 막 재미 좀 보려던 참에.
엘리엇도 원전은 아니야. 누군가에게서 훔친 게 분명해.
저녁은 어땠어?

크리스천 그레이

CEO, 그레이 엔터프라이즈 홀딩스, Inc.

보낸 사람: 아나스타샤 스틸
제목: 미완결 업무?
날짜: 2011년 5월 31일 22:26 EST
받는 사람: 크리스천 그레이

진수성찬이었죠. 내가 얼마나 많이 먹었는지 알면 기뻐할걸요.

재미있어지려고 했다고요? 어떻게?

보낸 사람: 크리스천 그레이
제목: 미완결 업무-분명히
날짜: 2011년 5월 31일 19:30
받는 사람: 아나스타샤 스틸

일부러 비만이 되려는 건 아니지? 막 나한테 지퍼 내려달라고 부탁했던 것 같은데.

그러기를 기다리고 있었단 말이야. 하지만 네가 많이 먹었다니 기쁘군.

크리스천 그레이
CEO, 그레이 엔터프라이즈 홀딩스, Inc.

보낸 사람: 아나스타샤 스틸
제목: 뭐…… 항상 주말은 있으니까요.
날짜: 2011년 5월 31일 22:36 EST
받는 사람: 크리스천 그레이

물론 많이 먹었죠……. 당신과 같이 있을 때는 불안하니까 입맛이 없는 거예요.

게다가 난 절대로 눈치 없이 비만이 되진 않을 거예요, 그레이 씨.

분명 당신도 지금은 그 정도는 알아냈겠지요. ;)

보낸 사람: 크리스천 그레이
제목: 못 기다리겠어
날짜: 2011년 5월 31일 19:40
받는 사람: 아나스타샤 스틸

그거 기억해두지, 스틸 양. 의심할 바 없이 그 지식을 내게 유리하게 쓰겠어.

나 때문에 입맛이 없었다니 미안한걸. 내가 당신에게 다음(多淫) 효과를 일으킨 줄 알았지 뭐야. 내 경험은 그랬거든. 가장 쾌감을 많이 주기도 했고.

다음번을 무척이나 고대하겠어.

크리스천 그레이

CEO, 그레이 엔터프라이즈 홀딩스, Inc.

보낸 사람: 아나스타샤 스틸
제목: 체조 언어학
날짜: 2011년 5월 31일 22:36 EST
받는 사람: 크리스천 그레이

또 동의어 사전 가지고 놀고 있어요?

보낸 사람: 크리스천 그레이
제목: 들켰는데
날짜: 2011년 5월 31일 19:40
받는 사람: 아나스타샤 스틸

나를 매우 잘 아는군, 스틸 양.
이제 옛 친구와 저녁 약속이 있으니 차 몰고 가봐야 해.
이따가 봐, 자기©.

크리스천 그레이
CEO, 그레이 엔터프라이즈 홀딩스, Inc.

무슨 옛날 친구? 크리스천에게 옛 친구가 있으리라는 생각도 못해봤다. 다만…… 그 여자를 빼고는. 나는 모니터를 보고 얼굴을 찡그렸다. 어째서 아직도 그 여자를 만나는 걸까? 몸이 활활 타는 듯하고 불쾌한 신물이 올라오는 질투가 예기치 않게 내 몸을 흘렀다. 무언가 때려주고 싶었다. 가능하다면 로빈슨 부인을. 성질을 부리며 노트북을 끄고 침대로 들어갔다.

새벽에 그의 긴 이메일에 답장을 쓰려고 했지만 갑자기 너무 화가 났다. 어째서 크리스천은 그 여자의 본질을 파악하지 못하는 걸까? 아동 성추행범이나 다름없는데? 나는 불을 끄고 씩씩 거리며 어둠 속을 바라보았다. 어떻게 그럴 수 있지? 어떻게 연약한 청소년을 고를 수 있느냐고? 아직도 그런 짓을 하는 걸까? 어째서 멈추지 않는 걸까? 여러 시나리오가 나의 마음속을 파고 들어왔다. 그가 만약 충분히 할 만큼 했다면 어째서 아직도 그 여자와 친구로 지내는 걸까? 그 여자도 그래. 결혼했나? 이혼? 이런, 혹시 자기 자식도 있는 거 아냐? 크리스천의 아기가 있었을까? 내 잠재의식이 추한 머리를 쳐들며 코웃음 쳤다. 나는 충격을 받고 그 생각에 구역질까지 났다. 플린 박사도 그 여자에 대해 알고 있을까?

침대에서 빠져나와 멋들어진 기계를 다시 켰다. 임무가 있었다. 초조하게 손가락을 탁탁 두드리며 파란 화면이 뜨기를 기다렸다. 구글 이미지가 뜨자 크리스천 그레이를 검색창에 넣었다. 화면에는 갑자기 크리스천의 이미지가 흩어졌다. 검은 넥타이, 정장을 입은 모습. 어머, 히스먼 호텔에서 호세가 찍은 사진도 있네. 하얀 셔츠와 플란넬 바지를 입은 모습. 이 사진을 어떻게 인터넷에 올렸담? 세상에, 정말 멋졌다.

재빨리 움직였다. 사업 상대들과 있는 사진, 내가 친밀하게 알고 지내는 이들 중에서 가장 사진이 잘 받는 남자의 찬란한 사진들이 줄줄이 이어졌다. 친밀해? 내가 크리스천을 친밀히 알고 있던가? 성적으로 알긴 하지만, 알아낼 건 훨씬 더 많았다. 그가 변덕스럽고 까다로우며 재미있고 냉정하고 따뜻하다는 건 알았다. ……이런, 이 남자는 걸어 다니는 모순덩어리야. 다음 장을 클릭했다. 이 모든 사진들에 그 혼자만 나와 있었다. 그가 데이트 상대와 함께 공식석상에 나타난 걸 본 적 없다는 케이트의 말이 떠올랐다. 그때 세 번째 장에 내가 그와 함께 졸업식에서 찍은 사진이 나와 있었다. 여자와 함께 찍은 유일한 사진, 그게 나였다.

세상에! 내가 구글에 뜨다니! 나는 우리 둘을 쳐다보았다. 나는 카메라 때문에 놀라고 긴장했으며 허를 찔린 듯했다. 내가 합의하기 바로 직전이었지. 크리스천 쪽에서 보면 그는 불가능할 정도로 잘생겼고 침착했으며 차분했다. 그리고 그 넥타이를 매고 있었다. 나는 그를 바라보았다. 그렇게 아름다운 얼굴, 이제 그 빌어먹을 로빈슨 부인을 바라보고 있을 아름다운 얼굴. 그 사진을 즐겨찾기에 저장하고 검색결과로 나온 나머지 열여덟 페이지를 다 클릭했다. 아무것도 없었다. 구글에서 로빈슨 부인을 찾을 순 없었다. 하지만 그가 그 여자와 있는지는 알아내야 했다. 재빨리 크리스천에게 보낼 이메일을 썼다.

보낸 사람: 아나스타샤 스틸

제목: 적당한 저녁식사 친구

날짜: 2011년 5월 31일 23:58 EST

받는 사람: 크리스천 그레이

당신과 친구가 아주 유쾌한 저녁식사를 했길 바라요.

아나

추신: 상대는 로빈슨 부인이었나요?

나는 '보내기'를 누르고 크리스천에게 그 여자와의 관계를 물어보겠다고 결심하며 의기소침하게 다시 침대에 들었다. 마음 한편은 더 알고 싶어서 필사적이었지만 다른 한편으로는 그가 그런 말을 했다는 것조차 잊어버리고 싶었다. 게다가 달거리를 시작해서 아침에는 약을 먹어야 한다는 것을 기억했다. 나는 재빨리 블랙베리의 달력 알람을 맞췄다. 전화를 침대 옆 탁자에 놓아두고 자리에 누워 마침내 불편한 잠 속으로 빠져들었다. 우리가 4천 킬로미터 떨어진 곳이 아니라 같은 도시 안에 있기를 바라면서.

아침엔 쇼핑, 오후에는 해변에서 시간을 보낸 후 엄마는 이제 저녁에는 술집에 가야 한다고 선언했다. 밥 아저씨는 텔레비전을 보게 내버려두고 우리는 서배너에서 가장 화려한 특급 호텔에 있는 고급 술집에 갔다. 나는 코스모폴리탄을 두 잔째 마셨고 엄마는 세 잔째였다. 엄마는 연약한 남자의 자존심에 대한 통찰력을 더 전해주었다. 사람 아주 심란하게 만드는 이야기였다.

"봐라, 아나. 남자들은 여자들의 입에서 나오는 건 모두 풀어야 할 수수께끼라고 생각해. 우리는 그저 모호한 이야기를 꺼내서 잠시 이야기하다가 잊어버리고 싶을 뿐인데. 남자들은 행동을 더 선호하지."

"엄마, 어째서 나한테 이런 말을 하는 건데?"

나는 짜증을 감추지 못하면서 물었다. 엄마는 온종일 이런 식이었다.

"얘, 너 아주 갈피를 못 잡는 것처럼 보여서 그래. 너 이제까지 남자 친구를 한 번도 집에 데려온 적 없잖니. 라스베이거스에 살 때는 남자 친구 한 명 없었고. 나는 너랑 대학에서 만났다는 개랑 무슨 관계가 될지도 모른다고 생각했는데, 호세 말이야."

"엄마, 호세는 그냥 친구예요."

"엄마도 알아. 하지만 무슨 일이 있는데, 네가 엄마에게 솔직히 다 털어놓은 것 같지 않구나."

엄마는 모성애적인 근심이 아로새겨진 얼굴로 나를 쳐다보았다.

"그저 생각 좀 정리하려고 크리스천과 거리를 두려고 하는 거예요……. 그게 다야. 그 사람 나한텐 너무 벅차."

"벅차다고?"

"그래. 그래도 그 사람이 보고 싶어." 나는 얼굴을 찡그렸다.

온종일 크리스천에게는 아무런 연락이 없었다. 이메일도 없었다. 그가 괜찮은지 알고 싶어서 전화하고 싶은 마음이 간절했다. 가장 두려운 건 그가 교통사고를 당하지나 않았나 하는 것이었다. 두 번째로 두려운 건 로빈슨 부인의 마수에 그가 잡히지나 않았나 하는 것이었다. 말도 안 되는 생각인 건 알지만 로빈슨 부인이 관련되어 있는 한, 나는 분별력을 다 잃어버린 듯했다.

"얘, 나 화장실 좀 다녀올게."

엄마가 잠깐 자리를 비운 새 다시 한 번 블랙베리를 확인했다. 종일 몰래 메일을 확인했었다. 마침내, 크리스천으로부터 답장이 왔다!

보낸 사람: 크리스천 그레이

제목: 저녁식사 친구

날짜: 2011년 6월 1일 21:40 EST

받는 사람: 아나스타샤 스틸

그래, 로빈슨 부인과 저녁 같이 했어. 그 여잔 그냥 옛날 친구야, 아나스타샤.

널 다시 만나길 기대하고 있어. 네가 그리워.

크리스천 그레이
CEO, 그레이 엔터프라이즈 홀딩스, Inc.

그 여자랑 저녁식사를 했구나. 아드레날린과 분노가 온몸을 질주하면서 정수리가 따끔거렸다. 최악의 두려움이 현실로 드러났다. 어떻게 그럴 수가 있어? 이틀 떨어졌을 뿐인데, 그는 그 사악한 계집에게로 달려가버렸다.

보낸 사람: 아나스타샤 스틸
제목: **옛날** 저녁식사 친구
날짜: 2011년 6월 1일 21:42 EST
받는 사람: 크리스천 그레이

그 여자는 그냥 옛날 친구가 아니잖아요.
자기 손아귀에 움켜쥘 십 대 소년 못 찾았대요?
당신은 그 여자 상대가 되기에 너무 늙지 않았어요?
그래서 두 사람 관계가 끝난 것 아닌가요?

내가 '보내기'를 눌렀을 때 엄마가 돌아왔다.
"아나, 얼굴이 왜 이리 창백하니. 무슨 일 있었어?"
나는 고개를 저었다.

"아무 일 없어요. 술이나 한 잔 더 마시자." 나는 고집스럽게 중얼거렸다.

엄마는 눈살을 찌푸렸지만 고개를 들어 웨이터의 관심을 끈 뒤 우리 잔을 가리켰다. 웨이터는 고개를 끄덕였다. 그는 '또 한 잔씩 줘요'라는 보편 언어를 제대로 이해했다. 엄마가 그러고 있을 때, 나는 블랙베리를 재빨리 확인했다.

보낸 사람: 크리스천 그레이
제목: 조심해……
날짜: 2011년 6월 1일 21 : 45 EST
받는 사람: 아나스타샤 스틸

이메일로 너랑 의논하고 싶은 주제는 아닌데.
대체 코스모폴리탄을 몇 잔이나 마시려는 거야?

크리스천 그레이
CEO, 그레이 엔터프라이즈 홀딩스, Inc.

세상에, 그가 여기 있었다.

23

불안하게 술집 안을 두리번거렸지만 그의 모습은 보이지 않았다.

"아나, 무슨 일이야? 마치 유령이라도 본 사람 같은 얼굴을 하고."

"크리스천요. 여기 와 있어요."

"뭐, 정말?" 엄마도 주위를 두리번거렸다.

크리스천의 스토커 경향을 엄마에게는 말하지 않았다.

그가 보였다. 내 쪽으로 걸어올 때 심장이 덜커덩 튀어서 들쑥날쑥 뛰기 시작했다. 그가 정말로 여길 왔어. 나를 위해서. 내 안의 여신은 긴 의자에 누워 있다가 벌떡 일어나 환호했다. 군중을 부드럽게 뚫고 오는 그의 머리카락은 반들반들한 구릿빛이었고 할로겐 조명 아래서 빨갛게 빛났다. 그의 환한 회색 눈은 반짝였다. 무엇 때문에? 분노? 긴장? 그의 입은 무시무시하게 꾹 다물어졌고 턱은 긴장되었다. 아, 어떡하지…… 안 돼. 지금 그에게 무척이나 화가 나 있었는데 여기 그가 나타났다. 엄마 앞에서 어떻게 화를 낸담?

그는 우리 자리에 다가오자 나를 신중하게 살폈다. 그는 여느 때처럼 하얀 리넨 셔츠와 청바지 차림이었다.

"안녕." 나는 기어들어가는 소리로 인사했다. 살아 있는 그의 모습을 보자 충격과 경악을 감출 수 없었다.
"크리스천, 이쪽은 우리 엄마, 칼라."
몸에 밴 예절이 그래도 앞섰다.
그는 몸을 돌려 엄마에게 인사했다.
"애덤스 부인, 만나 뵙게 되어 반갑습니다."
어떻게 엄마 이름을 아는 거지? 그는 크리스천 그레이 특허의 심장을 멎게 하는 단호한 미소를 활짝 지어 보였다. 엄마는 턱이 거의 탁자에 닿을 정도로 입을 떡 벌렸다. 엄마, 정신 좀 차려요. 엄마는 그가 내민 손을 잡고 악수를 했다. 아무런 대답도 하지 못했다. 오, 완전히 얼이 빠져 말문이 막히는 것은 유전이었구나. 전혀 알지 못했다.
"크리스천." 엄마는 간신히 숨도 못 쉬고 말했다.
그는 다 안다는 듯 회색 눈을 반짝이며 엄마에게 미소를 지었다. 나는 눈을 가늘게 뜨고 두 사람을 쳐다보았다.
"여기서 뭐 해요?"
내 질문은 의도보다 더 연약하게 들렸다. 그의 미소는 이제 사라졌고 표정은 조심스러웠다. 그를 봐서 짜릿했지만 완전히 허를 찔렸고 로빈슨 부인이 아직도 내 혈관에서 서서히 끓고 있었다. 그에게 소리를 지르고 싶은지 그의 품에 안기고 싶은지 알 수가 없었다. 하지만 그가 좋아할지도 알 수가 없었다. 얼마나 오래 우리를 보고 있었는지도 알고 싶었다. 방금 보낸 이메일 때문에 약간 걱정스러웠다.
"물론 널 보러 왔지."
그는 무감하게 나를 내려다보았다. 오, 대체 무슨 생각이람.
"나 이 호텔에 묵고 있거든."

"여기 묵어요?" 암페타민을 복용한 2학년생 같은 말투였다. 내가 듣기에도 고음의 새된 목소리.

"그래, 어제 내가 여기 왔으면 좋겠다면서."

그가 말을 멈추고 내 반응을 살폈다.

"우리 목적은 서로를 기쁘게 해주는 거잖아, 스틸 양." 그의 목소리는 웃음기란 없이 조용했다.

어떡하지, 화났나? 어쩌면 로빈슨 부인에 대한 말 때문에? 아니면 내가 코스모폴리탄을 세 잔째 마시고 곧 네 잔째 마실 거기 때문에? 엄마는 걱정스레 우리 두 사람을 쳐다보았다.

"우리랑 같이 한 잔 마시면 어때요, 크리스천?"

엄마는 웨이터에게 손을 흔들었고, 웨이터는 즉시 모습을 나타냈다.

"진토닉으로 하겠습니다." 크리스천이 말했다. "만약 있으면 헨드릭스나 봄베이 사파이어로. 헨드릭스에는 오이를, 봄베이에는 라임을 같이 넣어줘요."

맙소사…… 오직 세상에서 크리스천만이 술을 주문하면서 식사를 주문하듯이 하겠지.

"코스모 두 잔 더 부탁해요." 나는 크리스천을 걱정스럽게 보면서 덧붙였다. 엄마랑 마시는데, 뭐 화낼 일이 있겠어.

"의자 이리로 끌고 와요, 크리스천."

"고맙습니다, 애덤스 부인."

크리스천은 근처 의자를 끌어와 우아하게 내 옆에 앉았다.

"그래, 어쩌다가 우리가 술을 마시는 호텔에 묵게 됐어요?" 나는 애써 가벼운 어조로 물어보려 무진장 애를 썼다.

"아니면 내가 묵는 호텔에서 어쩌다 네가 술을 마시게 되었을까." 크리스천이 대꾸했다. "막 저녁을 마치고 여기 들어왔는데

널 본 거야. 네가 마지막으로 보낸 이메일 생각하느라 정신이 산란했는데 고개를 들어보니 네가 있더군. 정말 대단한 우연이지, 어?"

그는 머리를 한쪽으로 기울였고 나는 희미한 미소를 보았다. 다행이네, 어쩌면 이 저녁을 망치지 않을 수 있을지도.

"엄마와 난 아침에는 쇼핑하고 저녁에는 해변에 갔어요. 오늘 저녁에는 칵테일 몇 잔 하기로 했죠."

나는 그에게 설명할 부담을 느끼면서 재살냈다.

"그 윗옷 산 거야?" 그는 내가 입고 있는 새로 산 녹색 실크 캐미솔 탑을 고개로 가리켰다. "색깔이 잘 어울리네. 햇볕에 좀 그을리기도 했고. 아주 예뻐."

그의 칭찬에 말문이 막혀 얼굴이 붉어졌다.

"그래서 내일 널 찾아가려고 했는데, 네가 여기 있으니."

그는 손을 뻗어 내 손을 잡고 살짝 쥐면서 엄지손가락으로 내 주먹 관절을 앞뒤로 쓸었다. ……난 익숙한 당김을 느꼈다. 그가 부드럽게 누르고 있는 피부 아래 전류가 짜릿짜릿 흐르며 내 핏속으로 들어가 온몸을 콩닥콩닥 돌아다니고 가는 길에 있는 모든 것을 덥혔다. 그를 본 지도 이틀이 지났다. 아, 그를 원했다. 숨이 가빠졌다. 나는 수줍게 웃으며 미소 지었고 그의 입술에 어린 미소를 보았다.

"널 놀래주려고 했는데. 하지만 여느 때처럼 네가 나를 놀라게 했어, 아나스타샤. 여기 있다니."

나는 엄마를 힐끔 쳐다보았다. 엄마는 크리스천을 빤히 쳐다보고 있었다. 그래, 빤히! 그만둬요, 엄마. 그가 무슨 이국적 동물이나 되는 양, 이전에 한 번도 본 적 없는 양. 내가 이전에 한 번도 남자 친구가 없었고, 굳이 편하게 말하자면 크리스천을 그렇게 부를 수 있겠지만 남자가 내게 반했다는 게 그렇게 믿을 수 없는 일일까? 이 남자를? 솔직히 말하면 그렇지. 저 남자를 봐! 내 잠재의식이 딱딱거렸다. 아, 입 닥쳐. 누가 너보고 끼어들래? 나는 엄마를 보고 얼굴을 찌푸렸지만 엄마는 눈치채지 못하는 듯했다.

"어머니와 함께 있는 시간을 방해하고 싶진 않아. 빨리 한 잔 마시고 물러가도록 하지. 할 일도 있으니까." 그가 진솔하게 말했다.

"크리스천, 마침내 이렇게 만나다니 참 반갑네요." 엄마가 드디어 목소리를 찾고 끼어들었다. "아나가 크리스천 얘기를 어찌나 정답게 하던지."

그는 엄마를 보고 미소를 지었다. "정말입니까?" 그는 나를 보고 한쪽 눈썹을 치키더니 재미있다는 표정을 지었다. 나는 다시 얼굴을 붉혔다.

웨이터가 우리 술을 대령했다.

"헨드릭스입니다, 손님." 그는 의기양양하게 내려놓았다.

"고마워요." 크리스천은 확인 차 대꾸했다.

나는 막 나온 코스모폴리탄을 불안하게 홀짝였다.

"조지아엔 얼마나 있을 건가요, 크리스천?" 엄마가 물었다.

"금요일까지 있을 겁니다, 애덤스 부인."

"내일 저녁 우리와 같이 식사할래요? 그리고 부탁인데, 칼라라고 불러요."

"기꺼이 하겠습니다, 칼라."

"잘 됐네요. 그럼 두 사람에겐 실례지만 나는 화장실 좀 가야겠네."

엄마…… 막 갔다 왔잖아요. 나는 필사적으로 엄마를 쳐다보았지만 엄마는 우리 둘만 남겨놓고 일어서 가버렸다.

"그래, 내가 옛 친구와 저녁식사했다고 나한테 화난 거야?"

크리스천은 불 같으면서도 조심스러운 눈길을 내게 돌리더니 내 손을 입술에 대고 관절마다 부드럽게 키스했다.

이런, 지금 이러고 싶을까?

"그래요." 달아오른 피가 내 몸을 흘러갔다.

"우리의 성적 관계는 오래전에 끝났어, 아나스타샤." 그는 속삭였다. "나는 너 말고 다른 사람은 원하지 않아. 아직 그것도 몰라?"

나는 그를 보고 눈을 깜박였다. "내 생각에 그 여자는 아동 성추행범이에요, 크리스천." 나는 숨을 죽이고 그의 반응을 기다렸다.

크리스천의 얼굴이 창백해졌다. "그건 아주 비판적인 말인데. 그렇지 않았어." 그는 충격 받아 속삭였다. 그러면서 내 손을 놓았다.

비판적이라고?

"아, 그럼 어땠나요?" 나는 물었다. 코스모폴리탄을 들이켠 덕분에 용감해졌다.

그는 나를 보고 당황스러운지 얼굴을 찡그렸다. 나는 말을 이었다.

"연약한 열다섯 살 소년을 이용했잖아요. 만약 당신이 열다섯 살 소녀였고 로빈슨 부인이 남자로 당신을 꾀어 BDSM으로 끌어들였다면 그거 괜찮아요? 그게 당신 여동생 미아라도?"

그는 헉 숨을 들이켜며 나를 보고 얼굴을 찡그렸다. "아냐, 그런 게 아냐."

나는 그를 쏘아보았다.

"좋아, 내게는 그런 느낌이 아니었어." 그가 조용히 말을 이었다. "그 여자는 영원한 힘이었어. 내가 필요한 것이었지."

"무슨 말인지 모르겠어요." 이제 당황한 표정을 지을 사람은 내 쪽이었다.

"아나스타샤, 네 어머니가 곧 돌아오실 거야. 이 얘기를 지금 하는 건 편하지 않군. 나중에 하자. 내가 여기 있는 게 싫으면 힐튼 헤드 공항에 비행기를 대기시켜뒀어. 그냥 가도 돼."

나한테 화가 났구나……. 안 돼.

"아니, 가지 마요. 제발. 당신이 여기 있어서 얼마나 들떴는데. 나는 그저 당신을 이해시키고 싶었을 뿐이에요. 내가 떠나자마자 당신이 그 여자와 식사를 한다는 게 화가 났어요. 내가 호세 근처만 가도 당신이 어떻게 했는지 생각해봐요. 호세는 좋은 친구예요. 걔하고 성적 관계를 맺은 적도 없고. 반면 당신과 그 여자는……."

나는 더 이상 생각을 밀고 나가고 싶지 않아 말꼬리를 흐렸다.

"질투해?"

그가 기가 막힌 듯 나를 쳐다보았다. 눈빛은 약간 부드러워지고 따뜻해졌다.

"그래요, 그리고 그 여자가 당신에게 한 짓 때문에 화가 났어요."

"아나스타샤, 그 사람은 나를 도왔어. 그에 대해 내가 할 수 있는 말은 그뿐이야. 당신 질투에 대해서는 입장 바꿔봐. 나는 지난 7년간 누구한테도 내 행동을 정당화할 필요가 없었어. 한 사람에게도. 난 내가 바라는 대로 하지, 아나스타샤. 난 나의 자율성을 좋아해. 네 기분을 망치려고 로빈슨 부인을 만나러 간 게 아냐. 이따금씩 우리가 저녁식사를 같이 하기 때문이지. 부인은 친구이고 사업 파트너야."

사업 파트너? 웃기시네. 몰랐던 얘긴데.

그는 내 표정을 살피면서 나를 쳐다보았다.

"그래, 우린 사업 파트너야. 우리 사이의 섹스는 끝났어. 몇 년 된 이야기고."

"어째서 관계가 끝났나요?"

그는 입을 오므리고 눈을 빛냈다. "남편이 알았거든."

맙소사!

"다른 때 얘기하면 안 돼? 좀 더 사적인 장소에서?" 그가 으르렁댔다.

"그 여자가 소아애호증 환자가 아니라는 걸 내게 아무리 말해봤자 소용없을 것 같은데요."

"난 그 사람을 그런 식으로 생각해본 적 없어. 한 번도. 자, 이젠 충분해!" 그가 딱 잘랐다.

"그 여자 사랑했어요?"

"두 사람 알콩달콩 잘 있었어?" 엄마가 우리 둘 다 보지 못한 새 돌아왔다.

나는 거짓 미소를 얼굴에 갖다 붙였고 크리스천과 나 둘 다 뜨끔해서 황급히 뒤로 기대앉았다. 엄마는 나를 쳐다보았다.

"잘 있었지."

크리스천은 신중한 표정으로 나를 뚫어져라 쳐다보며 술을 들이켰다. 무슨 생각을 하고 있을까, 그 여자를 사랑했을까? 그가 만약 그랬다면 이번에는 내가 지게 될 터였다. 그것도 크게.

"자, 숙녀분들. 그러면 저는 두 분이 저녁을 즐기시도록 물러가도록 하겠습니다."

안 돼…… 안 돼……. 이렇게 얘기를 하다 말고 갈 순 없어.

"부디 제 이름으로 걸고 마음껏 드시지요. 방 번호 612호실입니다. 내일 아침 전화하지, 아나스타샤. 내일 뵙지요, 칼라."

"아, 누가 너의 이름을 제대로 부르는 걸 들으니 좋네."

"아름다운 아가씨에게 어울리는 아름다운 이름이죠." 크리스천이 낮은 소리로 말하더니 엄마가 내민 손을 잡고 악수했다. 엄마는 거의 백치 웃음을 띠었다.

아, 엄마. 브루터스, 너마저? 나는 일어서며 눈빛으로 내 질문에 답변해달라고 간청했지만 그는 얌전하게 내 뺨에 키스를 했을 뿐이었다.

"이따가 봐, 자기." 그는 내 귀에 대고 속삭였다. 그런 후에 가버렸다.

못돼먹은 통제광 자식. 분노가 전력으로 돌아왔다. 나는 의자에 풀썩 주저앉아 엄마를 보았다.

"그래, 이 엄마 훅 불기만 해도 넘어가겠다, 아나. 네 남자 친구 정말 월척이네. 하지만 너희 둘 사이에 무슨 일이 있는지 모르겠구나. 서로 얘기를 해봐야 할 것 같은데. 휴, 여기 풀지 못한 성적 긴장감이 가득해서 대체 참을 수가 없어." 엄마는 연극적으로 얼굴에 부채질하는 시늉을 했다.

"엄마!"

"가서 그 사람이랑 얘기하고 와."

"됐어. 여긴 엄마 보러 온 거잖아."

"아나, 네가 여기 온 건 저 남자 때문에 갈피를 못 잡아서잖아. 너희 두 사람이 서로에게 미쳐 있는 게 뻔히 보인다. 얘기를 해야 해. 널 보러 5천 킬로미터나 날아왔잖니. 너도 비행이 얼마나 힘든지 잘 알 거 아냐."

난 얼굴을 붉혔다. 엄마에겐 그가 개인 전용기가 있다는 말은 하지 않았다.

"뭐?" 엄마가 캐물었다.

"저 사람, 자기 비행기가 있어." 나는 당황해서 중얼거렸다. "게다가 4천 킬로미터밖에 안 돼, 엄마."

어째서 난 부끄러워하는 걸까? 엄마 눈썹이 위로 솟구쳤다.

"와." 엄마가 말했다. "아나, 너희 두 사람 사이에 무슨 일 있지? 네가 여기 온 이후로 엄마는 짐작하려고 해봤는데 말이야. 하지만 문제가 뭔진 몰라도 그걸 해결할 유일한 방법은 그 사람이랑 얘기를 끝내는 거야. 생각이야 자기 마음대로 뭐든 할 수 있겠지. 하지만 실제로 얘기하기 전까진 아무 소용없어."

나는 엄마를 보고 얼굴을 찡그렸다.

"아나, 얘. 넌 항상 모든 걸 지나치게 분석하려는 경향이 있더라. 배짱 좋게 맞서. 그러면 뭐가 보이니?"

나는 손가락을 내려다보았다.

"난 그 사람이랑 사랑에 빠졌나봐요, 엄마." 나는 나직이 대답했다.

"나도 그건 알지, 딸. 그 사람도 마찬가지야."

"아니에요!"

"그래, 아나. 얘도 참. 대체 뭐가 필요해? 그 사람이 이마에 네온사인이라도 달아줬으면 좋겠니?"

나는 입을 벌리고 엄마를 보았다. 눈물이 눈가에 고였다.

"아나, 우리 딸. 울지 마."

"그 사람이 나를 사랑하는 것 같지 않아."

"사람이 얼마나 부자든 간에 만사 제쳐놓고 개인 비행기를 타고 대륙을 횡단해서 단지 오후에 차나 마시려고 여기 왔겠니? 그 사람에게 가봐. 여긴 정말 아름다운 장소잖아. 아주 낭만적이고. 게다가 중립지대잖아."

나는 엄마의 시선 아래서 꿈지럭거렸다. 가고 싶었지만 가고 싶지 않기도 했다.

"애, 나랑 꼭 같이 집에 가야 한다는 생각은 버려. 이 엄마는 우리 딸이 행복해졌으면 좋겠다. 지금 당장의 네 행복으로 향하는 열쇠는 위층 612호에 있는 것 같다. 만약 나중에라도 집에 올 거면 앞 포치의 유칼립투스 화분 아래 열쇠 놔둘게. 여기 계속…… 너도 이제 다 큰 성인이니까. 그저 안전하게만 해."

나는 미국 성조기처럼 새빨개졌다. 엄마도 참.

"시킨 코스모폴리탄부터 다 마시고요."

"그래야 내 딸이지, 아나." 엄마가 생긋 웃었다.

소심하게 612호의 문을 두드리고 기다렸다. 크리스천이 문을 열었다. 그는 휴대전화로 통화 중이었다. 그는 깜짝 놀라 나를 보고 눈만 깜박이더니 문을 활짝 열며 안으로 들어오라고 내게 손짓했다.

"해고 위로금은 다 결정했어? ……그럼 비용은?" 크리스천은 잇새로 휘파람을 불었다. "제기랄, 그것참 비싼 실수인데……. 루카스는?"

나는 방 안을 둘러보았다. 그는 히스먼에서처럼 스위트룸에 묵고 있었다. 이쪽의 가구는 초현대식이자 아주 최신식이었다. 눈에 거슬리지 않게 색을 죽인 진자주색과 황금색으로 장식되어 있었고 벽에는 청동색 별 모양의 장식이 붙어 있었다. 크리스천이 진한 나무 벽장문을 열자 그 안에서 미니바가 나왔다. 그는 손짓으로 마음껏 골라 먹으라고 가리키고는 침실로 들어갔다. 내게 더 이상 대화를 들려주고 싶지 않아서라는 생각이 들었다. 나는 어깨를 으쓱했다. 지난번 내가 서재에 들어갔을 땐 통화를 멈추지 않았다. 물이 흐르는 소리가 들렸다……. 그는 욕조에 물을 받고 있었다. 나는 오렌지 주스를 골랐다. 그가 다시 방으로 천천히 걸어왔다.

"안드레아가 개요도를 보냈어. 바니 말로는 문제를 풀었다고 하던데……." 크리스천이 웃었다. "아니, 금요일. ……여기 내가 관심이 있는 땅이 좀 있어서. ……아, 빌에게 전화를 하라고 해. ……아니, 내일. ……우리가 이사를 한다면 조지아 주에서 뭘 제공할 수 있는지 알아보고 싶어서."

크리스천은 내게서 눈을 떼지 않았다. 내게 잔을 건네면서 그는 얼음 버킷을 가리켰다.

"만약 장려 조건이 충분히 매력적이면……. 아니 생각해봐야 할 것 같아. 물론 여기는 사람 죽이게 더워서 확실하지는 않지만……. 내 생각도 마찬가지야, 디트로이트도 이점이 있지. 더 시원하고……." 그의 얼굴이 순간 어두워졌다. 왜? "빌에게 전화하라고 하지. 내일…… 너무 일찍은 말고." 그는 전화를 끊고 나를 보았다. 여전히 읽을 수 없는 얼굴이었다. 우리 사이에 침묵이 뻗어나갔다.

좋아…… 내가 말할 차례네.

"내 질문에 대답하지 않았잖아요." 내가 작은 목소리로 말했다.

"그래, 안 했지." 그는 조용히 말했다. 회색 눈은 더 커졌고 조심스러웠다.

"그래, 질문에 대답하지 않았어인가요, 아니면 그래, 사랑하지 않았어인가요?"

그가 팔짱을 끼고 벽에 기댔다. 작은 미소가 그의 입술에 감돌았다.

"여기서 뭐 하는 거야, 아나스타샤?"

"방금 말했잖아요."

그가 심호흡을 했다.

"아니, 사랑하지 않았어."

그는 나를 보고 얼굴을 찡그렸다. 재미있지만 당혹스럽다는 얼굴이었다.

내가 숨을 죽이고 있었다니 믿을 수 없었다. 숨을 내뱉자 낡은 자루처럼 축 늘어졌다. 뭐, 그건 다행이야. 그가 정말로 그 마녀를 사랑했다고 하면 어떤 기분이었을까?

"넌 정말 초록 눈을 가진 질투의 여신이군, 아나스타샤. 누가 그런 생각을 하겠어?"

"나를 지금 놀리는 건가요, 그레이 씨?"

"어찌 내가 감히." 그는 엄숙하게 고개를 저었지만 눈에는 짓궂은 장난기가 감돌았다.

"아, 그러고도 남죠. 평소에도 그러잖아요. 아주 자주."

그가 이전에 한 말을 그대로 돌려주자 그는 씩 웃었지만 눈은 어두워졌다.

"제발 입술 그만 좀 깨물어. 넌 내 방에 있고, 난 거의 사흘 동안 너를 보지도 못하다가 널 보려고 먼 길을 날아왔다고." 그의 어조는 부드럽고 관능적으로 바뀌었다.

그의 블랙베리가 울려서 우리 두 사람 모두 주의가 흐트러졌다. 그는 누군지 보지도 않고 전화를 꺼버렸다. 내 숨결이 가빠졌다. 난 이 일의 끝이 어떻게 될지 알았다. 하지만 우리는 얘기를 해야 해. 그는 섹시한 야수 같은 표정을 하고 내게로 다가왔다.

"난 널 원해, 아나스타샤. 이제. 그리고 너도 날 원하지. 그래서 여기 온 거고."

"난 정말 알고 싶었어요." 나는 방어하듯 속삭였다.

"뭐, 이제 알았으니 있을 거야, 갈 거야?"

그가 내 앞에 서자 나는 얼굴을 붉혔다.

"있을 거예요." 나는 걱정스레 올려다보며 중얼거렸다.

"아, 그러길 바라지." 그는 나를 내려다보았다. "넌 내게 무척 화가 나 있었잖아." 그가 낮은 소리로 말했다.

"네."

"우리 가족 말고는 누구도 내게 그렇게 화낸 기억이 없어. 하지만 그게 좋은데."

그는 손가락 끝으로 내 뺨을 쓸었다. 맙소사, 그가 이처럼 가까이 있다는 느낌. 맛있는 크리스천의 향기. 우리는 이야기를 해야만 하는데, 내 심장은 쿵쿵 뛰고 피는 몸속을 흐르며 노래를 불렀다. 욕망이 고이고 펼쳐졌다. ……사방에서. 크리스천은 몸을 굽히고 코로 내 어깨를 훑더니 귀 아래까지 올라왔다. 손가락이 내 머리카락 속으로 미끄러져 들어왔다.

"우린 이야기를 해야 해요." 나는 속삭였다.

"나중에."

"알고 싶은 게 많아요."

"나도."

그는 내 귓불에 가벼운 키스를 했고 손가락으로 머리카락을 모아 쥐었다. 머리를 뒤로 젖히면서 그는 내 목을 드러내 자기 입술에 갖다댔다. 그의 치아가 내 턱을 스쳤고 그는 내 목에 키스했다.

"널 원해." 그가 숨소리와 함께 내뱉었다.

나는 신음하며 손을 들어 그의 팔을 잡았다.

"오늘 그날이야?" 그가 내게 키스를 계속했다.

맙소사. 도대체 모르고 지나가는 게 없네?

"그래요." 나는 창피해하며 속삭였다.

"생리통이 있어?"

"아니요." 나는 얼굴을 붉혔다. 이런…….

그는 동작을 멈추고 나를 내려다보았다.

"약은 먹었어?"

"네." 이보다 더 굴욕적일 수 있을까?

"목욕하자."

응?

그는 내 손을 잡아 침실로 이끌었다. 방 안에는 세련된 커튼이 달린 슈퍼킹사이즈 침대가 떡하니 놓여 있었다. 그는 나를 방 두 개로 된 욕실로 이끌었다. 온통 아콰마린과 하얀 라임스톤으로 된 거대한 욕실이었다. 두 번째 방에는 바닥에 움푹 들어간 욕조가 있었다. 안으로 들어가는 돌계단은 네 사람이 함께 들어갈 만큼 컸다. 그 안에는 물이 서서히 차오르고 있었다. 김이 거품 위로 모락모락 올랐고 욕조 둘레에 돌 벤치가 쭉 둘러 있는 것이 보였다. 촛불들이 옆에서 깜박였다. 와…… 전화를 하면서도 이 모든 걸 다 했네.

"머리끈 있어?"

나는 그를 보고 깜박이다 청바지 주머니를 뒤져 머리카락 묶는 고무줄을 꺼냈다.

"머리를 위로 들어." 그가 부드럽게 명령했다. 나는 시키는 대로 했다.

욕조 옆은 뜨뜻하게 더웠고 내 캐미솔이 몸에 붙기 시작했다.

그는 몸을 숙여 수도꼭지를 잠갔다. 나를 다시 첫 번째 방으로 데려간 후 그는 내 뒤에 섰고 우리는 유리 세면대 두 개 위에 있는 벽 크기의 거울을 마주보았다.

"샌들을 벗어." 그가 나직이 명령하자 나는 재빨리 벗어서 사암 바닥에 떨어뜨렸다.

"두 팔을 들어." 그가 숨죽인 소리로 말했다. 나는 시키는 대로 했고 그가 내 캐미솔을 머리 위로 벗기는 바람에 난 위에 아무것도 입지 않은 채로 그의 앞에 서게 되었다. 내게서 눈을 떼지 않고 그는 손을 둘러 내 청바지의 맨 위 단추를 끄르고 지퍼를 내렸다.

"이 욕실에서 널 가질 거야, 아나스타샤."

몸을 아래로 숙이면서 그는 내 목에 키스했다. 나는 머리를 한쪽으로 움직여 그가 좀 더 쉽게 닿을 수 있도록 했다. 그는 두 엄지손가락을 청바지에 걸어 천천히 바지와 팬티를 다리 아래로 끌어내렸다. 그는 내 뒤쪽에서 내려앉으며 바지와 팬티를 바닥으로 잡아당겼다.

"바지에서 나와."

세면대 가장자리를 잡으며 나는 그렇게 했다. 이제 나는 벌거벗은 나 자신을 보고 있었고 그는 내 뒤에 무릎을 꿇고 있었다. 그가 내 엉덩이에 키스하고 부드럽게 물자 나는 숨을 죽일 수밖에 없었다. 그는 일어서더니 다시 한 번 거울에 비친 나를 보았다. 나는 몸을 가리고 싶은 자연적 본능을 무시하며 가만히 있으려고 애를 썼다. 그는 한 손바닥으로 내 배를 옆으로 쓰다듬었다. 그의 손 한 뼘에 내 배가 거의 다 가려졌다.

"널 봐. 무척 아름다워." 그가 중얼거렸다. "어떤 느낌인지 봐."

그는 양 손바닥을 내 손등 위에 대고 깍지를 껴서 내가 손가락을 쫙 벌리도록 했다. 그는 내 두 손을 내 배 위에 올려놓았다.

"네 피부가 얼마나 부드러운지 느껴봐."

그의 목소리는 부드럽고 나직했다. 그는 내 손을 느릿느릿 둥글게 돌리다 내 가슴 쪽으로 향했다.

"네 가슴이 얼마나 풍만한지 느껴봐."

그는 내 손을 잡고 가슴을 감싸도록 했다. 그는 양쪽 엄지손가락으로 내 젖꼭지를 자꾸 쓸었다.

나는 입술을 벌리고 신음하며 등을 둥글게 휘었다. 내 젖가슴이 손바닥을 가득 채웠다. 그는 우리 엄지손가락 사이로 젖꼭지를 끼워 꽉 조이며 더 늘어나도록 부드럽게 잡아당겼다. 나는 내 앞에서 몸을 뒤트는 음란한 존재에 매혹되어 바라보았다. 아, 기분이 좋아. 나는 끙 신음하며 눈을 감았다. 거울 속, 자기 자신의 손길에, 그의 손길에 무너지는 육욕적인 여자의 모습을 더 이상 보고 싶지 않았다. 그가 하라는 대로 내 피부를 느끼며 그게 얼마나 흥분되는지를 경험했다. 그저 그의 손길과 차분하고 부드러운 명령만으로도 느끼는 나를.

"바로 그거야, 자기."

그가 소곤거렸다.

그는 내 손을 몸 옆으로 이끌어 허리를 지나 엉덩이로 움직이더니 옆으로 가 음모 쪽으로 향했다. 그는 자신의 다리를 내 다리 사이로 쓱 들이밀며 좀 더 벌려서 두 다리 사이를 넓히고 내 두 손으로 여성을 쓸게 했다. 한 번에 한 손씩, 리듬을 타고. 무척이나 선정적이었다. 진정으로 나는 마리오네트였고 그는 인형 조종사였다.

"네가 얼마나 달아오르는지 봐, 아나스타샤."

그는 내 어깨를 따라 키스하고 부드럽게 깨물며 속삭였다. 나는 신음했다. 갑자기 그가 나를 놓았다.

"계속해."

그는 명령하더니 나를 보며 뒤로 물러섰다.

나는 나 자신을 문질렀다. 아니야. 나는 그가 해주기를 바랐다. 같은 느낌이 아니었다. 그가 없이는 어떻게 할 수가 없었다. 그는 셔츠를 머리 위로 끌어당겨 벗더니 재빨리 청바지도 벗어버렸다.

"내가 해주는 편이 좋아?" 그의 회색 눈빛이 활활 타오르며 거울 속의 내 눈을 보았다.

"아, 네…… 제발." 나는 숨소리로 대답했다.

그는 다시 두 팔로 나를 감싸더니 내 손을 다시 한 번 잡고 내 여성 위, 클리토리스 위에서 관능적 애무를 계속했다. 그의 가슴 털이 내 피부에 닿아 쓸렸고 그의 일어선 부분이 내 뒤를 눌렀다. 아, 금방…… 제발. 그는 내 목덜미를 깨물었고 나는 무수한 감각을 즐기며 눈을 감았다. 내 목, 내 다리 사이…… 내 뒤에 닿은 그의 느낌. 그는 갑자기 동작을 멈추고 나를 빙그르르 돌렸고 내 두 손목을 한 손으로 잡아 내가 손을 움직이지 못하도록 뒤로 돌렸다. 나는 그와 나란히 섰고, 그는 자기 입으로 내 입을 탐하며 거칠게 키스했다. 나를 그 자리에 붙박아놓고서.

그의 숨결은 나와 마찬가지로 띄엄띄엄 끊겼다.

"그날이 언제 시작됐어, 아나스타샤?"

그는 뜬금없이 나를 내려다보며 말했다.

"어, 어제부터요." 나는 극도로 흥분한 상태에서 웅얼웅얼 대답했다.

"좋아." 그는 나를 놓아주며 다시 뒤로 돌렸다.

"세면대를 잡아." 그는 명령하며 오락실에서 한 것처럼 내 엉덩이를 잡아당겼고 나는 몸을 앞으로 숙이게 되었다.

그는 내 다리 사이로 손을 넣어 파란 실을 끌어당겼다. 뭐?! 그러면서 내 탐폰을 살살 꺼내 변기 속으로 던져버렸다. 맙소사. 세상에 어머나…… 이런. 다음 순간 그가 내 안으로 들어왔다. ……아! 피부에 닿은 피부가…… 처음에는 부드럽게, 나를 시험하듯 밀어붙였다. ……아, 이런. 나는 세면대를 꼭 붙들고 헐떡이며 그를 내 안에 느끼며 내 몸을 그에게로 밀어붙였다. 아, 이런 달콤한 고통이라니. 그가 두 손으로 내 엉덩이를 쥐었다. 그는 벌주듯 리듬을 탔다. 안으로, 밖으로. 그러더니 손을 돌려 내 클리토리스를 찾아 마사지하기 시작했다. 아아. 나 자신이 빨라지는 것을 느꼈다.

"바로 그거야."

그는 내 몸 속에서 허리를 돌리면서 헐떡였다. 나를 높이, 저 높이 띄우기에는 충분했다.

우아…… 그때 나는 느꼈다. 요란하게. 세면대가 으스러지도록 꽉 붙들면서 오르가즘 속에서 아래로 빙글빙글 떨어져 내렸다. 모든 것이 돌면서 동시에 조여들었다. 그도 자신의 배를 내 등에 붙이고 나를 꽉 붙든 채로 뒤따라 절정에 도달하며 기도처럼 내 이름을 불렀다.

"아, 아나!" 내 귓속에 들어온 그의 숨결은 마디마디 끊겨 내 숨결과 완전한 시너지를 이루었다.

"아, 네게 질릴 날이 있을까?" 그가 속삭였다.

우리는 바닥에 주저앉았고 그는 두 팔로 나를 감싸 가두었다. 언제나 이럴까? 너무나 벅찼다. 모든 것이 소진되고 당황스럽고 당혹스러웠다. 뭐라 말하고 싶었지만 그와 사랑을 나눈 탓에

진이 다 빠졌고 어지러웠다. 나야말로 궁금했다. 내가 그를 충분히 가질 날이 올까?

우리 둘 다 잦아드는 동안 나는 그의 무릎 위에 웅크리고 머리를 그의 가슴에 댔다. 아주 미묘하게 달콤하고 독한 크리스천의 향기를 들이마셨다. 코를 대서는 안 돼. 코를 비벼서는 안 돼. 이 주문을 머릿속으로 반복했다. 하지만 하고 싶은 마음은 간절했다. 손을 들어 손끝으로 가슴 털 위에 모양을 그리고 싶었다. 하지만 그가 싫어할 걸 알기 때문에 저항했다. 우리 둘 다 아무 말 없이 생각에 잠겨 있었다. 나는 그의 안에 빠졌다. …… 그에게 빠졌다.

그때 내가 아직도 달거리 중임을 깨달았다.

"피가 나요." 나는 중얼거렸다.

"난 상관없어." 그가 낮게 대답했다.

"그런 것 같더라고요." 내 목소리에 묻어나는 건조함을 누를 수 없었다.

그는 긴장했다. "신경 쓰여?" 그가 부드럽게 물었다.

신경 쓰이나? 어쩌면 그래야 할지도……. 그래야 하나? 아니, 그렇지 않았다. 나는 몸을 뒤로 기대며 올려다보았다. 그도 부드럽게 흐린 회색 눈으로 나를 내려다보았다.

"아니, 전혀요."

그가 씩 웃었다. "좋아. 목욕하자."

그는 내 몸에서 떨어져 나와 나를 바닥에 놓고 일어섰다. 그 순간 나는 그의 가슴에 있는 작고 둥근 흰 흉터들을 보았다. 수두 자국은 아니야, 나는 멍하니 생각했다. 그레이스 말로는 크리스천은 수두에 걸린 적이 없다고 했다. 맙소사…… 덴 자국이구나. 무엇에 덴 자국이지? 나는 이 깨달음에 얼굴이 창백해졌다. 충격과 혐오감이 내 몸을 흘러 지났다. 담뱃불로? 로빈슨 부인이 그랬을까, 아니면 그의 친어머니가? 누가? 누가 이런 짓을 그에게 했단 말인가? 어쩌면 합리적인 이유가 있을지도 모르고 내가 과잉반응을 보였을지도 몰라. 거친 희망이 가슴에서 피어났다. 내가 틀렸을지도 모른다는 희망이.

"왜 그래?"

크리스천이 놀라 눈을 크게 떴다.

"당신 흉터요." 나는 속삭였다. "수두 자국이 아니네요."

찰나의 순간, 그가 닫히는 것이 보였다. 느긋하고 편안한, 침착한 모습에서 방어적인, 심지어 분노에 찬 태도로 바뀌었다. 찡그린 그의 얼굴은 점점 어두워졌고 입은 가는 일자로 꾹 다물어졌다.

"그래, 수두 자국이 아니지."

그는 딱 잘라 말했을 뿐, 더 이상 자세히 설명하진 않았다. 그는 일어서서 한 손을 내밀었고 나를 일으켰다.

"날 그런 식으로 보지 마."

내 손을 놓았을 때 그의 목소리는 더 차갑고 꾸짖는 투였다.

질책을 당한 나는 얼굴을 붉히며 손가락만 내려다보았다. 그때 알았다. 누군가 크리스천의 가슴에 담뱃불을 지졌다는 것을. 속이 메슥거렸다.

"그 여자가 한 거예요?" 나는 미처 자제하지 못하고 속삭였다.

그는 아무 말도 하지 않았다. 그래서 그를 쳐다볼 수밖에 없었다. 그가 나를 쏘아보고 있었다.

"그 여자? 로빈슨 부인? 그 여자는 짐승이 아니야, 아나스타샤. 물론 아니지. 어째서 그 여자를 악마로 몰지 못해 안달인지 이해를 못하겠군."

그는 거기 알몸으로 서 있었다. 내 피를 묻힌 찬란한 나신……. 그리고 마침내 우리는 대화를 하고 있었다. 게다가 나도 알몸이었다. 우리 둘 다 숨을 곳이 없었다. 욕조 말고는. 나는 심호흡을 하고 그를 지나쳐 물속으로 들어갔다.

"그 여자를 만나지 않았으면 당신이 어떤 사람이 되었을지 궁금할 뿐이에요. 그 여자가 당신에게 그…… 생활 방식을 소개하지 않았더라면."

그는 한숨을 내쉬고 내 건너편 욕조 속으로 들어왔다. 긴장으로 턱이 굳어졌고 눈은 서릿발 같았다. 우아하게 물에 몸을 담글 때 그는 내게 닿지 않도록 조심했다. 이런, 나 때문에 저렇게 화가 난 거야?

그는 무감하게 나를 바라보았다. 그의 얼굴은 아무것도 말해주지 않고 읽을 수 없었다. 다시 한 번 침묵이 우리 둘 사이에 뻗어나갔지만 나는 말을 자제했다. 이제 당신 차례야, 그레이. 이번에는 굴복하지 않을 거야. 내 잠재의식은 초조하고 걱정스럽게 손톱을 깨물었다. 이건 모 아니면 도였다. 크리스천과 나는 서로를 바라보았지만 나는 물러서지 않았다. 마침내 천 년은 되는 듯한 긴 시간이 흐른 후 그는 고개를 저으며 싱긋 웃었다.

"로빈슨 부인이 없었더라면 나도 친어머니의 전철을 밟았을 거야."

오! 나는 그를 보고 눈을 깜박였다. 마약 중독자나 매춘부가? 아니면 둘 다?

"부인은 내가…… 수용할 수 있는 방식으로 나를 사랑했어." 그는 어깨를 으쓱하며 덧붙였다.

대체 그게 무슨 뜻일까?

"수용할 수 있는 방식요?" 나는 속삭였다.

"그래." 그는 강렬히 나를 쳐다보았다. "부인은 내가 가고 있던 파괴적인 길에서 나를 끌어냈어. 나는 어느새 따라가고 있었지. 내가 완벽하지 않은데 완벽한 가족 안에서 자라는 건 몹시 힘들지."

오, 맙소사. 그의 말을 천천히 씹을 때 내 입이 말랐다. 그는 가늠할 수 없는 표정으로 나를 바라보았다. 그는 이제 더 이상 말해주지 않을 거야. 좌절이 느껴졌다. 마음속으로 나는 비틀거렸다. 그의 목소리엔 자기 혐오가 가득했다.

게다가 로빈슨 부인이 그를 사랑했다니. 이런…… 아직도 그럴까? 난 배를 발로 차인 것 같은 기분이었다.

"그 여자는 아직도 당신을 사랑하나요?"

"그런 것 같진 않아. 그렇게는 아니지."

그는 그런 생각은 해보지 않았다는 듯 얼굴을 찡그렸다.

"오래전 일이라고 계속 말했잖아. 과거라고. 내가 설사 원한다고 해도 그 사실을 바꿀 순 없어. 원하지도 않고. 그 여자가 나를 나 자신으로부터 구해준 거야."

그는 성을 내며 젖은 손으로 머리를 훑었다.

"이런 얘기 누구랑 해본 적 없어." 그는 잠시 틈을 두었다. "물론 플린 박사 말고는. 이 얘기를 네게 지금 하는 유일한 이유는 네가 나를 신뢰하길 바라기 때문이야."

"난 당신을 신뢰해요. 하지만 당신을 더 잘 알고 싶어요. 당신과 말하려 할 때마다 말을 돌리잖아요. 당신이야말로 나를 신뢰해주었으면 좋겠어요."

"아, 제발, 아나스타샤. 뭘 알고 싶은 거야? 뭘 해야 하는 거야?"

그의 눈이 타올랐고, 목소리를 높이진 않았지만 그가 성질을 억누르려 한다는 것을 알 수 있었다.

거품이 걷히면서 맑은 물 아래서 선명히 보이는 내 손을 내려다보았다.

"전 그저 이해하려는 거예요. 당신은 정말 수수께끼예요. 이전에 만난 어떤 사람과도 같지 않아요. 내가 알고 싶은 걸 말해주었으면 좋겠어요."

어쩌면 코스모폴리탄을 마신 덕분에 용감해진 탓인지도 모르지만, 우리 사이의 거리를 참을 수 없었다. 나는 물속을 지나 그의 옆으로 가서 그의 몸에 기댔다. 피부와 피부가 닿았다. 그는 긴장하며 내가 마치 물지나 않을까 걱정하듯이 경계심 어린 눈으로 나를 쳐다보았다. 음, 이거 대단한 방향 전환인데. 내 안의 여신이 조용하게, 놀랐다는 듯 그를 찬찬히 살폈다.

"나한테 화내지 마요." 나는 속삭였다.

"너한테 화난 게 아냐, 아나스타샤. 난 그저 이런 유의 대화에 익숙하지 않을 뿐이야. 이런 식의 캐묻기. 이런 건 플린 박사와만 해왔지. 그리고……."

그는 말을 멈추고 얼굴을 찡그렸다.

"그 여자하고만 했겠죠. 로빈슨 부인. 그 여자와 아직도 대화하나요?"

나는 성질을 억누르려고 하며 말을 받았다.

"그래, 해."

"무엇에 대해서요?"

그는 욕조 안에서 몸을 움직여 나를 마주보았다. 그 바람에 물이 욕실 바닥으로 흘러넘쳤다. 그는 한 팔을 내 어깨 위로 두르고 욕조 선반에 기댔다.

"참 끈질기군, 당신은?" 그는 언짢은 기색을 어렴풋이 내비치며 중얼거렸다.

"인생, 우주, 사업. 아나스타샤. 그 사람과 나는 오래된 사이야. 뭐든 의논할 수 있어."

"나에 대해서도?" 나는 속삭였다.

"그래." 회색 눈이 나를 조심스레 살폈다.

나는 갑작스레 솟아오르는 분노를 누르려고 아랫입술을 깨물었다.

"어째서 내 얘기를 한 거예요?" 나는 징징대거나 토라진 것처럼 보이지 않으려고 갖은 애를 썼으나 성공하지 못했다. 멈춰야 한다는 것을 알았다. 그를 너무 심하게 몰아붙이고 있었다. 내 잠재의식은 다시 뭉크의 〈절규〉 같은 얼굴 표정을 지었다.

"난 너 같은 사람을 만나본 적이 없어, 아나스타샤."

"그게 무슨 뜻이에요? 아무런 질문도 하지 않고 자동적으로 당신 서류에 서명하지 않는 사람?"

그는 고개를 저었다.

"내게도 충고가 필요해."

"그래서 소아성애자인 여자에게서 충고를 받나보죠?" 나는 톡 쏘았다. 내 성질을 억눌렀던 끈은 생각보다 약했던 모양이었다.

"아나스타샤, 이제 됐어."

그는 눈을 가늘게 뜨며 엄격하게 도로 딱 잘라 말했다.

나는 얇은 얼음 위에서 스케이트를 타고 위험으로 향하는 중이었다.

"아니면 널 내 무릎 위에 눕힐 거야. 나는 그 여자에게 어떤 성적 욕망과 연애적 관심도 없어. 그 사람은 다정하고 귀한 친구고 사업 파트너야. 그게 다일 뿐. 우리는 과거가 있고, 함께 지냈던

역사가 있어. 그게 그 사람 결혼을 망쳤다고 해도 내게는 무척이나 이로운 것들이었지. 하지만 우리의 그런 관계는 끝났어."

그래, 내가 이해할 수 없는 또 다른 부분이었다. 그녀는 그때 결혼한 상태였지. 어떻게 그렇게 오랫동안 들키지 않고 사람 눈을 피할 수 있었을까?

"당신 부모님은 모르셨나요?"

"모르셔." 그가 으르렁거리는 소리를 냈다. "이 얘기했잖아."

그래서 이젠 끝이라는 걸 알았다. 더 이상 그 여자에 대해서 물었다간 그가 나에 대한 자제력을 잃을지도 몰랐다.

"이제 끝인가?" 그가 딱딱거렸다.

"지금은요."

그는 심호흡을 하더니 마치 무게에서 무거운 짐을 내려놓은 사람처럼 내 앞에서 눈에 띄게 긴장을 풀었다.

"좋아, 이젠 내 차례." 그의 눈빛이 강철같이 엄해지며 사색적이 되었다.

"내 이메일에 답장하지 않았어."

나는 얼굴을 붉혔다. 이제 내게 쏟아지는 관심이 싫었다. 우리가 토론을 할 때마다 그는 화를 내는 것 같았다. 나는 고개를 저었다. 어쩌면 그가 내 질문에 대해서 그렇게 생각하기 때문인지 몰랐다. 그는 도전 받는 데 익숙하지 않았다. 이 새로운 깨달음은 심란했으며 불안했다.

"답장하려고 했어요. 하지만 당신이 여기 왔으니까."

"내가 안 오는 편이 좋았어?" 그는 다시 무감한 표정으로 물었다.

"아니, 기뻐요." 나는 대답했다.

"좋아." 그는 안심했다는 듯 순수한 미소를 보였다. "나도 여기 와서 기뻐. 너에게 심문을 당하긴 했지만. 나를 다그치는 것은 받아들일 수 있는 일이고 넌 내가 여기까지 널 보러 날아왔다는 이유만으로 면책 특권을 주장할 수 있다고 생각하는 거야? 난 그런 것 받아들일 수 없는데, 스틸 양. 네가 어떻게 느끼는지 알고 싶어."

아, 안 돼…….

"말했잖아요. 여기 와서 기쁘다고. 여기까지 와줘서 고마워요." 나는 연약하게 대답했다.

"나야말로 기쁘지." 그는 눈을 반짝 빛내더니 몸을 숙이고 내게 살짝 키스했다. 자동적으로 내 몸이 반응하는 것을 느꼈다. 물은 여전히 따뜻했고 욕실에는 김이 자욱했다. 그는 동작을 멈추고 나를 내려다보며 몸을 뗐다.

"아니, 우리가 좀 더 하기 전에 대답을 먼저 듣고 싶은데."

좀 더? 그 말이 또 나오네. 게다가 그는 대답을 원한다. 무엇에 대한 대답? 난 과거 비밀 같은 건 없는데. 괴로웠던 어린 시절도 없고. 벌써 알고 있는 것 말고 나에 대해서 뭘 더 알고 싶은 걸까?

나는 체념하고 한숨을 지었다. "뭘 알고 싶어요?"

"뭐, 먼저 맛보기로 우리가 할지도 모르는 협의에 대해 어떻게 생각하는지?"

나는 그를 보고 눈을 깜박였다. 진실 게임 시간이었다. 나의 잠재의식과 내면의 여신이 서로 불안하게 힐끔거렸다. 젠장, 진실을 말해.

"기간 연장에 찬성하고 싶진 않아요. 주말 내내 나는 내가 아닌 사람이 되어야 하니까요."

나는 얼굴을 붉히며 손을 내려다보았다.

그는 내 턱을 들어올리며 재미있다는 듯 나를 보고 씩 웃었다.

"아니, 나도 네가 그럴 수 있을 거라고 생각하진 않았어."

나의 마음 한편은 약간 모욕당하고 도전받은 기분이었다.

"날 비웃는 거예요?"

"그래. 하지만 좋은 의미야." 그는 작게 미소 지으며 말했다.

그는 몸을 숙여 내게 부드럽고, 짧게 키스했다.

"넌 정말 서브미시브로는 별로야." 그는 내 턱을 잡은 채 숨결을 불어넣었다. 그의 눈엔 장난기가 춤추었다.

나는 충격을 받아 그를 쳐다보았다. 그러다 내가 웃음을 터뜨리자 그도 마찬가지로 웃었다.

"어쩌면 선생이 나빠서일지도요."

그가 코웃음을 쳤다. "어쩌면 좀 더 엄하게 해야 할지도 모르겠군." 그는 머리를 한쪽으로 기울이고 교활하게 웃어보였다.

나는 침을 꿀꺽 삼켰다. 안 돼. 하지만 동시에 저 깊은 곳에서 근육이 기분 좋게 조였다. 그가 신경 쓰고 있다는 것을 보여주는 방식이었다. 어쩌면 그가 신경 쓴다는 것을 보여주는 유일한 방식인지도 몰랐다. 그 사실을 깨달았다. 그는 내 반응을 재면서 나를 쳐다보았다.

"내가 처음 네 엉덩이를 때렸을 때 그렇게 나빴어?"

나는 눈을 깜박이며 그를 도로 쳐다보았다. 그렇게 나빴냐고? 나는 내 반응에 혼란스러웠던 게 기억났다. 아팠지만 돌아보면 그렇게 아프지 않았다. 그가 몇 번씩이나 얘기했었지. 머릿속에서 지어낸 것뿐이라고. 두 번째는…… 좋았다. 섹시했다.

"아니, 진짜 그렇진 않았어요." 나는 속삭였다.

"그냥 생각뿐이었지?" 그가 유도했다.
"그랬던 것 같아요. 그러지 않았어야 할 곳에서 쾌락을 느꼈다고 할까요."
"나도 마찬가지 기분이었던 것을 기억해. 생각을 바꾸려면 시간이 좀 걸리지."
맙소사. 그때 이 사람은 어린아이였을 텐데.
"언제든지 안전신호를 사용할 수 있어, 아나스타샤. 그거 잊지 마. 나의 통제를 향한 깊은 욕구를 충족시켜주고 너를 안전하게 지켜줄 수 있는 규칙만 따르면 우린 아마 앞으로 나아갈 수 있을 거야."
"어째서 나를 통제하고자 하는 욕구를 느끼죠?"
"내 성장기에 충족되지 못했던 깊은 욕구를 만족시켜주기 때문이겠지."
"그럼 어떤 형태의 치유인가요?"
"그런 식으로는 생각해보지 않았지만, 그래. 그런 것도 같아."
이건 이해할 수 있었다. 도움이 될 것 같았다.
"하지만 문제는 이거예요. 한순간은 '내게 거역하지 마'라고 말하고 다음 순간은 도전받기를 좋아한다고 하니까요. 금을 밟지 않고 걸어가기엔 금이 너무 가늘어요."
그는 순간 나를 바라보더니 얼굴을 찡그렸다.
"나도 알아. 하지만 이제까진 잘해왔잖아."
"하지만 개인적 희생은 어쩌고요? 나는 여기 옴짝달싹 못하고 묶여 있어요."
"난 당신이 묶여 있는 게 좋은데." 그가 히죽 웃었다.
"내 말은 그게 아니라고요!" 나는 화가 나서 그에게 물을 튀겼다.

그는 눈썹을 치키며 나를 내려다보았다.

"지금 나한테 물을 튀긴 거야?"

"그래요." 어머나, 저 표정.

"아, 스틸 양." 그는 나를 잡아 무릎 위로 끌어당겼다. 물이 바닥 위로 흘러넘쳤다.

"얘기는 이만하면 됐어."

그는 내 머리 양쪽을 잡고 키스했다. 깊게. 내 입을 소유하며. 머리를 기울여서…… 나를 통제하며. 나는 그의 입술에 대고 신음했다. 이게 그가 좋아하는 것이었다. 그리고 그가 무척이나 능한 것이었다. 내 안의 모든 것에 불이 붙었고 나는 손가락을 거의 머리에 묻고 그를 잡아당겼다. 나도 그에게 키스하며 당신을 원한다고 말했다. 내가 아는 유일한 방법으로. 그는 신음하며 내 몸을 움직여 내가 무릎을 꿇은 자세로 그의 몸 위에 걸터앉도록 했다. 그의 일어선 부분이 내 몸 밑에 닿았다. 그는 몸을 뒤로 빼고 내리깐 눈으로 나를 쳐다보았다. 그 눈빛은 번득였고 정염이 가득했다. 나는 손을 내려 욕조 양 옆을 잡았지만 그가 내 양쪽 손목을 등 뒤에서 한 손으로 잡아당겼다.

"이제 널 가질 거야." 그가 속삭이더니 내 몸을 들어올렸다.

"준비됐어?" 그가 헐떡였다.

"네." 나는 속삭였다. 그 말에 그는 내 몸으로 천천히 들어왔다. 천천히, 섬세할 정도로 천천히. 나를 채웠다. 그렇게 나를 가지면서 나를 바라보았다.

나는 눈을 감고 신음했고 그 감각, 퍼져나가는 충만감을 누렸다. 그가 엉덩이를 움직이자 나는 몸을 앞으로 숙이고 숨을 들이켜며 이마를 그의 이마에 기댔다.

"부디, 내 손을 놔줘요." 내가 속삭였다.

"날 만지지 마." 그가 부탁하더니 내 손목을 놔주고 대신 내 엉덩이를 잡았다.

욕조 가장자리를 꽉 잡고 나는 위아래로 천천히 움직이며 눈을 떠서 그를 바라보았다. 그가 입을 벌리고 나를 쳐다보고 있었다. 그의 숨결이 조각조각 끊겼고 그는 혀를 이로 악물었다. 그는 무척이나…… 섹시했다. 우리는 축축이 젖었고 미끄러워서 서로의 몸에 비비듯 움직였다. 나는 몸을 앞으로 숙여 그에게 키스했다. 그는 눈을 감았다. 나는 머뭇머뭇 두 손을 들어 입술을 그의 입에서 떼지 않고 그의 머리카락을 훑었다. 이건 허용되었다. 나는 그의 머리카락을 잡아당겨 머리를 뒤로 젖히고 더욱 깊이 키스하면서 그의 앞에 올라탔다. 리듬을 타면서 더 빠르게. 나는 그의 입에 대고 신음했다. 그는 내 엉덩이를 잡고 나를 더 빠르게 들어올렸다. 빠르게, 더 빠르게…… 내게 키스하면서. 우리는 온통 젖은 입과 혀, 엉켜버린 머리카락, 움직이는 엉덩이였다. 모든 감각이…… 다시 모두 다 소진되었다. 나는 가까워졌다……. 나는 이 맛있는 조임을 느끼기 시작했다. 빨라지는 느낌. 우리의 움직임이 더 격해지면서 물이 우리 주변에서 빙빙 돌았다. 우리 자신이 출렁이는 소용돌이였다. 우리 몸 안에서 일어나는 일이 그대로 비쳐 물이 사방에 흘러넘쳤다. 나는 아무런 상관하지 않았다.

나는 이 남자를 사랑했다. 그의 정열과 내가 그에게 미치는 영향을 사랑했다. 그가 나를 보러 멀리 날아왔다는 사실을 사랑했다. 그가 내게 신경 쓰고 있다는 것을 사랑했다. 그는 나를 정말로 신경 썼으니까. 기대하지 않았던 사실, 마음을 가득 채우는 사실이었다. 그는 내 것이고 나는 그의 것이었다.

"바로 그거야." 그가 숨을 죽이고 속삭였다.

그때 나는 느꼈다. 내 몸을 찢고 나가는 오르가즘을. 나를 완전히 먹어 치우는 요동치는 정열의 절정을. 그리고 갑자기 크리스천이 나에게로 부서져왔다……. 그가 자기를 분출할 때 그의 팔이 내 등을 감쌌다.

"아나!" 그가 소리쳤다. 내 영혼 깊은 곳을 흔들고 건드리는 야성의 기도였다.

우리는 슈피킹사이즈의 침대에 서로 마주보며 누웠다. 회색 눈과 푸른 눈을 맞대고. 둘 다 엎드려서 베개를 껴안고 있었다. 알몸으로. 손대지 않고. 이불을 덮은 채로 그저 바라보고 찬탄했다.

"자고 싶어?" 크리스천이 배려가 가득한 부드러운 목소리로 물었다.

"아니, 피곤하지 않아요." 나는 이상할 정도로 에너지가 넘쳤다. 이야기를 나누니 무척 좋았다. 그만두고 싶지 않았다.

"뭘 하고 싶어?" 그가 물었다.

"얘기요."

그는 미소를 지었다. "무슨 얘기?"

"이런저런."

"어떤 이런저런?"

"당신."

"나에 대한 무슨 얘기?"

"가장 좋아하는 영화는 뭐예요?"

그가 씩 웃었다. "오늘은 〈피아노〉야."

그의 웃음은 전염성이 있었다.

"물론 그렇겠죠. 바보 같은 질문을 했네요. 거기 음악이 참 슬프고 좋죠. 당신도 연주할 수 있겠죠? 정말 이룬 것도 많으세요, 그레이 씨."

"그 중에서도 내가 이룬 가장 큰 업적은 당신이지, 스틸 양."

"그럼 내가 17번이겠네요."

그는 무슨 말인지 모르겠다는 듯 나를 보고 찡그렸다.

"17번?"

"당신이 이제까지…… 음, 섹스했던 여자의 수요."

그가 입술이 위로 비틀리며 회의의 눈빛을 띠었다.

"꼭 그렇진 않아."

"열다섯 명 있었다면서요." 나는 눈에 보이게 당황한 기색을 내비쳤다.

"내 오락실에 들인 여자의 수만 얘기했을 뿐이지. 그게 당신이 말한 의미인 줄 알았는데. 내가 얼마나 많은 여자와 섹스했는지는 묻지 않았잖아."

"아." 맙소사. 그럼 더 있구나……. 얼마나 더? 나는 그를 보고 입을 떡 벌렸다.

"바닐라도 있어요?"

"아니. 네가 내 유일한 바닐라 상대지."

그는 여전히 나를 보고 웃으며 고개를 저었다.

이게 뭐가 재미있다고 그러는 거지? 어째서 나는 백치 같이 마주 보고 웃는 거지?

"정확한 숫자를 말해줄 순 없어. 침대 기둥에 금을 새겨놓거나 그러진 않거든."

"어느 정도예요. 몇 십 명? 몇 백 명? ……몇 천 명?"

숫자가 커질 때마다 내 눈이 더 사나워졌다.

"몇 십 명 수준이지. 아직 십 단위에 있어."

"모두 다 서브였어요?"
"그래."
"날 보고 그렇게 웃지 마요." 나는 가볍게 질책하며 태연한 표정을 지으려 했으나 실패했다.
"웃지 않을 수가 없어. 네가 너무 웃기니까."
"이상해서 웃기다는 거예요, 아니면 하하하 웃기다는 거예요?"
"둘 다인 것 같은데." 그는 내 말을 그대로 따라했다.
"뻔뻔하게도 사돈 남 말하시네요."
그는 몸을 옆으로 내밀어 내 코끝에 키스했다.
"이 말을 하면 충격 받을 텐데, 아나스타샤. 각오됐어?"
나는 눈을 휘둥그레 뜨고 고개를 끄덕였다. 내 입에는 아직도 멍청한 미소가 떠올라 있었다.
"내가 훈련했을 때 모든 서브들은 훈련이 되어 있는 상태였어. 시애틀 시내와 근교에 장소가 있지. 사람들이 가서 연습할 수 있는 곳. 내가 말하는 대로 하는 걸 배우는 거지." 그가 말했다.
뭐요?
"아." 나는 그를 보고 눈을 깜박였다.
"그래, 난 돈 주고 섹스해, 아나스타샤."
"자랑할 건 아니네요." 나는 건방지게 맞대답했다. "당신 말이 맞아요……. 정말 깊이 충격 받았어요. 내가 당신에겐 그런 충격을 줄 수 없다는 게 언짢고요."
"너 내 속옷 입었었잖아."
"그거 충격이었어요?"
"그래."
내 안의 여신이 4.5미터 높이를 장대로 넘었다.

"우리 부모님 만나러 갈 땐 팬티도 입지 않았고."
"그것도 충격이었어요?"
"그래."
이런, 이제 가로대는 4.8미터로 높아집니다.
"난 속옷 부문에서만 당신에게 충격을 줄 수 있는 것 같네요."
"나한테 처녀라고 말했었잖아. 그건 이제까지 중 가장 큰 충격이었지."
"그래요. 그때 얼굴을 사진으로 찍어놨어야 하는 건데." 나는 키들키들 웃었다.
"승마 채찍을 쓰도록 허락하기도 했고."
"그것도 충격?"
"응."
나는 생긋 웃었다. "뭐, 어쩌면 다시 하게 해줄지도 몰라요."
"아, 그러길 바라, 스틸 양. 이번 주말?"
"좋아요." 나는 수줍게 동의했다.
"좋아?"
"그래요. 다시 고통의 빨간 방에 갈게요."
"내 이름을 부르잖아."
"그게 충격이에요?"
"내가 그걸 좋아한다는 사실이 충격적이지."
"크리스천."
그가 씩 웃었다. "내일 뭔가 하고 싶어." 그의 눈이 흥분으로 반짝였다.
"뭘요?"
"놀랄 만한 일. 너를 위해." 그의 목소리는 낮고 부드러웠다.
나는 한쪽 눈썹을 치키면서 동시에 하품을 눌렀다.

"내가 지루한가, 스틸 양?" 그의 목소리는 냉소적이었다.

"그럴 리가요."

그는 몸을 다시 내밀어 내 입술에 가볍게 키스했다.

"자." 그는 명령하더니 전등을 껐다.

온몸에 기력은 빠졌지만 충만감이 넘치는 이 조용한 순간, 나는 눈을 감고 태풍의 눈에 있다는 생각을 했다. 그가 한 말, 하지 않은 말에도 불구하고 이처럼 행복한 적이 없었던 것 같았다.

24

크리스천은 강철 철창 우리 앞에 서 있었다. 부드럽게 찢어진 청바지를 입고, 맨가슴과 맨발은 입에서 침이 흐를 정도로 매력적이었다. 그는 나를 빤히 보고 있었다. 은밀한 농담조의 미소가 아름다운 얼굴에 새겨졌고 눈은 녹아내린 회색이었다. 손에는 딸기 그릇을 들고 있었다. 그는 운동선수처럼 우아하게 우리 앞으로 걸어와 강렬히 나를 바라보았다. 통통하게 익은 딸기 하나를 들고 그는 창살 사이로 손을 뻗었다.

"먹어." 마지막 단어를 발음할 때 혀끝이 입술을 살짝 애무했다.

나는 그에게로 가려 했지만 보이지 않는 힘이 내 손목을 잡고 있어서 꼼짝할 수 없었다. 놔줘.

"자, 먹으라니까."

그가 특유의 달콤한 비뚜름한 미소를 보이면서 말했다.

나는 잡아당기고 잡아당겼다. 놔달라고! 비명을 지르고 고함을 치고 싶었지만 소리가 나오지 않았다. 나는 목소리를 빼앗겼다. 그가 손을 더 뻗었고 딸기가 내 입술에 닿았다.

"먹어, 아나스타샤." 그의 입이 음절 하나하나를 관능적으로 발음하며 내 이름을 만들었다.

나는 입을 열어 딸기를 물었다. 우리가 사라지고 손이 풀렸다. 나는 손을 뻗어 그를 만지려, 손가락으로 그의 가슴 털을 훑으려 했다.

"아나스타샤."

안 돼, 나는 신음했다.

"어서, 자기."

싫어요, 당신을 만지고 싶단 말이에요.

"일어나."

안 돼요, 제발. 내 눈이 아주 잠깐 마지못해 뜨였다. 나는 침대에 누워 있었고 누가 내 귀에 코를 비벼댔다.

"일어나, 자기." 그가 속삭였다. 달콤한 목소리의 효과가 따뜻하게 녹은 캐러멜처럼 혈관을 타고 퍼져갔다.

크리스천이었다. 이런, 아직도 캄캄했고 꿈에서 본 그의 모습이 내 머릿속에 계속 남아서 나를 불안하게 하고 애를 태웠다.

"아…… 싫어요." 나는 끙끙댔다. 다시 그의 가슴으로 돌아가고 싶었다. 꿈속으로. 어째서 깨웠을까? 아직도 한밤인데. 그런 기분이었다. 세상에. 섹스하자는 걸까? 지금?

"일어날 시간이야. 보조등을 켤게."

그의 목소리는 조용했다.

"싫어요." 나는 투덜거렸다.

"새벽을 너와 함께 좇고 싶어." 그는 내 얼굴과 눈꺼풀, 코 끝, 입에 키스했고 나는 눈을 떴다. 간접조명이 켜졌다.

"안녕, 예쁜이." 그가 속삭였다.

나는 끙끙댔고 그는 미소를 지었다. "아침형 인간은 못 되는군."

뿌연 빛 속에서 눈을 가늘게 뜨고 내게 몸을 숙인 채 미소 짓는 크리스천을 보았다. 재미있어하는 표정. 나를 보고 재미있어하는 표정. 옷을 다 차려 입었다! 검은색으로.

"섹스하려는 줄 알았는데." 나는 툴툴거렸다.

"아나스타샤, 너와 함께라면 언제나 하고 싶지. 너도 같은 기분이라는 걸 알게 되어서 마음 따뜻한데." 그가 건조하게 말했다.

빛이 눈에 익자 나는 그를 바라보았지만 그는 여전히 재미있어하는 표정이었다. 천만다행이었다.

"물론 그래요. 하지만 너무 늦은 시간에는 아닐 뿐."

"늦은 시간이 아니야. 이른 시간이지. 자, 일어나자. 나갈 거야. 섹스는 나중으로 예약해두지."

"아주 좋은 꿈을 꾸고 있었는데." 나는 앙탈을 부렸다.

"무슨 꿈?" 그가 참을성 있게 물었다.

"당신요." 얼굴이 붉어졌다.

"이번에는 내가 뭘 하고 있었지?"

"나한테 딸기를 먹이려 했어요."

그의 입이 꿈틀하며 어렴풋한 미소를 지었다.

"플린 박사가 그 꿈 가지고 하루 종일 연구할 수도 있겠는데. 일어나, 옷 입어. 샤워는 하지 마. 우린 나중에 할 수도 있으니까."

우리!

일어나 앉자 시트가 허리로 떨어져 몸이 드러났다. 그는 내게 공간을 주기 위해 일어섰다. 눈이 어두웠다.

"지금 몇 시예요?"

"아침 5시 30분."

"3시 정도 된 느낌이네."

"별로 시간이 없어. 할 수 있는 한 자도록 해줄게. 가자."
"샤워하면 안 돼요?"
그는 한숨지었다.
"네가 샤워를 하면 나도 너랑 하고 싶을 거고 그럼 너나 나나 어떻게 될지 알잖아. 하루가 그냥 가버려. 가자."
그는 흥분해 있었다. 어린 소년처럼 기대와 흥분으로 알록달록 빛이 났다. 그 모습에 나는 미소를 지었다.
"뭘 할 건데요?"
"깜짝 놀랄걸. 말했잖아."
나는 그를 올려다보며 웃을 수밖에 없었다.
"좋아요."
침대에서 나와 옷을 찾았다. 물론 옷들은 단정하게 개켜져 침대 옆 의자 위에 놓여 있었다. 그가 그 위에 자신의 면 팬티도 꺼내 놓았다. 아니나 다를까, 랄프 로렌이었다. 나는 슬쩍 팬티를 끼워 입었고 그가 나를 보고 미소 지었다. 흠, 크리스천 그레이의 속옷 하나 더 얻었네. 내 수집물에 하나 더 더할 트로피. 차, 블랙베리, 맥북, 검은 재킷, 귀중한 초판본 세트까지. 나는 아낌없이 사주는 그의 너그러움에 고개를 흔들었다. 《테스》의 한 장면이 떠올라 얼굴을 찡그렸다. 딸기밭 장면이었다. 그로 인해 그런 꿈을 꾸었구나. 플린 박사는 무슨, 프로이트가 연구할 소재네. 어쩌면 50가지 빛깔의 이 남자를 연구해보고 싶어서 죽었을지도 몰랐다.
"네가 일어날 수 있도록 여유를 좀 주지."
크리스천은 거실로 나갔고 나는 욕실로 향했다. 볼일이 좀 급했고 빨리 세수를 하고 싶었다. 7분 후 나는 얼굴을 씻고 머리를 빗고 청바지와 캐미솔과 크리스천의 속옷을 입고 거실로 나갔다. 크리스천은 작은 식탁에서 아침을 먹고 있다가 고개를 들었다. 아침이라니! 이 시간에.

"먹어." 그가 명령했다.

세상에나…… 꿈하고 똑같네. 날름거리던 혀를 생각하며 입을 떡 벌렸다. 흠, 능숙한 그 혀.

"아나스타샤." 그가 엄격하게 말하는 바람에 나는 공상에서 깨어났다.

정말로 내게는 이른 시간이었다. 이걸 어떻게 대처한담?

"차는 좀 마실게요. 나중에 먹게 크루아상 하나 가져가면?"

그는 의심스러운 듯 쳐다보았지만 나는 아주 다정하게 웃었다.

"분위기 망치지 마, 아나스타샤." 그가 부드럽게 경고했다.

"나중에 위가 좀 깨어나면 먹을게요. 대략 아침 7시 30분쯤? 괜찮죠?"

"괜찮아." 그가 나를 내려다보았다.

솔직히 말하면, 나는 그를 보고 얼굴을 찌푸리지 않으려고 무던히도 애썼다.

"당신을 보고 눈을 흘기고 싶은데."

"하기만 해봐. 그러면 내 오늘 하루가 즐거울 테니." 그는 엄격하게 말했다.

"뭐, 엉덩이 한 대 맞으면 잠에서 깨겠죠."

나는 조용히 생각하는 척 입을 꾹 다물었다.

크리스천의 입이 떡 벌어졌다.

"하지만 한편으로는 당신이 너무 뜨거워지면 안 되니까 방해할 순 없죠. 여기 날씨는 이미 충분히 더우니."

나는 태연하게 어깨를 으쓱했다.

크리스천은 입을 다물고 언짢은 표정을 지으려고 열심히 노력했지만 가차 없이 실패하고 말았다. 그의 눈 뒤에 장난기가 숨어 있는 것이 보였다.

"평소처럼 도전적이군, 스틸 양. 차나 마셔."

차가 트와이닝인 것을 보자 마음속에서 내 심장이 노래를 불렀다. 봐, 신경 쓰고 있잖아. 내 잠재의식이 나를 보고 입 모양으로 말했다. 앉아서 그를 바라보며 그의 아름다움을 들이마셨다. 이 남자를 충분히 가질 날이 올까?

방을 나설 때 크리스천이 스웨트 셔츠를 내게 던졌다.

"이게 필요할 거야."

나는 당황해서 쳐다보았다.

"내 말 믿어." 그가 씩 웃더니 몸을 숙여 내 입에 키스를 했다. 그런 후에 우리는 손을 잡고 나갔다.

밖에 나가니 이른 새벽의 희붐한 빛 속에서 기온은 상대적으로 쌀쌀했다. 주차요원은 크리스천에게 지붕을 접을 수 있는 화려한 스포츠카의 열쇠를 건넸다. 나는 크리스천을 보고 한쪽 눈썹을 치켰고 그는 나를 보고 씩 웃었다.

"알겠지만, 가끔 나로 사는 건 아주 즐거워."

그는 음모를 꾸미듯, 하지만 잘난 체하는 웃음을 지으며 말했고 나는 그저 따라 웃을 수밖에 없었다. 그가 이처럼 장난기 넘치고 태평할 때는 무척이나 사랑스러웠다. 그는 과장되게 절을 하며 차 문을 열어주었고 나는 올라탔다. 그는 무척이나 기분이 좋았다.

"어디 가는 거예요?"

"가보면 알아." 그는 웃으며 차로 올라탔고 우리는 서배너 파크웨이로 나갔다. 그가 GPS를 조작한 후 운전석의 버튼을 누르자 클래식 오케스트라 선율이 차 안을 채웠다.

"이건 뭐예요?" 수백 대의 바이올린 현이 켜는 달콤하고, 달콤한 소리가 우리를 덮쳤다.

"〈라 트라비아타〉에 나오는 곡이지. 베르디의 오페라야."

아, 정말 아름다웠다.

"〈라 트라비아타〉? 들어본 적 있어요. 어디서 들어보았는지는 생각 안 나지만. 무슨 뜻이에요?"

크리스천이 나를 힐끔 쳐다보더니 히죽거렸다.

"뭐, 문자 그대로는 '타락한 여자'라는 뜻이지. 알렉상드르 뒤마의 책 《동백꽃의 여인》을 바탕으로 한 거야."

"아, 읽은 적 있어요."

"그럴 줄 알았지."

"불쌍한 화류계 여성의 이야기였죠."

나는 폭신한 가죽 좌석에서 불편하게 꿈지럭거렸다. 넌지시 무슨 말을 전하려는 걸까?

"흠, 우울한 이야기였어요." 난 중얼거렸다.

"너무 우울해? 다른 음악 고를래? 여기 내 아이팟에 있어."

그는 예의 비밀스러운 미소를 다시 지었다.

그의 아이팟은 어디에서도 보이지 않았다. 그가 우리 사이에 있는 콘솔 화면을 톡 건드리니 플레이리스트가 떴다.

"네가 골라."

그의 입술이 꿈틀하며 미소를 짓자 이게 일종의 도전임을 알았다.

크리스천 그레이의 아이팟, 무척 흥미로우리라. 터치스크린을 쭉 스크롤하며 완벽한 노래를 찾았다. 나는 '재생'을 눌렀다.

그가 브리트니 스피어스의 팬일 줄은 꿈에도 몰랐다. 클럽 믹스의 테크노 비트가 우리를 급습했다. 크리스천이 볼륨을 낮췄다. 이 곡을 듣기엔 너무 이른 시간일지도 몰랐다. 브리트니는 무척이나 관능적이었다.

"〈톡식(toxic)〉이군, 어?" 크리스천이 씩 웃었다.

"무슨 말인지 모르겠는데요." 나는 짐짓 순진한 척했다.

그는 음악을 조금 줄였고 나는 마음속으로 나 자신을 껴안았다. 내 안의 여신이 수상대에 서서 금메달을 기다리고 있었다. 그가 음악 소리를 줄였잖아. 나의 승리!

"이 노래를 아이팟에 넣은 건 내가 아니야."

그가 무심하게 말하더니 엑셀을 밟고 고속도로를 빠르게 달려 나갔다. 내 몸은 등받이 쪽으로 젖혀졌다.

뭐? 그는 빈틈이 없었다. 나쁜 자식. 그럼 누가 한 거지? 그리고 나는 브리트니를 계속해서 들어야만 했다. 누구…… 누가?

노래가 끝나고 아이팟이 자동 셔플로 데미언 라이스의 구슬픈 노래를 내보냈다. 누가? 누가? 나는 창밖을 내다봤다. 속이 뒤집혔다. 누구지?

"레일라였어." 차마 입 밖으로 내지 못한 생각에 그가 대답했다. 어떻게 저럴 수 있는 거지?

"레일라요?"

"이전 여자. 그 여자가 그 노래를 내 아이팟에 넣었다고."

내가 아연실색하여 앉아 있는 동안 데미언 라이스가 배경에서 서서히 사라져갔다. 이전 여자라니, 이전 서브? 이전……?

"열다섯 명 중 하나?" 내가 물었다.

"그래."

"그 여자는 어떻게 됐어요?"

"우린 끝났어."

"왜요?"

아, 이런. 이런 질문을 하긴 너무 이른 시간이었다. 하지만 그는 느긋하고 심지어 행복해 보였고, 무엇보다 수다스러웠다.

"그 여잔 좀 더 원했거든."

그의 목소리는 낮았고 심지어 사색적이었다. 그 말 이후에 아무런 말도 뒤따르지 않아 우리 사이엔 침묵이 흘렀고 그 작고 힘센 단어 '좀 더'만 남았다.

"당신은 원하지 않았고요?" 나는 머리에서 입으로 가기 전에 한 번 더 걸러야 하는 필터를 켜지도 못하고 불쑥 물었다. 젠장, 언제야 이런 습관이 붙을까?

그가 고개를 저었다.

"나는 좀 더 원한 적이 한 번도 없어. 너를 만나기 전까지는."

나는 숨을 헉 들이켜며 비틀거렸다. 이게 내가 원했던 거 아니야? 그는 좀 더 원한대. 그도 그걸 원한대! 내 안의 여신이 단상에서 뒤로 공중제비를 넘으며 스타디움 주변을 빙글빙글 돌았다. 나뿐만이 아니었다.

"다른 열네 명은 어떻게 됐어요?"

이런, 그가 대답을 순순히 해주잖아. 그 점을 이용해.

"목록을 원해? 이혼, 교수형, 사망?"

"당신이 헨리 8세는 아니잖아요."

"그래, 특별한 순서 없이 말하자면 그 중 네 명하고만 장기적 관계를 가졌을 뿐이야. 엘레나는 빼고."

"엘레나요?"

"넌 로빈슨 부인이라고 하겠지만."

그는 비밀스럽고 개인적인 농담이라는 의미가 담긴 미소를 살짝 지었다.

엘레나라니! 세상에! 이 사악한 여자가 이름이 있었구나. 그것도 이국적인 억양이 있는 이름. 검은 머리에 루비처럼 빨간 입술을 한 창백한 피부의 뇌쇄적인 요부의 모습이 내 마음속에 떠올랐다. 그 여자가 아름다울 건 확실했다. 마음에 두지 말자, 마음에 두지 말자.

"그 네 사람은 어떻게 됐어요?" 나는 정신을 딴 데 쏟으려 했다.

"참 호기심도 많군. 정보를 캐내려고 열심이고, 스틸 양." 그가 장난스럽게 꾸짖었다.

"아, 먼저 그날이 언제냐고 물은 사람이 누구였더라?"

"아나스타샤, 남자라면 그런 걸 알고 있어야 할 필요가 있어."

"그래요?"

"나는 그래."

"어째서요?"

"널 임신시키고 싶지 않으니까."

"나도 그래요! 뭐, 앞으로 몇 년 동안은 그래요."

크리스천은 퍼뜩 놀라 눈을 깜박이더니 눈에 띄게 긴장을 풀었다. 좋아. 크리스천은 아이를 원하지 않는군. 지금만, 아니면 영원히? 나는 그의 갑작스럽고 유례없이 솔직한 공격에 허를 찔렸다. 어쩌면 이른 아침이라서 그런가? 아니면 조지아 물에 뭐라도 섞였나? 조지아 공기에? 그밖에 알고 싶은 건 뭐지? 카르페 디엠('시간을 잡아라'라는 라틴어로 현재를 즐기라는 뜻—옮긴이).

"그럼 나머지 넷은요. 어떻게 됐어요?" 나는 물었다.

"한 사람은 다른 사람을 만났어. 나머지 셋은 좀 더 원했고. 그때 나는 좀 더 주고 싶은 용의가 없었지."

"그러면 나머지는요?" 나는 밀어붙였다.
그는 힐끔 나를 쳐다보더니 그저 고개를 저었다.
"그냥 잘 안 됐어."
우아, 처리해야 할 정보가 우르르 쏟아졌다. 사이드미러를 보니 차 뒤 하늘 위로 분홍색과 아쿠아마린색의 빛이 부드럽게 피어오르고 있었다. 새벽이 우리를 따라오고 있었다.
"어디로 가나요?"
나는 영문을 모르고 95번 주간 고속도로를 내다보며 물었다. 우리는 남쪽으로 가고 있었다. 내가 아는 건 그뿐이었다.
"비행장."
"시애틀로 다시 돌아가는 건 아니죠?"
나는 화들짝 놀라 숨이 멎었다. 엄마에게 작별 인사도 하지 못했다. 엄마는 우리가 저녁식사에 오길 기다리고 있을 텐데.
그는 껄껄 웃었다.
"아니, 아나스타샤. 우린 내가 두 번째로 좋아하는 여가활동을 즐길 거야."
"두 번째요?" 나는 그를 보고 얼굴을 찡그렸다.
"그래. 오늘 아침에 내가 가장 좋아하는 걸 말했을 텐데."
나는 그의 찬란한 옆모습을 힐끔 보며 얼굴을 찡그리면서 머리를 굴렸다.
"너잖아, 스틸 양. 이게 내게 가장 우선순위지. 어쨌든 난 널 가질 수 있으니까."
아.
"그래요, 그건 정말 나의 기분전환용 변태 습관 순위에서도 상위를 차지하고 있어요."
나는 얼굴을 붉히면서 중얼거렸다.

"그 말 들으니 기쁘군." 그가 건조하게 대꾸했다.

"그래서, 비행장은 왜요?"

그가 나를 보면서 웃었다. "활공하려고."

그 말에는 모호한 여운이 있었다. 이전에도 말한 적이 있었다.

"우리는 새벽을 좇아가는 거야, 아나스타샤."

그는 몸을 돌려 나를 향해 웃었고 GPS는 좌회전하여 산업 공단처럼 보이는 곳으로 들어가라고 알렸다. 그는 '브런스윅 활공협회'라고 쓰인 간판이 있는 커다란 흰 건물 밖에 섰다.

글라이딩! 글라이딩하려는 건가?

그는 엔진을 껐다.

"이거 괜찮아?" 그가 내 뜻을 물었다.

"하늘을 날려고요?"

"그래."

"그래요, 좋아요!" 나는 망설이지 않았다. 그는 씩 웃으며 몸을 앞으로 숙이더니 내게 키스했다.

"또다시 첫 번째인데, 스틸 양."

그는 차에서 내리며 말했다.

처음? 무슨 종류의 처음? 글라이더를 타고 나는 게 처음? 그럴 리가! 아니. 그는 이전에도 탄 적이 있다고 말했다. 나는 긴장을 풀었다. 그가 걸어와 내 문을 열었다. 하늘은 미묘한 오팔색으로 변해서 아이처럼 장난스럽게 여기저기 떠다니는 구름 뒤에서 은근한 빛을 발했다. 동이 트고 있었다.

크리스천은 내 손을 잡고 건물 뒤로 돌아갔다. 비행기 몇 대가 서 있는 검은 아스팔트 활주로가 보였다. 그 옆에는 머리를 밀고 야성적인 눈을 한 남자가 테일러 옆에 서 있었다.

테일러! 크리스천은 저 사람 없이는 아무 데도 안 가는 거야? 나는 그를 보고 환히 웃었다. 그도 나를 보고 친절하게 미소를 지었다.

"그레이 씨, 여기 예인기 조종사, 마크 벤슨 씨입니다."

크리스천과 벤슨은 악수를 하고 풍속이라든가 풍향처럼 아주 전문적인 대화를 시작했다.

"안녕하세요, 테일러." 나는 수줍게 말했다.

"스틸 양." 그가 내게 목례했고 나는 얼굴을 찡그렸다.

"아나." 그가 스스로 교정했다. "사장님은 지난 며칠 동안 아주 열심히 달리셨습니다. 여기 와서 다행입니다."

그는 음모를 꾸미듯 말했다.

아, 이거 새로운 소식인데. 어째서? 분명 나 때문은 아니겠지! 목요일의 깨달음! 서배너 물에 뭔가 섞여서 이 남자들이 약간 풀어진 거겠지.

"아나스타샤." 크리스천이 나를 불렀다. "이리 와."

그가 손을 내밀었다.

"나중에 봬요."

나는 테일러를 보고 미소를 지으며 짧게 인사를 했다. 그는 다시 주차장으로 향했다.

"벤슨 씨, 이쪽은 내 여자 친구, 아나스타샤 스틸."

"만나서 반갑습니다." 악수를 나눌 때 내가 인사했다.

벤슨은 아찔한 미소를 지어 보였다.

"저야말로 반갑습니다."

그의 억양으로 봐서 영국 사람 같았다.

크리스천의 손을 잡자 배 속에서 흥분이 치솟았다. 와, 글라이더라니! 우리는 벤슨 씨를 따라 아스팔트를 지나 활주로로 나갔다. 그와 크리스천은 계속 알 수 없는 대화를 나누었다. 나는 오로지 요점만 알아들을 수 있을 뿐이었다. 우리는 블라닉 L-23을 타게 될 거고 L-13보다는 더 좋은 기종이지만 그건 아직 논쟁의 여지가 있었다. 벤슨은 파이퍼 포니를 몰 예정이었다. 그는 거의 5년 동안이나 예인기를 몰았다. 나는 그게 무슨 의미인지 크리스천을 올려다보니 그는 아주 활기를 띠고 본래의 모습으로 돌아와 있었다. 그런 모습을 보는 것이 즐거웠다.

비행기 기체는 길고 매끄러웠고 하얀 바탕에 주황색 줄무늬가 있었다. 작은 조종석에는 두 명이 앞뒤로 앉을 수 있었다. 거기에는 작고 평범한 단일 프로펠러 비행기가 길고 하얀 밧줄로 연결되어 있었다. 벤슨은 조종석을 덮은 커다랗고 투명한 방풍유리 지붕을 열고 우리 두 사람이 들어가도록 했다.

"먼저 낙하산부터 매야 합니다."

낙하산이라니!

"내가 하죠." 크리스천이 그를 막더니 벤슨에게서 안전띠를 받았다. 벤슨은 순순히 웃으며 넘겨주었다.

"전 바닥짐을 좀 가져오도록 하죠."

벤슨은 비행기 쪽으로 향했다.

"당신는 나를 묶는 걸 좋아하네요." 나는 건조하게 한 마디 던졌다.

"스틸 양은 짐작도 못할걸. 자, 여기 끈 안으로 들어와."

나는 어깨에 팔을 올리며 시키는 대로 했다. 크리스천은 살짝 뻣뻣해졌으나 움직이진 않았다. 일단 다리를 고리 안에 끼자 그가 낙하산을 끌어올렸고 나는 어깨 끈에 팔을 넣었다. 솜씨 좋게 그는 안전장치를 잠그고 모든 끈을 조였다.

"자, 이제 됐어." 그가 가볍게 말했지만 눈은 빛나고 있었다.

"어제 묶었던 머리끈은 가지고 있어?"
나는 고개를 끄덕였다.
"내가 머리를 위로 올렸으면 좋겠어요?"
"그래."
나는 재빨리 시키는 대로 했다.
"안으로 들어가." 크리스천이 명령했다. 그는 여전히 고압적이었다. 나는 뒤로 올라타려 했다.
"아니, 앞으로 타. 조종사가 뒤에 타는 거야."
"하지만 그러면 볼 수 없잖아요?"
"난 실컷 봤어." 그는 씩 웃었다.
그가 그렇게 행복한 건 처음 보는 듯했다. 고압적이지만 행복했다. 나는 올라타서 가죽 시트에 자리를 잡았다. 놀랄 정도로 편안했다. 크리스천이 몸을 숙이더니 내 어깨 위로 안전장비를 잡아당기면서 아래 허리띠를 채우기 위해 내 다리 사이로 손을 넣었다. 그는 안전띠를 내 배에 붙은 버클에 넣고 끼었다. 나머지 끈도 단단히 조였다.
"흠, 아침에 두 번이나 묶다니 난 운이 좋은 남자로군." 그는 속삭이며 내게 재빨리 키스했다. "이건 오래 걸리지 않을 거야. 기껏해야 이삼십 분. 오늘 아침 상승기류가 별로 좋진 않지만 이 시간에 위로 올라가면 눈부시게 아름다울 거야. 긴장하지 마."
"흥분돼요." 나는 환히 웃었다.
이 멍청한 웃음은 어디서 나오는 걸까? 실제로 내 몸의 한 부분은 겁에 질렸다. 내 안의 여신은 이불을 덮고 소파 뒤에 숨었다.
"좋아." 그도 마주 웃으면서 내 얼굴을 쓰다듬더니 시야에서 사라졌다.
그가 내 뒤에 올라타는 소리가 들리더니 움직임이 느껴졌다.

물론 그가 나를 어찌나 꽉 묶었는지 돌아볼 수도 없었다. 전형적이게도! 우리는 땅에 아주 붙어 있었다. 내 앞에는 다이얼과 레버가 붙은 계기판과 커다란 스틱이 있었다. 난 손대지 않고 그냥 놔두었다.

마크 벤슨이 명랑한 웃음을 띠고 다시 나타나서 내 안전띠를 확인하고 몸을 숙여 조종실 바닥을 살폈다. 그게 바닥짐인 듯했다.

"네, 안전하게 잘 됐네요. 처음이에요?" 그가 내게 물었다.

"네."

"좋을 거예요."

"고맙습니다, 벤슨 씨."

"마크라고 부르세요." 그는 크리스천에게로 몸을 돌렸다. "준비됐습니까?"

"좋습니다, 갑시다."

빈속인 게 기뻤다. 지나치게 흥분해서 내 위가 음식, 흥분, 비행을 버틸 수 있을 것 같지가 않았다. 다시 한 번 나는 이 남자의 능숙한 손길에 나를 맡기려 하고 있었다. 마크는 조종석 지붕을 닫고 앞의 비행기로 걸어가서 올라탔다.

단일 프로펠러 파이퍼 비행기가 움직이기 시작하자 내 불안한 위장은 목구멍으로 올라온 것 같았다. 어쩜…… 정말 날게 되는구나. 마크는 천천히 활주로를 질주했고 밧줄이 팽팽해지자 우리는 갑자기 앞으로 쏠렸다. 우리는 날아갔다. 내 뒤에 설치된 무선장치로 중얼중얼 지껄이는 소리가 들렸다. 마크가 관제탑과 교신하는 것 같았지만 뭐라고 하는지는 알 수가 없었다. 파이퍼가 속도를 붙이자 우리도 빨라졌다. 글라이더는 덜컹거렸고 우리 앞의 단일 프로펠러기는 아직도 땅 위에 있었다. 과연 위로 뜨기는 할까? 갑자기 내 위가 목에서 사라져 몸을 통과해 저 땅으로 자유낙하하는 것 같았다. 우리는 하늘에 떠 있었다.

"이제 간다!" 크리스천이 내 뒤에서 소리를 질렀다.

우리는 우리만의 공기방울 속에 떠 있었다. 내 귀에 들리는 건 고막을 찢는 듯한 바람 소리와 저 멀리서 윙윙대는 파이퍼의 엔진 소리뿐이었다.

양손으로 가장자리를 붙들었다. 얼마나 꽉 잡았는지 내 주먹이 하얬다. 우리는 떠오르는 태양을 피해, 서쪽 내륙으로 향하며 더 높이 올라 들판과 숲, 집들과 95번 주간 고속도로 위를 날았다.

세상에, 머리 위엔 오직 하늘뿐이라니 정말 놀라웠다. 찬연한 빛이 사방으로 퍼지면서 따뜻한 색조를 띠었다. 호세가 '매직 아워'에 대해서 떠들던 기억이 났다. 사진가들이 하루 중 제일 좋아하는 시각. 그건 바로 동이 튼 직후였고, 나는 바로 지금 그 시간에 있었다. 크리스천과 함께.

느닷없이 호세의 전시회가 떠올랐다. 흠. 크리스천에게 말해야 할 텐데. 그가 어떻게 반응할지 잠깐 궁금했다. 하지만 지금은 그에 대해 걱정하지 않기로 했다. 지금 당장은. 그저 이 비행을 즐기기로 했다. 더 높이 올라가자 귓속이 쿵쿵 울렸고 땅이 저 멀리, 더 멀리 미끄러져갔다. 무척이나 평화로웠다. 어째서 그가 높이 올라오고 싶어 하는지 확실히 이해할 수 있었다. 그의 블랙베리와 일의 압력으로부터 멀리 떨어져서.

무선장치가 다시 지직 소리와 함께 살아났고 마크가 3천 피트라고 알렸다. 세상에, 참 대단한 높이처럼 들렸다. 나는 땅을 확인했지만 저 아래에 있는 어떤 사물도 분간할 수가 없었다.

"놓아요." 그가 무선장치에 대고 말했다. 갑자기 파이퍼가 사라졌고 작은 비행기가 끌어주었던 감각도 멈췄다. 우리는 그저 떠 있었다. 조지아 주 위에 떠다녔다.

세상에, 정말 흥분되잖아. 날개를 기울이자 비행기가 선회하며 방향을 틀었고 우리는 태양을 향해 빙그르르 돌았다. 이카로스. 이것이었다. 나는 태양 가까이 날고 있었지만 그가 나와 함께 있었다. 나를 이끌고 있었다. 이 깨달음에 나는 숨이 멎었다. 우리는 돌고 돌았다. 아침 햇살 속 풍경은 장관이었다.

"꽉 잡아." 그는 소리를 질렀고 우리는 아래로 기울어졌다. 이번에 그는 멈추지 않았다. 갑자기 나는 거꾸로 날며 조종석 지붕 꼭대기를 통해 땅을 보게 되었다.

나는 큰 소리로 비명을 질렀고 자동적으로 팔을 허우적거렸다. 떨어지지 않기 위해서 손으로는 방풍 유리 지붕을 짚었다. 그가 껄껄 웃는 소리가 들렸다. 나쁜 자식! 하지만 그의 즐거움은 전염성이 있었고 그가 비행기를 바로 했을 때는 나도 웃고 있었다.

"아침 안 먹은 게 얼마나 다행인지 몰라요!" 나는 그를 향해 소리쳤다.

"그래, 뒤돌아보면 먹지 않은 게 다행이지. 다시 또 할 테니까."

그는 우리가 거꾸로 뒤집힐 때까지 또 한 번 비행기를 기울였다. 이번에는 대비를 하고 안전장비를 꼭 붙들고 있었기 때문에 바보처럼 키득키득 웃을 수 있었다. 그가 다시 한 번 비행기를 평평하게 돌렸다.

"아름답지?" 그가 외쳤다.

"네." 우리는 장엄하게 공기 속을 휙 내려앉으며 날았다. 이른 아침 햇살 속에서 바람과 고요에 귀를 기울였다. 더 이상 바랄 게 뭐가 있을까?

"앞에 있는 조종간 보여?" 크리스천이 다시 소리쳤다.

다리 사이에 불쑥 솟아 있는 조종간을 보았다. 아, 안 돼. 이걸 가지고 어떻게 하라고?

"꽉 잡아봐."

이런, 내게 비행기를 조종하게 하려는구나. 안 돼!

"해봐, 아나스타샤. 잡아봐." 그가 좀 더 격렬하게 재촉했다.

머뭇머뭇 조종간을 잡고 위아래, 좌우로 요동하는 움직임을 느꼈다. 아마도 조종타건 뭐건 이 물건을 공기 중에 떠 있게 하는 장치인 듯했다.

"꽉 잡아…… 일정하게 유지해. 앞에 있는 가운데 다이얼 보여? 그 방향이 꼭 가운데 오게 해야 해."

심장이 입까지 튀어올랐다. 맙소사, 내가 글라이더를 운전하고 있다……. 날아오르고 있어.

"잘하네." 크리스천은 기쁜 목소리였다.

"내게 통제권을 맡기다니 놀랄 뿐이네요." 나는 소리 질렀다.

"내가 당신에게 뭘 맡겼는지 알면 놀랄걸, 스틸 양. 자, 이제 내게 넘겨."

조종간이 갑자기 움직이는 게 느껴졌다. 내가 그를 놓자 우리는 몇 미터 아래로 빙글빙글 떨어졌다. 내 귀가 또다시 울리기 시작했다. 땅은 점점 가까워졌고 마치 곧 부딪힐 것만 같았다. 세상에, 무서웠다.

"비엠에이, 여기는 비지 엔 파파 스리 알파. 7번 활주로 왼쪽 배풍로로 잔디밭까지 장주비행한다. 비엠에이."

크리스천의 목소리는 평소의 권위를 되찾았다. 관제탑에서도 무선장치를 통해 뭐라 대답했으나 무슨 말인지 이해할 수가 없었다. 우리는 다시 한 번 크게 원을 그리고 돌면서 느리게 땅으로 가라앉았다. 공항과 활주로가 보이는가 싶더니 우리는 다시 95번 주간 고속도로 위를 날고 있었다.

"잘 잡아. 꽤 울퉁불퉁할 테니."

또 한 번 원을 그린 후 우리는 비행기를 기울였고 갑자기 쿵 하는 충격과 함께 땅에 내려앉아 잔디밭을 따라 질주했다. 제기랄. 놀랄 만한 속도로 땅 위를 덜커덩덜커덩 지날 때 이가 덜덜 떨렸다. 그러다가 마침내 비행기는 멈추었다. 비행기는 휙 흔들리더니 오른쪽으로 기울었다. 나는 허파 가득 공기를 들이마셨고 그동안 크리스천이 몸을 숙여 조종석 뚜껑을 열고 나와 기지개를 켰다.

"어땠어?" 물어보는 그의 눈은 눈이 부실 정도로 빛이 나는 은회색이었다. 그는 몸을 숙여 나를 풀어주었다.

"정말 근사했어요. 고마워요." 나는 속삭였다.

"좀 더 만족이 됐어?" 그의 목소리에는 희망이 어렸다.

"훨씬 더요." 내 대답에 그가 씩 웃었다.

"따라와." 그는 한 손을 내게 내밀었고 나는 조종석에서 기어 나왔다.

내가 나오자마자 그가 나를 잡고 나란히 섰다. 갑자기 그의 손이 내 머리카락 속으로 들어오더니 내 머리가 기울어지도록 세게 잡아당겼다. 그의 다른 손은 등뼈를 타고 아래로 내려갔다. 그는 내 입에 혀를 집어넣고 오래, 거칠게, 정열적으로 키스했다. 숨결이 점점 차올랐다. 그의 열정…… 맙소사, 그의 일어선 흥분…… 우리는 너른 들판에 있었지만 나는 개의치 않았다. 내 손이 그의 머리카락을 감아 그를 내게 끌어당겼다. 나는 그를 원했다. 여기, 지금, 땅 위에서. 그는 몸을 떼고 나를 내려다보았다. 아침 햇살을 받은 그의 눈은 이제 음험하게 빛을 발했다. 날것의 오만한 관능으로 가득한 눈이었다. 우아. 그가 내 숨을 앗아갔다.

"아침식사하자." 그의 속삭임에 그 말은 한층 더 맛있고 선정적으로 들렸다.

그는 어쩌면 베이컨과 달걀 얘기를 금단의 열매 얘기하듯이 할 수 있을까? 정말 남다른 기술이었다. 그는 내 손을 꼭 잡은 채 몸을 돌렸고 우리는 차로 돌아갔다.

"글라이더는 어떻게 해요?"

"다른 사람이 알아서 할 거야." 그는 거만하게 말했다.

"우리는 이제 아침 먹을 거야." 그의 어조는 단정적이었다.

음식이라니! 그 사람은 음식 이야기를 하는데 내가 정말로 원하는 건 그뿐이었다.

"이리 와." 그가 미소를 지었다.

이런 모습의 크리스천을 본 건 처음이었고 참 즐거운 광경이었다. 그와 나란히 손을 잡고 걸어가며 나는 나도 모르게 멍청하고 얼뜬 미소를 짓고 있었다. 열 살 때 레이 아빠와 디즈니랜드에 갔던 날이 생각났다. 그날은 참 완벽했고 오늘도 그에 걸맞은 완벽한 날이 될 게 분명했다.

다시 차로 돌아와 95번 주간 고속도로를 타고 서배너로 돌아가는 동안 전화 알람이 따르릉 울렸다. 아, 그래. 피임약을 먹어야지.

"그게 뭐야?"

크리스천이 궁금증이 동하는지 나를 보며 물었다.

나는 가방을 뒤져 약봉지를 꺼냈다.

"약 먹는 시간 알람이에요." 대답할 때 내 뺨이 붉게 물들었다.

그의 입이 위로 휘었다.

"좋아, 잘 하고 있어. 난 콘돔을 싫어하니까."

나는 좀 더 얼굴을 붉혔다. 그는 평소처럼 생색을 내고 있었다.

"마크에게 나를 여자 친구라고 소개해줘서 좋았어요." 나는 중얼거렸다.

"실제로 그런 거 아니야?" 그는 한쪽 눈썹을 치켰다.

"내가요? 난 당신이 서브를 원하는 줄 알았는데요."

"나도 그랬지, 아나스타샤. 지금도 그렇고. 하지만 말했듯이 나도 좀 더 원한다고 했잖아."

아, 세상에. 그가 방향을 바꾸고 있구나. 희망이 내 몸 안에서 솟아올라 숨도 쉴 수 없었다.

"좀 더 원한다니 기뻐요." 나는 속삭였다.

"우리 목적은 서로를 기쁘게 하는 거잖아, 스틸 양."

그는 히죽거리면서 인터내셔널 하우스 오브 팬케이크(IHOP)로 들어섰다.

"아이홉." 나는 그를 보면서 씩 웃었다. 믿을 수가 없었다. 누가 그런 생각이나 했겠어……? 크리스천 그레이가 아이홉이라니.

아침 8시 30분이었지만 식당은 조용했다. 달콤한 반죽과 튀김, 소독약 냄새가 났다. 흠…… 그렇게 구미 당기는 향기는 아닌데. 크리스천이 나를 칸막이 자리로 이끌었다.

"당신이 이런 데 올지는 꿈에도 몰랐어요." 칸막이 자리에 앉으면서 나는 속삭였다.

"어머니가 의학 학회 같은 걸 가실 때면 아버지가 우리를 이런 데 데려오곤 하셨지. 우리만의 비밀이었어." 그는 춤추는 듯한 눈으로 나를 보고 미소 지었고 마음대로 뻗친 머리카락을 쓸면서 메뉴를 집었다.

아, 저 머리카락을 내가 쓸 수 있었으면. 나도 메뉴를 들어 살폈다. 배가 몹시 고프다는 것이 실감났다.

"난 원하는 걸 골랐어." 그는 낮고 허스키한 목소리로 말했다.

그를 올려다보았다. 그는 내 아랫배의 근육들이 꽉 조이고 숨이 막히게 쳐다보았다. 눈은 어둡게 불타올랐다. 세상에. 피가 그의 부름에 대답하며 혈관 속에서 노래를 불렀다.

"나도 당신이 원하는 걸로 할래요." 나는 속삭였다.

그는 숨을 헉 들이켰다.

"여기서?" 그는 한쪽 눈썹을 치키고 짓궂게 웃으며 넌지시 물었다. 이가 혀끝을 살짝 물었다.

세상에나, 아이홉에서 섹스라니. 그의 표정이 변하면서 점점 어두워졌다.

"입술 깨물지 마." 그가 명령했다. "여기서는 안 되고, 지금도 안 돼." 그의 눈이 순간 굳어지더니 잠깐 동안 아주 맛있게 위험해졌다. "여기서 당신을 가질 수 없다면 날 유혹하지 마."

"안녕하세요, 전 레안드라에요. 무엇을 드시겠어요, 아…… 손님들은…… 오늘, 오늘 아침에……?"

여자가 말꼬리를 흐렸다. 내 앞에 앉아 있는 크리스천을 보더니 말을 더듬기 시작한 것이었다. 여자의 얼굴이 새빨개졌고 아주 약간의 동정심이 달갑지 않게 내 마음속에 보글보글 피어올랐다. 그를 보면 그런 반응을 보이는 건 나도 여전히 마찬가지였다. 여자가 나타난 덕에 그의 관능적인 시선으로부터 잠깐 벗어날 수 있었다.

"아나스타샤?" 그는 종업원을 무시하면서 나를 재촉했다. 그가 그 순간 내 이름을 불렀을 때 느꼈던 육욕을 끌어낼 수 있는 사람은 다시는 없을 것이란 생각이 들었다.

나는 불쌍한 레안드라처럼 얼굴색이 변하지 않았기만을 바라며 침을 꿀꺽 삼켰다.

"말했잖아요. 당신이 원하는 걸로 한다고."

부드럽고 낮은 목소리를 유지할 수 있었다. 그는 나를 허기진 눈으로 바라보았다. 세상에, 내 안의 여신이 까무러쳤다. 내가 지금 이 게임을 하고 있는 거야?

레안드라는 나와 크리스천을 번갈아 보았다. 얼굴빛이 빛나는 빨간머리와 거의 같은 색이었다.

"잠깐 있다가 주문 받을까요?"

"아니. 우리는 뭘 원하는지 고른 것 같은데."

크리스천의 입이 살짝 섹시한 미소를 지으며 꿈틀거렸다.

"메이플 시럽을 곁들인 오리지널 버터밀크 팬케이크와 베이컨 2인분, 오렌지 주스 두 잔, 탈지 우유와 블랙커피 한 잔, 잉글리시 브렉퍼스트 티 한 잔 줘요. 있으면."

크리스천은 내게서 눈을 떼지 않고 말했다.

"고맙습니다. 그게 다예요?"

레안드라는 우리 두 사람을 빤히 보며 속삭였다. 우리 둘 다 고개를 돌려 쳐다보자 종업원은 다시 얼굴을 선홍색으로 물들이며 서둘러 가버렸다.

"이거 정말 공정하지 않아요." 나는 집게손가락으로 포마이카 식탁 위에 모양을 그리면서 태연한 목소리를 내려고 애썼다.

"뭐가 공정하지 않아?"

"당신이 사람들 무장을 풀어버리는 거요. 여자들, 나."

"내가 당신의 무장을 풀었어?"

나는 코웃음을 쳤다. "언제나 그러잖아요."

"그냥 보이기만 그럴 뿐이지, 아나스타샤." 그가 온화하게 말했다.

"아니에요, 크리스천. 그 이상이에요."

그가 이맛살을 찌푸렸다. "너야말로 내 무장을 완전히 해제해버렸어, 스틸 양. 너의 순진함이. 그 때문에 어떤 허튼짓도 할 수 없어."

"그래서 마음을 바꾼 거예요?"

"마음을 바꿔?"

"그래요. 음…… 우리에 대해."

그는 생각에 잠겨 길고 능숙한 손가락으로 턱을 쓸었다.

"지금 말 그대로 마음을 바꿨다고는 생각을 하지 않아. 우리의 기준을 재정의하고 전선을 다시 그려야 할 필요가 있다고나 할까. 이게 제대로 이루어지도록 할 수 있다고 나는 확신하고 있어. 난 네가 서브로서 내 오락실에 와주길 바라. 네가 규칙에 어긋나면 벌을 줄 거고. 그 외에는…… 뭐, 그건 모두 의논하기 달렸지. 그게 내 요구사항이야, 스틸 양. 더 할 말이 있나?"

"그럼 당신과 같이 자게 되나요? 침대에서?"

"그게 네가 원하는 거야?"

"그래요."

"그럼 그렇게 하지. 게다가 네가 침대에 있으면 잠이 잘 오더군. 그건 몰랐지."

그의 목소리가 점점 잦아들어가면서 이마에 주름이 잡혔다.

"내가 그 모든 조건에 동의하지 않으면 당신이 떠날까봐 겁이 났었어요." 나는 속삭였다.

"난 아무 데도 안 가, 아나스타샤. 게다가……."

그는 말꼬리를 흐리더니 잠시 생각 후에 덧붙였다.

"우리는 너의 충고, 너의 정의를 따를 거야. 타협, 콤프러마이즈에 대한 것. 네가 이메일로 보냈잖아. 이제까지는 효과가 있던데."

"당신이 좀 더 원한다는 게 좋아요." 나는 수줍게 속삭였다.

"알아."

"어떻게 알아요?

"날 믿어. 그냥 아니까." 그는 씩 웃었다. 뭔가 숨기고 있다. 뭐지?

그 순간 레안드라가 우리 아침을 가지고 오는 바람에 대화가 끊겼다. 위장이 요동치며 내가 얼마나 허기졌는지 새삼 깨달았다. 크리스천은 내가 접시 위에 있는 음식을 모조리 먹어치우는 모습을 짜증날 정도로 흐뭇한 눈길로 쳐다보았다.

"내가 계산해도 돼요?" 나는 크리스천에게 물었다.

"뭘 계산해?"

"여기 식사비요."

크리스천이 코웃음을 쳤다.

"무슨 그런 말을." 그는 일축해버렸다.

"제발요. 하고 싶어요."

그가 나를 보고 얼굴을 찡그렸다.

"정말 나를 남자 망신시키는 사람으로 만들려는 거야?"

"내가 돈을 낼 수 있는 곳은 이런 곳뿐일 걸요."

"아나스타샤, 그 생각은 고마워. 정말이야. 하지만 안 돼."

나는 입을 꾹 다물었다.

"찡그리지 마." 그는 불길하게 눈을 번득이며 협박했다.

물론 엄마의 집 주소는 묻지도 않았다. 벌써 알고 있었으니까. 참으로 대단한 스토커니까. 그가 집 앞에 차를 댔을 때 나는 아무 말도 하지 않았다. 그래봤자 무슨 의미가 있겠어?

"들어올래요?" 나는 수줍게 물었다.

"일해야 해, 아나스타샤. 하지만 오늘 저녁에 다시 올게. 몇 시?"

나는 달갑지 않게 마음을 찌르는 실망감을 무시해버렸다. 어째서 내 일분일초를 이 통제하기 좋아하는 섹스광하고 같이 보내고 싶은 걸까? 아, 그래, 난 이 사람이랑 사랑에 빠졌지. 게다가 이 사람은 하늘을 날 수도 있고.

"고마워요…… 좀 더 노력해준다고 해서."

"내가 좋아서 하는 거야, 아나스타샤." 그는 내게 키스를 했고 나는 섹시한 크리스천 냄새를 들이마셨다.

"나중에 와요."

"오지 말라도 올 텐데." 그가 속삭였다.

나는 손을 흔들어 작별 인사를 했고 그는 조지아의 햇빛 속으로 사라졌다. 나는 아직도 그의 스웨트 셔츠와 속옷을 입고 있어서 너무 더웠다.

부엌에 들어가니 엄마는 아주 야단법석이었다. 하긴 억만장자를 집에 초대하는 게 매일 있는 일은 아닐 테니 신경도 쓰이시겠지.

"어땠니, 얘?"

엄마가 묻자 나는 얼굴을 붉혔다. 간밤에 내가 무엇을 했는지 엄마는 알 테니까.

"잘 있었어. 크리스천이 오늘 아침 나 글라이더를 태워줬어."

이 새로운 정보에 엄마의 신경이 쏠리기를 바랐다.

"글라이더? 엔진 없는 작은 비행기? 그런 글라이더?"
나는 고개를 끄덕였다.
"우아."
엄마는 할 말을 잃었다. 엄마에게는 새로운 경험이었다. 엄마는 나를 보고 입을 떡 벌렸지만 결국에는 자신을 회복하고 원래의 질문을 계속했다.
"지난밤은 어땠어? 얘기는 했어?"
어쩜. 나는 환한 선홍색으로 빨개졌다.
"얘기했어. 간밤하고 오늘하고. 좋아졌어요."
"잘됐네."
엄마는 부엌 탁자 위에 펼쳐놓은 요리책 네 권에 다시 관심을 돌렸다.
"엄마…… 괜찮으면 오늘 저녁은 내가 요리할게."
"착하기도 하지. 하지만 내가 직접 하고 싶은데."
"그러세요."
나는 엄마의 요리가 대성공 아니면 대참사라는 것을 너무 잘 알고 있었기 때문에 얼굴을 찡그렸다. 어쩌면 밥 아저씨와 서배너로 이사 온 이후에는 실력이 나아졌을지도 모르지. 엄마의 요리를 누구에게도 추천할 수 없었던 때가 있긴 했다. 심지어…… 내가 싫어하는 사람에게도? 아, 그래 로빈슨 부인, 엘레나에게라도. 뭐, 어쩌면 그 여자에게는 권할지도 모르지. 이 여자를 만날 날이 과연 올까?
나는 크리스천에게 짧게 감사의 편지를 보내기로 했다.

보낸 사람: 아나스타샤 스틸
제목: 날아오름-달아오름과 대조되는 말

날짜: 2011년 6월 2일 10:20 EST
받는 사람: 크리스천 그레이

가끔 보면 여자에게 즐거운 시간을 선사하는 방법을 정말 잘 안다니까요.
고마워요.

아나 x

보낸 사람: 크리스천 그레이
제목: 날아오름 대 달아오름
날짜: 2011년 6월 2일 10:24 EST
받는 사람: 아나스타샤 스틸

네가 코를 고는 소리를 듣느니 하늘로 날아오르든가 엉덩이를 달아오르게 하든가지. 나도 즐거웠어.
하지만 너와 함께 있을 땐 언제나 그러니까.

크리스천 그레이
CEO, 그레이 엔터프라이즈 홀딩스, Inc.

보낸 사람: 아나스타샤 스틸
제목: **코 골기**
날짜: 2011년 6월 2일 10:26 EST

받는 사람: 크리스천 그레이

난 코 안 골아요! 그랬다고 하더라도 그걸 굳이 지적하다니 신사답지 않네요.

신사가 아니군요, 그레이 씨! 남부 신사란 말 몰라요!

아나

보낸 사람: 크리스천 그레이

제목: 잠꼬대

날짜: 2011년 6월 2일 10:28 EST

받는 사람: 아나스타샤 스틸

난 신사라고 주장한 적 한 번도 없는데, 아나스타샤. 그 점을 수없이 많이 네게 지적해주었지. 네가 아무리 굵은 글씨로 써도 하나도 무섭지 않아. 하지만 사소한 하얀 거짓말 하나는 해야겠어. 그래, 코는 골지 않았지. 하지만 잠꼬대는 하던데. 게다가 아주 매혹적이었다고.

키스 표시는 왜 사라졌나?

크리스천 그레이

파렴치한 & CEO, 그레이 엔터프라이즈 홀딩스, Inc.

망할, 내가 잠꼬대하는 건 나도 알고 있던 사실이었다. 케이트가 여러 번 이야기했었다. 이번엔 뭐라고 말했지? 아, 안 돼.

보낸 사람: 아나스타샤 스틸
제목: 비밀을 털어놓아요
날짜: 2011년 6월 2일 10:32 EST
받는 사람: 크리스천 그레이

파렴치한에 악한이기까지! 절대로 신사는 아니네요.
그럼 내가 뭐라고 했어요? 말해줄 때까지 키스는 없어요!

아나

보낸 사람: 크리스천 그레이
제목: 잠자는 잠꼬대 미녀
날짜: 2011년 6월 2일 10:35 EST
받는 사람: 아나스타샤 스틸

그런 말을 한 건 아주 신사적이지 않은 태도인진 모르지만 그에 대한 벌은 벌써 받지 않았나.

하지만 얌전히 행동한다면 오늘 저녁에 말해줄게. 지금은 회의 들어가봐야 해서.

이따가 봐, 자기.

크리스천 그레이
CEO, 파렴치한 & 악한, 그레이 엔터프라이즈 홀딩스, Inc.

그래! 오늘 저녁까지 통신상으로는 침묵을 유지하도록 하지.

나는 김을 뿜었다. 이런. 자면서 내가 그를 싫어한다고 말했으면 어쩌지. 아니면 더욱 나쁘게는 사랑한다고 말했으면. 오, 그러지 않았기를 바랄 뿐이었다. 아직 그 얘기를 할 준비가 되지 않았고 설사 그가 듣고 싶다 하더라도 들을 준비가 되지 않은 것은 확실했다. 나는 컴퓨터를 보고 얼굴을 찌푸린 후 엄마가 무엇을 요리하든 나는 반죽이나 치면서 내 좌절감을 방출해야겠다고 결심했다.

엄마는 가스파초 수프와 올리브오일과 마늘, 레몬으로 양념한 스테이크 바비큐를 하기로 결단을 내렸다. 크리스천은 고기를 좋아했고 요리하기도 간단했다. 밥이 자진해서 바비큐 석쇠를 세우기로 했다. 남자들이란 불장난하기를 왜 이리 좋아해? 쇼핑카트를 밀고 슈퍼마켓을 활주하는 엄마 뒤를 졸졸 따라다니며 생각에 잠겼다.

정육 코너 진열장을 훑고 있을 때 휴대전화가 울렸다. 크리스천일지도 모른다고 생각하며 허겁지겁 휴대전화를 찾았다. 못 보던 번호였다.

"여보세요?" 나는 숨이 턱에까지 차서 전화를 받았다.

"아나스타샤 스틸 씨?"

"네."

"에스아이피(SIP)의 엘리자베스 모건이에요."

"아, 네. 안녕하세요."

"저희 쪽에서는 잭 하이드 씨의 비서직을 제안하려고 전화했어요. 월요일부터 근무했으면 하는데요."

"아, 다행이다. 감사해요!"

"연봉 내역은 알고 있나요?"

"네, 네. 그게…… 제 말은 제안을 받아들인다는 뜻입니다. 귀사에서 일하게 되어 기쁩니다."

"잘됐군요. 그럼 월요일 아침 8시 30분까지 출근하실 수 있죠?"

"그때 뵙겠습니다. 안녕히 계세요. 정말 감사합니다."

나는 환한 얼굴로 엄마를 보았다.

"취직했니?"

내가 명랑하게 고개를 끄덕이자 엄마는 퍼블릭 슈퍼마켓 한가운데서 비명을 지르며 나를 끌어안았다.

"축하한다, 얘! 샴페인도 사야겠구나!"

엄마는 박수를 치면서 폴짝폴짝 뛰었다. 엄마는 마흔두 살일까, 아니면 열두 살일까?

전화를 힐끔 내려다보며 얼굴을 찡그렸다. 크리스천에게서 온 부재중 전화가 한 통 있었다. 그는 지금까지 내게 전화한 적이 없었다. 곧바로 전화를 걸었다.

"아나스타샤." 그가 즉각 전화를 받았다.

"안녕." 나는 수줍게 대답했다.

"나 지금 시애틀로 돌아가야 해. 무슨 일이 생겼어. 지금 힐튼 공항으로 가는 중이야. 어머님께 죄송하다고 전해드려. 저녁 식사에 갈 수 없으니."

무척이나 사무적인 목소리였다.

"심각한 일은 아니죠?"

"내가 직접 처리해야 할 문제 상황이 생겼어. 내일 만나. 공항으로 테일러 마중 보낼게. 내가 직접 가지 못하면."

그의 목소리는 냉담했다. 심지어 화난 것 같았다. 하지만 처음으로 나 때문이 아니라고 생각할 수 있었다.

"좋아요. 상황을 원만히 해결하길 바라요. 비행 조심하고요."

"너도."

그가 나직이 말했다. 이 말과 함께 나의 크리스천이 돌아왔다. 그는 전화를 끊었다.

아, 안 돼. 마지막으로 그가 겪었던 '문제 상황'은 나의 처녀성이었다. 그런 건 아니길 바라. 나는 엄마를 쳐다보았다. 엄마가 일찍이 느꼈던 환희는 걱정으로 변신했다.

"크리스천이에요. 시애틀로 도로 가봐야 한대요. 엄마에게 사과한다고."

"어머, 그것 참 안타깝구나! 그래도 우리끼리 바비큐를 할 수 있어. 너한테 축하할 일까지 생겼잖니. 취직도 했잖아! 무슨 일인지 엄마에게 다 털어놔야 한다."

늦은 오후, 엄마와 나는 수영장 가장자리에 누워 있었다. 엄마는 억만장자가 오지 않는다는 걸 알자 긴장이 확 풀려 말 그대로 뻗었다. 나는 창백한 피부에 색을 좀 입히려고 햇빛 속에 누워서 어젯밤과 오늘 아침을 생각했다. 크리스천을 생각하니 바보 같은 웃음이 떠올라 가라앉지 않았다. 우리가 나눈 여러 가지 대화, 우리가 했던 일……. 그가 했던 일을 회상하니 청하지도 않은 웃음이 당황스럽게도 내 얼굴로 계속 슬금슬금 기어들어왔다.

크리스천의 태도가 썰물과 밀물처럼 바뀐 듯했다. 그는 부인하기는 했지만 좀 더 노력하겠다고 인정했다. 무엇 때문에 바뀌었을까? 마지막으로 긴 이메일을 보냈을 때와 어제 만나기까지 그 사이에 무엇이 변했을까? 무엇을 했단 말인가? 나는 음료를 거의 쏟을 뻔하며 벌떡 일어나 앉았다. 저녁식사를 했잖아. 그 여자와. 엘레나.

젠장!

이 깨달음에 정수리가 따끔따끔했다. 그 여자가 그에게 뭔가 말한 걸까? 오…… 두 사람이 저녁을 먹을 때 벽에 붙은 파리 한 마리라도 되었어야 하는데. 그 여자의 수프나 와인 잔에 내려앉아 그 여자 목을 막아버렸어야 하는 것을.

"무슨 일이니, 아나?" 엄마는 께느른한 상태에서 퍼뜩 깨어나 물었다.

"그냥 잠시 숨을 돌리고 있었어, 엄마. 지금 몇 시야?"

"오후 6시 30분 정도 됐네."

흠…… 아직 도착 안 했겠네. 그 사람에게 물어볼 수 있을까? 물어봐야 할까? 그 여자와 전혀 상관없을지도 모르는데. 나는 열렬히 그러길 바랐다. 내가 자다가 무슨 말을 했을까. 젠장……. 그에 관한 꿈을 꾸다가 무방비로 아무 말이나 했을지 몰라. 그게 뭐든, 뭐였든 조류의 변화가 그의 내면에서 일어난 것이지 그 여자에게서 온 것은 아니길 바랐다.

이 끔찍한 열기 속에서 열이 펄펄 났다. 다시 한 번 수영장에 몸을 담가야 했다.

잘 준비를 하고 컴퓨터를 켜보았다. 크리스천으로부터는 아무런 연락 없었다. 안전히 도착했다는 말 한 마디 없었다.

보낸 사람: 아나스타샤 스틸

제목: 무사히 도착?

날짜: 2011년 6월 2일 22:32 EST

받는 사람: 크리스천 그레이

친애하는 선생님,

안전히 도착했는지 알려주시길 바랍니다. 슬슬 걱정이 되는 참이거든요. 당신 생각을 하면서요.

당신의 아나 x

3분 후, 받은 편지함에서 핑 하는 소리가 들렸다.

보낸 사람: 크리스천 그레이
제목: 미안
날짜: 2011년 6월 2일 19:36
받는 사람: 아나스타샤 스틸

친애하는 스틸 양,

안전하게 도착했고 알려주지 못한 데 대한 사과를 받아주길 바라. 네게 어떤 걱정도 끼치기 싫어서. 네가 나를 그토록 생각한다는 걸 알게 되니 마음이 따뜻한데. 나도 너를 생각해. 여느 때처럼 너를 내일 만나기를 고대하겠어.

크리스천 그레이
CEO, 그레이 엔터프라이즈 홀딩스, Inc.

난 한숨지었다. 크리스천은 다시 사무적인 태도로 돌아왔다.

보낸 사람: 아나스타샤 스틸
제목: 문제 상황

날짜: 2011년 6월 2일 22:40 EST
받는 사람: 크리스천 그레이

친애하는 그레이 씨,
내가 당신을 깊이 생각한다는 건 무척 자명한 일이라고 생각했는데요. 그런 걸 어떻게 의심할 수 있어요?
당신의 '문제 상황'이 잘 통제되었으면 좋겠네요.

당신의 아나 x

추신: 내가 잘 때 뭐라고 했는지 말해주긴 할 거예요?

보낸 사람: 크리스천 그레이
제목: 묵비권 요청
날짜: 2011년 6월 2일 19:45
받는 사람: 아나스타샤 스틸

친애하는 스틸 양,
나를 그렇게 생각한다니 무척 좋군. 여기 '문제 상황'은 아직 해결되지 않았어.
너의 추신에 관한 대답은 거절이야.

크리스천 그레이
CEO, 그레이 엔터프라이즈 홀딩스, Inc.

보낸 사람: 아나스타샤 스틸
제목: 심신상실을 주장
날짜: 2011년 6월 2일 22:48 EST
받는 사람: 크리스천 그레이

재미있었기를 바라요. 하지만 내가 무의식 상태일 때 내 입에서 나온 말에는 책임을 질 수 없다는 것 당신도 알고 있겠죠. 사실, 당신이 잘못 들었을지도 모르잖아요.

당신처럼 고령이면 약간 가는귀가 먹었을 테니까요.

보낸 사람: 크리스천 그레이
제목: 유죄 인정
날짜: 2011년 6월 2일 19:52
받는 사람: 아나스타샤 스틸

친애하는 스틸 양,
뭐라고, 크게 말해줄 수 있겠어? 잘 안 들리네.

크리스천 그레이
CEO, 그레이 엔터프라이즈 홀딩스, Inc.

보낸 사람: 아나스타샤 스틸
제목: 다시 심신상실을 주장
날짜: 2011년 6월 2일 22:54 EST

받는 사람: 크리스천 그레이

당신이 나를 미치게 하고 있거든요.

아나

보낸 사람: 크리스천 그레이
제목: 나도 그런 것 같아……
날짜: 2011년 6월 2일 19:59
받는 사람: 아나스타샤 스틸

스틸 양,
금요일 저녁에 정확히 그렇게 해줄 작정이야. 기대해.
;)

크리스천 그레이
CEO, 그레이 엔터프라이즈 홀딩스, Inc.

보낸 사람: 아나스타샤 스틸
제목: 으르르르르릉
날짜: 2011년 6월 2일 23:02 EST
받는 사람: 크리스천 그레이

나 공식적으로 당신 때문에 열 받았어요.

잘 자요.

A. R. 스틸 양

보낸 사람: 크리스천 그레이
제목: 살쾡이
날짜: 2011년 6월 2일 20:05
받는 사람: 아나스타샤 스틸

지금 나한테 으르렁거리는 거야, 스틸 양?
으르렁거리는 사람들을 위해 나도 고양이 하나 기르고 있지.

크리스천 그레이
CEO, 그레이 엔터프라이즈 홀딩스, Inc.

고양이를 기른다고? 그의 아파트에서 고양이 한 마리 본 적 없는데? 아니, 답장 안 보낼 거야. 아, 가끔 그는 너무 짜증나게 굴었다. 50가지 빛깔로 짜증나게 구는 피프티. 나는 침대로 기어들어가 누워서, 어둠에 눈이 익기를 기다리며 천장만 뚫어져라 째려보았다. 컴퓨터에서 또 핑 소리가 났다. 보지 않을 거야. 아니, 절대로. 아니, 보지 않을 거야. 아! 바보 같지만 크리스천 그레이가 보낸 미끼를 거부할 수는 없었다.

보낸 사람: 크리스천 그레이
제목: 자면서 한 말

날짜: 2011년 6월 2일 20:20
받는 사람: 아나스타샤 스틸

아나스타샤,

네가 자면서 한 말, 사실은 깨어 있을 때 듣고 싶었어. 그래서 말하지 않는 거야. 자. 내가 내일 너를 위해 염두에 두고 있는 것을 생각하면 미리 쉬어야 할 거야.

크리스천 그레이
CEO, 그레이 엔터프라이즈 홀딩스, Inc.

아, 내가 뭐라고 했기에? 내 생각만큼 심한 말이리라는 확신이 들었다.

25

엄마는 나를 꼭 안아주었다.

"네 마음이 따르는 대로 해, 아가. 부디, 부디. 너무 과하게 생각하지 말거라. 느긋하게 즐겨. 이렇게 젊은 애가 말이야. 앞길이 창창한데 뭔가 일이 생길 것 같으면 생기게 놔둬. 넌 세상에서 가장 좋은 걸 가져도 될 자격이 있단다."

엄마는 내 귀에 대고 속삭였다. 엄마의 진심어린 말은 안심이 되었다. 엄마가 내 머리카락에 뽀뽀했다.

"아, 엄마."

엄마 품에 안기자 뜨거운 눈물이 불청객처럼 눈을 찔렀다.

"우리 딸, 이런 말 들어봤지. 왕자님을 찾으려면 그 전에 수많은 개구리와 키스를 해봐야 한다고."

나는 엄마를 향해 비뚜름하고 달곰쌉쌀한 미소를 지었다.

"왕자님에게 키스를 한 것 같아, 엄마. 그 사람이 개구리로 변하지 않기만을 바랄 뿐이야."

엄마는 가장 다정하고, 엄마답고, 절대적이며 무조건적인 사랑이 어린 미소를 보냈다. 엄마를 다시 껴안으면서 내가 엄마를 무척 사랑한다는 데 대해 새삼 놀랐다.

"아나, 탑승 시작한다는데." 밥의 목소리는 걱정스러웠다.

"엄마, 나 만나러 올 거지?"

"물론이지. 곧 갈게. 사랑한다, 우리 딸."

"나도요."

나를 봐줄 때 엄마의 눈은 흘리지 못한 눈물로 붉어졌다. 엄마를 떠나기가 싫었다. 밥 아저씨를 포옹하고 등을 돌려 게이트로 향했다. 오늘은 일등석 라운지에 들를 시간이 없었다. 돌아보지 않으려고 마음을 다잡았다. 하지만 결국 돌아보고 말았다……. 밥이 엄마를 안고 있었고 엄마의 얼굴에는 눈물이 줄줄 흘러내렸다. 더 이상 눈물을 억누를 수 없었다. 고개를 숙이고 반짝이는 하얀 바닥에만 시선을 고정한 채 탑승장으로 향했다. 눈물 때문에 시야가 흐렸다.

일단 비행기에 올라 일등석의 호사를 누리면서 자리에 웅크리고 앉아 침착하려 했다. 엄마를 놔두고 올 때면 항상 마음이 아팠다. 엄마는 미덥지 못하고 어수선하지만 새로이 통찰력이 생겼고 나를 사랑했다. 무조건적인 사랑, 모든 아이들이 부모에게서 받아야 하는 것이었다. 제멋대로 흐르는 생각에 얼굴을 찡그리면서 블랙베리를 꺼내어 의기소침하게 쳐다보았다.

크리스천이 사랑에 대해서 뭘 알까? 그는 아주 어린 시절에는 응당 받아야 할 무조건적인 사랑을 받지 못했다. 마음이 쥐어짜는 듯 아팠고 엄마의 말이 마치 서풍처럼 내 귓속으로 떠돌아 들어왔다. '그래, 아나. 얘도 참. 대체 뭐가 필요해? 그 사람이 이마에 네온사인이라도 달아줬으면 좋겠니?' 엄마는 크리스천이 나를 사랑한다고 생각했지만 내 엄마니까 물론 그렇게 생각할 터였다. 엄마는 내가 세상에서 가장 좋은 걸 가져도 될 자격이 있다고 했다. 얼굴을 찡그렸다. 그 말은 사실이었다. 이 놀랄 만큼 명징한 순간 알았다. 아주 간단했다. 나는 그의 사랑을 원했다. 크리스천 그레이의 사랑을 필요로 했다. 그래서 우리 관계에 대해서 말할 수 없는 것이었다. 아주 기초적이고 근본적인 차원에서 내 안에는 사랑받고 싶고 소중히 여겨지고 싶은 충동이 깊이 자리 잡고 있다는 것을 알았다.

그리고 그의 50가지 빛깔 때문에 나 자신을 자제할 수밖에 없었다. BDSM은 부차적인 문제였다. 섹스는 무척이나 좋았다. 그는 부유했고, 아름다웠지만 이 모든 건 사랑이 없이는 무의미했다. 진정으로 마음이 아픈 건 그가 사랑할 능력이 남아 있는지 내가 알 수 없다는 것이었다. 그는 심지어 자기 자신조차 사랑하지 않았다. 그의 자기혐오를 떠올렸다. 그 여자의 사랑이 그가 수용할 수 있는 유일한 형태였다. 벌을 받으면서—채찍질당하고, 맞고, 그들의 관계가 포함하는 무엇이든 당하면서—그는 사랑은 가치가 없다고 느꼈다. 어째서 그런 느낌을 갖게 되었을까? 어떻게 그렇게 느낄 수 있을까? 그의 말이 내 귀에 맴돌았다. '내가 완벽하지 않은데 완벽한 가족 안에서 자라는 건 몹시 힘들지.'

그의 고통을 상상하려 하며 눈을 감았지만 점점 이해할 수 없어졌다. 어쩌면 지나치게 파헤쳤을지도 모른다는 생각에 몸이 떨렸다. 자면서 크리스천에게 고백했을까? 내가 어떤 비밀을 드러냈을까?

어떤 대답을 찾을지도 모른다는 모호한 희망을 품고 블랙베리를 바라보았다. 별로 놀랍지 않게도 블랙베리는 그다지 대답을 줄 것 같지 않았다. 아직 이륙하지 않았기 때문에, 나는 내 50가지 빛깔의 남자에게 이메일을 쓰기로 결심했다.

보낸 사람: 아나스타샤 스틸

제목: 집으로 가는 길
날짜: 2011년 6월 3일 12:53 EST
받는 사람: 크리스천 그레이

친애하는 그레이 씨,
다시 한 번 일등석에 몸을 싣게 되었습니다. 이 점 감사드립니다. 오늘 저녁 당신을 만날 수 있을 때까지 계속 시계만 보고 있습니다. 어쩌면 야간에 내가 무엇을 인정했는지 당신을 고문해서 알아낼 수 있을지도 모르죠.

당신의 아나 x

보낸 사람: 크리스천 그레이
제목: 집으로 가는 길
날짜: 2011년 6월 3일 09:58
받는 사람: 아나스타샤 스틸

아나스타샤, 만나기를 고대하겠어.

크리스천 그레이
CEO, 그레이 엔터프라이즈 홀딩스, Inc.

그의 답장을 읽노라니 얼굴이 찡그려졌다. 무뚝뚝하고 정중하게 들리는 편지로 평소의 재치 있고 간결한 문체와는 달랐다.

보낸 사람: 아나스타샤 스틸
제목: 집으로 가는 길
날짜: 2011년 6월 3일 13:01 EST
받는 사람: 크리스천 그레이

친애해 마지않는 그레이 씨,
그 '문제 상황'에서 모든 일이 잘 되기를 바라요. 당신 이메일 말투가 걱정되네요.

아나 x

보낸 사람: 크리스천 그레이
제목: 집으로 가는 길
날짜: 2011년 6월 3일 10:04
받는 사람: 아나스타샤 스틸

아나스타샤,
상황은 나아지고 있어. 아직 이륙 안 했어? 그랬다면 이메일을 보내면 안 될 텐데. 지금 자신을 위험에 빠뜨리고 있고 그건 개인 안전에 관한 법률을 대놓고 직접적으로 위반하는 거야. 벌 얘기를 한 건 진심이었는데.

크리스천 그레이
CEO, 그레이 엔터프라이즈 홀딩스, Inc.

이런, 알았어. 알았다고. 대체 뭐가 그를 괴롭히는 걸까? 아마도 '문제 상황' 때문에? 어쩌면 테일러가 무단휴가를 떠났는지도 모르지. 어쩌면 주식 시장에서 수백만 불 손해를 입었는지도. 이유가 뭐든 간에.

보낸 사람: 아나스타샤 스틸

제목: 과잉반응

날짜: 2011년 6월 3일 13:06 EST

받는 사람: 크리스천 그레이

친애하는 심술 씨,

비행기 문은 아직 열려 있답니다. 10분밖에 연착되지 않았어요. 나와 내 주위 다른 승객들의 복지는 보증됩니다. 지금은 근질거리는 손바닥을 거두세요.

스틸 양

보낸 사람: 크리스천 그레이

제목: 사과-근질거리는 손바닥은 거두었음

날짜: 2011년 6월 3일 10:08

받는 사람: 아나스타샤 스틸

너와 말대꾸 잘하는 똑똑한 입이 보고 싶군, 스틸 양.

안전하게 돌아오기를 바라.

크리스천 그레이
CEO, 그레이 엔터프라이즈 홀딩스, Inc.

보낸 사람: 아나스타샤 스틸
제목: 사과 수락
날짜: 2011년 6월 3일 13:10 EST
받는 사람: 크리스천 그레이

이제 비행기 문을 닫네요. 이제 내가 보낸 삑 소리를 듣지 않게 될 거예요. 특히 가는귀를 먹었다는 걸 감안하면.

이따가 봐요.

아나 x

근심을 떨치지 못하고 블랙베리를 껐다. 크리스천에게는 무슨 일이 있었다. 어쩌면 '문제 상황'이 걷잡을 수 없어졌는지도 몰랐다. 나는 의자에 등을 기대고 내 가방을 올려놓은 머리 위 짐칸을 힐끔 올려다보았다. 오늘 아침에 엄마의 도움을 받아 크리스천에게 줄 감사의 선물을 샀다. 일등석으로 승급해준 것과 글라이더를 태워준 것에 대한 감사. 하늘을 날았던 기억을 떠올리며 미소를 지었다. 정말 특별한 경험이었다. 하지만 이 바보 같은 선물을 그에게 줄 건지는 마음을 정하지 못했다. 그는 어쩌면 유치하다 여길지도 몰랐다. 만약 이상한 기분이면 아닐 수도 있었다. 무척 돌아가고 싶기도 했지만 한편으로는 여행의 끝에 대기하고 있을 것이 불길하기도 했다. 마음속으로 '문제 상황'이라고 할 수 있는 모든 시나리오를 넘겨보다가 다시 한 번 이 비행기 안에서 빈자리는 옆자리뿐임을 깨달았다. 내가 아무와도 얘기하지 못하도록 크리스천이 옆자리까지 샀을지도 모른다는 생각이 머릿속을 스치자 고개를 흔들었다. 그 생각은 우스꽝스럽다고 치부해버렸다. 누구도 그처럼 남을 통제하고, 질투심이 강할 수는 없었다. 비행기가 활주로로 미끄러져 갈 때 나는 눈을 감았다.

여덟 시간 후 시애틀 국제공항에 도착해서 나와 보니 테일러가 'A. 스틸 양'이라고 쓰인 팻말을 들고 기다리고 있었다. 허참. 하지만 그를 보니 반가웠다.

"안녕하세요, 테일러."

"스틸 양."

그는 정중하게 인사했지만 날카로운 갈색 눈에 어렴풋하게 떠오른 미소를 보았다. 그는 평소처럼 완전무결한 모습이었다. 멋진 진회색 양복과 하얀 셔츠, 진회색 넥타이.

"난 테일러가 어떻게 생겼는지도 아는데요. 굳이 팻말은 필요 없잖아요. 게다가 그냥 아나라고 불러주세요."

"아나, 가방 들어드릴까요?"

"아뇨, 제가 들 수 있어요. 고마워요."

그의 입매가 눈에 보이게 긴장되었다.

"하, 하지만 들고 가는 게 더 편하다면요." 나는 더듬거렸다.

"고맙습니다." 그는 내 배낭과 엄마가 사준 옷을 넣기 위해 새로 구매한 바퀴 달린 여행가방을 들었다.

"이쪽입니다, 아가씨."

나는 한숨지었다. 그는 무척 예의가 발랐다. 하지만 지울 수만 있다면 지워버리고 싶은 기억에 따르면 이 남자는 나를 위해 속옷도 사다주지 않았나. 사실—이 생각에 나는 마음이 불편했다—내게 속옷을 사준 남자는 이 사람이 유일했다. 심지어 레이 아빠까지도 그런 고난을 견디려 하지 않았다. 우리는 아무 말 없이 공항 주차장에 세워놓은 검은 아우디 SUV로 갔고 그는 나를 위해 문을 열어주었다. 나는 시애틀로 돌아올 때 이처럼 짧은 치마를 입은 게 과연 잘한 짓이었을까 생각하며 올라탔다. 조지아에서는 시원하고 달가운 옷차림이었다. 하지만 여기서는 지나치게 노출된 느낌이었다. 테일러가 내 짐을 트렁크에 실은 후에 우리는 에스칼라로 떠났다.

차는 퇴근길 혼잡에 걸려 천천히 나아갔다. 테일러는 앞의 도로에만 시선을 고정했다. 과묵하다는 말로는 그를 다 표현할 수가 없었다.

나는 이런 침묵을 더 이상 참을 수 없었다.

"크리스천은 어때요, 테일러?"

"그레이 씨는 일이 있으셔서 거기 몰두하고 계십니다, 스틸 양."

아, 이 일이 아마도 '문제 상황'이라는 거겠지. 나는 노다지를 캐고 있었다.

"몰두한다고요?"

"네, 그렇습니다, 아가씨."

나는 테일러를 보고 얼굴을 찡그렸다. 그는 뒷거울로 나를 힐끔 보았고 우리의 시선이 마주쳤다. 그는 더 이상 말하지 않았다. 이런, 이 사람도 입이 무거운 통제광인가봐.

"그 사람 괜찮아요?"

"그런 것 같습니다, 아가씨."

"저를 스틸 양이라고 부르면 좀 더 편안한가요?"

"네, 아가씨."

"아, 그래요."

뭐, 그걸로 우리 대화는 단절되었고 우리는 침묵 속에서 계속 나아갔다. 테일러가 최근에 한 실수를 생각했다. 크리스천이 열심히 달렸다는 말. 그 경우는 특이한 변종이었다. 어쩌면 테일러 본인도 그 사실에 당황했고 자신이 주인을 배반했다는 생각에 걱정을 했는지도 몰랐다. 침묵은 숨이 막혔다.

"음악 좀 틀어주시겠어요?"

"네, 아가씨. 어떤 음악을 듣고 싶으십니까?"

"뭔가 위안이 되는 거요."

우리의 눈이 다시 거울 속에서 마주쳤을 때 테일러의 입가에 미소가 감도는 것을 보았다.

"네, 아가씨."

그가 운전대의 버튼 몇 개를 누르자, 〈파헬벨의 캐논〉의 부드러운 선율이 우리 사이의 공간을 채웠다. 아 그래…… 내가 필요했던 건 이것이었어.

"고마워요."

나는 등을 다시 기댔고 우리는 느리게, 그렇지만 꾸준히 5번 주간 고속도로를 따라 시애틀로 진입했다.

25분 후, 테일러는 나를 에스칼라 입구로 이어지는 거대한 현관 밖에 내려주었다.

"안으로 들어가십시오, 아가씨."

그는 문을 잡아주며 말했다.

"짐은 제가 올려다 드리겠습니다."

그의 표정은 부드럽고 따뜻했으며 심지어 삼촌처럼 자애로웠다.

이런, 테일러 삼촌이라니. 뭘 그런 상상을.

"마중 나와줘서 고마워요."

"천만의 말씀입니다, 스틸 양."

그가 미소를 지었고 나는 건물 안으로 향했다. 도어맨이 고개를 끄덕이더니 손짓했다.

30층으로 올라갔을 때는 배 속에서 수천마리의 나비가 날개를 펴고 미친 듯 퍼덕이는 기분이었다. 어째서 이렇게 떨리는 걸까? 아마도 도착했을 때 크리스천이 어떤 기분인지 모르기 때문일 터였다. 내 안의 여신은 한 가지의 기분을 희망했다. 내 잠재의식은 나처럼 초조해서 신경이 날카로웠다.

문이 열리자 현관홀이 보였다. 테일러가 맞아주지 않으니 기분이 이상했다. 물론 그럴 순 없겠지, 그는 지금 주차하고 있으니까. 거대한 방에서 크리스천이 블랙베리로 통화하고 있었다. 그는 유리문을 통해 초저녁의 시애틀 경관을 내다보며 조용히 말했다. 회색 정장 차림으로 재킷을 채우지 않았고 손으로 머리를 훑고 있었다. 그는 동요했고 심지어 긴장한 듯 보였다. 아, 안 돼. 무슨 일이 잘못된 걸까? 동요했든 아니든, 그의 모습은 여전히 멋졌다. 어떻게 그는 이처럼…… 사람의 마음을 앗아갈까?

"흔적은 없고…… 좋아…… 그래."

몸을 돌려 나를 본 순간 그의 모든 태도가 바뀌었다. 긴장에서 안도로, 또 다른 무엇으로 바뀌었다. 내 안의 여신을 그대로 불러내는 표정, 관능적 육욕의 표정이었다. 그의 눈이 활활 타올랐다.

입이 바짝 탔고 욕망이 몸 속에서 꽃피었다. 우아.

"연락 줘." 그는 딱 잘라 말하더니 전화를 닫고 의미심장하게 다가왔다. 그가 잡아먹을 듯한 눈을 하고 우리 사이의 거리를 좁히는 동안 나는 마비된 듯 꼼짝도 못했다. 세상에, 무언가 이상했다. 긴장한 턱, 걱정이 어린 눈. 그는 어깨를 흔들어 재킷을 벗고 검은 넥타이를 푼 후 나에게 오는 길에 둘 다 소파에 던져버렸다. 그런 후에 그는 두 팔로 나를 감싸 자기 몸 쪽으로 거칠고 빠르게 끌어당겼다. 그는 내 포니테일을 잡고 머리를 기울여 마치 목숨이 걸린 양 키스했다. 대체 뭐지? 그가 너무 아프게 머리끈을 잡아당겼지만 나는 신경 쓰지 않았다. 그의 키스에는 필사적이고 근원적인 면이 있었다. 이유가 뭔진 모르지만 그는 바로 이 시점에 나를 필요로 했고 누가 나를 이처럼 욕망하고 탐내는 느낌은 처음이었다. 어둡고 관능적이며 동시에 무척 놀라웠다. 나는 똑같은 열정으로 그의 키스에 답하며 내 손가락으로 그의 머리카락을 꼬고 잡아당겼다. 우리의 혀가 얽혔고 정열과 열의가 우리 사이에서 폭발했다. 그에게는 천상의 맛이 났고, 뜨겁고, 섹시했으며 바디워시와 크리스천이 섞인 향기는 나를 흥분시켰다. 그는 입을 쭉 떼고 이름 할 수 없는 감정에 사로잡혀 나를 내려다보았다.

"무슨 일이에요?" 나는 숨을 내뱉으며 물었다.

"돌아와서 기뻐. 나랑 같이 샤워하자. 지금."

이게 요청인지 명령인지 감을 잡을 수 없었다.

"그래요."

그는 내 손을 잡고 큰 방을 지나 침실 안으로 들어가 욕실로 갔다.

일단 들어서자 그는 나를 놔주고 지나치게 넓은 샤워부스 안에 물을 틀었다. 천천히 돌면서 그는 눈을 내리깔고 나를 바라보았다.

"치마 마음에 드는데. 아주 짧고." 그는 낮은 목소리로 말했다. "넌 다리가 예뻐."

그는 신발을 벗더니 손을 내려 양말을 한 짝씩 벗었다. 그러는 동안에도 내게 눈을 떼지 않았다. 그의 눈에 어린 허기에 말을 잃었다. 우아…… 이렇게 그리스 신 같은 남자가 나를 이다지도 원하다니. 나도 그의 행동을 그대로 따라하며 검은 플랫슈즈를 벗었다. 갑자기 그가 손을 뻗더니 나를 벽에 밀어붙였다. 그러면서 키스했다. 얼굴, 목, 입술…… 손으로 내 머리카락을 훑었다. 시원하고 매끄러운 타일 벽이 등에 느껴졌다. 그때 그가 자기 몸을 내게 밀어붙여서 나는 그의 열기와 세라믹의 냉기 사이에 납작하게 갇혀버렸다. 머뭇거리며 두 팔을 그의 팔뚝에 올려놓고 꽉 쥐자 그는 신음했다.

"지금 널 원해. 여기서…… 빠르고, 거칠게."

그는 숨을 내뱉으며 손을 내 허벅지에 대고 치마를 걷어올렸다.

"아직도 안 끝났어?"

"끝났어요." 나는 얼굴을 붉혔다.

"잘됐네."

그가 양 엄지손가락으로 내 하얀 면 팬티를 걸더니 갑자기 무릎을 꿇으며 잡아당겼다. 내 치마는 기어올라가 나는 허리 아래로는 아무것도 걸치지 않은 맨몸이 되었다. 나는 숨을 헐떡였고 그를 원했다. 그는 내 엉덩이를 잡더니 나를 다시 벽에 밀어붙이며 허벅지 사이의 정점에 키스했다. 그러면서 내 허벅지 위를 잡고 다리를 벌렸다. 그의 혀가 내 클리토리스 위에서 둥글게 맴도는 게 느껴졌을 때 나는 크게 신음했다. 아, 맙소사. 나도 모르게 머리를 젖히고 나는 신음하며 손가락으로 그의 머리카락을 파고들었다.

그의 혀는 가차 없이 강하고 끈질기게 나에게 밀려들었다. 그 위를 돌고 돌고, 다시 또다시, 쉼 없이. 무척이나 근사하며 강렬한 느낌. 거의 고통스러울 정도였다. 내 몸이 빠르게 움직이기 시작했을 때 그가 나를 놓았다. 뭐? 안 돼! 내 숨이 조각조각 끊겼고 나는 헐떡이며 맛있는 기대로 그를 바라보았다. 그는 양손으로 내 얼굴을 잡아 고정한 후 혀를 내 입에 밀어넣으며 거칠게 키스했다. 나는 내 흥분의 맛을 볼 수 있었다. 그는 바지 지퍼를 내리고 갇혀 있던 그것을 자유롭게 풀어준 후 내 허벅지 뒤를 잡고 나를 들어올렸다.

"다리를 내게 감아." 그는 긴급하고 긴장된 목소리로 명령했다.

나는 시키는 대로 하며 팔로 그의 목을 감았다. 그는 빠르고 날카롭게 움직이며 나를 채웠다. 아! 그는 숨을 헉 들이켰고 나는 신음했다. 내 엉덩이를 잡은 그의 손가락이 부드러운 살을 파고들었고 그는 움직이기 시작했다. 처음에는 느리게. 일정한 템포로. 하지만 곧 통제력을 펼치며 점점 속도를 높여갔다. 빠르게, 더 빠르게. 아아아! 나는 고개를 뒤로 기울이며 이렇게 침입하고 징벌하는 천상의 감각에 집중했다. 나를 밀어붙이고, 밀어붙이는 감각…… 앞으로, 더 높이, 위로……. 더 이상 참을 수 없을 때 나는 그를 감싼 채로 폭발했고, 강렬하고 모든 것을 소진하는 오르가즘 속으로 빙글빙글 떨어져 내렸다. 그는 깊은 곳에서부터 으르렁거리는 소리를 내뱉으며 내 목에 자기 머리를 묻었다. 마침내 욕망을 배출하는 순간 그는 알아들을 수 없는 신음을 크게 내지르며 내 안에 자기를 묻었다.

그의 숨결은 불규칙적이었지만 그는 내 몸 안에 그대로 머무른 채로 움직이지 않고 부드럽게 키스했다. 나는 보이지 않는 그의 눈을 향해 눈을 깜박였다. 마침내 초점을 찾았을 때 그는 부드럽게 내게서 떨어져 나가면서도 내가 바닥에 발을 내릴 수 있도록 붙잡아주었다. 욕실은 이제 김으로 뿌옇게 되었다. ……그리고 뜨거웠다. 나는 지나치게 옷을 많이 입은 기분이었다.

"나를 만나서 기쁜가 봐요." 나는 수줍은 미소를 띠며 중얼거렸다.

그의 입술이 위로 휘었다.

"그래, 스틸 양. 내 쾌락은 아주 확연하지. 자…… 샤워할 수 있게 해줄게."

그는 셔츠 단추 세 개를 마저 풀어버리고 커프스 링크를 뺀 후 머리 위로 잡아당겨 벗어 바닥에 던졌다. 정장 바지와 팬티도 벗어서 한쪽으로 차버렸다. 그는 내 블라우스의 단추를 풀기 시작했고 나는 그 모습을 바라보았다. 손을 뻗어 그의 가슴 털을 쓰다듬고 싶은 갈망이 간절했지만 자제했다.

"여행은 어땠어?" 그가 온화하게 물었다. 이제 그는 한층 더 침착했고, 그의 불안함은 사라지고 성적 결합으로 인해 녹아버렸다.

"괜찮았어요." 나는 여전히 숨도 못 쉬고 대답했다. "일등석, 다시 한 번 고마워요. 그걸 타고 여행하니 정말로 훨씬 더 쾌적하더군요." 나는 수줍게 웃어 보였다.

"전할 소식이 있어요."

나는 불안하게 덧붙였다.

"그래?"

그는 마지막 버튼을 풀면서 내려다보았다. 그는 블라우스를 팔 아래로 벗겨서 벗어둔 옷더미 위로 던져버렸다.

"나 취직했어요."

그는 동작을 멈추고 나를 보며 미소 지었다. 그의 눈은 따뜻하고 부드러웠다.

"축하해, 스틸 양. 이제 어딘지 얘기해줄 거야?" 그가 약을 올렸다.

"아직 몰라요?"

그는 얼굴을 찡그리며 말했다.

"내가 어째서 알고 있을 거라 생각해?"

"스토킹 능력이 뛰어나시니까 혹여나……." 그의 얼굴이 어두워지는 것을 보고 나는 말꼬리를 흐렸다.

"아나스타샤, 난 네 직업 생활에 관여할 생각은 꿈도 꾼 적 없어. 물론 내게 부탁한다면 다르지만."

그는 상처받은 표정이었다.

"그럼 어느 회사인지 모른다는 말이에요?"

"몰라. 시애틀에는 출판사가 네 군데 있는 것으로 알고 있는데. 그래서 그 중 하나겠거니 하고 있지."

"에스아이피예요."

"아, 그 작은 데. 좋아. 잘했어." 그는 몸을 앞으로 숙이더니 내 이마에 키스했다. "영리한 아가씨. 언제부터 출근이야?"

"월요일부터요."

"그렇게 일찍? 그럼 할 수 있을 때 너를 최대로 이용해야겠군. 돌아봐."

나는 그의 무심한 명령에 허를 찔렸으나 명령대로 했다. 그는 내 브라를 벗기고 치마의 지퍼를 내렸다. 그는 치마를 끌어내리면서 내 엉덩이를 감쌌고 어깨에 키스했다. 그는 내게 몸을 기대며 코를 내 어깨에 묻고 깊이 숨을 들이마셨다. 그는 내 엉덩이를 꽉 쥐었다.

"넌 나를 취하게 해, 스틸 양. 하지만 진정도 시키지. 정말 사람 머리 핑핑 돌게 하는 조합이라니까."

그가 내 머리카락에 키스했다. 그런 후에는 내 손을 잡고 샤워로 이끌었다.

"아야!" 나는 소리를 질렀다. 물이 델 듯이 뜨거웠다. 물이 그의 몸 위로 폭포수처럼 떨어질 때 그는 나를 내려다보며 싱긋 웃었다.

"그냥 약간 뜨거운 물일 뿐이야."

실제로는 그의 말이 맞았다. 물은 천국처럼 기분 좋았고 끈적끈적한 조지아의 아침과 우리가 사랑을 나누면서 생긴 끈적끈적함을 다 씻어 내렸다.

"돌아봐." 그가 명령했고 나는 순순히 응하며 벽을 보았다.

"널 씻겨주고 싶어." 그는 웅얼거리며 바디워시를 집어 손에 약간 짰다.

"당신에게 할 말이 또 있어요."

그의 손이 내 어깨를 문지르기 시작할 때 내가 중얼거렸다.

"아, 그래?" 그가 온화하게 물었다.

나는 심호흡을 하며 마음을 단단히 먹었다.

"내 친구 호세의 사진전이 목요일에 포틀랜드에서 열려요."

그는 내 가슴을 씻다 말고 그 위에 멈췄다. 나는 '친구'라는 단어를 일부러 강조했다.

"그래, 그래서 뭐?" 그가 엄격하게 물었다.

"난 간다고 약속했어요. 나랑 같이 갈래요?"

엄청나게 오랜 시간이 흐른 듯한 기분이 들었다. 그 후, 그가 천천히 나를 다시 씻기기 시작했다.

"몇 시인데?"

"개막은 오후 7시 30분이에요."

그는 내 귀에 키스했다.

"좋아."

몸 안에서 내 잠재의식이 긴장을 풀고 오래되어 우그러진 팔걸이의자에 털썩 주저앉았다.

"나한테 물어보는 게 무서웠어?"

"네, 어떻게 알았어요?"

"아나스타샤, 네 몸이 이제야 긴장을 풀었는걸." 그가 건조하게 말했다.

"뭐, 당신은 그저…… 뭐랄까, 질투심이 많은 편이라."

"그래, 난 그렇지." 그가 음험하게 말했다. "그리고 너도 그걸 기억해놓는 편이 좋을 거야. 하지만 물어봐줘서 고마워. 찰리 탱고를 타고 가자."

아, 물론 헬리콥터가 있었지. 멍청하긴. 하늘을 좀 더 날 수 있다. ……멋져! 나는 생긋 웃었다.

"내가 당신 씻겨줘도 돼요?"

"안 될 것 같은데."

그는 자신의 거절이 준 아픔을 씻기 위해 내 목에 부드럽게 키스했다. 그가 내 등을 비누로 애무할 때 나는 벽을 보고 입을 삐쭉거렸다.

"언젠가 내가 당신을 만져도 될 날이 올까요?" 나는 대담하게 물었다.
그는 손을 내 엉덩이에 댄 채로 굳어버렸다.
"두 손을 벽에 대, 아나스타샤. 너를 다시 가질 거니까."
그는 내 엉덩이를 붙잡으며 내 귀에 속삭였다. 이제 토론은 끝났다는 것을 알았다.

후에 우리는 목욕가운을 입고 일자형 식탁에 앉아 존스 부인이 만들어 놓은 훌륭한 봉골레 파스타를 먹었다.
"와인 더?" 크리스천은 회색 눈을 빛내며 물었다.
"작은 잔으로요." 상세르는 상큼하고 맛있었다. 크리스천은 나를 위해 한 잔, 자기 자신을 위해 한 잔 더 따랐다.
"음, 시애틀에 왔어야 했던 그…… 상황은 어떻게 되었나요?" 나는 주저하며 물었다.
그는 얼굴을 찡그렸다.
"걷잡을 수 없어." 그는 신랄하게 대답했다. "하지만 네가 걱정할 건 없어, 아나스타샤. 오늘 저녁은 너를 위한 계획이 있으니까."
"네?"
"15분 후에 준비하고 내 오락실에서 대기해."
그는 일어서서 나를 내려다보았다.
"네 방 안에서 대기해도 돼. 말이 나온 김에 말인데, 옷장에 네가 입을 옷이 가득 들어 있어. 그것 때문에 괜히 말싸움하긴 싫어." 그는 눈을 가늘게 뜨고 말대꾸하려면 해보라는 식으로 쳐다보았다. 내가 아무 말 않자 그는 서재로 가버렸다.
내가! 말싸움을? 당신, 50가지 빛깔을 가진 남자하고? 내 엉덩이를 걸 만한 가치가 있는 일이었다. 잠시 동안 몽롱하게 의자에 앉은 채로 이 정보를 받아들이려 해보았다. 그가 옷을 사 주었다. 과장되게 눈을 흘겼지만 그가 나를 보고 있지 않다는 건 충분히 알고 있었다. 차에 전화, 컴퓨터에 옷까지……. 다음엔 빌어먹을 콘도라도 하나 사줄 건가. 그러면 정말 그의 정부가 되는 거군.

매춘부! 내 잠재의식이 기분 나쁜 얼굴을 내밀었다. 나는 무시하고 위층 '내' 방으로 향했다. 그래, 그게 아직도 내 방이란 말이지. ……왜? 자기와 함께 자도 된다고 허락한 줄 알았는데. 그는 개인적 공간을 나눠 쓰는 데 익숙하지 않은 것 같지만 그건 나도 마찬가지였다. 나는 적어도 그에게서 도망칠 장소는 있다는 생각을 하며 나 자신을 위로했다.

문을 살펴보니 잠금장치는 있는데 열쇠가 없었다. 존스 부인이 여분의 열쇠를 가지고 있을까 잠깐 궁금했다. 물어봐야지……. 나는 옷장 문을 열었다가 다시 급하게 닫아버렸다. 맙소사, 한 재산 썼겠군. 마치 케이트의 옷장 같았다. 수없이 많은 옷들이 단정하게 봉에 걸려 있었다. 깊은 곳에서 이 옷들이 딱 맞을 것도 알았다. 하지만 그에 대해 생각해볼 겨를이 없었다. 나는 고통의 빨간 방에서 무릎 꿇고 있어야 했다. 가능하면 오늘 저녁에는 쾌락의 방으로 바뀌기를 바라지만.

팬티만 입은 알몸으로 문 옆에 무릎을 꿇었다. 심장이 입속에서 뛰었다. 세상에, 욕실에서 하고 난 후에는 그도 충분히 만족할 줄 알았다. 이 남자는 만족을 모르거나 어쩌면 모든 남자가 그와 같은지도 모른다. 나야 비교할 대상이 없으니 알 수 없는 일이었다. 눈을 감으면서 내 안의 서브와 접속해서 침착하려 했다. 그녀는 거기 어딘가 내 안의 여신 뒤에 숨어 있을 터였다.

기대감이 탄산음료의 거품처럼 부글부글 피어오르며 혈관을 흘렀다. 그가 뭘 하려는 걸까? 심호흡하며 진정하려 했지만 부인할 수는 없었다. 나는 흥분했고 이미 젖어 있었다. 이건 너무…… 잘못되었다고 생각하고 싶었지만 어쩐지 그렇지만은 않았다. 크리스천에게는 옳은 일이었다. 이것이 그가 원하는 것이었다. 그리고 지난 며칠이 흐른 지금에는, 그가 그 모든 일들을 행한 다음에는 그가 무엇을 원한다고 결정을 하든, 무엇이 필요하다고 결정을 하든 나도 책임을 지고 받아들여야 할 것이었다.

오늘 저녁 내가 왔을 때 그가 보였던 표정, 그의 얼굴에 어렸던 갈망, 내가 마치 사막의 오아시스라도 되듯 나를 향해 걸어오던 결연한 걸음걸이가 떠올랐다. 그 표정을 다시 볼 수 있다면 뭐든 할 것이었다. 이 맛있는 기억에 두 다리를 오므렸다. 그러다 다리를 벌리고 있어야 한다는 규칙이 떠올라 다시 벌렸다. 얼마나 기다리게 하려는 걸까? 기다림 때문에 나는 마비가 되었다. 어둡고 애를 태우는 욕망으로 마비가 되었다. 은근한 조명을 밝혀놓은 방 안을 재빨리 둘러보았다. 십자가, 탁자, 소파, 벤치…… 그 침대. 거대하게 자리 잡은 침대 위에 오늘은 빨간 새틴 시트가 깔려 있었다. 어떤 기구를 사용할까?

문이 열리더니 크리스천이 나를 완전히 무시하고 활기차게 들어왔다. 나는 재빨리 시선을 내리깔고 내 손만 바라보면서 벌린 다리 위에 조심스레 자리를 잡았다. 문 뒤 거대한 서랍장 위에 무언가 놓으며 크리스천은 무심하게 침대로 걸어왔다. 그를 몰래 훽 살펴보다가 내 심장이 덜커덕 멎을 뻔했다. 그는 그 부드럽고 해진 청바지만 입고 있었고 위 단추는 아무렇게나 끌러 놓았다. 맙소사, 미칠 정도로 섹시했다. 내 잠재의식은 미친 듯

부채질을 했고 내 안의 여신은 근원적 육체의 리듬에 맞춰 몸을 흔들고 뒤틀었다. 완전히 준비가 되어 있었다. 나는 본능적으로 입술을 핥았다. 음란한 굶주림이 섞여 탁하고 무거워진 피가 쿵쿵거리며 몸속을 돌았다. 대체 나를 어쩌려는 걸까?

그는 뒤돌아 태연하게 다시 서랍장으로 갔다. 서랍 중 하나를 열더니 그 안에 있는 물건을 꺼내 위에 올려놓기 시작했다. 내 호기심에 불이 붙었고 심지어 활활 타올랐지만 슬쩍 보고 싶은 벅찬 유혹에 저항했다. 그는 하던 일을 다 마치고서 내 앞에 와서 섰다. 그의 맨발이 보이자 나는 그 발 구석구석에 입을 맞추고 싶었다. 내 혀로 그의 발바닥 오목한 곳을 핥고 발가락 하나하나를 빨고 싶었다. 맙소사.

"예쁜데." 그가 내뱉었다.

나는 고개를 숙인 채로 거의 벌거벗은 것이나 다름없는 내 몸을 그가 보고 있다는 것을 의식했다. 홍조가 천천히 내 얼굴에 오르는 것을 느꼈다. 그는 몸을 숙이더니 내 턱을 감싸 얼굴을 들어 시선을 마주쳤다.

"넌 아름다운 여성이야, 아나스타샤. 그리고 모두 내 것이고." 그가 중얼거렸다.

"일어서." 그의 명령은 부드럽고 관능적인 약속으로 가득 차 있었다.

부들부들 떨면서 나는 일어섰다.

"날 봐." 그의 말에 나는 고개를 들어 그의 타오르는 시선과 마주했다. 이것이 그의 돔 시선이었다. 차갑고, 엄격하고, 무진장 섹시한 시선. 그 유혹적인 표정엔 일곱 가지 다른 빛깔의 죄악이 서려 있었다. 내 입이 말랐고 그가 부탁하는 건 무엇이든 하게 되리라는 것을 알았다. 잔인하다 할 미소가 그의 입가에 어렸다.

"아직 서명한 합의서는 없어, 아나스타샤. 하지만 한계에 대해선 논의했지. 또 우리에겐 안전신호가 있다는 말을 다시 반복하고 싶어. 알겠어?"

맙소사…… 대체 무슨 일을 계획했기에 안전신호까지 필요하단 말일까?

"그게 뭐지?" 그가 권위적으로 물었다.

나는 그의 질문에 살짝 얼굴을 찡그렸고 그의 얼굴이 눈에 띄게 굳어졌다.

"안전신호가 뭐냔 말이야, 아나스타샤? "

그가 천천히, 숙고하며 말했다.

"황색." 나는 중얼거렸다.

"그리고?" 그가 엄격하게 일자로 입을 꾹 다물면서 재촉했다.

"적색." 나는 나직이 말했다.

"그걸 기억해."

그때 나는 어쩔 수가 없었다. 나는 한쪽 눈썹을 치키면서 내 성적을 새삼 되새겨주려 했으나 갑작스레 서릿발 같은 빛이 그의 얼음 같은 회색 눈에 떠올라 멈칫할 수밖에 없었다.

"말대꾸 잘하는 똑똑한 입을 여기서 열 생각 마, 스틸 양. 아니면 네가 무릎 꿇은 자세에서 너를 가질 테니까. 내 말 알겠어?"

나는 본능적으로 침을 꿀꺽 삼켰다. 알았어요. 나는 혼나고 나서 눈을 빠르게 깜박였다. 실제로 그 협박 내용보다 그의 어조에 겁이 덜컥 났다.

"뭐?"

"네, 주인님." 나는 성급히 대답했다.

"착하지." 그는 나를 쳐다보며 잠깐 뜸을 들였다. "내 의도는 아플 거기 때문에 안전신호를 써야 한다는 건 아니야. 내가 너에게 하려고 의도한 행위는 강렬할 수 있다는 거지. 아주 강렬할 거고, 네가 알려줘야 해. 알겠어?"

확실히는 알 수 없었다. 강렬하다고? 우아.

"이건 만지는 것에 관한 거야, 아나스타샤. 넌 나를 볼 수도 들을 수도 없어. 하지만 느낄 수는 있지."

나는 얼굴을 찡그렸다. 들을 수 없다고? 그게 어떻게 가능하지? 그가 몸을 돌리자 이제까지는 눈치채지 못했던 물건이 상자 위에 놓여 있는 것을 보았다. 매끈하고 납작한, 광택 없는 검은색 상자였다. 그가 앞에 서서 손을 흔들자 상자가 반으로 갈렸다. 두 문이 옆으로 열리면서 CD 플레이어와 수많은 버튼들이 나타났다. 크리스천이 이 버튼 몇 개를 순서대로 눌렀다. 아무 일도 일어나지 않았지만 그는 만족한 듯했다. 나는 어리둥절했다. 그가 다시 나를 마주보았을 때는 그 특유의 '내겐 비밀이 있어'라는 의미의 미소를 짓고 있었다.

"널 저 침대에 묶을 거야, 아나스타샤. 하지만 먼저 네게 눈가리개를 할 거야." 그는 손에 든 아이팟을 보였다. "넌 내 소리를 들을 수도 없어. 네가 들을 건 내가 너를 위해 틀 음악이야."

좋아, 음악을 막간에 끼워 넣는구나. 내가 예상했던 것과는 자못 다르지만. 애초에 그가 한 일 중에 내 예상과 맞는 게 있었던가? 이런, 랩 음악은 아니겠지.

"이리 와." 내 손을 잡고 그는 오래된 네 기둥 침대로 이끌었다. 각 모서리엔 족쇄, 가죽 수갑이 달린 가는 금속 사슬이 빨간 새틴을 배경으로 번득이고 있었다.

아, 맙소사 심장이 쿵쿵 뛰어 가슴 밖으로 나올 것 같았고, 욕망이 내 몸을 흘러가며 안에서 밖으로 녹아내리는 것 같았다. 이보다 더 흥분할 수 있을까?

"여기 서 있어."

나는 침대를 향해 섰다. 그는 몸을 숙이고 내 귀에 속삭였다.

"여기서 기다려. 침대에서 눈을 떼지 마. 네 자신이 여기 누워서 완전히 내 자비에 맡겨졌다고 상상해봐."

아, 어머.

그는 잠시 어디론가 가버렸고 문 뒤에서 뭔가 바스락거리는 소리가 났다. 모든 감각이 과민해졌고 청력은 더 날카로워졌다. 그는 문 뒤에 있는 채찍과 패들 선반에서 뭔가 들었다. 이럴 수가. 그는 뭘 하려는 걸까?

그가 내 뒤에 선 게 느껴졌다. 그는 내 머리를 잡더니 포니테일로 잡아당겨 묶고 땋기 시작했다.

"네 땋은 머리를 좋아하긴 해도, 아나스타샤. 너를 지금 당장 갖고 싶어서 죽겠어. 그러니, 이럴 수밖에 없지."

목소리는 낮고 부드러웠다.

능숙한 손가락이 내 머리카락을 땋으며 등을 간간이 쓸었고 내 피부에 닿은 무심한 손길 하나하나가 달콤한 전기충격 같았다. 그는 머리끝을 머리끈으로 묶었고 땋은 머리를 부드럽게 잡아당겨 보았다. 그 바람에 나는 뒤로 물러나 그와 나란히 서게 되었다. 그는 다시 한 번 옆으로 잡아당겼고 나는 머리를 돌려 내 목에 더 쉽게 접근할 수 있도록 했다. 고개를 숙이면서 그는 내 목에 코를 비볐고 이와 혀로 내 귀 아래서부터 어깨까지 훑었다. 그러는 동안 그는 부드럽게 흥얼거렸고 그 소리가 나를 타고 울렸다. 바로 아래, 바로 아래 거기, 내 몸 안까지. 나는 조용히 신음했다.

"이제 조용히 해." 그가 내 피부에 대고 숨결을 불었다. 그는 내 앞에서 두 손을 들었고 그의 팔은 내 팔에 닿았다. 오른손에는 플로거가 들려 있었다. 이 방에 처음 소개되었을 때 들은 그 이름이 기억이 났다.

"이걸 만져봐." 그가 속삭였다. 그는 이제 악마 같은 말투였다. 내 몸이 부응하며 불붙었다. 머뭇머뭇, 나는 손을 뻗어 긴 가닥들을 만져보았다. 플로거 끝은 여러 갈래로 갈라져 있었는데, 모두 부드러운 스웨이드에 작은 구슬이 달린 형태였다.

"이걸 쓸 거야. 아프진 않지만 피를 피부 표면으로 쏠리게 해서 아주 민감하게 하지."

아, 아프지 않을 거라 하네.

"안전신호가 뭐지, 아나스타샤?"

"음…… '황색'과 '적색'입니다, 주인님." 나는 속삭였다.

"잘했어. 기억해. 대부분의 공포는 마음속에만 있는 거라는 걸."

그는 플로거를 침대에 떨어뜨렸고 두 손이 내 허리로 왔다.

"이게 필요 없을 거야."

그는 중얼거리더니 손가락을 내 팬티에 넣어 다리 아래로 쓱 내렸다. 나는 침대의 장식 기둥을 붙잡으며 불안정하게 팬티 밖으로 나왔다.

"가만히 있어." 그는 명령했다.

그는 내 엉덩이에 키스하더니 부드럽게 나를 두 번 깨물어 긴장시켰다.

"이제 누워, 얼굴을 위로 하고."

그가 내 엉덩이를 세게 치는 바람에 나는 펄쩍 뛰었다.

성급히 침대의 딱딱하고 단단한 매트리스 위로 올라가 그를 올려다보며 누웠다. 아래 깔린 새틴 시트가 부드럽고 시원하게 피부에 닿았다. 그의 표정은 무감했지만 눈만은 막 풀려난 흥분으로 번득였다.

"두 손 머리 위로."

그는 명령했고 나는 시키는 대로 했다.

세상에, 내 몸은 그로 인해 굶주렸다. 난 벌써 그를 원했다.

그는 몸을 돌렸고 곁눈질로 보니 그가 다시 서랍장으로 성큼성큼 걸어가 아이팟과 애틀랜타로 가는 비행기 안에서 썼던 안대 비슷한 것을 들고 돌아오고 있었다. 그 생각에 나는 미소를 짓고 싶었지만 입술이 따라주질 않았다. 기대감 때문에 몸의 힘이 다 소진되었다. 내 얼굴을 전혀 움직일 수 없다는 걸 깨달았다. 그를 바라보는 내 눈이 커졌다.

침대 가장자리에 걸터앉아 그는 내게 아이팟을 건네주었다. 헤드폰과 함께 이상한 안테나가 달린 장치였다. 어찌나 이상한지. 나는 이게 뭔지 알아내려고 했다.

"이건 아이팟에서 재생되는 음악을 방 안의 음향장치로 전송하지."

내 말 없는 질문에 크리스천이 작은 안테나를 톡톡 치며 대답했다.

"난 네가 듣는 걸 들을 수 있어. 또 여기 리모컨도 있고."

그는 개인적인 농담이라는 듯 미소를 지으며 최신형 계산기처럼 보이는 작고 납작한 기기를 들어보였다. 그는 내 위로 몸을 숙이면서 이어폰을 부드럽게 내 귀에 끼우고 아이팟은 머리 위 침대 어딘가에 놓았다.

"고개를 들어봐." 그의 명령에 나는 즉각 따랐다.

그가 천천히 안대를 씌우며 고무줄을 내 뒤통수 위로 내린 바람에 앞이 보이지 않았다. 안대 고무줄이 이어폰을 제자리에 고정했다. 여전히 그의 소리는 들렸지만 그가 침대에서 일어나자 먹먹하게 들렸다. 나 자신의 숨소리 때문에 귀가 멀었다. 내 숨은 흥분을 반영하며 얕고 불규칙적이었다. 크리스천은 내 왼팔을 잡아 부드럽게 왼쪽 모서리로 잡아당기더니 가죽 수갑을 팔목에 끼웠다. 일단 채운 후에는 긴 손가락이 내 팔을 쭉 따라 훑었다. 오! 그의 손길이 닿은 자리에 맛있고 간지러운 전율이 일어났다. 그가 다른 쪽으로 천천히 움직이는 소리가 들렸다. 거기서는 오른팔을 잡아 수갑을 채웠다. 다시 한 번 긴 손가락이 내 팔을 따라 움직였다. 아아. 이미 벌써 터질 것만 같았다. 왜 이처럼 에로틱한 걸까요?

그는 침대 바닥으로 가서 내 두 발목을 잡았다.

"머리를 다시 들어봐." 그가 명령했다.

나는 순순히 따랐고 그가 나를 침대 아래로 끌어내리자 내 팔이 늘어나며 수갑을 잡아당겼다. 맙소사, 팔을 움직일 수 없잖아. 짜릿한 전율이 감질나는 활기와 섞여 내 몸에 덮쳐왔고 나는 한층 더 젖었다. 난 신음했다. 그는 내 다리를 벌리면서 처음에는 오른쪽 발목에 수갑을 채우고 다음에는 왼쪽 발목에 수갑을 채웠다. 나는 대자로 팔다리를 벌린 채로 완전히 그의 공격에 노출되어 네 기둥에 묶인 꼴이 되었다. 그를 볼 수 없다는 게 너무나 불안했다. 열심히 귀를 기울였다. 그는 무엇을 하고 있지? 아무런 소리도 들리지 않았다. 다만 내 숨소리와 피가 미친 듯이 고막에 요동칠 때 쿵쿵 뛰는 심장 소리밖에는.

난데없이 부드럽고 고요하게 식식대는 소리가 아이팟에서 확 튀어나와 살아났다. 내 머리 안에서 한 사람의 천사 같은 목소리가 반주 없이 길고 달콤한 음률을 노래했다. 곧이어 즉시 다른 목소리가 뒤따랐고 더 많은 목소리들이 머릿속에서 아카펠라를, 오래되고 오래된 찬송을 불렀다. 맙소사, 천상의 합창이었다. 대체 이건 뭘까? 이런 음악을 한 번도 들어본 적 없었다. 참을 수 없을 만큼 부드러운 무언가가 내 목을 쓸더니 목을 따라 나른하게 내려갔다. 천천히 내 가슴을 가로지르고 젖가슴을 지나 내 젖꼭지를 잡아당기며 나를 애무했다……. 무척이나 부드럽게 그 아래를 훑었다. 전혀 예상하지 못했던 감각이었다. 모피! 모피 장갑?

크리스천은 한 손으로, 서두르지 않고 신중하게 내 배를 따라 훑었고 배꼽 위에서 빙글빙글 돌다가 다시 한쪽 엉덩이에서 다른 엉덩이로 움직였다. 나는 그가 다음에 어디로 갈지 예상하려 했으나 그 음악 때문에…… 머릿속에 들어온 음악이 나를 이동시켰다. ……모피가 내 음모의 선을 따라 움직이며 다리 사이로 들어가 허벅지를 훑고 한 다리로 내려갔다 다른 다리 위로 올라갔다……. 따끔거리는 감각이었지만 그렇게 심하지는 않았다……. 더 많은 목소리가 합쳐졌다. 천상의 합창단은 모두 다른 성부를 노래했고 그들의 목소리는 행복하고 달콤하게 섞여 선율의 조화를 이루면서 내가 이제까지 들어보지 못한 음악을 만들어냈다. 한 단어가 들렸다. '데우스'. 그래서 그들이 라틴어로 노래하고 있다는 것을 알았다. 여전히 모피는 내 팔 아래로 내려와 손목을 감았고 다시 젖가슴 위로 올라갔다. 부드러운 손길 아래서 내 젖꼭지가 딱딱해졌고…… 나는 숨을 헐떡이며 그의 손이 다음에는 어디로 갈까 궁금히 여겼다. 갑자기 모피가 사라지더니 플로거의 여러 갈래 끝이 내 피부 위에 흐르면서 모피가 지나갔던 길을 따라갔다. 머릿속 음악 때문에 집중하기가 너무 힘들었다. 마치 수백 명의 목소리가 노래하는 것 같았고 머릿속에서 고운 비단결 같은 금실과 은실로 공기처럼 가벼운 천국의 태피스트리를 짜는 것 같았다. 이 노랫소리는 피부에 닿은 부드러운 스웨이드의 감촉과 한데 섞였다. 내 피부를 따라 훑으며…… 아 맙소사……. 느닷없이 그 감각이 사라졌다. 그러더니 다시 갑자기, 날카롭게 플로거가 내 배 위를 물었다.

"악!" 나는 비명을 질렀다. 깜짝 놀랐지만 정확히 아프거나 막 따끔거리진 않았다. 그가 나를 다시 때렸다. 더 세게.

"아악!"

나는 움직이려고 했다. 몸을 뒤틀려고…… 모든 일격에서 탈출하려고, 아니면 반기려고…… 알 수가 없었다. 너무나 벅찼다……. 팔을 잡아당길 수가 없었다. 다리는 묶여 있었다. 아주 단단히 제자리에 붙박혀 있었다. 다시 이번에는 그가 내 가슴을 쳤다. 나는 비명을 질렀다. 달콤한 고통이 즉시 밀려들었다. 참을 만하면서도 유쾌한 고통이었다. 하지만 피부는 매번 플로거가 내리쳐질 때마다 머릿속에 울리는 음악과 완벽한 대척점을 이루었고 내 영혼의 어둡고 어두운 영역으로 끌려들어가며 이처럼 에로틱한 감각에 굴복했다. 그래…… 이런 감각을 느꼈다. 그는 내 엉덩이를 때리더니 달콤한 공격을 이동해갔다. 음모 위에서 허벅지 위, 내 깊은 다리 속으로 갔다가 그리고 다시 내 몸으로 올라가 엉덩이를 가로질렀다. 음악이 정점에 이를 때까지 그는 계속 움직였고 갑자기 음악이 멈췄다. 그도 멈췄다. 그러다 다시 노래가 이어지며 점점 더 높이 쌓여갔다. 그는 내 몸을 다시 내리쳤다. …… 나는 신음하며 몸을 뒤틀었다. 다시 한 번 음악이 멈췄고 모든 게 조용해졌다. 내 거친 숨소리 외에는…… 그리고 내 거친 갈망밖에는……. 오, 무슨 일이 일어난 걸까? 그는 이제 무엇을 하려는 걸까? 이제 더 이상 흥분을 참을 수 없었다. 나는 아주 어두운 육체의 장소로 들어섰다.

침대가 움직이더니 그가 내 위로 올라오는 게 느껴졌다. 다시 노래가 시작되었다. 여러 번 반복해서 녹음해놓은 모양이었다. 이번에는 그의 코와 입술이 모피를 대신했다. 내 목과 목덜미를 따라내려 오며 키스하고 빨았다……. 내 가슴으로 향했다……. 아! 내 젖꼭지를 차례로 희롱했다……. 그의 혀가 한쪽을 휘감아 도는 동안 손가락이 가차 없이 다른 쪽을 약 올렸다. 내 귀에는 들리지 않았지만 나는 커다란 소리로 신음하였다. 갈피를 잃었다. 그의 안에서 길을 잃었다……. 이 천상의 천사 같은 목소리 속에서 길을 잃었다……. 탈출할 수 없는 감각 속에서 잃었다……. 그의 전문가적 손길의 처분에 완전히 맡겨졌다.

그는 내 배를 향해 아래로 움직였다. 그의 혀가 내 배꼽을 감돌았다. 플로거와 모피가 지났던 행로를 뒤따랐다……. 나는 신음했다. 그는 키스하고 빨고 깨물었다. 그렇게 남쪽으로 내려갔고 그의 혀는…… 거기에 이르렀다. 내 다리가 만나는 곳. 나는 고개를 뒤로 젖히고 오르가즘으로 폭발하려 할 때 소리를 질렀다. 막 넘어가기 직전에 그가 멈췄다.

안 돼! 침대가 출렁이더니 그가 내 다리 사이에 무릎을 꿇었다. 그는 침대 기둥 쪽으로 몸을 숙였고 한쪽 발목의 수갑이 갑자기 사라졌다. 나는 다리를 침대 가운데로 끌어당기며 그의 몸에 기댔다. 그는 다른 쪽 기둥으로 가더니 다른 발도 풀어주었다. 그의 손이 재빨리 두 다리 사이로 내려가더니 주무르고 문지르며 다리에 피를 통하게 했다. 그러더니 엉덩이를 잡고 나를 들어올렸다. 내 등은 더 이상 침대에 닿아 있지 않았다. 나는 어깨로만 지탱하며 몸을 활처럼 휘었다. 이게 뭐지? 그가 내 다리 사이에 무릎을 꿇었다. 그러더니 민첩하게 쿵 밀어붙이며 내 안으로 들어왔다. 아, 세상에…… 나는 다시 비명을 질렀다. 오르가즘이 닥쳐오자 떨림이 시작되었고 그는 멈췄다. 떨림은 죽었다. 아, 안 돼……. 그는 나를 더 고문할 작정이었다.

"제발요!" 나는 흐느꼈다.

그가 나를 더 세게 잡았다……. 경고일까? 알 수 없었다. 내가 헐떡이며 누워 있는 동안 그의 손가락이 내 엉덩이 살을 파고들었고 나는 일부러 가만히 있었다. 아주 천천히 그는 다시 움직이기 시작했다. 밖으로, 안으로. 고통스러울 만큼 느렸다. 젠장, 제발! 나는 속으로 비명을 질렀다. 그때 합창하는 목소리의 수가 늘어남에 따라 그의 속도도 미세하게 빨라졌다. 그는 무척이나 섬세하게 제어하며 음악과 맞춰 나갔다. 나는 더 이상 참을 수 없었다.

"제발 부탁이에요." 나는 애원했고 재빠른 동작으로 그는 나를 도로 침대에 내려놓고 내 위에 올라왔다. 두 손으로는 몸무게를 지탱하기 위해 가슴 옆 침대 바닥을 움켜쥐면서 내 몸 속을 찌르며 들어왔다. 음악이 절정에 오르자 나는 떨어졌다. 이제까지 느껴보았던 가장 강렬하고 고통스러운 오르가즘 속으로 자유낙하했다. 크리스천이 나를 뒤따랐다. 내 안으로 세 번 더 세게 찔러 들어왔다. 마침내 그도 잠잠해지면서 내 위로 무너졌다.

어딘가 모를 곳으로부터 내 의식이 돌아왔을 때 크리스천이 내게서 빠져나갔다. 음악도 멈췄고 그가 내 몸 위에 늘어져서 내 오른손에 채웠던 수갑을 벗기고 있는 것을 느낄 수 있었다. 손이 자유로워지자 나는 신음했다. 그는 재빨리 다른 손도 풀며 눈에서 안대를 부드럽게 벗겼고 이어폰도 뺐다. 나는 희미하고 부드러운 빛 속에서 눈을 깜박이며 그의 강렬한 회색 시선을 올려다보았다.

"안녕." 그가 웅얼거렸다.

"자기도 안녕." 나는 수줍게 그를 보며 숨을 내쉬었다. 그의 입술이 위로 휘며 미소를 지었고 그는 몸을 숙이고 내게 부드럽게 키스했다.

"잘했어, 너." 그가 속삭였다. "뒤집어봐."

맙소사, 이젠 뭘 하려는 거지? 그의 눈이 부드러워졌다.

"그저 네 어깨를 주물러주려는 것뿐이야."

"아…… 그래요."

나는 뻣뻣하게 앞으로 엎드렸다. 무척이나 피곤했다. 크리스천이 나를 올라타고 내 어깨를 주무르기 시작했다. 나는 시끄럽게 신음했다. 그의 손가락은 무척이나 강했으나 자기 갈 길을 잘 알고 있었다. 몸을 아래로 숙이면서 그는 내 머리에 키스했다.

"그 음악은 뭐였어요?" 나는 거의 알아들을 수 없게 우물우물 물었다.

"〈스펨 인 알리움〉이라고 하는 곡이지. 토머스 탈리스가 작곡한 40성부의 모테트."

"정말…… 압도적인 곡이었어요."

"난 항상 그 곡에 맞춰 섹스하고 싶었지."

"이번도 또 한 번의 처음인 거 아니에요, 그레이 씨?"

"사실은 그래, 스틸 양."

그가 내 어깨에 마술을 부리자 나는 다시 신음했다.

"음, 나도 이 음악에 맞춰 섹스한 건 처음이었어요." 나는 졸린 목소리로 중얼거렸다.

"흠…… 너와 나, 서로에게 첫 경험을 많이 제공하는군." 그의 목소리는 그저 사실적이었다.

"잘 때 내가 뭐라고 말했나요, 크리스…… 주인님?"

그의 손이 잠시 봉사를 멈췄다.

"많은 얘기를 했어, 아나스타샤. 우리와 딸기…… 더 원한다고도 했고…… 내가 보고 싶었다고도."

아, 그건 다행이네.

"그게 다예요?" 내 목소리의 안도감은 뚜렷했다.

크리스천은 천국과도 같은 마사지를 그만두고 내 옆에 누울 수 있도록 몸을 움직인 후 머리를 팔꿈치로 괴었다. 그는 얼굴을 찡그리고 있었다.

"무슨 말을 했다고 생각하는데?"

아, 이런.

"당신이 못생기고 오만하고 침대에선 구제불능이라고 생각한다는 말."

찌푸린 이마의 주름이 깊어졌다.

"뭐, 당연히 그 모든 것에 다 해당되겠지만 이제 정말로 호기심이 동하는데. 내게 뭘 숨기고 있는 거야, 스틸 양?"

나는 순진하게 눈을 깜박였다. "나는 아무것도 숨기고 있지 않아요."

"아나스타샤, 넌 참 거짓말엔 구제불능으로 소질이 없어."

"섹스한 후에는 당신이 나를 웃겨줄 줄 알았는데. 이건 나를 위한 게 아니잖아요."

그의 입이 위로 휘었다. "난 농담 못해."

"그레이 씨! 당신이 못하는 것도 있네요?" 나는 그를 보고 씩 웃었고 그도 나를 마주보고 웃었다.

"그래, 난 구제불능으로 농담 못해." 내가 키득키득 웃기 시작하자 그는 스스로 꽤 자랑스러워 보였다.

"나도 농담에는 구제불능인걸요."

"이것 참 아름다운 소리야." 그가 중얼거리더니 몸을 앞으로 숙이고 내게 키스했다.

"그리고 네가 내게 뭔가 숨기고 있다면, 아나스타샤. 너를 고문해서라도 알아내고 말 거야."

26

퍼뜩 잠에서 깼다. 꿈속에서 막 계단에서 떨어졌다고 생각했고 벌떡 일어나 앉았을 때는 순간 방향감각을 잃었다. 사방은 어두웠고 나는 크리스천의 침대에 홀로 있었다. 무언가 나를 깨웠다. 무언가 성가신 생각이. 침대 맡에 놓인 알람 시계를 흘끔 보았다. 아침 5시였지만 푹 쉰 느낌이었다. 왜 그럴까? 아, 시차 때문이구나. 조지아는 지금 아침 8시일 것이었다. 맙소사…… 약을 먹어야 해. 무엇이 나를 깨웠든 감사한 마음으로 침대에서 기어 나왔다. 희미한 피아노 선율이 들려왔다. 크리스천이 연주하고 있었다. 놓쳐서는 안 될 광경이었다. 나는 그가 연주하는 광경을 보는 게 좋았다. 알몸으로 의자에 걸어놓은 가운을 집어서 조용히 복도로 나갔다. 가운을 걸치면서 큰 방에서 들려오는 탄식조의 마술적 가락에 귀를 기울였다.

어둠에 둘러싸인 크리스천은 마치 빛의 공기방울 속에 앉아 연주하는 듯했다. 머리카락이 윤나는 구릿빛으로 빛났다. 그가 파자마 바지를 입고 있다는 것은 알았으나 벌거벗은 듯 보였다. 그는 아름답게 연주하며 우울한 음악에 흠뻑 빠져서 집중하고 있었다. 그를 방해하고 싶지 않아 그림자 그늘 속에 숨어 망설였다. 그를 안아주고 싶었다. 그는 길을 잃고 슬퍼 보였으며 심지어 아플 정도로 외로워 보였다. 어쩌면 그저 마음을 찌르는 슬픔으로 가득한 음악 때문일 수도 있었다. 곡을 다 마친 그는 아주 짧은 순간 멈칫하더니 다시 그 곡을 연주하기 시작했다. 나는 나방이 불꽃에 이끌리듯 조심스럽게 그쪽으로 향했다. 그 생각을 하니 살짝 미소가 지어졌다. 그는 힐끔 나를 쳐다보더니 얼굴을 찡그리고 다시 시선을 손으로 돌렸다.

아, 이런. 내가 방해해서 화난 거야?

"잠잘 시간이야." 그가 온화하게 꾸짖었다.

그가 딴 생각에 몰두하고 있는 것이 선명히 보였다.

"당신도 마찬가지죠." 나는 그다지 온화하지 못하게 말대꾸했다.

그는 다시 올려다보았고 입술은 희미한 미소로 꿈틀거렸다.

"나를 지금 꾸짖는 건가, 스틸 양?"

"그래요, 그레이 씨. 꾸짖는 거예요."

"뭐, 잠이 오지 않아서."

그는 다시 한 번 얼굴을 찡그렸고 언짢음인지 분노인지 모를 흔적이 얼굴을 쓱 스치고 지나갔다. 나랑 있어서? 그건 아니겠지.

나는 그 표정을 무시하고 아주 용감하게 그의 옆에 앉아 내 머리를 그의 어깨에 기대고 능숙하고 날렵한 손가락이 건반을 애무하는 모습을 지켜보았다. 그는 아주 미세하게 멈칫했지만 곧 곡을 끝까지 다 마쳤다.

"그건 무슨 곡이었어요?" 나는 부드럽게 물었다.

"쇼팽. 전주곡 4번 E단조, 오퍼스28. 관심이 있을진 모르겠지만." 그는 중얼거렸다.

"난 당신이 하는 일엔 언제나 관심이 있어요."

그는 몸을 돌려 입술을 내 머리카락에 부드럽게 댔다.

"널 깨우려는 건 아니었는데."

"안 그랬겠죠. 다른 곡 연주해줘요."

"다른 곡?"

"내가 여기 묵었던 첫 번째 날 당신이 연주했던 바흐 곡."

"아, 마르첼로 곡."

그는 천천히 신중하게 연주하기 시작했다. 그에게 기대어서 눈을 감은 나는 어깨와 연결된 그의 손의 움직임을 느꼈다. 영혼이 가득한 음률이 우리 주위를 천천히 구슬프게 돌며 벽에 메아리쳤다. 오래 여운이 남을 정도로 아름다운 곡이었고 쇼팽보다 더 슬퍼서 탄식의 아름다움에 푹 빠졌다. 어떤 면에서 이 곡은 내 기분을 반영했다. 이 남다른 남자를 더 잘 알고 싶다는, 그의 슬픔을 이해하고 싶은 깊고 통렬한 갈망. 지나치게 빨리 곡은 끝나버렸다.

"어째서 그렇게 슬픈 음악만 연주하나요?"

똑바로 일어나 앉으며 올려다보자 그는 질문에 대한 대답으로 어깨를 으쓱했다. 표정은 신중했다.

"처음 피아노를 배우기 시작한 게 여섯 살 때라고 했죠?" 나는 말을 끌어내려 했다.

그는 고개를 끄덕였고 신중한 표정은 더욱 강렬해졌다. 잠시 후 그가 자진해서 입을 열었다.

"새어머니를 기쁘게 하려고 피아노 연습에 매달렸지."

"완벽한 가족에 맞추려고요?"

"그래, 말하자면."

그는 어물쩍 넘겼다.

"어째서 깬 거야? 어제 그렇게 피곤하게 운동했는데 쉬어야 하지 않겠어?"

"나한텐 아침 8시예요. 게다가 약도 먹어야 하고."

그는 놀라서 두 눈썹을 치켰다.

"잘 기억하고 있군."

감탄하는 기색이 뚜렷했다.

"다만 시간을 잘 맞춰 먹어야 하는 피임약을 다른 시간대에 먹기 시작했으니까. 어쩌면 내일 아침에는 한 시간 반 정도 더 기다려야 할지도 몰라. 그러면 궁극적으로는 좀 더 편리한 시간에 약을 먹을 수 있겠지."

"좋은 계획이네요." 나는 말했다. "그러면 나머지 30분 동안은 무얼 하죠?" 나는 순진하게 그를 보며 눈을 깜박였다.

"여러 가지 생각이 나는데."

그도 호색한 웃음을 지었다. 나는 무감하게 그를 보았지만 다 안다는 그의 표정 안에서 내 내장이 조이고 녹아들었다.

"한편, 얘기할 수도 있죠." 나는 넌지시 제안했다.

그가 이맛살을 찌푸렸다.

"내가 염두에 두고 있던 걸 하는 편이 좋은데."

그는 나를 안아 자기 무릎 위로 올렸다.

"당신은 언제나 말보다는 섹스를 좋아하잖아요." 나는 웃으면서 그의 팔뚝을 잡아 몸을 지탱했다.

"맞는 말이야. 특히 너하고는." 그는 내 머리에 코를 묻고 귀 아래서부터 목까지 일정하게 키스를 퍼붓기 시작했다.

"어쩌면 피아노 위에서라면."

그가 속삭였다.

아, 맙소사. 그 생각만 해도 온몸이 죄어왔다. 피아노라니. 우아.

"뭔가 바로 잡고 싶은 게 있는데요." 심장박동이 빨라지기 시작할 때 난 속삭였다. 내 안의 여신이 내 몸에 닿은 그의 입술의 느낌을 누리면서 눈을 감았다.

그는 관능적 공격을 계속하기 전 잠시 멈추었다.

"언제나 정보를 캐기 위해서 열심이군, 스틸 양. 이번에는 또 뭘 바로 잡아야 하나?"

그는 내 목 아래 피부에 숨결을 불어넣으며 부드럽고 상냥한 키스를 이어나갔다.

"우리에 대해서요." 나는 속삭이며 눈을 감았다.

"흠. 우리에 대한 무엇?" 그는 내 어깨를 따라 키스하다 말고 멈췄다.

"계약요."

그는 머리를 들어 나를 바라보았다. 눈에는 재미있어하는 기색이 떠올라 있었지만 곧 한숨지었다. 그는 손가락 끝으로 내 뺨을 쓸었다.

"음, 이 계약은 이제 명목뿐인 사안 아니었나?"

그의 목소리는 낮고 허스키했으며 눈빛은 부드러웠다.

"명목뿐이요?"

"명목뿐." 그가 미소를 지었다. 나는 영문을 모르겠다는 듯 그를 향해 입을 벌렸다.

"하지만 계약을 성사시키고 싶어서 안달했었잖아요."

"뭐, 이전 일이지. 어쨌든 규칙은 명목뿐인 건 아니야. 아직도 유효하지." 그의 표정이 살짝 굳어졌다.

"이전 일요? 무엇 이전?"

"이전……." 그는 말을 멈췄고 신중한 표정이 돌아왔다. "좀 더를 말하기 전." 그가 어깨를 으쓱했다.

"아."

"게다가 이제 우린 오락실에 두 번이나 갔어. 그래도 넌 도망가지 않았고."

"내가 그럴 거라 예상했어요?"

"너에 대한 건 어떤 것도 예상하지 않아, 아나스타샤." 그가 건조하게 말했다.

"그럼 명확하게 말할게요. 내가 계약의 본질인 규칙은 항상 따르길 바라지만 나머지는 아니라는 거죠?"

"오락실에 대한 것만 빼고는. 오락실에서는 계약의 정신을 따라주길 바라. 그래, 규칙은 따라줬으면 좋겠어. 항상. 그래야 네가 안전하리라는 것을 알 수 있으니까. 언제나 내가 원할 때 너를 가질 수 있기도 하고."

"내가 만약 그 규칙 중 하나를 깬다면요?"

"그럼 내가 널 벌주겠지."

"하지만 그러려면 내 허락이 필요하지 않나요?"

"그래, 필요해."

"내가 싫다고 한다면요?"

그가 한순간 당황스러운 표정으로 나를 쳐다보았다.

"네가 싫다고 하면 싫은 거야. 너를 설득할 방법을 찾아야겠지."

나는 그에게서 떨어져 나와 일어섰다. 거리가 필요했다. 내가 그를 내려다보자 그는 찡그렸다. 그는 당황한 듯했고 다시 경계를 쳤다.

"그럼 처벌 부분은 그대로 남아 있겠군요."

"그래, 하지만 네가 규칙을 깰 때만이야."

"그걸 다시 읽어봐야겠어요."

세부사항을 기억하려 애쓰며 말했다.

"가져다주지."

그의 어조가 갑자기 사무적으로 변했다.

너무 갑자기 진지하게 변했다. 그는 피아노에서 일어서더니 유연한 동작으로 서재로 갔다. 정수리가 따끔거렸다. 이런, 차를 좀 마셔야 할 것 같았다. 소위 우리 관계의 미래가 아침 5시 45분에, 그것도 그가 다른 일에 몰두해 있을 때 논의되려 하고 있었다. 이게 현명한 행동일까? 나는 여전히 어둠에 휘감겨 있는 부엌으로 들어갔다. 전등 스위치가 어디 있더라? 간신히 스위치를 찾아서 불을 켜고 물을 주전자에 좀 부었다. 약! 일자형 식탁 위에 놔둔 가방을 뒤졌더니 금방 나왔다. 한 모금에 삼켜버리니 내가 할 일은 다 끝났다. 약을 다 먹었을 때 크리스천이 돌아와 식탁 의자에 앉아서 나를 강렬히 바라보고 있었다.

"여기 있어." 그는 깔끔하게 친 서류를 내게로 밀었다. 몇몇 항목은 줄 그어 지워버린 것을 알 수 있었다.

규칙

복종:

서브미시브는 도미넌트가 내린 지시에 망설이거나 주저하지 않고 즉시 신속하게 복종한다. 서브미시브는 도미넌트가 적합하고 만족스럽다고 여긴 성적 행위에 따른다. 다만 고정 한계에 기술되어 있는 항목은 예외로 한다(별첨 2). 서브미시브는 열의 있고 망설임 없는 태도로 행위를 수행한다.

수면:

서브미시브는 도미넌트와 함께 하지 않을 때는 최소 1일 8시간,

7시간의 수면을 반드시 취한다.

식생활:

~~서브미시브는 건강과 안녕을 유지하기 위해 미리 짠 식단에 따라 규칙적인 식사를 한다(별첨 4). 서브미시브는 끼니 사이에 과일을 제외한 간식은 먹지 않는다.~~

의상:

계약 기간 동안 서브미시브는 도미넌트가 동의한 의상만 입을 수 있다. 도미넌트는 서브미시브에게 의상 구입비를 제공한다. 서브미시브가 의상을 구입할 시, 도미넌트가 임의적으로 동행한다. 도미넌트가 요구한다면 서브미시브는 계약 기간 동안 도미넌트가 동석할 때나 적합하다고 여겨지는 다른 경우에 따라 어떤 장식품이든 착용한다.

운동:

도미넌트는 서브미시브에게 일주일 1시간씩 ~~4회~~ 3회 운동할 수 있도록 개인 운동 강사를 제공한다. 운동 시간은 강사와 서브미시브가 협의하여 결정한다. 강사는 도미넌트에게 서브미시브의 진행 과정을 보고한다.

개인위생 / 외모 관리:

서브미시브는 항상 청결을 유지하고 면도를 하거나 왁싱을 한다. 서브미시브는 도미넌트가 선택한 시간에 따라 도미넌트가 선정한 미용실을 방문하고 도미넌트가 적합하다고 생각하는 시술을 받는다.

개인 안전:

서브미시브는 과음, 흡연, 오락성 약물을 삼가고 어떤 불필요한 위험도 자처하지 않는다.

개인 관리:

서브미시브는 도미넌트 외 다른 어떤 사람과도 성적 관계를 맺지 않는다. 서브미시브는 항상 품위 있고 겸손한 태도로 행동한다. 자신의 행동이 도미넌트의 품격을 곧바로 반영한다는 것을 깨닫는다. 서브미시브는 도미넌트와 함께 있지 않을 때 저지른 비행과 범죄 행위, 부정에 대해서 책임을 진다.

상기 사항 중 하나라도 위반할 시는 즉각적인 처벌이 따르며, 처벌의 본질은 도미넌트가 결정한다.

"그럼 복종 부분은 아직도 남아 있는 거네요."

"아, 그렇지." 그가 씩 웃었다.

나는 생각에 잠겨 머리를 저었다. 내가 깨닫기도 전에 그를 향해 눈을 흘기고 있었다.

"지금 방금 눈을 흘긴 거야, 아나스타샤?" 그가 나지막한 목소리로 말했다.

아, 걸렸네.

"어쩌면요. 당신 반응에 따라."

"언제나 똑같지." 그는 머리를 저었고 눈은 흥분으로 불붙었다.

본능적으로 침을 삼켰고 들뜬 전율이 나를 타고 흘렀다.

"그래서……." 맙소사, 난 뭘 하려는 거지?

"그래서?" 그가 아랫입술을 핥았다.
"지금 내 엉덩이를 때리고 싶다는 거군요."
"그래, 그리고 그럴 거고."
"아, 그런가요, 그레이 씨?" 나는 그를 보고 웃으면서 도전했다. 손뼉도 마주쳐야 소리가 나는 법이지.
"나를 막으려는 거야?"
"그러려면 나를 먼저 잡아야 할걸요."
그의 눈이 약간 커지더니 그가 천천히 일어나면서 씩 웃었다.
"아, 그래, 스틸 양?"
일자형 식탁이 우리 사이에 있었다. 이 순간처럼 그것의 존재가 고마웠던 적이 없었다.
"게다가 입술을 깨물고 있군."
그는 자기 왼쪽으로 움직였고 나도 왼쪽으로 움직였다.
"그렇게 못 할걸요." 나는 약 올렸다. "어쨌든 당신도 눈을 흘기잖아요." 차근차근 따져 설득시키려고 했다. 그는 왼쪽으로 계속 움직였고 나도 마찬가지였다.
"그래. 하지만 넌 지금 이 게임의 흥분도 수준을 막 높인 거야." 그의 눈은 이글이글 타올랐고 야만적인 기대감이 발산되었다.
"난 아주 빨라요. 알지 모르지만." 나는 태연한 척하려 했다.
"나도 그래."
그는 자기 부엌에서 나를 스토킹하고 있었다.
"순순히 올 거야?" 그가 물었다.
"내가 그런 적 있었어요?"
"스틸 양, 무슨 뜻이야?" 그가 히죽거렸다. "내가 가서 널 잡으면 네겐 훨씬 더 안 좋을 텐데."

"그거야 잡았을 때 얘기죠, 크리스천. 게다가 지금 당장은 당신에게 잡혀줄 생각이 없네요."

"아나스타샤, 넘어져서 다칠 수도 있어. 어느 쪽이든 규칙 7번, 이젠 6번 위반이야."

"당신을 만난 이후로는 항상 위험에 처해 있었어요, 그레이 씨. 규칙이든 아니든."

"그래, 그랬지." 그는 멈추더니 이맛살을 찌푸렸다.

갑자기 그는 덤벼들었고 그 바람에 나는 비명을 지르며 식당 식탁으로 뛰어갔다. 나는 식탁을 사이에 두고 탈출하려 했다. 심장이 쿵쿵 뛰며 아드레날린이 몸에서 솟구쳤다. 맙소사…… 이건 정말 스릴이 넘쳤다. 옳지는 않지만 다시 아이가 된 기분이었다. 내가 그를 조심스럽게 바라보고 있을 때 그가 신중하게 내게로 다가왔다. 나는 조금씩 물러섰다.

"넌 정말 남자 정신을 산란하게 하는 법을 잘 아는군, 아나스타샤."

"우리 목적은 서로를 기쁘게 하는 것 아니었나요, 그레이 씨. 정신이 어떻게 산란하죠? 무엇으로부터 주의를 흩뜨리나요?"

"삶으로부터, 우주로부터." 그는 모호하게 한 손을 흔들었다.

"어제 오락실에 있을 때 정말 다른 데 신경이 팔린 사람 같았어요."

그는 멈추더니 재미있어하는 표정을 지으며 팔짱을 끼었다.

"하루 종일 이런 장난을 칠 수도 있겠지, 아가씨. 하지만 난 널 잡을 거야. 내가 그러면 너한테는 훨씬 안 좋을 거고."

"아니, 못 잡을걸요." 그렇게 자신만만할 수는 없었다. 나는 이 말을 주문처럼 반복했다. 내 잠재의식은 나이키 운동화를 찾아 신고 출발선에 섰다.

"네가 잡히길 원치 않는다고 생각하는 사람이 있을까."

"나 있잖아요. 그게 요점이죠. 내가 처벌에 대해서 느끼는 기분은 내가 만지려고 할 때 당신이 느끼는 기분과 똑같아요."

순식간에 그의 태도가 바뀌었다. 장난기 넘치는 크리스천은 사라졌다. 그는 이제 마치 내가 따귀라도 날린 것처럼 나를 쳐다보며 서 있었다. 그의 얼굴은 잿빛이었다.

"네 기분이 그래?" 그가 속삭였다.

그 한 마디, 그리고 그 말을 내뱉은 방식이 크게 울렸다. 아, 안 돼. 그가, 그의 기분이 훨씬 더 명확해졌다. 그의 기분과 혐오감을 알 수 있었다. 나는 얼굴을 찡그렸다. 아니, 그 정도로 싫진 않아. 절대 아니지. 그런가?

"아니, 내게 그만큼 영향을 끼치진 않아요. 하지만 당신도 대충 어느 정도인지는 짐작할 수 있다는 거죠." 나는 걱정스레 그를 바라보며 중얼거렸다.

"아." 그가 대답했다.

망할. 그는 내가 발밑의 양탄자를 잡아 빼기라도 한 양 완전히 갈피를 잃은 듯했다.

나는 심호흡을 하고 탁자를 돌아 그의 앞에 서서 불안해하는 눈을 바라보았다.

"그 정도로 싫어?" 그가 숨을 내쉬었다. 눈에는 공포가 가득했다.

"아니, 그렇진 않아요." 나는 그를 안심시켰다. 세상에, 다른 사람이 만질 때 느끼는 기분이 이 정도였단 말이야?

"아니, 그에 대해서 두 가지 장점을 동시에 갖고 있어요. 좋아하지는 않지만 싫어하지도 않아요."

"하지만 지난밤, 오락실에서 넌……."

"당신을 위해서 한 거예요, 크리스천. 당신이 필요로 하니까. 나는 아니에요. 지난밤 나를 아프게 하진 않았어요. 그건 상황이 달라요. 그 정도는 나도 합리적으로 이해할 수 있어요. 당신을 신뢰하고. 하지만 당신이 나를 벌주려 할 때는 아프게 할까봐 걱정돼요."

그의 눈은 마치 사나운 폭풍처럼 어두워졌다. 대답하기 전까지 시간이 움직이고 팽창했다가 미끄러져 지나갔다.

"난 너를 아프게 하고 싶어. 하지만 네가 받아들일 수 있는 이상은 아닐 거야."

맙소사!

"왜요?"

그는 한 손으로 머리카락을 훑으며 어깨를 으쓱했다.

"그냥 그럴 필요가 있으니까."

그는 말을 멈추고 고뇌 어린 눈빛으로 나를 바라보았다. 그는 눈을 감고 고개를 저었다.

"말할 수 없어." 그는 속삭였다.

"할 수 없는 거예요, 하지 않는 거예요?"

"않는 거야."

"그럼 왜인지는 아는 거네요."

"그래."

"그런데도 나에게는 말을 하지 않겠다는 거고."

"내가 말하면 너는 비명을 지르며 이 방에서 도망가버릴 거야. 그리고 다시 돌아오려 하지 않겠지."

그는 조심스럽게 나를 응시했다.

"나는 그런 위험을 무릅쓸 수 없어, 아나스타샤."

"내가 남아주기를 바라는군요."

"네 생각 이상으로. 너를 잃는 건 참을 수 없어."
오, 맙소사.
그가 내려다보았다. 갑자기 나를 품 안에 끌어안고 키스했다. 정열적인 키스였다. 나는 무척이나 놀랐고 그의 키스 속에서 공포와 필사적인 욕구를 감지했다.
"날 떠나지 마. 날 떠나지 않겠다고 했잖아. 나한테 떠나지 말라고 빌었잖아. 자면서."
그는 내 입술에 대고 중얼거렸다.
아…… 한밤의 고백이 이것이었구나.
"난 떠나고 싶지 않아요."
심장이 조여들며 바깥으로 뒤집히는 듯했다.
여기 도움이 필요한 한 남자가 있다. 그의 공포는 환하게 드러났지만 그는 길을 잃어버렸다. 그의 어둠속 어딘가에서. 휘둥그레 커진 눈은 황량했으며 고통 받고 있었다. 나는 그를 달랠 수 있었다. 잠깐이나마 어둠속에서 함께 하면서 그를 빛으로 이끌 수 있었다.
"내게 보여줘요." 나는 속삭였다.
"뭘 보여줘?"
"얼마나 아플지 보여줘요."
"어떻게?"
"나를 벌줘요. 얼마나 심할지 알고 싶어요."
크리스천은 완전히 혼란스러워하며 내게서 한 발짝 물러났다.
"해볼 거야?"
"네, 해보겠다고 했잖아요." 하지만 나는 궁극적인 목적이 있었다. 내가 그를 위해 이렇게까지 한다면 그는 내가 자기를 만질 수 있도록 해줄지도 몰랐다.

그는 눈을 깜박였다.

"아냐, 너는 정말 혼란스러운 여자야."

"나도 혼란스러워요. 하지만 나는 이걸 제대로 해내고 싶어요. 일단 하면 내가 이걸 할 수 있는지 우리 둘 다 확실히 알게 되겠죠. 내가 이를 감당할 수 있다면, 어쩌면 당신도……."

말이 제대로 나오지 않았고 그의 눈이 다시 휘둥그레졌다. 그는 내가 자기 몸에 손대는 문제를 언급하고 있다는 것을 알았다. 순간 그는 찢겨나간 표정을 지었지만 곧 강철 같은 결심이 자리를 잡았다. 그는 눈을 가늘게 뜨고 대안을 가늠하듯 나를 찬찬히 바라보았다.

느닷없이 그는 내 한 팔을 꽉 잡고 등을 돌려 큰 방에서 끌고 나갔다. 우리는 위층으로 올라가 오락실로 갔다. 쾌락과 고통, 보상과 처벌. 오래전에 그가 했던 말이 내 마음속에서 메아리쳤다.

"얼마나 나쁠 수 있는지 보여주면 너도 마음을 정할 수 있겠지." 그도 문 옆에 섰다. "준비됐어?"

마음을 굳게 먹고 고개를 끄덕였다. 머리가 멍했고 피가 얼굴에서 다 빠져나가 기절할 것 같았다.

그가 여전히 내 팔을 잡고 문을 열었고 문 뒤의 선반에서 허리띠 같은 물건을 집었다. 그러더니 방 끝에 있는 빨간 가죽 벤치로 나를 이끌었다.

"벤치 위에 엎드려." 그가 부드럽게 웅얼거렸다.

좋아. 할 수 있어. 나는 매끄럽고 부드러운 가죽 위에 몸을 숙였다. 그는 내 목욕가운을 벗기지 않았다. 머릿속 한편 조용한 구석에서는 내 가운을 벗기지 않았다는 사실에 희미하게 놀랐다. 맙소사, 이거 정말 아플 거야…… 나도 알아.

"우리가 여기 온 건 네가 좋다고 했기 때문이야, 아나스타샤. 게다가 네가 내게서 도망갔기 때문에. 난 널 여섯 대 때릴 거야. 너도 나와 함께 횟수를 세야 해."

어째서 그냥 제 맘대로 시작해버리지 않는 걸까? 그는 항상 나를 벌주는 것을 과장해서 설명했다. 그가 나를 보지 못한다는 것을 똑똑히 알고 눈을 흘겼다.

그는 목욕가운의 아랫단을 들어올렸다. 웬일인지 아예 옷을 벗은 것보다 그 편이 더 친밀한 느낌이 들었다. 그는 부드럽게 내 엉덩이를 애무하면서 따뜻한 손바닥으로 양쪽 볼기를 쓰다듬으며 허벅지 아래까지 내려왔다.

"이걸 하는 이유는 앞으로는 내게서 도망가는 짓 따위는 하지 말라는 걸 명심하라는 의미에서야. 그게 흥분되기는 했지만 네가 내게서 도망가는 것을 원치 않거든." 그가 속삭였다.

이 말의 역설을 놓치지 않았다. 나는 이를 피하려고 도망쳤던 것이었다. 하지만 그가 팔을 벌리자 나는 그에게서 멀어지지 않고 그에게로 뛰어들었다.

"게다가 나를 보고 눈을 흘겼지. 네가 그러면 내가 어떤 기분인지 너도 잘 알잖아."

갑자기 사라졌다. 그의 목소리에 어려 있었던 초조하고 날선 공포. 그는 어디론가 사라졌다가 다시 돌아왔다. 그의 어조에서, 그가 손가락을 내 등에 대고 나를 안는 방식에서 느낄 수 있었다. 방 안의 분위기가 싹 변했다.

날아올 채찍에 대비해서 마음을 단단히 먹으며 눈을 감았다. 허리띠는 세차게 날아왔다. 내 등을 찰싹 때리는 허리띠가 주는 고통은 내가 두려워했던 모든 것이었다. 나는 나도 모르게 소리를 지르며 공기를 크게 들이마셨다.

“숫자를 세, 아나스타샤!” 그가 명령했다.

“하나!” 나는 그를 향해 소리쳤다. 그 소리는 마치 욕설 같았다.

그는 다시 나를 내리쳤다. 허리띠의 선을 따라 고통이 요동치며 메아리쳤다. 맙소사…… 이 얼얼한 아픔이란.

“둘!” 나는 비명을 질렀다. 비명을 지르니 기분이 좋았다.

그의 숨이 조각조각 끊겼고 거칠어졌지만 나는 내적인 힘을 찾으려고 필사적으로 정신을 차렸기 때문에 내 숨소리는 거의 들리지 않았다. 벨트가 내 살을 다시 파고들었다.

“셋!” 달갑지 않은 눈물이 눈에서 솟았다. 이런, 생각보다 더 힘들잖아. 엉덩이 때리기보다 훨씬 더 혹독했다. 그는 조금도 봐주지 않았다.

“넷!” 허리띠가 다시 내려오자 나는 고함을 질렀다. 이제 눈물이 얼굴로 굴러떨어졌다. 울고 싶지 않았다. 운다는 사실에 화가 났다. 그가 나를 다시 쳤다.

“다섯.” 이제 나는 숨 막힌 흐느낌 소리를 냈고 이 시점에서는 그가 미웠다. 한 번 더, 한 번 더 할 수 있었다. 엉덩이는 이제 마치 불이 붙은 느낌이었다.

“여섯.” 살을 파고드는 고통이 나를 다시 갈랐을 때 나는 속삭였다. 그가 뒤에서 허리띠를 떨어뜨리는 소리가 들렸다. 그는 나를 자기 팔 안으로 끌어당겼다. 숨이 가빴고 무척이나 자상했지만, 나는 그를 조금도 원하지 않았다.

“놔줘요…… 싫어요…….”

나도 모르게 그의 품 안에서 빠져나오려고 몸부림치며 그를 밀쳤다. 그와 싸웠다.

“손대지 마요!” 나는 식식댔다. 등을 펴고 그를 빤히 쳐다보았고 그는 내가 마치 갑자기 튀어나갈지도 모른다는 듯 눈을 크게 뜨고 당혹해하며 바라보고 있었다. 나는 분노의 눈물을 두 손등으로 훔치며 노려보았다.

"이게 당신이 정말로 원하는 거예요? 나를, 이렇게?"

나는 목욕가운의 소맷자락으로 코를 풀었다.

그는 조심스럽게 나를 바라보았다.

"당신은 정말 엉망진창으로 망가져버린 개자식이야!"

"아나." 그는 충격을 받고 애원했다.

"어디서 감히 나를 '아나'라고 불러요! 이런 쓰레기 같은 짓 그만두고 정신 차려요, 그레이!"

나는 뻣뻣하게 몸을 돌려 오락실에서 나오면서 조용히 문을 닫았다.

등 뒤로 문손잡이를 잡고 잠시나마 문에 기댔다. 어디로 가지? 도망가야 하나? 머물러야 하나? 미친 듯이 화가 났고 타는 듯한 눈물이 뺨 위로 흘러내렸다. 나는 격하게 눈물을 훔쳤다. 그저 몸을 웅크리고 눕고 싶었다. 몸을 웅크리고 어떤 식으로든 기운을 되찾고 싶었다. 산산이 부서진 믿음을 치료하고 싶었다. 어떻게 그렇게 멍청할 수 있었을까. 당연히 아프지.

머뭇머뭇 엉덩이를 문질러보았다. 아! 무척 쓰렸다. 어디로 가지? 그의 방으로는 안 돼. 내 방, 아니면 내 것이 될 방, 그렇지만 내 것이 아닌 방…… 내 것이었던 방. 이런 이유 때문에 그 방을 준 거였어. 자기로부터 거리를 둘 필요를 느끼리라는 것을 알았기 때문에.

뻣뻣하게 그 방향으로 향했다. 크리스천이 따라올지도 모른다는 것을 의식했다. 침실은 아직도 캄캄했고 시애틀 지평선 위로 새벽은 아직 속삭임처럼 미미할 뿐이었다. 아프고 말랑해진 엉덩이를 대지 않으려고 조심하며 어색하게 침대 안으로 들어갔다. 아직도 목욕가운을 입고 있었기 때문에 그것으로 내 몸을 감싸고 몸을 웅크린 채로 베개 속에 얼굴을 묻고 마음속에 가둬두었던 흐느낌을 터뜨렸다.

대체 무슨 생각을 했던 걸까? 어째서 그가 내게 그런 짓을 하도록 놔두었던 걸까? 나는 그게 어떤 건지 알아보려고 어둠을 원했다. 하지만 내게는 너무 어두웠다. 나는 이런 것을 할 수는 없었다. 하지만 이게 그가 하는 일이었다. 그가 흥분을 얻는 방식이었다.

어마어마한 충격을 준 경험이었다. 공정하게 말하면 그는 내게 수차례 경고하고 또 경고했었다. 그는 정상이 아니었다. 그에겐 내가 채울 수 없는 욕구가 있었다. 나도 이제는 깨달았다. 나는 그에게 다시 맞고 싶지 않았다. 다시는. 이제까지 그에게 맞았던 두 번의 경험을 생각해보면 상대적으로 그가 나를 얼마나 봐주었는지 알 수 있었다. 그에겐 그걸로 충분할까? 베개에 얼굴을 묻고 한층 더 흐느껴 울었다. 그를 잃을 것 같았다. 내가 그에게 바라는 것을 줄 수 없다면 그는 나와 함께 있으려 하지 않을 것이었다. 왜, 왜, 왜, 나는 50가지 빛깔을 가진 남자와 사랑에 빠졌나요? 왜? 어째서 호세나 폴 클레이튼, 나와 같은 사람을 사랑할 수 없나요?

내가 나왔을 때 그의 미칠 듯한 표정이 떠올랐다. 나는 그런 야만적인 행동에 충격을 받아 너무도 잔인했다. 그가 나를 용서해줄까? 내가 그를 용서할 수 있을까? 생각은 온통 제멋대로 사방팔방 흩어졌고 두개골 안에 메아리치며 부딪쳤다. 내 잠재의식이 머리를 슬프게 흔들었고 내 안의 여신은 어디에서도 모습을 드러내지 않았다. 아, 내게는 영원의 어두운 아침이었다. 너무도 외로웠다. 엄마 옆에 있기를 바랐다. 나는 공항에서 작별할 때 엄마가 했던 말을 기억했다.

'네 마음이 따르는 대로 해, 아가. 부디, 부디. 너무 과하게 생각하지 말거라. 느긋하게 즐겨. 이렇게 젊은 애가 말이야. 앞길이 창창한데 뭔가 일이 생길 것 같으면 생기게 놔둬. 넌 세상에서 가장 좋은 걸 가져도 될 자격이 있단다.'

나는 내 마음을 따랐고, 결과적으로 쓰린 엉덩이와 그를 증명할 고통스럽게 깨어진 영혼만 남았다. 이제 끝이었다……. 나는 떠나야 했다. 그는 내게 아무런 소용이 없었고, 나도 그에겐 아무 소용이 없었다. 어떻게 우리가 이걸 제대로 해낼 수 있단 말인가? 그를 다시 볼 수 없다는 생각이 거의 내 목을 졸랐다. ……50가지 빛깔을 가진 내 남자. 피프티 셰이드.

문이 열리는 소리가 들렸다. 아, 싫어. 그가 들어왔다. 그가 침대 옆 탁자 위에 뭔가 내려놓았고 그가 내 뒤로 올라오자 침대가 무게 때문에 들썩였다.

"쉿." 그가 나직이 말했다. 그를 밀어내고 침대 반대편으로 움직이고 싶었지만 마비가 되어 꼼짝할 수 없었다. 나는 움직이지도 못한 채, 그렇다고 굴하지도 않고 뻣뻣이 누워 있었다.

"싸우지 말자, 아나. 제발."

그가 속삭였다. 그는 부드럽게 나를 품 안으로 끌어다 안으며 코를 내 머리카락 속에 묻고 목에 키스했다.

"날 싫어하지 마."

그는 다시 한 번 내 피부에 대고 숨을 불어넣었다. 목소리는 고통스러울 정도로 슬펐다. 내 심장이 새롭게 죄어들었고 말없는 흐느낌의 파도를 새롭게 밀어냈다. 그는 계속 부드럽고 상냥하게 키스했지만 나는 여전히 냉담하고 조심스럽게 떨어져 있었다.

우리는 한참 동안을 아무런 말도 하지 않고 이처럼 함께 누워만 있었다. 그는 나를 그저 껴안고 있었고 나는 점차 긴장을 풀고 울음을 멈췄다. 새벽이 떠올라 지나갔고 아침이 다가오자 부드러운 빛이 한층 더 밝아졌으나 여전히 우리는 조용히 누워만 있었다.

"애드빌하고 연고 좀 가져왔어."

한참 뒤에야 그가 비로소 입을 열었다.

나는 아주 천천히 그의 품 안에서 몸을 돌려 마주보았다. 머리를 그의 팔에 댔다. 그의 눈은 차가운 회색이었고 경계심이 어려 있었다.

그의 아름다운 얼굴을 바라보았다. 그는 아무런 속마음도 내비치지 않았지만 눈은 전혀 깜박이지도 않고 내게만 박혀 있었다. 아, 숨이 막힐 정도로 잘생긴 사람이었다. 그렇게 짧은 시간 안에 그처럼, 그처럼 내게 정다워졌다. 손을 올려 나는 그의 뺨을 어루만졌고 손가락 끝으로 짧게 돋아난 수염을 만졌다. 그는 눈을 감고 숨을 내뱉었다.

"미안해요." 나는 속삭였다.

그는 눈을 뜨고 당황해서 나를 바라보았다.

"뭐가?"

"그런 말을 해서요."

"내가 몰랐던 사실을 말한 것도 아닌데." 그의 눈이 안도감으로 부드러워졌다. "아프게 해서 미안해."

나는 어깨를 으쓱했다.

"내가 부탁한 거잖아요."

이젠 깨달았다. 나는 침을 삼켰다. 이제 해야지. 내가 할 말을 해야만 했다.

"난 당신이 원하는 대로는 다 할 수 없을 것 같아요." 나는 속삭였다. 그의 눈이 커지더니 깜박거렸다. 그의 공포스러운 표정이 돌아왔다.

"당신은 내가 원하는 모든 것이야."

뭐라고?

"난 이해 못하겠어요. 난 순종적이지도 않고 이제 그런 짓을 내게 다시 하도록 내버려두지도 않을 거라는 걸 잘 알잖아요. 하지만 그건 당신에게 필요한 거죠. 당신이 그렇게 말했어요."

그는 다시 눈을 감았다. 수많은 감정이 스쳐가는 것을 볼 수 있었다. 다시 눈을 떴을 때 그의 표정은 황량했다. 아, 안 돼.

"당신 말이 맞아. 당신을 놔줄 수밖에 없군. 난 당신에게 아무런 쓸모가 없어."

온몸의 털이 모낭에서부터 하나하나 일어서면서 정수리가 따끔거렸다. 세계가 내게서 멀어져 가면서 빠끔하게 뚫린 넓은 심연이 나타났다. 나는 그리로 굴러떨어질 운명이었다. 안 돼.

"가고 싶지 않아요." 난 속삭였다. 빌어먹을. 이걸로 끝이었다. 대가를 치르든, 계속 게임을 하든. 눈물이 다시 한 번 눈에 고였다.

"나도 널 보내고 싶지 않아." 그가 날 것 그대로의 목소리로 속삭였다. 그는 손을 들어 내 뺨을 부드럽게 쓰다듬으며 엄지손가락으로 굴러떨어지는 눈물을 닦았다.

"너를 만난 후 나는 다시 살아났어."

그는 엄지손가락으로 아랫입술의 굴곡을 쓸었다.

"나도 그래요." 나는 속삭였다. "난 당신이랑 사랑에 빠졌어요, 크리스천."

그의 눈이 다시 한 번 커졌지만 이번에는 순수한, 희석되지 않은 공포 때문이었다.

"아니야."

그는 내가 한 방 날리기라도 한 양 숨을 내쉬었다.

아, 안 돼.

"넌 날 사랑할 수 없어, 아나. 안 돼⋯⋯ 그건 잘못된 거야."

그는 겁에 질렸다.

"잘못되었다고요? 왜 잘못되었다는 거죠?"

"너를 봐. 난 너를 행복하게 해줄 수 없어." 그의 목소리에는 고뇌가 어렸다.

"하지만 날 행복하게 해주고 있어요." 나는 얼굴을 찡그렸다.

"그 순간은 아니었잖아. 내가 원하는 것을 하면서는 그럴 수 없잖아."

젠장. 정말로 그랬다. 이것이 바로 모든 것의 결론이었다. 양립할 수 없다. 모든 불쌍한 서브들이 깨닫게 된 것이었다.

"우리는 결코 여기서 벗어날 수 없겠죠?" 내 정수리가 공포로 따끔거렸다.

그는 쓸쓸하게 고개를 저었다. 나는 눈을 감았다. 차마 그를 볼 수 없었다.

"그럼⋯⋯ 난 가는 게 좋겠어요." 나는 일어나 앉으며 움찔거렸다.

"안 돼, 가지 마." 공포에 질린 목소리였다.

"머물러봤자 아무 의미가 없어요."

갑자기 피곤했다. 온몸에서 진이 다 빠졌다. 지금 가고 싶었다. 침대에서 빠져나오자 크리스천이 뒤따랐다.

"옷을 입어야겠어요. 나도 사생활이 필요해요."

그를 침실에 남겨두고 떠나는 내 목소리는 단조롭고 공허

했다.

아래층으로 향하면서 큰 방을 힐끔 바라보았다. 바로 몇 시간 전 그가 피아노를 칠 때 그의 어깨에 내 머리를 기댔던 기억을 떠올렸다. 그 이후에 수많은 일들이 일어났다. 나는 눈을 뜨고 그의 결핍의 정도를 한눈에 담았다. 이제 그가 사랑할 수 없는 사람임을 알았다. 사랑을 주거나 받을 수 없음을. 최악의 두려움이 현실로 나타났다. 이상하게도 해방된 기분이었다.

고통이 너무나 커서 인정할 수가 없었다. 얼얼한 기분이었다. 내 몸에서 빠져나와 이렇게 펼쳐지는 비극의 무심한 관찰자가 된 기분이었다. 재빨리, 그렇지만 꼼꼼하게 샤워하면서 내 앞에 펼쳐진 일분일초를 생각했다. 이제 바디워시 병을 집자. 바디워시 병을 다시 선반에 놓자. 천으로 얼굴을 문지르자. 어깨를 문지르자……. 그렇게 계속 생각했다. 모두 단순하고 기계적인 생각만을 요구하는 단순하고 기계적인 행동들을.

샤워를 마쳤지만 머리는 감지 않았기 때문에 재빨리 몸을 말릴 수 있었다. 작은 여행가방에서 청바지와 티셔츠를 꺼내와 욕실에서 옷을 입었다. 청바지에 엉덩이가 쓸렸지만 솔직히 그 고통이 반가웠다. 내 부서지고 흩어진 심장에 일어난 일에서 멀어져 정신을 다른 데로 쏟을 수 있었기 때문이었다.

여행가방을 닫으려고 몸을 굽히다가 크리스천의 선물을 담은 가방이 눈길을 끌었다. 블라닉 L23 글라이더 모형 키트였다. 그가 조립해야 하는 물건이었다. 눈물이 나올 것 같았다. 아, 안 돼. 희망이 더 많았던 행복했던 시간들이 마음속에서 흘러갔다. 이 선물을 그에게 주어야 했기에 가방에서 꺼냈다. 재빨리, 작은 종이를 공책에서 찢어낸 후 급하게 쪽지를 적어 상자 위에 놓았다.

이걸 보고 행복했던 시간이 떠올랐어요.

고마워요.

아나

거울에 비친 내 모습을 보았다. 창백한 유령이 나를 마주 보았다. 머리카락을 틀어 올리고 울어서 퉁퉁 부어오른 눈은 무시해버렸다. 내 잠재의식이 잘했다고 고개를 끄덕였다. 심지어 잠재의식조차도 지금은 기분 나쁘게 심술을 부리면 안 된다는 것을 알았다. 내 세계가 이렇게 부서져 잿더미로 화해버렸다는 것을 믿을 수 없었다. 내 모든 희망과 꿈이 산산이 무너졌다. 아니, 아니, 그런 생각하지 마. 지금은 아니야. 아직은 아니야. 심호흡을 하면서 가방을 들고 글라이더 키트와 쪽지를 베개 위에 놓았다. 큰 방으로 갔다.

크리스천은 전화를 받는 중이었다. 그는 블랙 진에 티셔츠 차림에 맨발이었다.

"뭐라고 했다고?" 그가 고함을 지르는 바람에 나는 펄떡 뛰었다.

"뭐, 망할 사실을 말했을 수도 있겠지. 번호가 뭐야? 내가 직접 전화하겠어…… 웰치, 이건 정말 개판이야."

그는 눈을 들더니 어둡고 생각에 잠긴 눈을 내게서 떼지 않았다.

"그 여자를 찾아."

그는 호통을 치며 전화를 끊었다.

나는 무시하려고 최선을 다하며 소파로 가서 내 배낭을 챙겼다. 맥을 배낭에서 꺼내고 부엌으로 도로 가 일자형 식탁 위에 조심스럽게 놓았다. 그 옆에 블랙베리와 차 열쇠도 놓았다. 등을 돌려 그를 보니, 그가 두려움에 마비된 사람처럼 나를 빤히 쳐다보고 있었다.

"테일러가 내 비틀을 갖다 판 돈을 받았으면 좋겠어요."

내 목소리는 맑고 침착했다. 어떤 감정도 없었다. ……잘했어.

"아나, 저런 거 난 필요 없어. 저건 네 거야."

그가 못 믿겠다는 듯 말했다.

"가져 가."

"아니에요, 크리스천. 옳지 않은 일인 줄 알면서도 용인하고 받았어요. 이제는 더 이상 원치 않아요."

"아나, 합리적으로 굴어." 그는 이 상황에서도 나를 꾸짖었다.

"당신을 떠올리게 할 것은 아무것도 원하지 않아요. 테일러가 차를 팔고 받은 돈만 필요해요."

목소리는 아주 단조로웠다.

그는 숨을 헉 들이켰다.

"정말로 내게 상처주고 싶어?"

"아니에요." 나는 그를 바라보며 얼굴을 찡그렸다. 물론 아니지……. 난 당신을 사랑하는데.

"아니에요. 그저 나를 지키려고 하는 거예요."

나는 속삭였다. 내가 당신을 원하는 식으로 당신이 나를 원하지 않기 때문에.

"제발, 아나. 그것들을 받아줘."

"크리스천, 난 싸우고 싶지 않아요. 그저 그 돈만 필요해요."

그는 눈을 가늘게 떴지만 더 이상 그가 무섭지 않았다. 뭐, 아주 약간은. 나는 눈을 깜박거리거나 물러서지 않고 무감하게 그를 쳐다보았다.

"수표도 받아?" 그가 신랄하게 말했다.

"네. 당신은 그런 점은 확실한 것 같으니까요."

그는 미소 짓지 않았다. 그저 몸을 휙 돌려 서재로 성큼성큼 들어가버렸다. 마지막으로 미련이 남은 눈빛으로 아파트를 둘러보았다. 벽에 걸린 미술 작품들, 모두 추상화였다. 평온하고 침착하고…… 심지어 차가웠다. 어울리네. 멍하니 생각했다. 내 눈이 피아노 위로 떠돌았다. 이런, 입만 다물고 있었더라면 저 피아노 위에서 사랑할 수도 있었는데. 아니 섹스를 하는 거지. 우리는 그저 저 피아노 위에서 섹스를 했을 거야. 뭐, 나는 사랑을 나눌 수도 있었겠지. 그 생각은 무겁고 슬프게 내 마음, 내 심장의 파편 위에 내려앉았다. 그는 한 번도 나와 사랑을 나눈 적 없었잖아? 그에게는 언제나 섹스였지.

크리스천이 돌아와서 내게 봉투를 건넸다.

"테일러가 값을 톡톡히 쳐서 받았다는군. 클래식한 차라서. 직접 확인해도 좋아. 테일러가 널 집에 데려다 줄 테니."

그는 어깨 너머 방향으로 고개를 끄덕였다. 몸을 돌리니 테일러가 정장을 입고 문간에 서 있었다. 평소처럼 완전무결했다.

"괜찮아요. 내가 알아서 갈게요, 고마워요."

등을 돌려 크리스천을 보았을 때 억누를 수 없는 격노의 눈빛과 마주쳤다.

"매번 나를 이렇게 거역할 거야?"

"평생의 습관을 뭐 하러 바꾸겠어요?"

나는 미안하다는 듯 살짝 어깨를 으쓱했다.

그는 좌절해서 눈을 감고 한 손으로 머리를 훑었다.

"제발, 아나. 테일러한테 데려다 달라고 해."

"제가 차를 가져오겠습니다, 스틸 양." 테일러가 권위적으로 알렸다.

크리스천이 그에게 고개를 끄덕였고 내가 돌아보니 테일러는 가고 없었다.

나는 다시 크리스천을 마주 보았다. 우리는 오직 1미터 남짓 떨어져 있었다. 그가 한 발짝 다가서자 본능적으로 나는 물러섰다. 그는 멈췄다. 그의 표정에 비친 고뇌는 손에 잡힐 듯 생생했고 회색 눈은 타는 듯했다.

"널 보내고 싶지 않아." 갈망으로 가득한 목소리였다.

"난 머물 수 없어요. 난 내가 원하는 걸 골랐고 당신은 그걸 내게 줄 수 없어요. 난 당신이 필요로 하는 걸 줄 수 없고."

그가 한 발짝 다가섰지만 나는 두 손을 들었다.

"제발, 그러지 마요." 나는 물러섰다. 이제 더 이상 그의 손길을 참을 도리가 없었다. 그의 몸에 닿기라도 했다간 그 손길에 갈가리 찢길 것 같았다.

"난 할 수 없어요."

여행가방과 배낭을 들고 현관으로 향했다. 그는 조심스레 거리를 두고 나를 따라왔다. 그가 엘리베이터 버튼을 누르자 문이 열렸다. 나는 올라탔다.

"안녕, 크리스천." 나는 나직이 인사했다.

"아나, 안녕." 그가 부드럽게 말했다. 그는 전적으로 완전히 부서진 모습이었고 괴로운 고통에 사로잡힌 남자였다. 내 안의 느낌도 그 모습 그대로였다. 나는 마음이 바뀌어 위로하기 전에 시선을 뗐다.

엘리베이터 문이 닫혔다. 엘리베이터는 깊숙한 지하와 나만의 지옥으로 나를 데리고 내려갔다.

테일러가 문을 잡아주었고 나는 뒷좌석에 올라탔다. 나는 시선을 피했다. 당혹감과 수치심이 덮쳐왔다. 완전한 실패자였다. 50가지 빛깔을 가진 내 남자를 빛으로 끌어내고 싶었지만 나의 미천한 능력으로는 어림도 없는 과업이라는 것이 여실히 드러났다. 감정들을 저 멀리 뒤에 묻어두려고 필사적으로 애썼다. 4번가로 향할 때, 멍하니 창문을 보았다. 내가 저지른 짓이 얼마나 거대한지 서서히 실감이 되기 시작했다. 세상에, 내가 그를 떠났어. 내가 유일하게 사랑하는 남자. 내가 유일하게 같이 잔 남자. 온몸이 마비되는 고통이 나를 잘게 썰자, 숨이 막혔고 둑이 터지고 말았다. 부르지도 않았는데 달갑지 않게 찾아온 눈물이 뺨을 타고 흘러내렸고 나는 서둘러 손가락으로 눈물을 닦으며 가방 속에서 선글라스를 찾았다. 신호등 앞에서 멈췄을 때 테일러가 리넨 손수건을 내밀었다. 그는 아무 말 하지 않았고 쳐다보지도 않았다. 나는 감사히 받았다.

"고마워요." 눈에 띄지 않게 작은 이 친절한 행위에 마음이 열려버렸다. 나는 화려한 가죽 시트에 기대고 흐느꼈다.

아파트는 고통스러울 정도로 텅 비었고 익숙하지 않았다. 여기를 집으로 느낄 만큼 오래 살지도 않았다. 곧장 방으로 들어갔다. 침대 끝에는 참으로 슬프게도 바람 빠진 헬리콥터 풍선이 묶여 있었다. 정확히 나처럼 보이고 느껴지는 찰리 탱고. 벌컥 치미는 분노에 그 풍선을 잡아 침대 난간에 묶은 줄을 끊어서 떼어낸 후 꼭 껴안았다. 아, 대체 내가 무슨 짓을 한 걸까?

신발도 신고 옷도 그대로 입은 채로 침대 위로 쓰러져 소리쳤다. 고통은 이루 형언할 수 없었다……. 신체적이고, 정신적이고, 형이상학적인 감정이 도처에 널려 있었다. 그것이 내 골수까지 스며들었다. 슬픔. 스스로 자처한 것이었다. 저 아래 깊은 곳, 역겹고 달갑지 않은 생각이 내 안의 여신에게서 흘러나왔다. 그녀는 입술을 뒤틀며 비웃었다. 허리띠가 준 육체적 고통은 아무것도 아니었다. 이 황폐함에 비하면 아무것도 아니었다. 나는 몸을 웅크리며 납작해진 은박 풍선과 테일러의 손수건을 가슴에 끌어안고서 슬픔에 몸을 맡겼다.

《50가지 그림자, 심연》 1권으로 이어집니다.

'50가지 그림자'의 50가지 빛깔

《그레이의 50가지 그림자(Fifty Shades of Grey)》 3부작을 어떻게 말할 수 있을까? 2012년 상반기 세계에서 가장 빨리, 가장 많이 팔린 베스트셀러. 미국 사회를 들끓게 하고 출판 시장의 판도를 바꾼 데뷔작. 여성의 에로티시즘에 대해 공론할 수 있는 장을 만든 문제작. 여자들이 뉴욕 전철에서 거리낌 없이 꺼내어 읽는 에로 소설. 좋아하는 사람만큼 싫어하는 사람도 많고, 독서의 길티 플레저(guilty pleasure)를 주는 바로 그 책. 플로리다의 도서관에서는 퇴출 명령을 내렸던 책. (그러나 곧 시민들의 강력한 항의로 다시 책을 들여놔야 했던.) 빈티지 출판사에서 정식 페이퍼백이 출간된 지 6개월도 되기 전에 이 소설은 지금 세계에서 가장 많이 이야기하는, 그렇지만 가장 얘기하기를 꺼리는 책이 되었다.

인터넷 소설로 시작한 '50가지 그림자 시리즈'의 초기 성공에는 인터넷 팬들의 지지가 있었다는 것은 부인할 수 없다. 또한 데뷔작으로 베스트셀러 작가가 된 E L 제임스는 현대 출판계의 신데렐라로 관심의 대상이 되기도 했다. 하지만 식을 줄 모르는 이 책의 열기는 단지 원작 팬들의 응원이라거나 단순히 베스트셀러의 추진력만으로는 설명할 수가 없다. '50가지 그림자 시리즈'에 대한 문학적, 사회적 관심의 한 면은 로맨스의 전형적 구조를 가진 이 소설이 'BDSM'이라는 극단적인 성애의 세계를 탐험한다는 데 있었다. 이 소설에 쏟아지는 비난의 핵심 역시 이 지점으로, 전통적인 '바디스-리퍼(Bodice-Ripper: 성적인 요소가 명확히 드러난 로맨스소설. 주로 역사적인 배경인 경우가 많다)'임에 불과하다는 것이다. 남자를 모르는 처녀인 주인공이 재능 있고 부유한 남자 주인공을 만나서 사랑을 깨닫는다. 계약서에 기반을 둔 연애라거나 비인간적이고 냉정한 남자가 여자 주인공과의 사랑으로 그의 인간적인 면을 발견한다는 결말도 할리퀸 로맨스에서 흔한 구성이다. '50가지 그림자 시리즈'를 비판하는 사람들은 이 소설이 여기에 가학-피학 성적 관계를 보여주는 선정성을 가미한 작품일 뿐이라고 한다. 하지만 애초에 로맨스 소설은 클리셰적인 구조를 변주해나가며 성립하기 마련이고 비슷한 설정이 반복되는 것도 필연적이다. 중점은 여기서 어떻게 개별성을 얻으면서 독자적인 작품으로 호소하느냐 하는 것인데, E L 제임스는 놀랍게도 여성 로맨스 서사에서는 공공연하게 언급되지 않았던 관계를 넣어 작품의 강도를 높였고 이는 대중의 마음을 붙드는 데 성공했다.

'엄마들의 포르노(Mommy Porn)'라는 비하적인 용어로 통칭되는 이 작품의 인기에 당황한 점잖은 독자들이 놀란 점은 이것이다. 전통적으로 성과 관련한 시장에서는 객체거나 수동적 소비자에 머물렀던 여성들이 적극 이 책을 구입하고 토론한다. 학부모 회의에서 어머니들은 이 책에 대해서 의논하기도 하고 여자 친구들끼리 식사를 하면서 의견을 나누기도 한다. 공공장소에서 이 책을 보는 사람들도 드물지 않게 목격할 수 있다. 이는 성에 초점이 있는 작품이 천박하다고 여기거나, 성적인 소재는

숭고하거나 품위 있는 방식으로 접근해야 한다고 믿는 고매한 독자들의 마음을 불편하게 하는 데는 충분했다.

이 소설이 대중을 사로잡은 이유로 여러 가지가 거론되지만, 그중 하나는 충실한 현재성과 가독성이다. 2011년을 배경으로 한 이 소설은 전통적인 로맨스 서사에 아이패드, 최신 기종의 맥 노트북, 블랙베리 등 최신식 기기들과 음악 등의 기호를 넣어 독자가 있는 현재를 그린다. 묘사는 성실하지만 지나치게 늘어지지 않고 숨 쉬지 않고 한 번에 읽어나갈 수 있는 발랄한 대화는 흥미롭다. 성적 묘사는 노골적이지만 드러내놓고 성적 흥미를 유발하는 데만 초점을 두지도 않았다. 즉, 성적인 부분은 플롯의 핵심이며 이야기에 필연적인 부분으로써 그다지 우연적이거나 사고처럼 그려지지 않는다. 기본적으로는 대중소설의 미덕을 일정 수준 이상 구현하고 있는 작품이다.

하지만 무엇보다도 사회적 관심을 끈 부분은 지배적 남성과 순종적 여성이라는 시대착오적 성적 관계가 어떻게 현대의 여성에게 호소했는가였다. 결박(Bondage)과 훈육(Discipline), 사도마조히즘(Sadomasochism)을 주된 소재로 삼은 이 소설에서 남자는 지배자인 도미넌트, 여자는 순종적인 서브미시브의 역할을 맡으면서 일견 여성이 스스로 불리한 입장을 자처하는 것으로 보인다. 지난 4월 시사지 《뉴스위크》는 검은 비단 안대를 한 여성을 표지에 걸고 '직장 여성의 판타지 삶: 어째서 '굴복'이 페미니스트의 꿈이 되었나'라는 커버스토리를 다루었다. 뉴욕 대학의 교수이자 문화 비평가인 케이티 롤피가 쓴 이 기사에서는 '피프티 셰이드 현상'을 집중적으로 다루면서 일명 '알파걸 현상'이 복종에 대한 판타지와 관련이 있다고 했다. 대학생의 60%가 여성, 직장 여성의 40%가 남성보다 고등교육을 받은 현재 상황과 적잖은 수의 여성이 굴복적인 성관계에 대한 판타지를 갖고 있다는 사실은 한편으로는 역설적으로 보인다. 그러나 롤피는 권력을 끊임없이 유지해야 하는 상황은 현대 여성에게도 가끔은 부담이라고 한다. 어떤 분야에서 분명히 여성은 경쟁적이고 끊임없이 평등을 추구한다. 다른 분야에서는 이 평등에 대한 경쟁의 해방과 탈출의 의미로 성적 굴복을 환상으로 삼는다. 또한 이런 환상은 여성들이 실제로 권력과 평등을 위해 싸워왔지만 그를 충분히 누리고 있지 못하며, 전통적인 문화에서는 이를 추구하는 데 대한 일말의 죄책감을 느끼기 때문이라고도 하였다. 유리 천장을 깨야 하는 여성들은 가장 은밀한 환상 속에서는 사회 저항에 대한 자기 처벌이자 무거운 부담에 대한 해방구로서 얻어맞는 욕구를 갖고 있는 걸까?

이 기사는 반향을 일으키며 동조와 반대 의견이 동시에 쏟아졌다. 롤피 본인을 비롯한 많은 이들이 지적하듯이 타인의 힘에 자신의 의지력을 굴복시키고 싶은 욕망인 마조히즘은 여전히 충격적이라는 것이 이상할 만큼 새로운 사실이 아니다. 이미 1897년에 레오폴트 폰 자허-마조흐의《모피를 입은 비너스》(펭귄클래식코리아, 2000)에서 굴종적 성관계에 빠져드는 인물이 등장했고, 1954년에 출간된 폴린 레아주의《O 이야기》(문학세계사, 2012)는 극단적 마조히즘 속에서 에로티시즘을 탐구한 명작으로 꼽힌다. '굴종의 판타지'를 새롭게 느끼는, 혹은 이제 와 열광하는 현상이 오히려 새롭다. 이 현상의 밑에는 진정 피로사회에서 페미니즘적 요구를 따라 질주하다 지친 여성의 과로가 있는지, 에로티시즘이라는 인간 본능의 본질에 있는 한 가지 색깔로서 굴종적 욕망이 있는지는 그 누구도 명확히 말할 수 없다.

뒤집어 보면 이 책에 그려진 관계가 진정으로 여성의 굴복을 의미하는 것인지에 대해 질문을 해봄 직하다. 주인공인 아나스타샤 스틸은 로맨스소설에 흔히 나올 법한 '이웃집 소녀 같은 평범한 여성'이다. 반면 남자 주인공 크리스천 그레이는 페이스북을 만든 마크 주커버그와 빌 게이츠를 합쳐 놓은 듯한 하버드 중퇴의 천재 사업가이며 외모는 로버트 패틴슨을 능가하는 그리스 신이다. 게다가 제3세계의 빈곤을 퇴치하기 위해 노력하는 박애주의자이고 요트와 헬리콥터를 조종할 줄 알고 피아노는 연주자급으로 잘 치며 킥복싱까지 연마한 위버섹슈얼이다. (관능적인 연인임은 말할 것도 없고.) 보통 사회의 계급구조에서라면 두 사람은 쉽게 이어질 수 없는 짝이고 굳이 성적으로 지배당하지 않더라도 경제적으로 지배당할 수밖에 없는 관계이다. 어떤 의미에서 로맨스는 현실의 질서에 순응하면서도 동시에 전복적인 장르인데, 현실의 생산 구조가 빚어내는 계급 차이가 사랑이라는 추상적인 감정 때문에 역전된다. 통제광에 도미넌트인 크리스천은 아나스타샤를 사랑하게 되면서 자신의 규칙을 포기하고 같은 눈높이에서 마주 보기를 바란다. 연애에서도 현실의 권력관계가 그대로 반영되는 세상에서 애정이라는 감정으로 권력관계가 역전되는 판타지는 실제로 굴종의 판타지보다도 더 강력하다. 현실에서는 로또에 당첨되지 않는 이상 열심히 일한들 쉽게 바뀌지 않는 불균형한 관계가 겉보기에는 평등적 관계까지 성취되는 것이다. 이 변화에는 정치적 올바름에 어긋나는 죄책감도 없고 사회의 인정도 쉽게 얻을 수 있다. 이 책에 나타난 SM 플레이가 처음에는 크리스천의 욕구에 가까운 것에서 이후에는 아나스타샤의 요구에 가까워지는 과정 또한 두 사람 관계의 변화를 보여준다.

소설 외적으로는 이 책이 공공연하게 읽히는 현상 또한 여러 겹에서 전복적인 상황이기도 하다. 고급문화와 충돌하는 대중문화가 확산하고, 에로티카가 서점의 중앙 매대에 놓인다. 여성들이 성적 상품의 소비자로서 권리를 행사하고 이러한 현상이 사회 전체로 퍼져나간다. 여기에는 금기와 관습에 도전하는 위험과 쾌감이 동시에 따른다. 이 책과 관련해서 매일 새로운 기사가 쏟아지고 있지만, 그중에서도 흥미로운 이야기 중 하나로 이 책이 내년 경제에 어떤 영향을 미칠 것인가에 대한 괴짜경제학적 전망이 있었다.* '50가지 그림자 시리즈' 여파로 2013년에 베이비붐이 일어날 것이고 수갑과 눈가리개 등 관련 상품 매출이 대거 늘었으며 에로틱 소설들의 판매 또한 130퍼센트 상승했다고 한다. '50가지 그림자 시리즈'와 비슷한 표지의 책들이 우르르 쏟아졌고 《오만과 편견》이나 《폭풍의 언덕》 같은 고전들도 에로티카로 각색되어 등장했다. (캐서린을 결박하는 히스클리프를 상상해보라!) 이 책이 자신들의 결혼생활을 구원했다는 간증들도 속속 나오고 있는 형편이다. 세상을 바꾸는 것은 평론가들이 인정하는 위대한 순수 문학만이 아니라는 증거이다. 이제까지 어떤 페미니즘 이론이 있었든 간에 사회적 관습에 따라 음전하게 숨겨야 하는 대상으로 취급되어온 여자의 성적 욕망이 이제 음지에서 서서히 나오고 있다.

그렇지만 이 이야기의 기본적인 흥미는 어찌 되었든 사랑 이야기라는 것이다. 프로이트적 분석이 필요할 것 같은 트라우마에 시달리는 한 남자를 사랑이 구원한다. 세상을 모르던 여자에게 사랑으로 새로운 세상이 열린다. 사랑을 통해 결점을 받아들

* "Freakonomics: How '50 Shades' is reshaping the world. Sort of...", The Independent, July 6 2012

이고 상대방을 위해 변화하는 이야기는 보편적인 울림이 있다. 수없이 반복되어도 계속 읽히는 강력한 서사이고 누구나 그런 이야기를 원한다. 미국, 영국을 비롯 세계적으로 성공을 거두고 한국에 온 이 책이 다른 문화에서는 어떻게 받아들여질지는 모르겠다. 하지만 회색에도 50가지 다른 색조가 존재할 수 있듯이 똑같은 사랑 이야기도 여러 가지 빛깔이 있다. 같은 이야기처럼 보이면서도 다들 다른 색깔을 지닌 사랑 이야기에서 약간 위험하고 도발적인 종류가 있다고 해도 당연하지 않은가. 사랑은 그처럼 모든 이에게 같을 수 없지만 누구에게나 의미가 있는 것. 거기에는 온화하고 밝은 빛부터 어둡고 위험한 빛까지 다양한 색조가 존재한다.

옮긴이 박은서

전문 번역가. 자율학습시간에 할리퀸 소설을 교과서에 몰래 끼워 넣어 읽으면서 영어와 로맨스를 함께 공부했다. 무엇이든 편견 없이 읽어낼 수 있는 다방면적 독서 취향을 기르고자 노력 중. 스마트폰과 온라인 대형 서점으로 종이책이 설 자리를 잃어가는 시대에도 사람들에게 읽히는 소설을 우리말로 소개하고 옮기고 싶은 희망이 있다.

그레이의 50가지 그림자 2

초판 1쇄 발행일 2012년 8월 8일
초판 37쇄 발행일 2022년 2월 21일

지은이 E L 제임스
옮긴이 박은서

발행인 박헌용, 윤호권
발행처 ㈜시공사 **주소** 서울시 성동구 상원1길 22, 6-8층(우편번호 04779)
대표전화 02-3486-6877 **팩스(주문)** 02-585-1755
홈페이지 www.sigongsa.com / www.sigongjunior.com

ISBN 978-89-527-6645-8 04840
ISBN 978-89-527-6643-4 (세트)

*시공사는 시공간을 넘는 무한한 콘텐츠 세상을 만듭니다.
*시공사는 더 나은 내일을 함께 만들 여러분의 소중한 의견을 기다립니다.
*잘못 만들어진 책은 구입하신 곳에서 바꾸어 드립니다.